동과 東서 西

동과 서
東 西

박성문 장편소설

마음시회

작가의 말

    이 소설의 주인공 황호준은 전라남도 나주군 다시면에서 태어나 그 고장에서 성장했다. 그의 아버지 황충식은 다시면 삼봉마을에서 뿌리를 내리고 살기는 했지만 신원이 불확실한 남자였다.
    충식은 어느 해 가을 해질녘에 남루한 옷차림으로 보따리 하나를 들고 삼봉마을에 모습을 드러내었다. 마을에서는 김상모의 집이 제일 컸다. 충식이 그걸 보고 그가 마을에서 으뜸 부자인 걸로 잘못 알고 찾아들어 숙식을 대접 받고 다음날 아침 주인을 만나서 추수 기간만이라도 일할 수 있겠는지 물었다. 상모는 달머슴을 고용할 때에도 간략히나마 신원을 확인했다. 충식은 이 고장 말을 쓰지 않고 경상도 사투리를 사용했다. 상모가 그의 나이를 물었다. 충식은 그때 자신의 나이가 열아홉 살이라고 했다.
    상모는 그의 신원에 다소 미심쩍은 점이 있어서 처음에는 그를 고용하는 걸 꺼렸다. 하지만 상모는 추수철을 맞아 일손이 부족한 차여서 이것저것 꼼꼼히 따질 형편이 안 되어 그의 신원이 조금 불확실하다는 걸 알면서도 그를 일꾼으로 고용했다. 그렇지만 상모는 그해 가을 그가 일을 잘하고 착실하다는 걸 그의 눈으로 확인하고 그를 계속 머슴으로 고용했으며 나중에는 그의 딸 연례를 주어서 그를 사위로 삼았다.

충식은 주인집 딸 연례를 아내로 맞아서 그녀를 하늘처럼 떠받들었다. 그렇지만 그는 그녀와 결혼해서 삼봉마을에서 뿌리를 내리고 살면서도 그가 어디서 왔는지 그리고 그의 고향이 어디인지 등을 안 밝히었다. 그녀는 그것들을 내심 궁금히 여기기는 했지만 굳이 알려고 하지 않았다.

충식이 연례와의 사이에서 아들 둘을 얻었다. 그는 큰아들의 이름을 상준이라고 지었고 둘째 아들을 호준이라고 불렀다. 6·25 동란이 일어났다. 큰아들 상준은 그때 영산포중학교 3학년에 재학했다. 그는 전쟁이 일어나서 학교가 무기한 문을 닫음에 따라 삼봉마을 본가에 와서 북으로 끌려가지 않으려고 부엌에 굴을 파놓고 그 속에서 숨어 지냈다. 하지만 그는 밤에 들이닥친 남로당원들에 의해 발견되어 어딘가로 끌려간 후로 한국전쟁이 휴전 상태에 들어간 상황에서도 집에 돌아오지 못했다.

충식은 큰아들 상준을 무척 사랑했다. 충식은 상준을 잃은 뒤로 실의에 빠져 술로 세월을 보냈다. 그로 인해 충식은 종내 건강이 나빠져서 병석에 눕게 됐다. 연례는 남편이 병석에 누운 뒤로 집 안에서 살림만을 할 수 있는 형편이 못 되어 머슴들을 데리고 다니며 농사일을 꾸리었다. 농사일은 많은 일손을 필요로 하는 업종이다. 호준은 잔심부름을 할 수 있는 나이에 이르면서부터 다른 아이들처럼 마냥 뛰어놀지 못하고 틈 나는 대로 어머니의 농사일을 거들었다.

충식이 건강이 나빠져서 농사일을 하지 못하고 병석에 누운 지 몇 년 됐다. 호준이 초등학교를 졸업하고 중학교에 들어갔다. 여름이 지나고 가을

철에 접어들면서 충식의 병세가 갑자기 악화했다. 호준이 여느 날처럼 학교에 가서 수업을 듣고 있었다. 그의 집 일꾼이 학교에 와서 그의 어머니가 아마도 그의 아버지가 그날을 못 넘기실 것 같다고 하며 그를 데려오라고 했다 했다.

 호준이 바로 책가방을 꾸려 가지고 일꾼을 뒤따라 반시간 가량 뛰다시피 걸어서 그의 집에 닿았다. 일꾼이 전한 대로 그의 아버지는 임종이 임박한 상태에 있었다. 연례는 그녀의 남편이 숨을 거둘 때에는 그의 아들이 나중에라도 뿌리를 찾을 수 있도록 그가 어디서 왔는지, 그리고 그의 고향이 어디인지 등을 밝힐 걸로 기대했던 것 같았다. 그녀가 그녀의 남편에게 그것들을 그의 아들에게 알려주라고 했다. 하지만 충식은 그것들을 안 밝히고 숨을 거두었다.

 호준은 그의 어머니 혼자 농사일을 꾸리는 까닭에 틈나는 대로 그녀의 일을 도와야 할 형편에 있어서 공부할 시간이 많지 않았다. 그렇지만 그는 어려운 여건 속에서도 학업을 소홀히 하지 않아 성적이 괜찮은 편에 속했다. 그가 고향에서 고등학교를 졸업하고 서울의 한 대학교에 진학했다. 서울은 전국 각지에서 온 사람들이 한데 어울려서 사는 곳이다. 그는 서울에서 대학교에 다니며 영남인들과 여타 지역인들이 호남인들을 싫어하고 배척한다는 걸 알았다. 그는 고향에서 초중고교에 다닐 때에는 호남인들과 타지역인들 사이에 그같은 지역감정이 존재한다는 걸 알지 못했다.

 호준이 대학교 2학년 과정을 수료하고 군에 입대했다. 그는 논산훈련소에서 훈련을 받는 동안 그리고 기성 부대에 배치되어 포병으로 복무하던 기간에도 전라도 사람들에 대한 지역적 편견을 경험한다.

　호준이 의무복무 기간을 채우고 군에서 제대했다. 그가 전에 다니었었던 대학교에 복학해서 공부하며 졸업 후에 무슨 일을 해서 생활해 나갈 것인지 생각해 본다. 그는 다른 젊은이들처럼 대기업에 취업하기 위하여 그에 필요한 과목을 공부할까도 생각해 본다. 하지만 그는 몇 가지 사정을 고려하여 7급 행정직 국가공무원 채용시험에 응시하기로 마음먹고 그와 관련된 과목들을 공부한다. 그가 대학교 재학 중에 그 시험의 난이도를 알아볼 양으로 1차로 그 전형에 도전한다. 하지만 그는 준비가 부족해서 그 전형에 실패한다. 그가 그 결과에 좌절하지 않고 대학교 졸업 후에 그 전형에 재도전해서 합격하여 7급 공무원이 돼서 체신부 예하의 부산체신청에서 직장 생활을 시작한다.

　호준은 결혼 적령기에 있었다. 그가 부산에서 직장 생활을 하며 친구의 소개로 그곳 출신 여성 전순혜를 알게 된다. 그녀는 미인이었다. 호준은 그녀의 미모에 마음이 끌려 그녀를 좋아한다. 하지만 그녀는 호남인에 대한 편견을 가지고 있어서 그를 좋아하지 않는 까닭에 그는 그녀를 중도에 단념한다. 그후 그는 서울로 근무처를 옮기어서 근무하며 부처 교류를 통하여 문화공보부에 가서 그 예하의 국외공보원에서 일한다. 그는 거기서 같은 해에 부처 교류를 통하여 문화공보부에 와서 국외공보원의 다른 부서에서 일하는 경상도 출신 이준석과 교분을 쌓아 친구가 된다.

호준이 여름 휴가 기간 중에 그 친구의 초대를 받아 새밭골마을에 가서 마침 그 시기에 말미를 얻어서 고향 마을에 내려와 있던 그의 6촌 여동생 이연희를 알게 된다. 그녀는 사람들이 길거리에서 흔히 보기 어려운 미인이다. 호준은 그녀의 미모에 마음이 끌려서 가끔 그녀의 모습을 머릿속에 떠올리고 그녀를 생각하고는 하던 차에 그의 배려로 그녀를 다시 만나게 된다. 그후 호준은 우연한 기회에 그녀를 다시 만나 그녀를 사랑하게 된다. 그녀는 그를 처음 봤을 때부터 그녀의 아버지의 용모 일부를 닮은 그의 외모에 호감을 느꼈고 그를 사랑하지만 어렸을 때 이웃 마을의 소년 김동현으로부터 비행을 당한 아픈 기억이 있다. 그렇지만 그녀는 동현이 오랜 기간 소식을 끊어서 그와의 사이가 단절된 걸로 여기었으나 그는 그렇지 않았던 것 같았다. 그가 어느 날 갑자기 그녀 앞에 불쑥 그의 존재를 드러내서 그녀와의 관계를 복원하려고 들었다.

  연희의 가계에는 숨겨진 비밀이 있었다. 그것은 그녀가 태어나기 전에 일어났었던 일이었다. 동현은 그녀의 가계에 숨겨져 있는 비밀을 호준에게 알리면 그가 스스로 그녀를 멀리해서 그녀가 자신에게 돌아오지 않을까 헤아려 그걸 이야기한다. 호준은 그가 이야기한 걸 듣고 충격을 받지만 그녀를 멀리하지는 않는다. 호준은 그보다는 오히려 전혀 예상하지 않았었던 방향에서 그의 아버지 황충식의 숨겨진 과거를 알게 되고, 그와 그녀는 사촌 관계에 있다는 걸 인지한다. 어느 문화권에서는 사촌끼리도 결혼한다. 그러나 한국에서는 그렇지 않는 까닭에 그는 그녀를 사랑하지만 그녀와 결혼할 수 없다는 걸 알고 그녀와 일정한 거리를 둔다.

  호준이 연희와 결혼하는 데 걸림돌이 될 수 있는 건 그외에도 더 있다. 그녀의 어머니는 '전라도 사람들은 믿을 수 없고 뒤끝이 안 좋다.'는 편견을 가지고 있어서 그를 안 좋아한다. 그런 까닭에 그는 연희와 결혼하기 위해서는 먼저 그녀의 어머니가 전라도 사람들에 대하여 품고 있는 그같은 편견을 누그러뜨리는 일부터 해야 한다. 그는 그것이 쉽지 않다는 걸 안다. 그렇지만 그건 그가 그녀와 결혼하기 위해서는 반드시 극복해야 할 하나의 걸림돌이다.

  대저 편견은 한 집단의 성원이 다른 집단의 구성원을 어떤 실증적 근거가 없이 나쁘게 생각하는 걸 말한다. 심한 경우 그 집단 성원은 다른 집단의 구성원에 대하여 품고 있는 그 같은 편견이 사실이 아님이 밝혀져도 그걸 쉬 버리려고 들지 않는다.

  우리나라 지역감정의 전형은 영남인들과 호남인들 사이에 존재하는 지역의식이라고 할 수 있다. 그 지역의식의 기원에 대해서는 몇 가지 설이 있다. 어떤 학자는 그 지역의식이 삼한三韓 시대부터 존재했다고 하고, 어떤 학자는 옛날 삼국三國 시대에 신라와 백제가 경쟁 관계에 있었을 때 신라의 조정 고위 인사들이 적국민을 폄훼했던 데서 유래했다고 하며, 또 어떤 학자는 5·16 군사 쿠데타 이후 박정희가 영남 지방에 재정적 투자를 많이 한 반면에 호남 지방을 홀대하여 호남인들이 거기에 반감을 품은 데서 유래했다고 하기도 한다.

　아무튼 영남인들과 호남인들 사이에 옛날부터 면면히 전해져 내려오는 지역감정은 오랜 기간 수면 하에 잠재해 있었던 게 사실이었다. 하지만 1980년 5월 18일 계엄령 하에서 광주민주화운동이 일어났을 때 정부의 진압군이 광주의 일부 학생들과 시민들이 벌이던 시위를 진압하던 과정에서 유혈사태가 발생하고 영남인들과 호남인들 간의 지역감정을 자극하는 소문이 번져 사태가 악화하면서 두 지역 사이의 지역의식은 수면 위로 부상했다. 그와 더불어 그건 호남인들에 대한 부정적인 지역의식이 영남인들과 여타 지역민들의 뇌리에 더욱 깊이 침투하는 하나의 계기가 되기도 했다.

　그렇지만 5·18 광주민주화운동이 일어났을 때 정부의 진압군이 시위를 진압하던 과정에서 유혈사태가 발생하고 지역감정을 자극하는 소문이 번져 상황이 악화하면서 오랜 기간 수면 하에 잠재해 있었던 지역의식이 겉으로 드러난 걸 계기로 사회 지도층 인사들을 중심으로 호남인들과 타지역인들 사이에 존재하는 지역갈등이 더 이상 유야무야로 방치되어서는 안 된다는 여론이 형성되고 그 치유 방안을 모색하기에 이른 건 다행스러운 일이라 할 수 있었다. 그 결과 일부 기관과 단체 등에서는 망국적인 지역갈등을 해소하기 위하여 그 치유책을 모색하려는 차원에서 토론회와 학술회의 등을 열어서 다소의 성과를 거두기도 했다.

2024년 가을 **박성문**

차례

작가의 말

제1장 소년 시절/017
제2장 지역 교류/033
제3장 짝사랑/055
제4장 주변 지역/092
제5장 소용돌이/113
제6장 경상도 친구/155
제7장 상흔/203
제8장 조우/225
제9장 무서운 비밀/278
제10장 환경 순응/311
제11장 허와 실/345
제12장 결별/366
제13장 어머니/378

등장인물

황호준_ 소설의 주인공

황충식_ 호준의 아버지. 경상남도 진양군 이반성면 하곡리 출신. 이웃집 여인과 간통, 그녀의 남편에 의해 현장이 발각돼 살인을 저지르고 전라남도 나주군 다시면 삼봉마을로 피신. 본명은 이영환.

이승화_ 연희의 할아버지.

이영호_ 영환의 동생. 연희의 아버지.

김연례_ 충식의 아내.

김상모_ 연례의 아버지

황상준_ 호준의 형

이연희_ 경상남도 진양군 이반성면 하곡리 출신. 금강산업 근무.

이준식_ 호준의 직장 동료. 연희의 육촌 오빠.

조형오_ 이영환의 이웃집 남자. 오말순의 남편.

오말순_ 형오의 아내.

김동현_ 연희가 사는 마을의 이웃 동네에 사는 남자.

이기호_ 호준의 직장 동료(부산 체신청)

전순혜_ 부산 출신 여성. 삼호무역 근무.

박정인_ 문화과장

기종현_ 호남 출신 과장.

박수태_ 호남 출신. 부산 체신청 근무.

이종돌_ 부산 체신청 근무. 운전기사.

김창수_ 부산 체신청 근무. 기능직.

김연준_ 호준의 큰외숙.

김영임_ 연준의 막내딸. 호준의 이종사촌 여동생.

조옥희_ 영임의 친구. 후에 호준과 약혼.

박태식_ 호준의 대학교 친구.

고순자_ 호준의 집에서 일하는 소녀.

제1장

소년 시절

호준은 몇 달 후에는 초등학교를 졸업하고 상급학교에 진학할 예정이었다. 그는 상급학교에 진학하기 위해선 이때쯤에는 어느 중학교에 응시원서를 제출할 것인지 결심이 서있어야 했으나 아직 그렇지 못했다. 그는 그동안 육학년 담임 선생으로부터 장차 훌륭한 사람이 되기 위해서는 우선 열심히 공부해서 지식을 쌓아야 하고, 되도록 이름난 학교에 진학해서 장래성이 있는 학우들과 벗 관계를 맺어놓는 것이 목표를 달성하는 데 도움이 된다는 이야기를 여러 번 들었다.

그는 담임 선생의 말이 그르지 않다는 건 모르지 않았다. 그렇지만 그가 사는 다시에는 이름난 중학교가 없었다. 하기야 다시에도 중학교가 하나 있기는 했으나 설립된 지 얼마 되지 않아서 전통이 없는 데다 이름이 안 나서 공부를 잘 하는 학생들이 지원하지 않는 까닭에 지원자들이 응시원서만 제출하면 다 합격하는 실정이었다. 그러나 다시에서 한 정거장 거리에 있는 영산포에는 중학교가 둘 있었고,

그 중 하나는 시골에서는 꽤 이름이 나서 공부를 잘 하는 학생들이 많이 지원하는 걸로 알려져 있었다.

그는 먼 후일을 생각하면 영산포의 이름난 중학교에 지원하는 것이 좋다는 건 알지만 통학에 어려움이 있어서 쉬이 어떤 결정을 내리기 어려웠다. 만일 그가 영산포 읍내의 그 이름난 중학교에 응시원서를 제출해서 합격할 경우 그는 매일 삼봉마을에서 다시역까지 십 리가 넘는 거리를 걸어가서 기차를 타고 영산포에 가야 했고 수업이 끝난 후에는 그 길을 되짚어와야 했다.

그는 담임선생의 말처럼 장래 훌륭한 사람이 되기 위해서는 영산포의 그 이름난 중학교에 들어가서 공부하는 것이 좋다는 건 알지만 매일 그 먼 거리를 통학할 엄두가 나지 않아 지원할 마음을 선뜻 못 내었다. 그런 형편에 그의 진학 문제 결정에 있어서 결정적인 영향을 미칠 수 있는 위치에 있는 그의 어머니 김연례 역시 그를 영산포의 그 이름난 중학교에 보내고 싶은 마음은 없지 않은 듯했으나 통학 거리가 멀기 때문인지 그에게 그리 하라는 말을 안 했다. 그런 이유로 그는 여태 어느 중학교에 지원할 것인지 확실한 결정을 내리지 못하고 있었다.

시일이 흘러 겨울 방학이 끝나고 초등학교 육학년 학생들이 상급 학교에 진학하기 위해서는 응시원서를 제출할 시기가 됐다. 호준의 학업 성적은 괜찮은 편에 속했다. 그는 먼 장래를 위해서는 영산포의 이름 있는 중학교에 응시원서를 제출하는 것이 좋다는 건 알지만 통학 거리가 멀어서 아무래도 불가한 것같이 생각돼서 그의 어머니에게 그의 의견을 이야기하고 그녀의 동의를 얻어서 다시중학교에 응시원서를 냈다.

호준이 영산포의 이름난 중학교에 지원하지 않고 다시중학교에 응시원서를 제출한 데는 그런 이유 외에도 한 가지 사유가 더 있었다. 그는 외아들이었다. 그의 아버지 황충식은 적잖은 농토를 소유하고 있었지만 몇 년 전부터 몸이 아파서 농사일을 하지 못하고 자리에 누워 있었다. 농사는 그의 가족의 생활 유지 수단이었다. 그가 병으로 몸져누운 뒤로 연례는 집 안에서 살림만을 할 수 없는 형편이 되어 머슴들을 데리고 논과 밭으로 다니며 농사일을 꾸리었다. 농사는 많은 일손을 필요로 하는 까닭에 호준은 초등학교에 다니며 잔심부름을 할 수 있는 나이에 이르면서부터 틈나는 대로 그의 어머니의 농사일을 도왔다. 그건 그가 중학교에 들어가더라도 마찬가지일 수밖에 없었다. 그는 그녀의 농사일을 도울 시간을 많이 내기 위해서는 그의 집에서 가까운 거리에 있는 상급 학교에 진학하는 게 좋았다.

호준이 응시원서를 제출한 다시중학교에서 입학 전형 결과를 발표했다. 이름 있는 중학교에는 지원자들이 몰려서 입시 경쟁률이 높았다. 그렇지만 다시중학교에는 지원자들이 적어서 응시자 전원이 합격하는 실정이었다. 그가 다시중학교에 응시원서를 제출한 것만으로 그 전형에 통과해서 입학 자격을 얻었다.

호준이 사월 초에 다시중학교에 입학했다. 중학교의 수업시간 수는 초등학교의 그것보다 많았다. 그는 중학생이 된 후로 평일에는 이전처럼 그의 어머니의 농사일을 도울 겨를을 내기 어려워서 학교 수업이 없는 토요일 오후와 일요일에 주로 그녀의 일을 도왔다. 그렇지만 그는 틈틈이 그녀의 농사일을 도우면서도 학업에 소홀하지 않았다.

칠월 말에 학교가 여름방학에 들어갔다. 방학 기간에는 호준이 학교에 가지 않는 까닭에 시간적 여유가 많았다. 그는, 어머니의 일을 도와야 할 필요가 있을 때에는 언제든지 시간을 내어 그녀의 농사일을 거들을 수 있었다.

팔월 하순에 여름방학이 끝나고 학교가 문을 열었다. 한낮에는 덥고 아침과 저녁으로 기온이 서늘했다. 여름이 가고 결실의 계절 가을이 다가오고 있음을 알리는 징후였다.

환절기에 들어서면서 충식의 병세가 갑자기 악화했다. 의사가 자주 와서 그의 병세를 살피고 약을 처방해 주었다. 하지만 충식의 병세는 나아지는 기미를 안 보였다. 시일이 지날수록 병세가 더 나빠져 갔다.

수요일이었다. 오전 셋째 시간은 국어 수업 시간이었다. 수업이 시작된 지 십 분 가량이 지났다. 학교 사환이 교실 출입문 앞에 와서 문을 두드렸다. 국어 선생이 수업을 중단하고 교단에서 내려가 문을 열었다. 사환이 그에게 조그만 소리로 뭐라고 말하고 교무실로 돌아갔다. 선생이 문을 닫고 교단으로 올라갔다.

"황호준 군, 아버님의 병환이 위중하신 모양이다. 집에서 사람이 와서 교무실에서 기다리고 있다고 한다. 빨리 가 보아라."

"네."

호준이 선생의 말을 듣고 교실에서 나가 교무실로 달려갔다. 그의 집 일꾼이 교무실 앞 복도에서 그를 기다리고 있었다.

"네 어머니가 아마도 네 아버님이 오늘을 못 넘길 것 같다고 하시더라. 그래서 네 어머니가 너를 데려오라고 해서 내가 왔다."

"네. 알겠어요. 교실에 가서 책가방을 꾸려 가지고 올게요."

그가 이렇게 대꾸하고 바로 교실로 달려갔다.

호준이 교실에서 급히 책가방을 꾸려 가지고 밖으로 나왔다. 그의 집 일꾼이 교무실 앞의 복도에 서 있다가 그가 교실에서 나오는 걸 보고 교사校舍 중앙에 나 있는 출입문 쪽으로 걸어갔다.

호준이 일꾼을 뒤따라 교사 출입문 밖으로 나갔다. 일꾼이 마음이 급한 듯했다. 그가 교정 오른편에 나 있는 길로 가지 않고 운동장을 가로질러서 교문 쪽을 향해 성큼성큼 걸음을 옮기었다. 호준은 보폭이 짧아 뛰다시피 걸어서 그를 따랐다.

호준이 일꾼을 뒤따라 반시간 가량 재빠르게 걸음을 옮겨 그의 집에 이르렀다. 호준이 토방에서 신발을 벗고 마루 위로 올라가 그의 아버지가 누워 있는 큰방 문을 열고 안으로 들어갔다. 그의 아버지가 뼈만 남은 앙상한 모습으로 눈을 감고 누워서 이따금 가늘게 숨을 몰아쉬고 있었다.

"여보, 호준이 왔소."

연례가 남편 옆에 앉아서 걱정스러운 얼굴로 그를 내려다보고 있다가 고개를 돌려 아들이 들어오는 걸 보고 울음 섞인 목소리로 말했다.

"……."

충식이 간신히 눈을 뜨고 아들을 봤다.

"여보, 지금이라도 당신 고향이 어디인지 아들에게 알려주시오. 그래야 당신 아들이 나중에라도 뿌리를 찾을 수 있을 것 아니오."

"……."

충식이 대답 대신에 눈물이 가득 고인 눈으로 그를 봤다.

"나는 당신이 눈을 감을 때는 아들에게 고향이 어디라는 것만은 말해줄 걸로 생각했소."

"……."

충식이 그윽한 눈길로 아들을 바라봤다. 충식의 얼굴에 고뇌스러운 표정이 역력했다.

연례와 호준이 충식의 곁을 뜨지 않고 지키었다. 충식의 목에서 가래가 끓는 소리가 나고 호흡이 차츰 불규칙했다. 그의 임종이 가까워진 듯했다. 시간이 잠시 지났다. 그가 딸꾹질을 힘들게 몇 번 하고 나서 아들에게서 눈길을 돌리지 못한 채 마지막 숨을 거두었다.

"아버지, 아버지."

호준이 울며 그의 아버지를 불렀다.

"여보, 저 세상에 가서라도 부디 마음 편히 쉬시오."

연례가 눈물을 흘리며 남편의 눈을 손바닥으로 감기었다.

호준은 아버지의 장례를 주관해서 치러야 할 상주의 위치에 있었다. 그렇지만 호준은 아직 나이가 어려 아버지의 장례를 주관할 형편에 있지 못했다. 그 상황에서는 연례가 남편의 장례 절차를 주관할 수밖에 없지만 그녀 역시 전에 상을 치러 본 경험이 있지 않아서 무슨 일을 어떻게 해야 할지 알지 못했다. 그러나 '세상에 죽으라는 법은 없다.'는 말이 맞는 모양이었다. 다행히 그녀의 친정 식구들이 한 마을에 살고 있어서 그녀는 그들의 도움을 얻어서 그럭저럭 남편의 장례를 치를 수 있었다.

연례는 먼저 친정 큰오라버니 김연준의 조언을 들어서 남편의 장례를 삼일장으로 정했다. 다음으로 그녀는 남편의 묘소를 어디에 쓸 것인지 결정해야 했다. 충식은 이 고장 태생이 아니었다. 그녀는 선산이 있다면 그의 묘소를 거기에 쓰겠지만 선영先塋이 없는 까닭에 그럴 수도 없었다. 그녀는 결국 큰오라버니의 권고에 따라 그가 죽기 전에 장만한 마을 서편의 산밑 밭 한 구석에 그의 묘소를 쓰기로 결정했다. 물론 그녀는 그런 것들 외에도 문상객들에게 대접할 음식을 만들어야 하고 부엌일을 할 사람들도 구해야 했다. 그렇지만 그녀는 그같은 일들은 크게 걱정하지 않아도 됐다. 삼봉마을에서는 예전부터 상부상조의 풍습이 전해 내려오고 있어서 어느 집에 큰일이 났을 때에는 마을 사람들이 자발적으로 와서 여러 가지 일들을 해주었다. 그것은 그녀의 남편 장례에도 마찬가지였다. 그녀는 특별히 누구에게 도움을 청한 것도 아니었으나 한 마을의 아낙네 몇이 교대로 와서 문상객들에게 대접할 음식을 만들고 부엌일 등을 해주었다.

연례가 남편의 장례를 마치고 일상 생활로 돌아왔다. 그렇지만 그녀는 남편이 세상을 떠난 것이 아직도 쉬이 믿기지 않았다. 그녀는 지금도 그가 살아서 옆에 있는 것만 같았다. 하지만 그는 이 세상 사람이 아니었다. 그녀는 그가 그리울 때에는 집에서 멀지 않은 거리에 있는 그의 묘소에 가서 그와 함께 지내었었던 시절을 회상하며 눈물을 흘리고는 했다.

시일이 하루하루 지나서 연례가 남편의 장례를 치르고 일상 생활로 돌아온 지 보름이 넘었다. 그녀가 죽은 남편이 그리워서 또 그의 묘소를 찾았다.

"여보, 당신이 보고 싶어서 다시 왔소."

"……"

그러나 가슴에 떼를 얹고 누워 있는 그는 말이 없었다.

연례가 충식의 무덤 옆에 서서 눈물을 흘리며 예전으로 돌아가 그를 처음 봤던 때를 회상했다. 그녀는, 그때가 가을 어느 날 해질 무렵이었던 걸로 기억했다. 그녀는 당시 어린 소녀였다. 그가 남루한 옷차림으로 보따리 하나를 들고 그녀의 집을 찾아들었다.

연례의 아버지 김상모는 제법 많은 농토를 소유했다. 그는 전부터 해질 무렵에 그의 집을 찾아드는 나그네를 소홀히 대하지 않았다. 그가 충식을 흔연히 맞아들이어서 저녁을 대접하고 그 날 밤을 사랑방에서 그의 머슴들과 함께 묵게 했다.

다음날 아침, 충식이 조반을 들고 상모를 찾아 고마움을 표하며 이번 추수 기간에 그의 집에서 달머슴으로 일할 수 있겠는지 물었다. 어쩌면 전날 저녁에 충식이 그의 집을 찾아든 건 그의 집이 큰 걸 보고 마을에서 그가 으뜸 부자인 걸로 여기어 가을철 달머슴을 살기 위한 의도에서였는지도 몰랐다. 하기야 삼봉마을에는 상모보다 더 많은 농토를 소유한 이도 있었다. 하지만 상모의 집이 마을에서 제일 큰 까닭에 속내를 모르는 이들은 그가 으뜸 부자인 걸로 잘못 아는 경우가 없지 않았다. 아무튼 상모는 당시 머슴 둘을 두고 있었으나 가을철에는 일손이 더 필요한 까닭에 달머슴을 한 사람 들일까 생각하던 차였다. 그렇지만 그는 달머슴을 들일 때에도 간략히 신원을 확인했다. 충식은 그때 자신의 나이가 열아홉 살이라고 했다. 그는 또한 이 고장 말을 쓰지 않고 경상도 사투리를 사용했다. 그건 그가 이 고장 사람이 아니라는 걸 의미했다. 상모는 그의 신원과 행적에 의문스러운 점이 없지 않다고 여겼었지만 마침 일손이 더 필요하던 차여서 이것저것 꼼꼼히 따질 형편이 못 되어, 그가 어디에서 왔는지 그리고 이곳에 어떻게 오게 됐는지 등을 자세히 캐묻지 않고 그를 달머슴으로 고용했다.

농가에서 머슴을 고용하는 기간은 지방마다 조금씩 차이가 있었다. 나주에서는 예전부터 대체로 주인이 봄에 농사일을 시작할 때에 머슴을 들여서 추수가 끝난 뒤에 내보내는 조건으로 고용 계약을 맺었다. 그렇지만 달머슴은 고용 기간이 추수 기간으로 한정되어 있어서 가을걷이가 끝나면 대개는 그의 본가로 돌아갔다.

그해 추수가 끝났다. 상모가 지난 봄에 고용한 머슴 둘은 각기 본가로 돌아갔다. 하지만 충식은 추수가 끝난 뒤에도 그의 본가로 돌아가겠다는 의사를 표시하지 않았다.

"가을걷이가 끝났는데 왜 본가로 돌아가지 않는가?"

상모가 그가 본가로 돌아가지 않는 걸 의아하게 여기어 물었다.

"마땅히 갈 곳이 없습니다. 어렸을 때 부모님을 여의고 그 후로 줄곧 남의집살이를 하며 지냈습니다."

"그렇구먼."

상모는 그의 말을 전적으로 신뢰하지는 않았다. 그렇지만 상모는 그가 일을 잘 하고 착실하며 주인이 이르는 말을 고분고분 따르는 걸 알고 그가 그의 집에서 그해 겨울을 나도록 허락했다. 그런 점 외에도 상모가 그의 집에서 그가 겨울을 나도록 허락한 데는 한 가지 이유가 더 있었다. 농가에서는 가을걷이가 끝난 후에도 할 일들이 없지 않아서 상모는 일꾼이 한 사람쯤은 있는 게 좋다는 걸 알기 때문이었다.

겨울이 가고 새봄이 왔다. 상모는 전에는 봄에 농사일을 시작할 때 머슴을 둘씩 들이었다. 그렇지만 올해에는 그가 머슴을 하나만 들이고 지난 겨울을 그의 집에서 난 충식을 일꾼으로 고용했다. 상모는 지난 가을에는 그의 신원과 행적에 다소 의문스러운 점이 있어서 그를 머슴으로 고용하는 걸 조금은 꺼리었다. 그렇지만 상모는 마침 일손이 더 필요하던 차여서 어쩔 수 없이 그를 달머슴으로 고용했다. 그러나 상모는 지난 가을에 그가 일을 잘 하고 착실하다는 걸 그의 눈으로 확인한 터여서 이번에는 아무 거리낌 없이 그를 머슴으로 고용했다.

한 해 농사일이 다 끝났다. 가을걷이가 끝났지만 충식이 이번에도 그의 본가로 돌아가지 않고 상모의 집에서 머물렀다. 상모는 전년에는 그가 본가로 돌아가지 않는 걸 다소 의아하게 여기었으나 올해에는 그같은 의문을 거두고 아무 망설임 없이 그의 집에서 그가 겨울을 나도록 허락했다.

세월이 흘러 충식이 상모의 집에서 머슴살이를 계속한 지 10년이 넘었다. 충식은 매년 받는 새경을 별로 축내지 않고 주인에게 맡겨서 관리해주도록 의뢰했다. 상모는 그가 해마다 맡기는 새경을 원금으로 쳐서 일 년에 얼마씩의 이자를 붙여서 돈을 길러주었다. 충식이 그 사이에 그렇게 모은 돈이 이미 상당한 액수에 이르렀다.

충식이 10여 년 간 삼봉마을에서 머슴살이를 하며 전라도 사투리를 익히어서 이 고장 말을 제법 잘 구사했다. 삼봉마을 주민들은 처음에는 경상도 사투리를 쓰는 그가 전라도에 와서 머슴살이를 하는 걸 다소 의문스럽게 여기었다. 그렇지만 마을 사람들도 그 동안 그와 친숙해져서 지금은 아무도 그를 의문의 눈초리로 보지 않았다.

연례는 충식이 처음 그녀의 집에 와서 달머슴으로 일할 때 어린 소녀였다. 그는 다른 농가나 삼봉마을을 떠나 딴 고장에 가서 머슴살이를 할 수도 있었지만 그리 하지 않고 그녀의 집에서 계속 농사일을 했다. 그녀 역시 그 사이에 나이가 한 살 한 살 늘어서 시집갈 때가 됐다.

상모는 그가 일을 잘 하고 착실하다는 걸 알고 그를 계속 곁에 붙들어 두고 싶었던 것 같았다. 상모가 그녀를 그에게 주어서 아내로 삼도록 했다. 충식은 어쩌면 주인이 그리 해주기를 마음속으로 바랐었는지도 몰랐다. 충식은 그녀를 아내로 맞아서 하늘처럼 떠받들었다.

충식이 장인의 집에서 아내와 함께 수년 간 안팎 고용살이를 했다. 그즈음에 한 마을 사람이 다른 고장으로 이사하려고 집과 전답을 매물로 내놓았다. 충식이 장인의 권유에 따라 그동안 모아둔 돈으로 그 집과 전답을 사서 처가로부터 독립하여 새살림을 차리었다.

충식은 처가살이를 면하고 새살림을 차린 후에도 장인의 농사일을 그의 일처럼 돌봐주었다. 충식은 두 집의 농사일을 해야 하는 형편이어서 봄부터 추수가 끝날 때까지 쉬는 날이 별로 없었다. 그는 아침에 일하러 가서 점심때에나 집에 왔고 식사를 하고 다시 들에 나가서 어두워질 무렵에야 돌아왔다. 그는 일밖에는 몰랐고 마을 사람들과도 좀처럼 어울리지 않았다.

연례와 충식 사이에서 아들이 태어났다. 그는 처음 태어난 아들의 이름을 상준이라고 지었다. 상준은 그의 어머니보다는 아버지를 많이 닮았다. 충식은 들에서 일을 하고 집에 돌아와서 자신을 빼닮은 아들을 대할 때마다 먹지 않아도 배가 부른 듯하며 살맛이 난다고 했다.

일본이 미국과 영국 등을 주력으로 한 연합국과의 전쟁에서 패색이 짙어지면서 조선 반도의 인민이 일제日帝의 식민 지배에서 벗어나 독립 국가를 세울 수 있지 않을까 하는 꿈에 부풀었다. 그렇지만 조선 반도의 인민이 자력으로 일제의 식민 지배에서 벗어나지 못하고 외세에 의존하여 독립 국가를 세우려고 하는 꿈에 부풀어 있는 형편이어서 그들의 미래를 그들이 희망하는 방향으로 개척해 나가는 데는 그들의 의지만으로 해결하기 어려운 문제가 있었다.

미국, 영국 그리고 소련의 수뇌가 이전에 전후 세계 질서를 논의하기 위하여 개최했던 얄타회담에서 미국은 일본과의 전쟁을 끝낸 후에 자국의 병력만으로는 조선 반도에 주둔하고 있던 일본군의 무장을 해제하고 그 땅에 거주하는 일본인들을 보호하기 어렵다는 걸 알고 북위 38도 선을 기준으로 그 이남에 미국군을 상륙시키어서 그 땅을 점령하고 그 이북에는 소련군을 진주시키어서 그 지역을 점거하기로 소련과 협약을 맺었기 때문이었다.

일본이 연합국과의 전쟁에서 패하여 연합군에 항복했다. 조선 반도의 인민이 오랜 기간 꿈꾸어 왔던 독립 국가를 세울 수 있는 호기를 맞았다. 하지만 그들의 희망은 이루어지지 않았다. 전에 개최했었던 얄타회담에서 미국과 소련이 조선 반도를 분할 점령한 후에 일정 기간 신탁통치를 실시하기로 협약을 맺고 그 일부를 실행으로 옮긴 탓이었다. 그 결과 북위 38도선을 기준으로 그 이남에 미국군이 그리고 그 이북에 소련군이 진주해서 그 땅을 점거하여 한 나라에 속했었던 강토가 남과 북으로 분단되는 사태에 이르렀다.

물론 미국군과 소련군이 조선 반도에 진주한 목적은 일본군의 무장 해제, 재조선 일본인 보호 및 일정 기간 신탁통치 실시 등을 위한 것이었다. 그렇지만 양국이 지향했던 목표는 처음부터 달랐던 까닭에 시일이 지날 수록 남과 북이 이념으로 분열되어 가는 양상을 나타냈다.

미국은 이남에 자유주의 체제를 심으려고 들었고 소련은 이북에 공산주의 체제를 이식하려고 추진했다. 그처럼 남과 북이 외세에 의하여 이념으로 분열되어 가면서 북위 38도선 주변에서는 분쟁이 자주 일어났고 이남에서는 이북의 공산주의를 추종하는 세력이 전국 곳곳에서 소요를 일으키어 사회가 혼란스러웠다.

이북의 공산주의 지령을 받은 남로당 당원들은 사람들이 많이 모여 사는 대처大處 뿐만 아니라 농촌 지역에서도 세력을 확장하기 위하여 여러 가지 방법을 동원하여 조직원을 늘리었다. 충식은 농촌에서 태어났고 농사일로 잔뼈가 굵어졌다. 그들의 손길이 농사일밖에 알지 못하는 그에게도 미치었다. 하지만 그는 그들의 유혹에 넘어가지 않고 농사일에만 정신을 쏟았다.

충식과 연례 사이에서 둘째 아들이 태어났다. 충식은 둘째 아들의 이름을 호준이라고 지었다. 큰아들 상준은 그 때 열세 살이었고 다시에 있는 초등학교에 다니었다.

이전에 개최했던 얄타회담에서 미국, 영국 그리고 소련의 수뇌는 조선 반도에서 수년간 신탁통치를 실시한 후에 그 인민이 독립 국가를 세우도록 한다는 데 합의했다. 일본군 무장해제와 조선에 거주하는 일본인들의 보호를 위하여 조선 반도를 점거한 미국군과 소련군 대표가 당초 협약에 따라 그 문제를 협의하기 위하여 서울에서 몇 차례 미소공동위원회를 열었다. 하지만 양측은 합의점을 찾지 못했고 그로 인해 회담은 결렬됐다. 그후 미국과 소련은 이 땅에서 수년간의 신탁통치를 실시한 후에 그 인민이 단일 정부를 세우도록 한다는 데 합의했었던 당초의 협약이 실행되기 어렵다는 걸 알고 각기 단독 정부를 수립하는 방향으로 나아갔다. 그 결과 이남에는 자유주의 정부가 수립되고 이북에는 공산주의 정권이 들어섰다.

그렇지만 이남과 이북에 각각 단독 정부가 수립되어 조선 반도가 분단되는 건 두 국가가 모두 원하던 바가 아니었다. 그 상황에서 이북의 공산주의자들은 이남을 적화하기 위하여 남한에 때로 군대를 침투시키기도 했고 남로당 당원들에게 지령을 내려서 사회 혼란을 야기하기도 했다. 그로 인해 이남 사회에서는 여러 분야에서 좌익과 우익이 첨예하게 대립했고 북위 38도선 주변에서는 남한군과 북한군 사이에 소규모의 전투가 빈발했다.

시일이 경과하면서 이북의 공산주의 정부가 희구하던 바와 달리 이남의 대한민국 사회가 차츰 안정을 찾아 갔다. 일본의 패망 이후 혼란기를 틈타서 이북의 지령을 받아 사회 분열을 획책하던 이남의 공산주의자들은 대한민국 정부의 경찰과 군의 추격을 피하여 지하로 숨어들어서 겨우 명맥만을 유지했다.

북위 38도선을 기준으로 그 이남에 진주했던 미군이 정해진 임무를 수행하고 본국 정부의 지시에 따라 철수했다. 이북의 공산주의 정부는 이를 한반도 전체를 적화할 수 있는 좋은 기회로 여기어 소련의 무기 지원을 받아서 이남을 침공했다. 이른바 1950년 유월 25일에 일어난 한국전쟁이 그것이었다. 대한민국 군대는 무기와 화력의 열세로 이북군에 밀리어 남으로 남으로 후퇴했다.

한반도 전체가 이북의 공산주의 정부의 수중에 넘어갈 위기에 처했다. 한반도가 공산화할 경우 일본의 안보가 위태로워지는 걸 우려한 미국이 국제연합 안전보장이사회의 의결을 얻어서 미국군을 주력으로 한 연합국 군대를 편성하여 한국전쟁에 참전했다. 한반도 서남쪽 끝까지 밀고 내려갔던 인민군이 연합군의 참전으로 전세가 역전되어 북으로 후퇴하며 곳곳에서 양편 사이에 밀고 밀리는 전투가 벌어져 많은 사상자가 발생했다. 북으로 후퇴하던 인민군은 부족한 병력을 보충하기 위하여 빨치산들과 남로당원들을 동원하여 전투에 투입될 수 있는 젊은이들을 색출하여 끌고 갔다.

상준은 한국전쟁이 터졌을 때 열여섯 살이었다. 영산포에서 하숙을 하며 중학교에 다니던 그는 전쟁이 일어나서 학교가 무기한 문을 닫음에 따라 다시의 본가에 와 있었다. 그는 후퇴하는 인민군에 의해 북으로 끌려가지 않으려고 부엌에 파 놓은 굴 속에서 숨어 지냈다. 하지만 밤에 들이닥친 남로당원들은 용히도 그를 찾아내어 어딘가로 끌고 갔다.

미국군을 주력으로 한 연합군, 중공군과 북한군 사이에 휴전협정이 조인되어 삼 년 넘게 이어졌던 한국전쟁이 정전 상태에 들어갔다. 그렇지만 전쟁 기간 중에 남로당원들에 의해 어딘가로 끌려간 상준은 정전이 된 후에도 집에 돌아오지 않았다.

충식은 큰아들 상준을 무척 사랑했다. 충식이 그가 남로당원들에 의해 끌려간 뒤로 삶의 낙을 잃고 술을 입에 대기 시작했다. 충식은 이전에 마시지 않았던 술을 입에 대기 무섭게 모주꾼이 됐다. 그는 아들을 잃은 슬픔을 술로 달래려는 듯 매일 술을 마셨고 때로 폭음을 해서 인사불성에 빠지기도 했다.

호준이 초등학교에 들어갔다. 큰아들 상준이 남로당원들에 의해 끌려간 뒤로 술로 세월을 보내던 충식이 건강이 나빠져서 농사일을 하지 못하고 자리에 누웠다. 연례는 남편이 일을 할 수 없게 되자 이전처럼 집 안에만 박혀 있을 수 없어서 머슴들을 데리고 다니며 농사일을 꾸렸다.

　호준은 그의 아버지가 병석에 누운 후로 틈나는 대로 어머니의 농사일을 도와야 할 형편에 놓여 이전처럼 동네 아이들과 마냥 어울려 놀 수 없었다. 그는 학교 수업이 끝나고 집에 돌아와서 많은 날 동무들과 어울려 놀지 못하고 그녀가 일하는 곳에 가서 농사일을 거들었다.

제2장
지역 교류

    호준이 중학교 3학년으로 올라갔다. 그는 중학교를 졸업한 뒤에 상급학교에 진학하더라도 어머니의 농사일을 계속 도와야 할 형편에 있었다. 그는 다시에 상급 학교가 있다면 그 고등학교에 진학하고 싶었다. 그럴 경우 그는 그녀의 농사일을 도울 시간을 더 많이 낼 수 있기 때문이었다. 하지만 다시에는 고등학교가 있지 않은 까닭에 그는 영산포 읍내에 있는 고등학교에 지원할 수밖에 없었다. 영산포 읍내에 있는 고등학교에 다닐 경우 통학 거리가 멀어서 여전히 등하교에 어려움은 있지만 그 사이에 제법 성장했기 때문에 초등학교를 졸업하고 중학교에 들어갈 때보다는 형편이 다소 나았다.

    연례는 집 안의 어른으로서 호준의 진학 문제 결정에 있어서 결정적인 영향력을 행사할 위치에 있었다. 그렇지만 그녀는 이번에도 아들의 진학 문제 결정에 뚜렷한 의사 표시를 하지 않았다. 그녀 역시 다시에 고등학교가 있지 않은 까닭에 아들이 영산포에 있는 상급 학교에 지원할 수밖에 없다는 걸 알고 그러한 것 같았다.

　호준이 상급 학교에 들어가기 위해서는 진학을 희망하는 고등학교에 응시원서를 제출할 시기가 됐다. 그가 그의 생각을 그의 어머니에게 이야기하고 그녀의 동의를 얻어서 영산포고등학교에 응시원서를 제출했다. 경쟁률이 제법 높았지만 그가 그 전형에 합격해서 입학 자격을 획득했다.

　그가 1월 말에 중학교를 졸업하고 3월 초에 영산포고등학교에 입학했다. 그는 매일 아침 다시역까지 걸어가서 거기서 기차를 타고 학교에 갔고, 방과 후에는 그 역순을 밟아 집에 돌아왔다.

　호준은 고등학교에 들어간 후로 등하교에 시간이 많이 걸려서 월요일부터 금요일까지는 그의 어머니의 농사일을 도울 겨를을 내기 어려웠다. 그는 주로 학교 수업이 없는 토요일 오후와 일요일에 그녀를 따라 들에 가서 그녀의 일을 도왔다.

　호준은 고등학교에 다니며 등하교에 시간이 많이 걸리고 틈나는 대로 그의 어머니의 농사일을 도와야 하는 형편에 있어서 공부할 겨를은 많지 않지만 그 같은 환경에서도 학업을 소홀히 하지 않았다. 그는 또한 그같이 어려운 여건 속에서도 학업 성적을 올리는 데에 도움이 되는 책만을 보지는 않았다. 그는 농한기나 방학 기간에는 학교 도서관에서 외국의 유명 작가의 소설책을 빌려 와서 보고는 했다. 그렇지만 그는 소설책을 볼 때 어떤 정해진 기준 같은 것은 없었다. 그는 외국 작가들의 소설책을 많이 보는 편이었으나 국내 소설가들의 작품들도 적지 않게 읽었다. 그는 국내 소설가들의 경우 특별히 좋아하는 소설가들은 없었지만 영남 출신 소설가들의 이야기 속에 이따금 튀어나오는 경상도 사투리에 매료되어 그들의 작품들을 많이 읽었다. 그는 그 이유가 무엇인지는 별로 생각해 보지 않았으나 그의 아버지가 경상도 사투리를 썼기 때문에 그 영향을 받아서 그런 게 아닌가 헤아렸다.

호준이 고등학교 3학년에 올라갔다. 그는 등하교에 시간이 많이 걸리고 토요일 오후와 일요일에는 그의 어머니의 농사일을 도와야 하는 형편에 있어서 공부할 겨를은 많지 않지만 그같이 어려운 여건 속에서도 학업에 힘써서 성적이 괜찮은 편에 속했다. 변수는 없지 않지만 그는 앞으로도 이제까지처럼 열심히 공부한다면 웬만한 대학교에 응시원서를 낼 수 있었다. 그렇지만 그는 앞으로도 틈틈이 그의 어머니의 농사일을 도와야 할 형편에 있어서 집을 떠나 도회지에 가서 대학교에 다니고 싶은 마음은 없었다.

그러나 그의 어머니는 이번에는 전과 달리 그가 사회에 진출해서 큰 뜻을 펼치려면 깊은 지식을 쌓아야 하고 그렇게 하기 위해서는 최고학부에 진학해서 공부하는 것이 필요하다고 하며 그에게 그리 하도록 권유했다. 그녀는 젊지 않은 나이에 혼자 농사를 지었다. 그는 그녀가 그런 형편에서도 자신보다는 아들의 장래를 먼저 생각하는 모정을 외면하기 어려워서 그녀의 뜻을 좇아 최고학부에 진학하기로 마음을 굳히고 이전보다 더욱 열심히 공부했다.

시일이 흘러 호준이 최고학부에 진학하기 위해서는 그가 원하는 대학교에 응시원서를 제출할 시기가 됐다. 그가 담임 선생의 조언을 듣고 그의 어머니의 의견을 좇아서 서울에 있는 한 대학교의 법정대학 행정학과에 지원했다. 경쟁률이 꽤 높았다. 그가 어려운 여건 속에서도 그동안 열심히 공부한 보람이 있어서 그 전형에 합격하여 그 대학교에 입학할 수 있는 자격을 획득했다.

　호준은 서울에 친척이나 지인이 없었다. 그는 서울에서 대학교에 다니기 위해서는 하숙을 하거나 방 하나를 전세나 월세로 얻어서 자취를 해야 했다. 물론 그는 하숙을 하면 편하다는 건 알고 있었다. 그렇지만 그는 하숙을 할 경우 돈이 많이 들어가는 까닭에 비용을 절약하기 위하여 대학교 근처에 방을 하나 구해서 자취를 할까 생각하고 그 같은 의견을 그의 어머니에게 이야기했다. 그러나 그의 어머니는 그가 자취를 할 경우 식사를 부실하게 해서 건강이 나빠질 수 있다는 이유를 들어서 반대했다. 그는 그녀의 말이 일리가 있고 거기에 굳이 반대할 이유가 없어서 대학교 근처에 하숙을 정하여 숙식 문제를 해결했다.

　서울은 우리 나라의 수도이고 각종 문화 시설들이 많이 있는 데다 일자리가 비교적 풍부해서 전국 각지의 사람들이 몰려들어 한데 어울리어 사는 곳이다. 그것은 호준이 다니는 대학교의 경우에도 마찬가지였다. 그가 다니는 대학교는 세인들이 흔히 말하는 명문 대학교는 아니었다. 그렇지만 대학교가 서울에 소재한 까닭에 전국 각지의 학생들이 몰려와서 공부하고 있어서 가히 서울의 축소판이라고 할 수 있었다.

　호준은 서울에 올라와서 대학교에 다니기 전에는 그의 고향 전라도가 온 세상인 줄 알았었다. 그는 서울에 와서 공부하며 세상은 넓다는 것과 그의 고향 전라도는 대한민국 영토의 일부분에 지나지 않는다는 것 등을 깨치었다. 그건 그가 사용하는 말의 경우에도 마찬가지였다. 그는 고향에서 초중고등학교에 다닐 때에는 주로 그의 고장 사투리를 사용했다. 하지만 그의 고장 말은 표준말이 아니었다. 그는 서울에서 대학교에 다니며 학우들과 대화를 나눌 적에 되도록 초중고등학교에 다닐 때에 교과서에서 배운 표준말을 사용하려고 노력했으나 그의 말 속에는 전라남도 사투리의 잔재가 남아 있어서 어떤 학우는 그가 호남 출신임을 금새 알아내었다. 그렇지만 어떤 학우는 그의 전라도 사투리가 표준말과 접목되면서 서울과 전라도 사이에 위치한 충청도 말씨와 비슷하게 들리기 때문인지 그가 충청도 출신인 걸로 잘못 알기도 했다.

호준이 대학교에 다니며 수학한 기간이 길어지면서 동급생 그리고 선후배들과 안면을 익히어서 그들과 자주 대화를 나누는 시간을 가졌다. 그가 그 기간에 안면을 익힌 동급생들과 선후배들 중에는 서울 토박이들도 있지만 경상도, 충청도, 전라도 그리고 강원도 등지에서 온 학생들도 적지 않았다.

예외는 있지만 사람들은 접촉이 잦고 사이가 가까워지면 때로 예의에 벗어나는 말을 하게 마련인지도 몰랐다. 호준이 대학교 안에서 동급생들 그리고 선후배들과 안면을 익히어서 서로 허물을 덜 느끼는 사이가 된 학우들 중에서 한 서울 토박이는 간혹 장난기 섞인 말투로 그를 '전라도 개땅쇠'라는 별칭으로도 불렀다. 호준은 그 친구가 우스갯소리로 그렇게 부른다는 건 알지만 그냥 웃고 넘길 수만은 없었다. 그 친구가 그를 개땅쇠라고 부르는 건 그가 전라도 출신임을 알고 그를 멸시해서 그렇게 호칭했을 가능성도 없지 않기 때문이었다.

사실 호준은 서울에 올라와서 대학교에 다니며 타지역 출신들 중의 일부가 전라도 사람들에 대하여 '믿을 수 없다. 뒤끝이 안 좋다.'는 등의 편견을 가지고 있다는 걸 알았다. 그는 서울에 와서 공부하기 전에는 그걸 알지 못했었다. 그것은 어느 면에서 그가 서울에서 대학교에 다니며 공부하는 동안 그의 시야가 그 만큼 넓어졌다는 걸 말하는 것일 수도 있었다. 그런데 전라도 사람들은 일부 타지역 출신들이 그같은 편견을 가지고 있어서 그들을 싫어하거나 배척하는 태도를 나타내도 거기에 적극적으로 대응하지 않고 대개는 안 들은 체하거나 못 본 척하고 넘기는 경우가 적잖았다.

그 이유는 어쩌면 전라도 사람들이 거기에 일일이 대응하는 것이 쉽지 않고 대응하더라도 그들이 가슴속에 품고 있는 편견을 불식시키는 것이 어렵다는 걸 알기 때문인지도 몰랐다. 하기는 그것도 어느 측면에서는 전라도 사람들이 타지역인들의 지역감정 표출에 대응하는 방법일 수도 있었다. 만일 전라도 사람들이 타지역인들이 그들을 혐오하고 배척하는 태도를 보일 때마다 거기에 일일이 대응한다면 더 큰 문제에 부닥칠 가능성도 없지 않기 때문이었다. 그 외에 전라도 사람들이 타지역인들의 지역감정 표출에 대응하는 다른 한 가지 방법은, 그들이 출신 지역을 드러내지 않기 위하여 출신지를 밝히지 않거나 출신지가 다른 지방이라고 허언을 하는 것이었다. 그건 그의 경우에도 마찬가지였다. 그는 서울에서 지내며 타지역 출신들이 호남인들을 혐오하고 배척한다는 걸 안 뒤로 불가피한 경우를 제외하고는 그의 출신지를 안 밝히었다.

호준이 대학교 2학년 과정을 수료했다. 그가 법에 정해진 국방의무를 수행하기 위하여 대학교에 휴학계를 제출하고 고향으로 내려가서 관계 기관을 찾아다니며 군 입대에 필요한 절차를 밟아서 징집영장을 수령했다.

호준이 징집영장에 적시된 일시에 집결 장소로 지정된 나주초등학교에 갔다. 나주군 관내의 각 읍면 사무소 병사계 직원들이 운동장 한 구석에 모여 서서 장정들이 도착하는 대로 그들의 이름을 명부에서 찾아 징집에 응하였음을 표시했다.

응집 마감 시간은 낮 12시였다. 그 시각까지 집결 장소에 응집한 장정들의 수는 2백여 명 가량 됐다. 각 읍면 사무소의 병사계 직원들이 그들을 집결 장소에 미리 와서 대기하고 있던 군 기간병들에게 인계했다.

집결 장소에서 나주역은 멀지 않은 거리에 있었다. 장정들이 군 기간병들의 인솔 하에 열과 오를 지어서 나주역까지 걸어갔다. 역에는 장정들을 태우고 연무역까지 갈 특별임시열차가 대기하고 있었다. 장정들이 군 기간병들의 지시에 따라 몇 량의 객차에 나뉘어 올랐다.

열차가 나주역을 출발했다. 나주역에서 연무역까지의 거리는 꽤 멀었다. 장정들이 탄 열차가 그 날 해가 질 무렵에 연무역에 닿았다. 논산 훈련소 수용연대는 연무역에서 멀지 않은 거리에 있었다. 그들이 황톳길을 걸어서 땅거미가 짙어질 즈음에 수용연대에 닿았다. 수용연대의 기간병들이 바로 그들을 넘겨받아서 열 개의 막사에 나누어 배치했다.

수용연대에 입소한 장정들은 거기서 실시하는 신체검사에 합격해서 훈련소로 넘겨지기 전까지는 민간인 신분이었다. 그렇지만 조금 먼저 입소한 장정들이 군기를 잡는다는 명목으로 기간병들의 눈을 피하여 나중에 들어온 장정들에게 기합을 넣기도 하고 심지어 구타를 가하기도 했다.

호준이 수용연대에서 정한 일정에 따라 며칠 동안 신체검사를 받았다. 그가 거기서 실시하는 신체검사에 합격하여 논산훈련소 제23연대 제2중대 제3소대에 배속됐다. 소대장은 경상도 사투리를 쓰는 김중희 중위였고 내무반장은 서울말을 쓰는 박정호 병장이었다. 박 병장은 제3소대 훈련병들의 내무 생활을 지도하고 훈련시간에 교관의 지시에 따라 그들에게 제식동작과 전투기법 등의 시범을 보이는 조교 역할을 했다.

훈련병들은 월요일부터 토요일 오전까지 정해진 일과표에 따라 육군이 기본적으로 익혀야 할 제식동작과 전투기법 등의 교육을 받았다. 그들은 정해진 일과를 마친 후에는 내무반으로 돌아와서 내무반장의 지시에 따라 병기 수입, 관물 정돈 그리고 피복 세탁 등을 했다.

훈련소에서 훈련병들이 겪는 문제는 어쩌면 공개된 장소에서 행해지는 훈련 그 자체에서보다는 밀폐된 공간에서 영위營爲되는 내무생활에서 발생하는지도 몰랐다. 내무반장의 역할은 소대원들의 내무활동을 지도하고 그들이 군생활에 잘 적응하도록 가르치는 것 등이었다. 하지만 박정호 병장은 소대장이나 중대장의 눈길이 미치지 않는 틈을 타서 내무반 안에서 때때로 일부 훈련병들을 구타하고 교묘한 수법을 써서 그들의 돈을 갈취했다. 그것도 모자라서 어떤 때에는 훈련병들에게 지급된 관물을 훔쳐내 그들이 공동으로 변상하게 하는 수법을 써서 그 돈을 착복했다. 훈련병들은 군복을 입고는 있지만 군대 규율을 잘 모르는 까닭에 내무반장의 말을 곧 군기로 알았고 그의 지시에 거의 절대적으로 복종하는 형편이어서 그의 악랄한 수법에 그저 당할 수밖에 없었다.

하기야 제3소대 훈련병들도 군대 규율을 잘 모르기는 하지만 박정호 병장의 횡포가 지나치다는 것쯤은 알고 있었다. 그래서 그들 중 일부는 그의 비행을 소대장이나 중대장에게 알려서 시정해주도록 요청하는 게 좋지 않겠는가 하는 의견을 내기도 했다. 하지만 그들은 일이 잘못될 경우 그의 보복이 두려워서 그걸 실행으로 옮기지 못했다. 그들은 그의 부당한 횡포는 시정되어야 할 대상이라는 건 알지만 그걸 제어할 수 있는 마땅한 방법이 없어서 그가 죽으라고 하면 죽는 시늉까지 해야 하는 형편에 있었다.

호준이 속해 있는 제3소대는 전국 각 지역에서 징집되어온 훈련병들로 구성되어 있었다. 전라남도 나주에서 그와 함께 징집되어 수용연대에 입소한 장정들은 2백여 명에 달했었다. 그렇지만 그들은 전국 각 지역에서 순차적으로 징집되어 수용연대에 입소한 정남丁男들과 뒤섞여서 생활하며 선입선출先入先出의 원칙에 따르지 않고 거기서 실시하는 신체검사에 합격한 젊은이들만이 그 합격 순서에 따라 훈련소로 넘겨지는 까닭에 어느 한 단위 부대에 집중적으로 몰리는 현상이 일어날 가능성은 매우 낮았다. 그런 이유로 전라남도 나주 출신 젊은이들은 제3소대에 몇 명밖에 있지 않았다.

호준이 속한 제2중대는 4개 소대로 구성되어 있었다. 박정호 병장은 중대 본부에 비치되어 있는 소대원들의 간이인사기록카드를 보고 그들의 출신 지역을 알아내어서 호남 태생 병들을 부를 때 때로 이름 대신에 안 좋은 의미가 담긴 별칭을 사용하기도 했다.

"야, 하와이."

박 병장은 호준이 전라도 출신임을 알고 간혹 그를 이렇게 불렀다.

호준은 서울에서 대학교에 다닐 때 전라도 사람들이 가끔 '하와이'라는 별칭으로도 불린다는 걸 알았었다. 그는 전라도 사람들이 왜 '하와이'라는 별칭으로 불리는지는 잘 알지 못했다. 그때까지 그가 몇몇 사람으로부터 들은 바로는 하와이는 미국 본토에서 외따로 떨어져 있는 섬이라는 것, 미국의 50개 주 중에서 마지막으로 주로 승격됐다는 것 그리고 그 곳의 원주민은 백인도 아니고 흑인도 아니며 아메리카의 원주민인 인디언과도 다른 인종이라는 것 등의 이유로 미국 본토인들로부터 조금은 멸시받고 있는데 전라도가 그 격이 되어 그리 불리고 있다는 것 등이었다.

그러나 미국에서 주는 계속 늘어날 수 있기 때문에 하와이가 마지막으로 주로 승격된 건 사람들이 입에 올릴 성질의 건더기가 되지 못한다. 하와이가 미국 본토인들의 입에 안 좋은 의미가 담긴 별칭으로 오르내리는 건 아마도 그 섬의 원주민이 미국의 주류 인종이 아닌 다른 종족이기 때문인지 모른다.

"네. 훈병 황호준."

그는 전라도 사람들이 '하와이'라는 별칭으로 불리게 된 데는 안 좋은 의미가 담겨 있다는 건 알지만 내무반장이 그렇게 부르는 것에 어설프게 항의할 경우 그의 미움을 사서 앞으로 어떤 보복을 당할지 예측하기 어려운 까닭에 그가 하고 싶은 대로 하도록 내버려둘 수밖에 없었다.

"이 새끼가 군기가 빠졌어. 관등성명을 대는 데 왜 그리 늦어? 그 자리에서 쪼그려뛰기 오십 번 실시."

박 병장이 그의 마음속을 들여다보고 있었다는 듯이 그를 노려보며 소리쳤다.

"쪼그려뛰기 오십 번 실시. 하나 둘 셋 넷……."

 호준은 전라도 사람들이 하와이라는 별칭으로 불리게 된 데는 안 좋은 의미가 담겨 있어서 그걸 조금은 언짢게 여기다가 그의 부름에 즉각 응하지 않았다는 이유로 남들이 쉬는 시간에 기합까지 받게 됐다.

 박정호 병장은 전라도 출신 병들을 '하와이'라는 별칭으로 부르기도 하지만 때로 '더블 백'으로도 불렀다. 더블 백은 군인들이 여러 가지 보급품을 넣어 가지고 장소를 이동할 때 사용하는 큰 자루였다. 군대에서 타지역 출신들이 전라도 태생 병들을 더블 백이라는 별명으로 일컫는 건 그들이 도둑질을 잘 하기 때문에 그들을 도둑들이 훔친 물건들을 집어넣는 자루에 비유하여 그렇게 호칭한다는 것이었다.

 시일이 하루하루 지나서 호준이 6주 간의 신병 훈련을 마쳤다. 그의 병과는 포병이었다. 그가 제103보충대를 거쳐 전방에 위치한 한 포병부대에 배속됐다. 전방 부대에서도 몇몇 고참병은 전라도 출신 병들을 가끔 하와이나 더블 백으로 불렀다. 전라도 출신 병들이 하와이나 더블 백으로 불리는 건 논산훈련소 안에서만 국한된 게 아닌 듯했다.

 호준이 군대 생활을 계속함에 따라 일병과 상병을 거쳐 병장으로 승급했다. 그가 고참병이 됐기 때문인지 다른 병들이 그의 면전에서 그를 하와이나 더블 백으로 부르지는 않았다. 그렇지만 그가 안 보이는 데에서는 다른 지역 출신 병들이 이따금 그를 모멸적인 의미가 담긴 별명으로 호칭했다. 그는 기분이 좋지는 않지만 그들이 그를 그리 호칭하는 걸 대개는 못 들은 체하고 지나쳤다.

 호준이 군 의무 복무 기간을 채우고 제대했다. 그가 신학기가 시작되기를 기다려서 전에 다니었었던 대학교에 복학해서 국방의무를 수행하기 위하여 중단했었던 학업을 이었다.

　호준은 군 복무를 마치고 전에 다니었었던 대학교에 복학해서 공부를 계속하고 있지만 졸업 후에 뭘 할 것인지 그 때까지 깊이 생각해 보지 않았다. 물론 그는 대학교를 졸업한 후에는 지금처럼 그의 어머니로부터 매월 생활비를 받아서 생활해서는 안 된다는 것쯤은 알고 있었다. '자립하기 위해서는 일자리를 구해서 일을 해야 하는데……. 무슨 일을 해서 생활비를 벌 것인가?' 그는 틈이 날 때마다 대학교를 졸업한 후에 어떤 직업을 택해서 생활해 나갈 것인지 생각해 봤지만 쉬이 어떤 결론에 이르지 못했다.

　중간고사 기간이 다가왔다. 행정학 주임 교수가 이번에는 학생들에게 필기시험을 부과하지 않겠다고 했다. 그 대신에 그는 그들에게 한국의 복잡한 행정 처리 체계를 대상으로 하나의 연구 과제를 선정하여 그 간소화 방안을 논문 형식으로 작성해서 제출하게 해서 그걸로 평점하겠다고 했다. 호준은 군에 입대하기 전에도 교수에게 제출할 과제물을 작성할 적에는 가끔 대학교 도서관에 가서 필요한 책들을 대출받아서 참고될 만한 부분들을 찾아서 읽어 보고는 했다.

　그가 이번에도 자신이 선정한 내용의 과제물을 작성하는 데 도움이 될 책들을 찾아서 읽어 보려고 대학교 도서관에 가서 서가를 둘러봤다. 한 서가에 그가 찾는 책이 전시되어 있었다. 그가 그 책을 대출받아서 열람실에서 과제물 작성에 참고될 수 있는 부분들을 찾아서 읽으며 주위에서 그처럼 군 복무를 마치고 복학한 학생들이 졸업 후 취업을 위하여 어떤 분야의 책들을 공부하는지 봤다.

다수가 대기업에 취업할 목적으로 그 분야의 입사 시험 준비에 필요한 책들을 봤다. 그는 여러 사람이 좇는 시류에는 그 나름의 의미가 있다는 걸 그 간의 경험을 통하여 알고 있었다. '나도 그들처럼 대기업 입사 시험 준비에 필요한 책들을 볼까?' 하지만 그는 다음 순간 고개를 좌우로 저었다. 그는 전에 몇몇 사람들로부터 일부 대기업이나 중소기업에서는 서류 전형이나 면접에서 호남 출신들에게 불리한 점수를 주어서 그들을 탈락시킨다는 이야기를 들었었다. '물론 그 같은 소문이 사실인지 여부는 확인하지 못했지. 그렇지만 아니 땐 굴뚝에 연기 날 리 없다는 말이 있듯이 과거에 그런 예가 있었기 때문에 그 같은 소문이 난 게 아니었을까?' 그는 자신이 전라도 출신임을 고려할 때 신입사원 채용 전형에서 호남인들에게도 똑같은 기회가 보장되어 있다고 확신하기 어려운 사기업에 취업할 목적으로 그에 필요한 과목들을 공부하는 건 적합하지 않은 것같이 여겨졌다. 그는 그보다는 특정 지역 출신이라는 이유로 면접에서 불리한 점수를 받지 않는 걸로 알려진 국가공무원 채용 시험 준비를 하는 게 더 나을 것처럼 생각됐다. 그런 점 외에도 그가 많은 젊은이들이 선호하는 대기업 입사를 목표로 공부하는 것보다 국가공무원 채용 시험을 준비하는 게 낫겠다고 생각한 데에는 한 가지 이유가 더 있었다. 그가 현재 대학교에서 공부하는 행정학은 7급 행정직 국가공무원 채용 전형 과목에 들어 있어서 그는 그 시험 준비에 그 만큼 유리할 수도 있기 때문이었다.

　호준이 7급 행정직 국가공무원 채용 시험에 응시해 보기로 마음먹고 틈틈이 그 전형 준비에 필요한 책들을 봤다. 하지만 그는 공무원 채용 시험에 몇 차례 응시해서 합격하지 못할 경우에는 사기업에라도 들어

가야 하고 그럴 적에는 그의 대학교 전학년 성적이 좋아야 한다는 걸 아는 까닭에 취업 준비를 한다는 이유로 학교 공부를 소홀히 하는 우를 범하지는 않았다.

호준이 대학교 3학년 과정을 수료하고 4학년에 올라갔다. 그가 7급 행정직 국가공무원 채용 시험의 난이도가 어느 수준인지 알아볼 양으로 그해 유월에 시행된 그 전형에 응시했다. 문제가 꽤 어려웠다. 준비가 충분하지 않아서 그가 그 전형에 불합격했다.

호준이 대학교를 졸업했다. 그가 고향으로 내려가지 않고 서울에서 머무르며 작년의 실패 경험을 거울삼아 그때 준비가 미흡했었던 과목들을 중점적으로 공부하여 7급 행정직 국가공무원 채용 시험에 다시 도전했다. 그가 열심히 공부한 보람이 있어서 그 시험에 합격했다.

호준이 7급 행정직 국가공무원 채용 시험에 합격한 지 한 달 가량이 지났다. 총무처에서 그에게 공무원 임용에 필요한 서류 몇 가지를 제출하라고 요구했다. 그가 그 서류들을 갖추어서 총무처에 우편으로 보내었다. 다시 한 달 가량이 지났다. 그의 인사기록이 그 사이에 체신부로 이관된 듯했다. 체신부에서 그에게 몇 가지 서류를 더 제출하라고 요청했다. 그가 그것들을 구비하여 체신부에 보내었다. 그로부터 두 달 가량이 지났다. 부산체신청에서 그의 인사기록을 체신부로부터 넘겨받았다는 걸 그에게 알리고 거기서 정한 일시에 총무과로 와줄 것을 요청하는 내용의 문서를 보내었다.

그가 정해진 일시에 그 문서를 가지고 부산체신청 총무과에 갔다. 총무과에 여러 사람이 와 있었다. 그들 모두 그 날 그와 함께 발령을 받을 이들인 듯했다. 총무과의 인사담당 직원이 오전 9시에 그때까지 와 있던 이들의 수를 세어 본 후에 잠시 기다리라고 했다. 그날 발령을 받을 이들이 아직 다 오지 않은 듯했다. 시간이 잠시 지났다. 한 사람이 더 왔다. 그 날 발령을 받을 이들이 그제야 다 나온 듯했다. 총무과의 인사 담당 직원이 그들을 강당으로 데리고 가서 다섯 명씩 횡렬로 두 줄로 세운 후에 밖으로 나갔다. 오래지 않아 청장이 체신청의 간부들과 함께 강당으로 왔다. 체신청의 간부들은 벽 쪽으로 가서 나란히 서고 청장이 단상으로 올라가서 그들에게 임용장을 수여했다.

호준은 우정과 근무 명령을 받았다. 그가 임용장을 받아 들고 총무과 직원의 안내를 받아 우정과에 갔다. 과장이 그가 근무할 부서를 지정하고 그에게 할 일들을 배정해 주었다. 호준이 전임자로부터 일을 인계받아 바로 업무 수행에 들어갔다.

호준은 부산에 친척이나 지인이 없었다. 그는 전날 부산에 와서 어젯밤을 여관에서 묵었다. 그가 그날 근무를 끝내고 우정과에서 일하는 한 직원의 도움을 얻어서 초량에 하숙방을 구하여 숙식 문제를 해결했다.

부산체신청은 자체 건물이 없고 5층 건축물인 부산우체국 3층 일부를 빌려서 사무실로 사용했다. 호준은 초량에서 부산우체국이 위치한 광복동까지 매일 버스를 타고 일터에 출근했고 근무를 끝낸 후에는 다시 대중 교통을 이용하여 하숙집에 돌아왔다.

호준이 부산체신청에서 한 달 가까이 일했다. 근무 일수가 늘어감에 따라 그가 그 기관에서 하는 일들이 어떤 것들인지 조금은 알게 됐다. 부산체신청은 중간 감독 기관이었다. 체신청에서 일하는 공무원들은 체신부 본부의 지시를 받아서 그걸 예하의 여러 우체국에 전파하고 일선 현장에서 일하는 직원들이 정해진 규칙과 상부의 지침에 따라 업무를 제대로 수행하는지 여부를 감독하는 일 등을 주로 했다. 그렇기 때문에 체신청 직원들은 수시로 예하의 일선 우체국에 나가서 그들의 업무 처리 실태를 점검하고 잘못이 발견될 경우에는 책임자에게 그걸 알려서 시정하도록 요청하고는 했다.

호준이 부산체신청에서 일한 기간이 좀더 길어지면서 그 기관의 인적 구성에 대해서도 조금 알게 됐다. 그 기관에서 일하는 공무원의 수는 2백여 명이었다. 대부분이 영남인들이었으나 타지역 출신들도 다소 있었다. 그 타지역 출신들 중에는 물론 호남인도 몇 사람 있었다.

부산체신청은 중간 감독 기관인 까닭에 거기서 일하는 공무원들은 대부분 일반 행정직이었다. 그렇지만 일반 행정 업무를 보조하는 기능직 공무원들도 상당수 있었고 그들 또한 대부분 사무실에서 일했다. 그러나 운전기사들은 부산우체국 1층에 있는 기사대기실에서 대기하며 필요에 따라 차를 운행했다.

호준이 연초에 수립된 우정과 자체 계획에 의거해서 영도우체국의 다량 우편물 접수 실태를 점검하러 가기 위해 위에 보고하고 사무실에서 나왔다. 기사대기실은 건물 1층 출입구 가까이에 있었다. 그가 계단을 걸어서 1층으로 내려가 기사대기실 앞으로 다가갔다. 안에서 두 사람이 다투는 소리가 밖으로 새어 나왔다. 둘 다 그의 귀에 익은 음성들이었다. 하나는 부산체신청 소속 운전기사 이종돌이었고 다른 하나는 부산우체국의 우편물 운송직원 김창수였다. 하지만 출입문이 닫혀 있어서 그들의 모습은 보이지 않았다.

"임마, 네 고향이 어디야?"

종돌이 큰소리로 외쳤다. 창수는 부산 토박이였다. 종돌이 그걸 모르고 그에게 고향이 어디냐고 물은 건 아니었다. 종돌이 그에게 고향이 어디인지 물은 건 경상도 사람들은 타지역 출신들과는 다툴 수 있어도 같은 영남인끼리는 싸울 이유가 없다는 걸 우회적으로 표현한 것이었다.

"전라도다."

창수가 종돌이 그의 고향이 어디인지 물은 까닭을 모를 리 없었다. 하지만 창수가 그의 물음에 바로 답하지 않고 어깃장을 놓았다.

"임마, 네 고향이 정말 전라도야?"

"그렇다. 어쩔래?"

창수가 물러서지 않고 맞섰다.

호준은 부산체신청에서 공무원으로 일하기 전부터 영남인들 뿐만 아니라 여타 지역 출신들 다수가 전라도 사람들을 싫어한다는 걸 알고 있었다. 종돌이 창수와 언쟁을 벌이며 구태여 경상도 사람들끼리는 다툴 이유가 없다는 취지의 말을 한 건 호준을 포함하여 호남인 몇이 부산체신청에서 근무하고 있는 걸 싫어해서 뱉은 소리일 수도 있었다. 호준은 두 사람이 언쟁을 벌이게 된 원인이 구체적으로 무엇인지 모르지만 그들이 그것과는 아무 관련이 없는 걸로 여겨지는 호남인들의 존재를 들먹이는 걸 듣고 기분이 안 좋았다. 그렇지만 호준은 그들이 주고받는 소리들을 못 들은 체할 수밖에 없었다.

종돌과 창수가 벌이는 언쟁이 곧 끝나지 않을 것 같았다. 호준은 영도우체국의 다량 우편물 접수 실태를 조사하러 가야 하는 까닭에 그들이 언쟁을 끝낼 때까지 밖에서 마냥 기다리고 있을 형편이 못 되었다. 그가 그들의 싸움이 더 길어져서는 안 되겠다고 여겨 밖에서 헛기침을 몇 번 하고 기사대기실 문을 열었다. 두 사람이 싸움을 중단하고 머쓱한 표정으로 그를 봤다.

"이종돌 씨, 지금 영도우체국에 가야 하는데……."

호준이 말했다.

"알겠습니다. 바로 차를 대겠습니다."

종돌이 이렇게 대꾸하고 기사대기실에서 나갔다.

호준이 건물 밖으로 나가서 종돌이 차를 끌고 오기를 기다렸다. 오래지 않아 종돌이 차를 끌고 와서 그의 앞에 세웠다. 호준이 차의 뒷문을 열고 안으로 들어가서 앉았다.

"영도우체국에 가신다고 했지요?"

"네."

"이 시간대에는 도로에 차들이 많아서 시간이 좀 걸릴 겁니다."

종돌이 이렇게 말하고 차를 부산우체국 후문 쪽으로 전진시키었다.

종돌이 부산우체국 후문을 지나서 잠시 후에 차를 부산 시내 동서를 잇는 도로로 진입시키었다. 교통량이 많아서 차들이 빨리 달리지 못했다. 호준이 좌석 등받이에 상체를 묻고 조금 전 기사대기실 안에서 종돌과 창수가 다툼을 벌이며 뱉은 말들을 머릿속에서 되새겼다. 호준은 그들이 무슨 이유로 다툼을 벌이게 됐는지는 알지 못하지만 그 원인 같은 것에는 관심이 없었다.

그는 그보다는 그들이 다툼을 벌이며 그 원인과는 관련이 없는 걸로 여겨지는 특정 지역을 들먹이면서 싸움의 불필요성을 거론했던 것에 마음이 쓰였다. 더욱이 그들 둘은 영남인들이었다. 그들이 그때 다툼을 벌이며 특정 지역을 거론했던 건 그들이 부산체신청에서 근무하는 몇몇 전라도 사람들에 대하여 평소 안 좋은 감정을 가지고 있다는 걸 간접적으로 말했다. 그렇기 때문에 종돌은 창수와 다툼을 벌이며 평상시 가슴속에 품고 있던 전라도 사람들에 대한 안 좋은 감정을 그리 우회적으로 표현했는지도 몰랐다. 물론 부산체신청에는 전라도 외에도 경기도, 충청도 그리고 강원도 등 타지역 출신들이 상당수 있었다. 실제에 있어서는 여타 지역 출신들 역시 전라도 사람들을 싫어하지만 그 수준은 영남인들이 그들을 혐오하는 정도에는 미치지 못했다. 종돌이 창수와 다툼을 벌이며 전라도 사람들의 존재까지 들먹여서 언쟁의 불필요성을 거론했던 건 그가 호남인들에 대하여 심히 안 좋은 감정을 품고 있다는 걸 간접적으로 드러낸 것일 수도 있었다.

우정과에서 행정 업무를 보조하던 기능직 공무원 한 사람이 나가고 그 자리에 박수태가 들어왔다. 그는 부산체신청에서 근무하는 한 중간 간부의 알선으로 공무원이 됐다. 공무원은 대체로 공개경쟁시험을 거쳐 그 신분을 취득하는 것이 보편적임에 비추어 그의 경우는 다소 예외적이라 할 수 있었다.

수태는 전라도 출신이었다. 그는 공무원이 되어 부산에 와서 일하기 전까지 대부분의 기간을 출신지에서 살았기 때문인지 타지역 말씨가 별로 섞이지 않은 거의 순수한 전라도 사투리를 썼.

수태는 결혼해서 아내와 아이 둘이 있었지만 어떤 사정이 있어서인지 그의 가족을 그의 직장이 있는 부산으로 데려 와서 함께 살지 않고 혼자 지내었다. 결혼한 남자들은 대체로 가족을 생활 근거지로 데려 와서 함께 지내는 것이 보편적임에 비추어 그가 그리 하지 않고 혼자 지내는 것 또한 다소 예외적이었다.

　우정과에서 수태가 하는 일은 예하의 우체국에서 사용하는 우정용품과 특수 사무용 물품 등의 수급 계획을 수립하고 그것들을 총무과에 청구해서 보급하는 것이었다. 그는 맡은 일을 차질없이 수행하기 위해서는 물자 구매 부서인 총무과에 자주 드나들 수밖에 없었고 거기서 관련 업무를 담당하는 직원들과도 수시로 접촉해야 했다.

　수태가 우정과에서 일한 지 한 달 가량 됐다. 그가 직원들 사이에서 모주꾼이라는 소문이 나돌았다. 그가 가족과 함께 살지 않고 혼자 지내며 그로부터 연유하는 외로움을 술에 의지해서 푸는 까닭에 그같은 소문이 난 듯했다.

　호준이 우정과 자체 계획에 의거해서 부산진우체국에 가서 두 시간 가량 창구 직원들의 고객 응대 실태를 점검했다. 창구 직원들이 관련 규칙과 상부의 지침에 어긋나지 않게 일을 잘 처리하고 있어서 그가 지적할 사항이 별로 없었다. 그가 점검 결과를 책임자에게 이야기하고 근무처로 돌아가기 위해 종돌이 운전하는 공용차에 올랐다. 도로에 교통량이 많아서 차들이 빨리 달리지 못해 호준이 당초 예상했었던 시각보다 다소 늦게 부산우체국에 닿았다.

　종돌이 건물 일층 출입구 앞에 차를 세웠다. 호준이 차에서 내려 건물 안으로 들어가 통로를 걸어서 위로 올라가는 계단 가까이에 이르렀다. 이층 층계참에서 두 사람이 주고받는 말소리가 그의 귀에 들리었다.

　"박수태 그 자가 또 사고를 친 모양이야. 그 자가 어젯밤에 우리도 가끔 가는 그 주점에서 술을 마시고 돈이 없어서 술 값을 내지 못해 주인이 그의 양복 상의를 벗기어 담보물로 잡은 모양이야. 그 주점 주인이 오늘 오늘 오전에 경리계에 와서 급여 담당 직원에게 그 계산서를 보이며 그의 월급에서 그 금액을 공제해 줄 수 있겠는지 묻더래."

"그 자 고향이 전라도지, 아마?"

"그래. 전라도 새끼들은 다 싹수가 없어."

두 사람의 대화는 계속됐다.

2층 층계참에서 대화를 나누고 있는 사람들의 모습은 보이지 않지만 호준은 그들이 누구인지 알고 있었다. 둘 다 총무과 직원들이었다. 그는 그들이 혐오하는 전라도 사람이 아니라면 곧장 계단을 걸어 올라갈 수도 있었다. 그렇지만 그는 그들이 싫어하는 전라도 출신이어서 그리 하지 않고 그 자리에 서서 그들이 대화를 끝내기를 기다렸다. 그가 바로 계단을 걸어 올라가 그들과 닥뜨릴 경우 그들이 그가 전라도 출신임을 아는 까닭에 민망해 할 건 불을 보듯 뻔하기 때문이었.

'박수태 씨의 품행이 안 좋다는 건 나도 여러 사람한테 들어서 알고 있어. 그러나 아무리 그렇다고 해도 그 한 사람의 품행이 안 좋은 걸 빌미 삼아서 그들이 이곳에서 일하는 호남인 전체를 매도하는 건 조금은 부당하지 않은가?'

호준은 입속말로 이렇게 뇌며 우리 나라에서 흔히 한 인간에 대한 품성 평가의 한 가지 기준이 되고 있는 출신지가 갖는 의미에 대해서 생각해 봤다.

무릇 한 인간의 출신지는 그 사람이 태어나서 자라난 곳을 의미한다. 그런 면에서 한 사람의 출신지는 대개는 당자의 의사와는 관련이 없이 그 부모에 의해서 결정된다고 할 수 있다. 따라서 세인들이 사람들의 출신지들을 놓고 그 지역 태생자들을 매도하는 건 결과적으로 그들의 부모들을 욕하는 꼴이 된다. 더욱이 예전에는 주민들의 주거지 이동이 여러 가지 사정으로 자유롭지 않아서 대대로 그 출신지에서 거주한 경우들이 많았다. 주민들의 주거지 이동이 그처럼 쉽지 않았던 시절에는 그들의 선대 조상들 역시 그 출신지에서 거주했을 가능성이 컸다.

그 위에 세대를 더욱 거슬러 올라가면 세인들이 그들의 조상들의 출신지를 추적하는 것도 그리 쉬운 일은 아니다. 그렇기 때문에 세인들이 사람들의 츌신지들을 문제삼는 건, 만일 그들의 조상들 역시 옛날에 한때라도 그 지역에서 거주했었다면, 자칫 그들의 선조 얼굴에 침을 뱉는 형국이 될지도 모른다.

제3장

짝사랑

　전무과電務課는 우정과郵政課 사무실 바로 옆에 있었다. 호준이 우정과에서 일한 기간이 길어짐에 따라 옆 사무실의 직원들과도 안면을 익혀서 그 부서의 몇몇 사람들과 교분을 쌓았다. 그들 중에서도 이기호는 그와 연령이 비슷해서 호준은 그에게 조금은 더 친밀감을 느끼었다. 하기야 그건 기호도 마찬가지인 것 같았다. 사람들은 연령이 비슷하면 서로 더 친밀감을 느끼는 성향이 있기 때문인지도 몰랐다. 그런 이유로 두 사람은 통로 같은 데에서 오다가다 마주치면 반가워했고 별일이 없더라도 구내매점 같은 데 가서 커피를 마시며 한동안 이런저런 이야기를 나누고는 했다.

　호준이 그리 길지 않은 기간에 기호와 그처럼 빨리 친해질 수 있었던 데는 그같은 이유 외에도 한 가지 사유가 더 있었다. 호준은 그가 부산에 연고가 있고 경상도 사투리를 써서 처음에는 그가 부산 출신인 걸로 생각했다. 그러나 기호는 부산 출신이 아니었다. 그는 전라남도 곡성에서 태어나 거기서 초등학교와 중학교를 졸업하고 부산에 거주하는 그의 손위 누이의 집에 와서 기거하며 여기서 고등학교와 대학교 과정을 마쳤다. 그는 감수성이 풍부한 청소년 시절에 여기에 와서 공부하며 자연스럽게 경상도 사투리를 익히어서 이 지역 출신들처럼 구사했다. 그래서 호준은 처음에는 그가 이 지역 출신인 걸로 여겼었으나 뒤늦게 호남 태생임을 알고 더 친근감을 느꼈다.

그렇지만 기호는 호준과 친구처럼 지내면서도 그에게 말을 놓지 않고 늘 '선배님'이라고 부르며 존대말을 썼다. 사실 기호는 그보다 몇 달 늦게 부산체신청에 들어오기는 했지만 그와 시험 동기였다. 게다가 두 사람은 나이가 비슷해서 서로 말을 놓고 지낼 수도 있었다. 하지만 기호는 그리 하지 않고 그가 몇 달 먼저 부산체신청에 들어왔음을 의식해서인지 그에게 말을 높였다. 호준은 그가 그를 선배님이라고 부르며 말을 높이는 걸 처음에는 다소 쑥스럽게 여기었으나 시일이 지나면서 그가 그렇게 말하는 데 익숙해져서 이제는 그렇지 않았다.

금요일 오후였다. 책상 위에 놓인 전화기의 벨이 울리어 호준이 일을 하다 말고 팔을 뻗어 수화기를 들었다.

"우정과입니다."

"선배님, 이기호입니다. 오늘 저녁에 선약이 없으면 선배님과 소주나 한 잔 나누고 싶습니다. 어떻습니까?"

"그렇게 하지요."

"그러면 6시 반에 부산우체국 후문에서 선배님을 기다리겠습니다."

"알겠습니다."

호준이 전화를 끊었다.

호준이 근무 시간이 끝나기 전에 붙잡은 일을 마무리하고 벽에 걸린 시계를 봤다. 오후 6시20분이 조금 지나 있었다. 그가 책상 위를 정리하고 의자에서 일어섰다. 사무실에는 아직도 몇 사람이 남아서 일을 하고 있었다. 그가 옷걸이가 있는 곳으로 가서 양복 상의를 내리어 위에 걸치고 사무실에서 나와 통로 중간쯤에 나 있는 계단을 걸어 일층으로 내려가 건물 밖으로 나갔다. 기호가 부산우체국 후문 경비실 앞에서 그를 기다리고 있었다.

"오래 기다렸습니까?"

　호준이 그에게 다가가며 물었다.

"아닙니다. 저도 방금 왔습니다."

　기호가 그를 보고 웃으면서 대꾸했다.

　두 사람이 우체국 후문을 지나서 부산 시내의 동서를 잇는 큰길을 향해 걸었다.

"선배님, 잘 아시는 음식점이 있습니까?"

　기호가 물었다.

"아니오. 없습니다."

"그러면 오늘은 제가 아는 곳으로 모시겠습니다."

　기호가 고개를 돌려 그를 보고 씽긋 웃으며 말했다.

　두 사람이 큰길에 이르렀다. 그들이 횡단보도를 건너서 택시정류장으로 가서 섰다. 오래지 않아 빈 택시 한 대가 와서 그들 앞에 섰다. 두 사람이 택시 뒷문을 열고 안으로 들어가서 나란히 앉았다.

"어디로 모실까요?"

　남자 운전사가 뒤를 보며 물었다.

"동래온천장으로 가 주세요."

기호가 대꾸했다.

운전사가 택시를 몰아 동래온천장으로 향했다. 퇴근 시간대여서 도로에 교통량이 많아 차들이 빨리 달리지 못했다. 두 사람이 탄 차가 시내 중심가를 출발한 지 한 시간쯤 후에 동래온천장에 이르렀다. 기호가 운전사에게 그가 아는 음식점의 이름과 위치를 알려주었다. 운전사가 이곳 지리를 잘 아는 듯했다. 그가 왼쪽으로 방향을 꺾어서 폭이 좁은 도로를 오 분 정도 달리어 그가 일러 준 음식점 앞에 차를 세웠다.

기호와 호준이 택시에서 내려 음식점 안으로 들어갔다. 음식점 안에 손님들이 많았다. 두 사람이 빈자리를 찾아 한 구석으로 가서 식탁을 사이에 두고 마주앉았다.

호준은 이 식당에 오늘 처음 왔다. 이 식당에서는 생선회를 전문으로 취급하는 듯했다. 벽에 붙여진 식단표에 여러 종류의 생선회 이름이 옆으로 나열되어 있고 그 아래에 각각 그 가격이 적혀 있었다.

젊은 여자 종업원이 음식 주문을 받으러 왔다.

"광어회 2인분하고 소주 두 병만 가져오세요."

기호가 식단표를 보며 말했다.

"알겠습니다."

그녀가 주문 내용을 메모지에 적으며 대꾸했다.

호준이 얼굴을 돌려 식당 안을 둘러봤다. 저쪽 구석의 한 식탁에서 젊은 여자 여섯이 생선회를 앞에 놓고 소주를 마시고 있었다. 한국에서도 소주가 남성들의 전유물이 아닌 지는 이미 오래됐다. 요즈음에는 식당에서 여자들만이 모인 모임에서 그들끼리 소주 잔을 주고받는 광경이 드물지 않게 눈에 띄었다.

"선배님, 이곳 생활은 어떻습니까? 지낼 만합니까?"

기호가 물었다.

"부산에서 생활한 지 1년이 넘었습니다만 친구들이 많지 않기 때문인지 이곳 삶에 아직도 재미를 못 느끼고 있습니다. 매일 직장에 출근해서 일하는 것 외에 다른 즐거움은 별로 없습니다."

"부산에 친척 분도 안 계십니까?"

"네. 없습니다."

"그러면 지금 여기서 어떻게 지내세요? 하숙을 하고 계시는가요?"

"네. 초량에서 하숙을 하고 있습니다."

"그렇군요. 전에 한 번 말씀 드린 적이 있습니다만 저는 부산에 누님이 살고 있어서 여기에 와서 고등학교와 대학교를 다녔습니다. 그래서 여기에 친구들이 조금 있습니다."

기호가 말했다. 저쪽 구석에서 일행과 함께 앉아서 음식을 들며 아까부터 이따금 기호를 바라보던 한 젊은 여인이 일어나서 이쪽으로 걸어왔다. 하지만 그는 그 쪽을 등지고 앉은 까닭에 그걸 알지 못했다.

"안녕하세요."

그녀가 그의 곁에 와서 인사를 건넸다.

"아, 순혜 씨. 오랜만입니다. 직장 선배님에게 이 식당 음식을 시식해 보시도록 하려고 모시고 왔습니다. 오빠는 잘 계시지요?"

그가 깜짝 놀라 고개를 돌려서 옆을 보며 말했다.

"네. 잘 있어요."

"잠깐 여기에 앉으시지요."

"……."

그녀가 그의 옆에 놓인 빈 의자에 앉았다.

"선배님, 제 친구 여동생입니다."

그가 호준에게 그녀를 소개했다.

"황호준입니다."

"전순혜예요."

그녀가 대꾸했다.

여종업원이 기호가 조금 전에 주문한 생선회와 소주 두 병을 가져왔다. 그가 소줏병을 들어서 마개를 열고 세 개의 잔에 술을 따랐다. 호준이 잔을 들어 입에 대고 술을 입안으로 조금씩 흘리며 순혜를 봤다. 길거리에서 사람들이 흔히 보기 어려운 미인이었다.

"직장에 다니시는가요?"

그가 물었다.

"네. 삼호무역에서 일하고 있어요. 저기 있는 여자들은 제 직장 친구들이에요."

그녀가 그녀의 친구들이 있는 곳을 보며 말했다.

호준과 기호가 잔을 비웠다. 그러나 순혜는 술을 마시지 않았다.

"저는 이만 친구들이 있는 곳으로 가겠습니다."

그녀가 가만히 앉아 있기 거북한 느낌이 들기 때문인지 기호에게 이렇게 말하고 몸을 일으켰다.

"그렇게 하십시오."

기호가 대꾸했다.

기호가 두 개의 빈잔에 다시 술을 채웠다.

"제 고등학교 동창의 여동생입니다. 고교 시절에 제가 가끔 그 친구의 집에 놀러가서 순혜 씨를 몇 번 본 적이 있었습니다. 그때에는 어린 여학생이었는데 그 사이에 저렇게 커서 이제 숙녀가 됐네요."

"길거리에서 흔히 보기 어려운 미인입니다."

"선배님의 마음에 드십니까? 그렇다면 제가 측면에서 돕겠습니다."

"후배도 결혼할 때가 됐고 아직 미혼인데 그렇게까지 할 필요가 있겠습니까?"

"제 마음이 어떻게 바뀔지는 모르겠지만 저는 앞으로 몇 년 동안은 결혼할 의사가 없습니다."

기호가 웃으면서 말했다.

두 사람이 대화를 나누며 술잔을 주고받던 사이에 소주 두 병이 다 비워졌다. 기호가 근처에서 일하던 여자 종업원을 불러서 소주 한 병을 더 가져오라고 했다. 그녀가 바로 소주 한 병을 들고 와서 식탁 위에 놓고 아까 일했었던 곳으로 갔다. 그가 병을 들어서 마개를 열고 두 개의 잔에 소주를 따랐다.

"양친은 생존해 계시지요?"

"아닙니다. 아버님은 오래전에 돌아가시고 어머님만 계십니다."

호준이 대꾸했다.

"어머님의 연세가 얼마인지 모르지만 선배님에게 빨리 결혼하라고 말씀하지 않으세요?"

"안 그러실 리 없지요."

"저는 양친이 다 계십니다. 그런데도 어머님은 저더러 어서 결혼하라고 재촉하십니다."

기호가 웃으면서 말했다.

시간이 흘러 밤 10시가 가까웠다. 순혜와 그녀의 직장 동료들도 조금 전에 회식을 끝내고 밖으로 나갔다. 식당 안에는 호준과 기호 외에 손님 몇 사람이 남아 있었다.

여종업원이 나중에 가져온 소주 한 병이 다 비워졌다. 호준이 여느 때에 비해 술을 많이 마시었기 때문인지 취기를 느꼈다. 그것은 기호도 마찬가지인 듯했다. 두 사람이 술자리를 끝내고 식당에서 나왔다.

기호의 누이 집은 그 음식점에서 그리 멀지 않은 거리에 있었다. 그는 거기서 바로 택시를 타고 그의 누이 집으로 갔다. 호준은 그가 떠난 후에 버스를 타고 그의 하숙집으로 돌아가려고 큰길을 향해서 걸음을 옮겼다.

호준은 다른 사람으로부터 음식 대접을 받을 경우 대개는 되도록 속히 그 보답을 했다. 그렇지만 그는 지난번에 기호로부터 음식 대접을 받고 이런저런 사정으로 보름이 넘도록 그 보답을 하지 못해서 마음속으로 그에게 빚진 듯한 느낌을 떨쳐버릴 수 없었다.

내일은 토요일이었다. 토요일은 반공일이어서 호준은 일에 대한 부담감을 조금은 덜 느꼈다. 그가 다소 늦은 감은 있지만 오늘이라도 지난번에 기호로부터 받은 음식 대접에 보답할까 생각하고 오후 3시가 조금 넘은 시각에 그의 사정이 어떠한지 알아보려고 그가 일하는 부서에 전화를 걸었다. 기호가 바로 전화를 받았다.

"선약이 없으면 오늘 저녁에 식사를 한 끼 대접하고 싶습니다. 괜찮겠습니까?"

"네. 선배님이 청하시는데 후배가 거절하면 도리가 아니지요. 어디서 몇 시에 만날까요?"

"내가 아직도 부산 지리를 잘 모릅니다. 지난번처럼 6시 반에 부산우체국 후문 경비실 앞에서 만나서 후배가 아는 식당으로 가는 게 어떻겠습니까?"

"그리하겠습니다."

기호가 전화를 끊었다.

호준이 기호와 만나기로 약속한 시간에 맞추어 부산우체국 후문 경비실 앞으로 갔다. 기호가 이번에도 먼저 와서 거기서 그를 기다리고 있었다.

"자갈치시장에 제가 아는 음식점이 있습니다. 제가 그 음식점에 전화를 걸어서 예약해 놓았습니다. 그곳으로 가시지요."

"네. 그렇게 하지요."

호준이 그와 나란히 걸음을 옮기며 대꾸했다.

두 사람이 부산 시내 동서를 연결하는 큰길에 이르렀다. 자갈치시장은 거기서 멀지 않은 거리에 있었다. 그들이 택시를 탔다. 십여 분 후에 그들이 탄 택시가 자갈치시장 근처에 닿았다. 교통이 혼잡해서 차들이 빨리 달리지 못했다.

"걷는 것이 더 빠를 것 같군요. 차라리 걸어갈까요?"

기호가 호준의 의견을 물었다.

"네. 그렇게 하지요."

호준이 동의했다.

두 사람이 택시에서 내려 자갈치시장을 향해 걸었다. 기호가 예약한 음식점은 바다를 면한 건물 2층에 있었다. 그들이 계단을 걸어서 2층으로 올라갔다. 해가 아직 떨어지지 않았기 때문인지 음식점 안에 손님들이 적었다. 두 사람이 구두를 벗고 마루 위로 올라가 바다가 내려다보이는 창가로 가서 식탁을 사이에 두고 마주앉았다.

"전순혜 씨에게 전화를 걸어서 이곳으로 오라고 했습니다. 아마 곧 올 거예요."

"그래요?"

호준은 동래온천장의 어느 음식점에서 그녀를 처음 본 후로 그녀의 미모에 마음이 끌리어서 그 동안 가끔 그녀의 얼굴을 머릿속에 떠올리고 그녀를 생각하고는 했다. 그는 그녀가 일하는 사무실 전화번호를 알면 그녀에게 전화를 걸어서 함께 차라도 한 잔 나누고 싶다는 의사를 표하고 싶기도 했다. 하지만 그는 그녀의 연락처를 몰라 그리 하지 못하고 마음속으로만 그녀를 그리워했다. 그러던 차에 그는 뜻밖에도 기호로부터 그녀가 곧 여기에 올 거라는 걸 듣고 내심 기뻐서 그에게 이렇게 되물었다.

"네. 곧 올 겁니다."

기호가 대꾸했다.

여종업원이 아까 호준이 주문한 생선회와 소주 두 병을 쟁반에 담아 들고 와서 식탁 위에 벌이어 놓고 다른 손님에게 갔다. 그가 소줏병을 들어서 마개를 열고 두 개의 잔에 술을 따랐다.

"우선 목부터 축입시다."

그가 이렇게 말하고 잔을 들어서 입으로 가져갔다.

"……."

기호가 아무 말을 안 하고 잔을 집었다.

호준은 건물 1층에서 2층으로 올라오는 계단이 있는 곳을 등지고 앉아 있었다. 기호가 그와 술잔을 주고받으며 계단이 있는 곳으로 자주 눈길을 보내었다. 기호가 아마도 순혜가 나타날 경우 그녀에게 그가 있는 곳을 알리려고 그러한 것 같았다.

두 사람 사이에 술잔이 몇 차례 오고 갔다.

"순혜 씨, 여기예요."

기호가 손에 들고 있던 잔을 내려놓고 팔을 들어 흔들며 외쳤다. 호준이 그의 말을 듣고 고개를 돌려 뒤를 봤다. 순혜가 기호가 손을 들어 흔드는 걸 보고 이쪽으로 걸어왔다.

순혜가 마루 위로 올라와서 기호 옆에 앉았다.

"안녕하세요."

호준이 그녀에게 인사를 건네었다.

"여기서 다시 뵙게 되네요."

그녀가 별 감흥이 없는 어조로 그의 인사에 답했다.

기호가 순혜 앞에 놓인 잔에 소주를 채웠다.

"후래삼배後來三杯라는 것 정도는 알고 있겠지요?"

그가 잔을 들고 웃으면서 말했다.

"……."

그녀가 어떤 대답 대신에 얼굴에 미소를 올리었다.

기호와 호준이 각자 앞에 놓인 잔을 비웠다. 그러나 순혜는 잔을 들어 입에 대었다가 술을 입 안으로 흘리지 않고 도로 내려놓았다. 그녀가 술을 마시지 않으려는 것 같았다.

호준과 기호 사이에 술잔이 두어 순배 더 돌았다. 그렇지만 순혜는 술을 마시지 않고 가만히 있었다. 기호가 그걸 보고 답답한 느낌이 들은 모양이었다.

"순혜 씨가 술을 마시지 않기 때문에 분위기가 어색합니다. 술맛이 나지 않아요."

"……."

그녀가 이번에도 어떤 말 대신에 입가에 미소를 올리었다.

"여기요."

기호가 근처에서 일하던 여종업원을 불렀다. 그녀가 하던 일을 멈추고 그에게 왔다.

"미안합니다만, 메모지 두 장만 가져다 주시겠어요?"

"네."

그녀가 대답하고 바로 계산대로 가서 메모지 두 장을 가져와서 그에게 주었다.

"두 분이 우선 악수를 나누시고 이 메모지에 서로 연락할 수 있는 전화번호를 적어서 교환하도록 하십시오."

기호가 두 사람에게 메모지를 한 장씩 주며 말했다.

호준이 순혜에게 손을 내밀어 악수를 청했다. 그녀가 마지못한 태도로 그의 손을 잡았다. 그가 악수를 풀고 방금 기호로부터 받은 메모지에 그의 사무실 전화번호를 적어서 그녀에게 건넸다. 그녀가 그걸 받고 메모지에 그녀의 연락처를 적어서 그에게 주었다.

분위기가 아까보다 다소 부드러웠다. 그러나 순혜는 여전히 어색한 표정을 얼굴에서 지우지 않고 있었다. 그녀가 오라버니의 친구 전화를 받고 그의 청을 차마 물리칠 수 없어서 여기에 오기는 했지만 관심 밖의 사람들과 함께 앉아 있는 것이 고역처럼 느껴져 그러한지도 몰랐다.

음식점 안에 손님들이 늘었다. 사람들은 술을 마시면 말을 많이 하게 마련인지도 몰랐다. 주위가 시끄러워서 세 사람이 작은 음성으로 말해도 될 것들을 큰소리로 이야기했다.

밤 10시가 가까웠다. 세 사람이 술자리를 파하고 일어섰다. 호준이 음식값을 지불했다. 그들이 계단을 걸어 1층으로 내려가서 건물 밖으로 나왔다. 바다 쪽에서 갯냄새를 머금은 시원한 밤바람이 불어왔다.

세 사람이 시장 골목을 벗어나서 큰길에 이르렀다. 도로에 차들의 왕래가 많았다.

"저는 여기서 바로 집으로 가겠습니다."

순혜가 기호에게 이렇게 말하고 근처의 택시정류장으로 향했다. 호준은 그녀와 몇 마디 말이라도 나누고 헤어지고 싶었지만 그녀는 그에게 그리 할 기회를 주지 않았다. 그가 조금은 아쉬움이 남은 표정으로 물끄러미 그녀의 뒷모습을 바라봤다.

빈 택시가 와서 순혜 앞에 섰다. 그녀가 택시 뒷문을 열고 안으로 들어가서 앉아 운전사에게 뭐라고 말했다. 운전사가 고개를 끄덕이고 나서 차를 동쪽 방향으로 몰았다. 두 사람이 그걸 보고 버스를 타고 거처로 돌아가려고 근처의 정류장으로 가서 섰다. 직장인들의 퇴근 시간대가 지난 까닭에 버스 운행 간격이 길었다.

두 사람이 정류장에 서서 각자 타고 갈 버스가 오기를 기다린 지 오분 가량이 지났다. 기호가 타고 갈 버스가 먼저 왔다.

"오늘 고마웠습니다."

기호가 이렇게 말하고 손님을 태우기 위하여 정차해 있는 버스 쪽으로 걸어갔다.

"안녕히 가십시오."

호준이 그의 등뒤를 향해 말했다.

호준은 초량을 경유하는 버스를 타야 했다. 그가 버스가 오기를 기다리며 오늘 순혜와의 두 번째 만남을 생각해 봤다. 그는 동래온천장의 어느 음식점에서 기호의 소개로 그녀를 알게 된 후로 그녀의 미모에 마음이 끌려서 그동안 가끔 그녀의 모습을 머릿속에 떠올리고 그녀를 생각하고는 했다. 그는 그녀의 연락처를 알면 그녀에게 전화를 걸어서 차라도 한 잔 함께 마시고 싶다는 의사를 표시하고 싶었다. 하지만 그는 그녀의 연락처를 몰라서 그리 하지 못하고 마음속으로만 그녀를 그리워했다. 그러던 차에 그는 지난번에 기호로부터 음식 대접을 받고 오늘 그에 보답하기 위하여 마련한 술자리에서 그로부터 뜻밖에도 그녀가 그 자리에 합석할 거라는 말을 듣고 내심 즐거웠다. 그렇지만 호준이 기대했던 것과는 달리 그를 다시 대하는 그녀의 태도는 냉랭했다. 그는 그 까닭이 정확히 무엇인지 모르지만 그녀가 오라버니의 친구 전화를 받고 그의 청을 차마 거절할 수 없어서 거기에 참석하기는 했으나 관심 밖의 사람들과 자리를 같이하는 것이 무료하게 느껴져 그 같은 태도를 나타낸 게 아닌가 헤아렸다.

호준이 사무실에서 일을 하며 순혜의 모습을 머릿속에서 그리었다. 그녀는 사람들이 길거리에서 흔히 보기 어려운 미인이었다. 그는 기호를 따라 동래온천장의 어느 음식점에 가서 그의 소개로 그녀를 알게 된 뒤로 그녀의 미모에 마음이 끌려서 이따금 그녀의 모습을 머릿속에 떠올리고 그녀를 생각하고는 했다. 그러던 차에 호준은 그때 그로부터 받았었던 음식 대접에 보답하기 위하여 그에게 예약을 부탁해서 마련한 자갈치시장 이층의 한 식당에서 뜻하지 않게 그녀를 다시 만나게 됐다. 물론 그 만남은 기호의 배려로 이루어진 것이었다. 그렇기는 하나 호준은 그 적에 그녀가 일하는 곳의 전화번호를 알게 되어 이제는 마음만 먹으면 그녀에게 전화를 걸어서 함께 차라도 한 잔 나누고 싶다는 의사를 표시할 수 있었다. 그런데 그가 그녀의 연락처를 몰라서 그 같은 의사를 표시할 수 없었을 적에는 그녀의 전화번호만 알면 그녀에게 전화를 걸어서 차라도 한 잔 나누고 싶다는 뜻을 표할 수 있을 것같이 생각됐었다. 그러나 '말 타면 경마(競馬) 타고 싶다.'는 속언이 있듯이 지금은 마음이 바뀌어서 그는 남녀의 사랑이 순조롭게 진행되어 좋은 결실을 맺기 위해서는 남자가 먼저 여자에게 전화하는 것보다는 그 반대가 되어야 하는 것이 순리인 것처럼 생각돼서 그녀로부터 은근히 어떤 연락이 오기를 기다리는 상태에 있었다. 그것은 어느 면에서 사람의 욕심은 끝이 없다는 걸 간접적으로 말했다. 그렇지만 그가 마음속으로 기대하던 바와 달리 그녀는 그가 일하는 사무실 전화번호를 알고 있으면서도 그에게 어떤 기별도 안 했다.

'그녀가 내 전화번호를 알고 있으면서도 나에게 전화하지 않는 까닭은 과연 뭘까? 그녀가 여자가 먼저 남자에게 전화하는 건 우리의 전통 예법에 맞지 않다고 여기기 때문일까? 아니면, 그녀가 나와는 교제를 나누고 싶은 의사가 없어서 연락을 안 하는 걸까? 만일 그것이 참이라면 내가 그녀로부터 어떤 연락이 오기를 기다리는 건 부질없는 짓이 되고 마는데……'

그가 머릿속에서 이렇게 뇌며 그녀가 그의 전화번호를 알고 있으면서도 그에게 전화를 하지 않는 이유가 무엇일까 생각해 봤다. 첫째는 우리 나라에서는 남녀 사이가 연인 관계로 발전할 수 있는 경우에는 아직도 여자가 먼저 남자에게 어떤 연락을 하는 건 옛날부터 전해 내려오는 예법에 어긋나는 걸로 여겨지는 예가 없지 않기 때문에 그녀가 연락을 안 하고 있을 가능성이었다. 그 다음은 그녀가 그의 어떤 점이 마음에 안 들기 때문에 그에게 아무 연락을 안 하고 있을 공산이었다.

그 두 가지 외에 그가 생각할 수 있는 또 하나의 이유는 그녀가 아직 결혼 같은 것에는 관심이 없어서 어느 남성과도 교제를 나눌 필요성을 느끼지 않아 그에게 연락을 안 하고 있을 공산이었다. 물론 그 세 가지 이유는 모두 그의 추측의 산물에 지나지 않았다. 그렇기는 하나 그 중에서 그 개연성이 가장 높은 건 그녀가 그의 어떤 점이 마음에 안 들기 때문에 그에게 아무 연락을 하지 않고 있을 공산이었다. 하기야 그것 역시 그의 추측에 지나지 않지만 실제가 그렇다면 그가 그녀를 그리워하며 그녀로부터 어떤 연락이 오기를 기다리는 건 그의 일방적인 짝사랑에 불과할 따름이어서 그는 그녀를 빨리 단념하는 게 좋았다.

그렇지만 남녀의 사랑은 자고로 이성적인 사고만으로는 이해되지 않는 예들이 적지 않다. 호준은 순혜가 그의 연락처를 알고 있으면서도 그에게 기별을 안 하는 걸 그녀가 그의 어떤 점이 마음에 들지 않아서 그에게 연락을 하지 않는 걸로 보기보다는 우리 나라에서는 옛날부터 남녀 사이가 연인 관계로 발전할 가능성이 있는 경우에는 여자가 먼저 남자에게 연락을 하는 건 전통 예법에 어긋나는 걸로 여겨지는 경우가 없지 않기 때문에 그리 하고 있는 걸로 해석하고 싶었다.

물론 그는 그것이 그의 아전인수 격의 해석일 수 있다는 걸 모르지 않았다. 그런데 문제는 그가 그녀로부터 먼저 어떤 연락이 오기만을 기다리며 그녀에게 아무 소식도 안 전할 경우 둘의 관계는 그걸로 끝나 버릴 가능성이 없지 않다는 것이었다. 하지만 그건 그가 원하는 바가 아니었다. '나는 되도록 그녀와의 교제를 이어나가서 좋은 결실을 맺고 싶어. 그녀로부터 어떤 소식이 오기만을 기다리며 내가 손을 놓고 가만히 있을 경우 둘의 관계는 그 두 번의 만남으로 끝나 버릴 가능성이 커' 그는 생각이 거기에 미치자 그녀로부터 소식이 오기만을 기다리며 두 손을 놓고 가만히 있어서는 안 될 것 같아 바로 전화기를 끌어당겨서 앞에 놓고 그녀의 사무실 전화번호를 눌렀다.

"삼호무역입니다."

그녀가 전화를 받았다.

"황호준입니다. 그동안 별일 없으셨습니까?"

"네."

"오늘 저녁에 선약이 없으시다면 제가 순혜 씨에게 식사를 한 끼 대접하고 싶습니다. 가능하시겠습니까?"

"식사는 사양하겠습니다. 이 근처 어디에서 만나 같이 커피나 한 잔 마시는 게 어떻겠어요?"

"그렇게 하지요. 언제 어디서 만날까요?"

"알고 계실지 모르겠습니다만 제가 일하는 회사는 부산우체국에서 서쪽 방향으로 그리 멀지 않은 거리에 있습니다. 황 선생님이 우리 회사가 있는 데 오셔서 서쪽 방향으로 조금 더 가면 초원다실 간판이 보일 거예요. 내일 저녁 7시에 거기서 뵐까요?"

"알겠습니다. 찾는 데 어려움은 없을 것 같습니다. 그러면 내일 거기서 뵙겠습니다."

그가 이렇게 말하고 전화를 끊었다.

다음날 저녁 호준이 순혜와 만나기로 약속한 시간에 맞추어 초원다실에 갔다. 다실 안에 손님들이 많았다. 그가 입구에 서서 다실 안을 둘러봤다. 그녀의 모습이 안 보였다. 그녀가 아직 오지 않은 듯했다. 그가 빈자리를 찾아 한 구석으로 가서 출입문 쪽을 향하고 앉아 그녀가 오기를 기다렸다. 그러나 그녀는 모습을 빨리 안 나타내었다.

10분 가량이 지났다. 순혜가 다실 문을 열고 안으로 들어섰다. 호준이 손을 들어서 그가 있는 곳을 그녀에게 알리었다. 그녀가 그걸 보고 그가 있는 곳으로 와서 맞은편에 앉았다.

"조금 늦었습니다."

"회사에서 일이 많은 모양이지요?"

"네. 조금."

그녀가 대꾸했다.

여종업원이 음료 주문을 받으러 왔다. 호준과 순혜가 커피를 주문했다.

"회사에서 무슨 일을 하고 계시는가요?"

그가 말없이 앉아 있기 민망해서 대화 소재가 될 만한 거리를 찾아서 그녀에게 물었다.

"구매부에서 물자 구매 업무를 담당하고 있습니다."

"요직이라고 할 수 있겠네요."

"그런가요?"

그녀가 얼굴에 엄정한 표정을 올리고 그를 보며 되물었다.

"……"

그는 그녀가 정색을 하고 되묻는 걸 보고 그녀에게 방금 건네었던 말이 잘못된 것이었다는 걸 알았다. 하지만 그는 이미 뱉은 소리를 주워 담을 수는 없었다.

여종업원이 아까 두 사람이 주문한 커피를 쟁반에 담아 들고 와서 탁자 위에 놓고 갔다. 호준이 잔을 들어서 입에 대고 커피를 입안으로 조금 흘리었다. 커피 맛이 좋았다.

"황 선생님의 말이 이곳 말씨가 아닌 것 같은데 고향이 어디예요?"

순혜가 커피 잔을 들고 물었다.

"전라남도 나주입니다."

그는 서울에서 대학교에 다닐 때 타지역 출신들이 호남인들을 싫어한다는 걸 안 후로 되도록 표준말을 쓰려고 노력했다. 그렇지만 그의 전라도 사투리가 표준말과 접목되면서 그의 말이 충청도 사람의 말씨처럼 들리기 때문인지 어떤 이는 그의 고향이 충청도인 걸로 잘못 알기도 했다. 두 지역의 말씨는 차이점도 있지만 유사한 면도 있어서 어떤 사람들은 그 차이를 잘 분간하지 못했다. 하지만 그녀는 그의 말씨에서 그 차이를 발견하고 그의 고향이 어디인지 묻는 것 같았다. 그는 그녀의 물음에 모호한 말로 대답하거나 거짓말을 할 수는 없다고 여겨 사실대로 말했다.

"그렇군요."

그녀가 자신의 짐작이 틀리지 않았음을 확인한 듯한 어조로 대꾸했다.

순혜가 호준의 출신지가 전라도임을 확인하고 나서 그와 마주앉아 있는 것이 거북하게 느껴지는 듯했다. 그녀가 그의 시선을 피하여 고개를 왼편으로 돌리고 부자연스러운 몸짓을 나타내었다. 그가 어색해진 분위기를 가벼운 공기로 바꾸어 보려고 그에 알맞은 대화 소재를 찾아봤다. 하지만 그는 마땅한 화제 거리를 뇌리에 얼른 떠올리지 못했다.

"제가 다른 데 볼일이 있습니다. 그래서 지금 가야 될 것 같습니다."

그녀가 이렇게 말하고 옆에 놓인 핸드백을 들고 일어섰다.

"……."

그는 어제 그녀에게 전화를 걸기 전까지 적잖은 심적 갈등을 겪었다. 그는 그녀와의 만남이 그같이 어렵게 이루어진 만큼 기대 또한 클 수밖에 없어서 그녀와 오래도록 마주앉아 이야기를 나누고 싶었다. 하지만 그녀는 그의 출신지를 확인하고 나서 그와 마주앉아 있는 것이 거북하게 느껴지는 듯 부자연스러운 몸짓을 나타내었고 급기야는 다른 데 볼일이 있다는 이유를 대며 자리에서 일어섰다. 그는 잔에 담긴 커피도 아직 다 마시지 못했지만 혼자 우두커니 앉아 있을 수 없어서 그녀를 따라 몸을 일으켰다.

호준은 서울에서 대학교에 다닐 때 타지역인들이 전라도 출신들을 싫어한다는 걸 안 뒤로 일상 생활에서 되도록 표준말을 쓰려고 노력했다. 그렇지만 그의 전라도 사투리가 표준말과 접목되면서 충청도 말씨처럼 들리기 때문인지 어떤 사람은 그가 충청도 출신인 걸로 잘못 알기도 했다. 물론 두 지역 말씨에는 차이점도 있지만 유사점도 있었다.

아마도 순혜는 이전부터 그 차이를 알고 있었던 것 같았다. 그렇기 때문에 그녀는 그의 말씨에서 전라도 사투리의 잔재를 발견하고 지난번에 다방에서 그를 만났을 때 그의 고향이 어디인지 물었고 그의 출신지를 확인하고 나서 그와 마주앉아 있는 것이 거북한 듯 다른 데 볼일이 있어 거기에 가야 한다는 이유를 대고 자리에서 일어섰다. 그는 그녀가 그렇게까지 한 이유가 정확히 무엇인지는 모르지만 그녀가 전라도 사람들에 대하여 안 좋은 편견을 가지고 있어서 호남 출신인 그와 교제를 나누고 싶지 않은 까닭에 그 같은 행태를 나타낸 게 아닌가 헤아렸다. 그 상황에서 그는 혼자 우두커니 앉아 있을 수 없어서 그녀를 따라 몸을 일으키었다.

'그녀와 나의 만남은 결국 그걸로 끝인가?'

그는 그녀가 그를 좋아하지 않는다면 그녀의 의사를 존중하여 그녀를 단념하는 게 옳다고 생각했다. 하지만 그는 그녀를 단념하는 것이 그리 쉽지 않았다. 그는 결혼 적령기에 있었고 그녀는 그가 처음으로 사랑을 느낀 여인이었다. 속언俗言에 첫사랑은 실패하기 쉽다는 말이 있기는 하지만 그는 되도록 그녀와의 만남을 이어나가서 좋은 결실을 맺고 싶었다. 그렇지만 그녀가 그를 좋아하지 않는 상황에서는 그는 그의 뜻을 이루기 어려웠다.

'그녀가 나를 좋아하지 않는다면 응당 그녀를 단념해야 하겠지. 그러나 여기서 그녀를 단념하기에는 아쉬움이 너무 크지 않은가? 그녀가 지금은 나를 안 좋아하더라도 내가 적극적으로 사랑의 공세를 펼친다면 앞으로 혹시 그녀의 마음이 나에게 돌아설 수도 있지 않은가? 무슨 일이든 너무 쉽게 포기해서는 안 돼.'

그는 그녀와의 관계에서도 최선을 다하는 것이 좋을 것같이 생각돼서 바로 전화기의 수화기를 들고 그녀가 일하는 사무실 전화번호를 눌렀다.

"구매과입니다."

그녀가 전화를 받다.

"황호준입니다. 문안 인사차 전화했습니다."

"고맙습니다. 아무 일 없습니다."

그녀가 전처럼 아무 감흥이 없는 음성으로 대꾸했다.

"오늘 저녁에 순혜 씨를 만나서 같이 커피라도 한 잔 나누고 싶습니다. 가능하시겠습니까?"

"오늘은 안 되겠습니다. 모레 저녁 7시에 지난번에 오셨던 초원다실에서 만나는 게 어떻겠어요?"

"그리 하겠습니다."

그가 전화를 끊었다.

이틀 뒤 호준이 순혜와 만나기로 약속한 시간에 맞추어 초원다실에 갔다. 지난번처럼 다실 안에 손님들이 많았다. 그가 입구에 서서 그녀를 찾았다. 그녀의 모습이 안 보였다. 그녀가 아직 오지 않은 듯했다. 그가 빈자리를 찾아 한 구석으로 가서 출입구를 향하고 앉아 그녀가 오기를 기다렸다.

5분 가량이 지났다. 그녀가 다실 문을 열고 안으로 들어섰다. 그가 손을 들어서 그가 있는 곳을 알리었다. 그녀가 그걸 보고 그가 있는 곳으로 와서 맞은편에 앉았다.

"오래 기다리셨어요?"

"아닙니다. 저도 조금 전에 왔습니다."

그가 대꾸했다.

여자 종업원이 음료 주문을 받으러 왔다. 호준과 순혜가 그녀에게 똑같이 커피를 주문했다. 여종업원이 주문받은 내용을 메모지에 적어 들고 계산대로 갔다.

호준이 순혜에게 무슨 말을 먼저 할까 생각하며 그녀를 봤다. 그녀가 시선을 아래로 향한 채 뭔가를 골똘히 생각하는 듯했다. 그녀의 그 모습이 마치 그녀가 그로부터 만나자는 전화를 받고 마지못해 나와서 억지로 앉아 있는 것처럼 보였다.

여종업원이 아까 두 사람이 주문한 음료를 가지고 와서 탁자 위에 놓고 갔다.

"앞으로는 일 년에 두 번 정도만 만나는 게 어떻겠어요?"

그녀가 잔을 들어서 커피를 조금 마시고 내려놓으며 말했다.

"꼭 그렇게 해야 할 어떤 이유라도 있습니까?"

그는 그녀가 방금 한 말은 어느 의미에서 그녀가 그를 더 이상 만나기 싫다는 걸 그리 우회적으로 표현한 걸로 해석할 수 있었다. 그는 그녀에게 '나를 만나기 싫습니까?'라고 묻고 싶었지만 너무 직설적인 표현인 것같이 생각되어 이렇게 말했다.

"제가 황 선생님과 만나고 있다는 걸 사촌 오빠에게 이야기했더니 전라도 사람과는 사귀지 말라고 하더라고요. 하지만 그건 제 사촌 오빠의 생각이에요. 저는 그렇게까지 하고 싶지는 않아요."

"그렇군요."

그는 그녀의 말을 듣고 그녀가 오늘 이 다실에 와서 고개를 숙이고 뭔가를 골똘히 생각하는 듯한 태도를 보였던 까닭을 비로소 알았다.

'순혜 씨는 사촌 오빠가 전라도 사람과는 사귀지 말라고 했지만 그녀의 생각은 그와 다르다고 하며 나에게 1년에 두 번 정도만 만나자고 제의한 걸 나는 어떻게 해석해야 할까? 사실 그녀의 그 제의는 그녀가 나를 더 이상 만나고 싶지 않다는 걸 의미하는 걸로 해석되는데, 그녀가 나를 만나지 않으려고 하는 사유는 과연 뭘까? 모르면 모르되 내 어떤 점이 그녀의 마음에 안 들기 때문에 그녀가 나를 만나지 않으려고 하는 것이겠지. 좀더 구체적으로 말하면 내가 전라도 출신이기 때문에 그녀가 나를 만나지 않으려고 하는 것일 수도 있어. 하지만 그녀가 그렇게 직설적으로 말할 수는 없으니까 사촌 오빠의 말을 앞에 내세워서 그녀의 그 같은 속마음을 나에게 그렇게 내비쳤을 가능성도 없지 않아. 그렇기는 하지만 그녀가 나에게 그 같은 제의를 했을 적에는 그의 조언이 조금은 영향을 미치지 않았을까? 그렇다면 그 상황에서 내가 가야 할 길은?'

그는 그녀가 그의 어떤 점이 마음에 안 들어 그를 만나지 않으려고 하는 걸 알면서 그녀에게 계속 구애 행동을 펼치는 건 그의 욕심을 충족시키기 위하여 그녀를 괴롭히는 결과가 될 뿐이어서 그녀가 의도한 바를 좇아서 그녀를 단념하는 것이 좋을 것같이 생각됐다.

"오늘 나와주셔서 고맙습니다. 그동안 제가 너무 제 욕심만 차렸던 것 같습니다."

그가 앞에 놓인 커피 잔을 들고 그녀를 보며 말했다.

"죄송합니다."

그녀가 고개를 숙이고 조그만 소리로 대꾸했다.

두 사람이 다실에서 나왔다. 빈 택시 한 대가 저쪽에서 이쪽으로 천천히 다가왔다. 순혜가 그 택시를 향해 손을 들었다. 운전사가 택시를 길가 쪽으로 접근시키어서 그녀 앞에 세웠다.

"먼저 가겠습니다."

그녀가 택시의 뒷문을 열고 호준을 보며 말했다.

"안녕히 가십시오."

그는 앞일을 예측하기는 어렵지만 둘의 만남은 이번이 마지막이 될 것같이 생각됐다. 그 마당에 그는 그녀와 악수라도 나누고 헤어지고 싶었지만 그녀가 그것마저 원하지 않는 것 같아 단념하고 그녀에게 이렇게 작별을 고했다.

호준은 기호의 소개로 순혜를 안 후로 그녀의 미모에 마음이 끌리어서 이따금 그녀의 모습을 머릿속에 떠올리고 그녀를 생각하고는 했다. 그렇지만 그녀는 처음 그를 대했을 때부터 그에게 관심이 없는 것처럼 보였다. 그는 그걸 모르는 바 아니었지만 그녀와의 교제를 이어나가서 좋은 결실을 맺고 싶은 욕심에서 그녀에게 적극적으로 구애 행동을 펼쳤다. 사실 그건 그의 일방적인 짝사랑에 지나지 않아서 그같은 사랑이 성공을 거두는 건 어려웠다.

아니나다를까, 그녀는 그를 세 번째 만났을 때 그의 고향이 어디인지 물었고, 그때에 그가 호남 출신임을 확인하고 나서 네 번째 만남에서 그녀의 사촌 오빠가 전라도 사람과는 사귀지 말라고 했다는 말을 하며 더 이상 그를 만나고 싶지 않다는 뜻을 비쳤다. 그는 그녀가 그의 어떤 점이 마음에 안 들어 그를 안 좋아하기 때문에 그를 만나지 않으려고 하는 걸 알면서 그녀에게 계속 구애 행동을 펼치는 건 그의 욕심을 충족시키기 위하여 그녀를 괴롭히는 결과가 될 뿐이라고 여겨서 그녀의 뜻에 따라 그녀를 중도에 단념했다. 그는 그가 희망했었던 바와 달리 그녀와의 교제가 좋은 결실을 맺지 못하고 그처럼 허무하게 끝난 후로 사무실에서 일을 하면서도 가끔 그와 그녀의 관계가 그처럼 중도에 단절되도록 한 것에 조금은 영향을 미쳤을 가능성이 없지 않은 우리 나라의 지역감정에 대해서 생각해 보고는 했다.

물론 호준은 그와 순혜의 교제가 그의 희망과 달리 중도에 단절된 것이 꼭 호남인과 영남인 사이에 존재하는 지역감정에서 연유한 결과물이었다고 단정적으로 말할 수는 없었다. 그는 그녀를 네 번 만났지만 처음 두 번의 만남은 그의 뜻에 의한 것은 아니었다. 그렇지만 그녀가 그를 대하던 태도는 늘 냉랭했다. 그것은 어쩌면 그가 처음부터 그녀의 관심 밖의 사람이었다는 걸 말하는 것일 수도 있었다. 하지만 그는 그녀의 미모에 마음이 끌리어서 되도록 그녀와의 교제를 이어나가서 좋은 결실을 맺고 싶은 욕심에서 그녀의 그같은 태도에 구애하지 않고 그녀에게 적극적으로 구애求愛 행동을 펼쳤다.

그건 엄밀한 의미에서 그의 일방적인 짝사랑에 불과한 것이어서 그의 그같은 구애 행동이 성공을 거두기는 어려웠다. 결국 그녀는 그를 세 번째 만난 자리에서 그의 고향이 어디인지 물었고, 그때에 그의 출신지를 확인하고 나서 네 번째 만남에서 그녀의 사촌 오빠가 전라도 사람과는 사귀지 말라고 했지만 그녀의 생각은 그와 다르다고 하며 그에게 1년에 두 번 정도만 만나는 게 어떻겠느냐는 의견을 제시했다.

호준은 그녀의 그 말을 듣고 그녀가 이전부터 나타내었었던 태도와 그의 출신지를 확인한 후에 보였던 본치로 미루어 그녀의 그 제의를 그녀가 더 이상 그를 만나기 싫다는 걸 그리 우회적으로 표현한 걸로 해석할 수밖에 없다고 생각했다. 아울러 그녀가 그같은 의견을 제시하며 사촌 오빠의 조언을 앞에 내세웠던 건 어느 면에서 수식의 말에 지나지 않았을 수도 있었다. 그렇기는 하나 그는 그녀가 그에게 그같은 의견을 제시한 배경에는 그녀의 사촌 오빠의 조언이 조금은 영향을 미쳤을 걸로 헤아렸다.

'사랑에는 국경이 없다는 말도 우리 나라의 지역감정 앞에서는 헛소리인 모양이구먼.'

그는 입속말로 이렇게 뇌며 우리 나라의 지역감정의 유래와 그것이 국민 생활에 미치는 영향에 대해서 생각해 봤다.

사실 호준은 시골에서 초중고등학교에 다닐 때에는 타지역 출신들이 전라도 사람들을 싫어한다는 걸 알지 못했다. 그는 서울에서 대학교에 다니며 타지역 출신들 다수가 전라도 사람들을 싫어한다는 걸 알았다.

'그건 타지역 출신들이 전라도 사람들에 대하여 어떤 편견을 가지고 있다는 걸 말하는데……. 그 편견은 어디에서 유래했을까?'

그는 타지역 출신들이 전라도 사람들에 대하여 품고 있는 편견이 언제 그리고 어디에서 유래하여 지금까지 이어져 내려오고 있을까 생각해 보며 전에 대학교에 다닐 때 한국의 지역감정을 다룬 책에서 읽었던 내용 중에서 그 답이 될 수 있는 내용들을 기억 속에서 더듬었다.

흔히 편견은 한 집단의 구성원들이 타집단 성원들을 어떤 실체적 근거가 없이 나쁘게 생각하는 것을 말한다. 그 한 가지 예는 우리 나라에서 타지역인들이 어떤 실증적 근거가 없이 전라도 사람들에 대하여

'믿을 수 없다. 뒤끝이 안 좋다.'라는 등의 편견을 품고 있는 것이 되겠다. 물론 전라도 사람들 중에는 그 같은 성품을 지닌 이들도 없지는 않을 것이다. 그렇지만 전라도 사람들 모두가 그렇다고는 아무도 단정적으로 말하지 못한다. 실상이 그렇다면 타지역인들이 전라도 사람들이 다 그럴 거라고 생각하는 건 오류이며 그 같은 편견은 하루빨리 불식되어야 한다. 그러나 한 집단의 구성원들이 타집단 성원들에 대하여 일단 안 좋은 편견을 품게 되면 그 오류에서 벗어나는 것이 그리 쉽지 않다. 심한 경우에는 한 집단의 구성원들이 타집단 성원들에 대하여 품고 있는 편견에 반대되는 증거가 나타나도 그들은 그 고정관념을 버리려고 들지 않는다. 거기에 더하여 한 집단의 구성원들이 타집단 성원들에 대하여 안 좋은 고정관념을 품게 되면 그건 그 상태로 머무르지 않고 그들을 배척하는 태도를 나타내는 방향으로 발전하는 경향이 있다. 그로 인해 한 집단의 구성원들로부터 배척당하는 타집단 성원들은 사회 생활에서 어려움을 겪는 경우가 없지 않다. 그 하나의 실례가 전라도 사람들이 타지역인들로부터 배척당하고 있는 까닭에 구직 활동과 신용 거래 등에서 어려움을 겪는 것이 될 것이다.

  물론 사람들이 모여 사는 세상에서 어떤 사회적 현상이 발생할 때에는 거기에는 대체로 그에 선행하는 원인이 있게 마련이다. 그것은 사람들이 이 세상을 살아가며 주위에서 종종 경험하는 바이며 우리나라의 지역감정도 거기에서 예외 현상이 되지 않을 것이다. 실지로 우리나라의 지역감정을 연구해 온 상당수 학자들은 전라도 사람들이 타지역 출신들로부터 배척당하는 현상이 발생해서 지금까지 이어져 내려오고 있는 데는 그에 선행하는 몇 가지 원인이 있다고 말한다.

먼저 일부 학자들은 전라도 사람들이 타지역인들로부터 배척받는 현상이 발생해서 지금까지 이어져 내려오고 있는 건 그들이 과거에 안 좋은 평판이 날 수 있는 행동을 했던 것이 그 원인이 됐을지도 모른다고 말한다. 그 학자들은 그 시기가 딱히 어느 때인지는 알 수 없지만 그들이 나쁜 평판이 날 수 있는 행동을 했던 것이 다른 지역 사람들의 입에 자주 오르내리게 됐고 그것이 종내에는 그들에 대한 안 좋은 고정관념으로 발전하여 지금까지 전해져 내려오고 있다고 한다.

실제로 일부 양식 있는 호남인들은 전라도 사람들이 타지역인들로부터 배척을 당하게 된 원인이 그들의 조상들과 자신들의 잘못된 행동에서 연유했을 수도 있다는 걸 인정한다. 그들은 타지역인들이 전라도 사람들에 대하여 '믿을 수 없다. 뒤끝이 안 좋다.'라는 편견을 가지게 된 건 그들의 옛날 조상들 그리고 자신들이 과거에 나타내었던 행동과 관련이 있을 수 있다고 말한다. 그들은 옛날에 죄인들 상당수가 호남 지역으로 유배되어 와서 황무지나 다름없는 척박한 땅에서 삶을 꾸리며 거기서 살아남기 위해서 때로는 거짓말을 하기도 했고 간혹 자신들에게 이롭지 않은 약속은 저버리기도 했던 것이 타지역인들로부터 안 좋은 평판을 듣게 된 원인이 됐을 거라고 한다.

어느 면에서 전라도 사람들이 타지역인들로부터 배척을 받게 된 원인이 그들의 옛날 조상들과 현재 호남 지역에서 살고 있는 사람들이 과거에 안 좋은 평이 날 수 있는 행동을 했던 데서 연유했을지도 모른다고 하는 일부 양식 있는 호남인들의 말은 일면 타당성이 없지 않다. 칭찬과 비난은 대개는 그 사람의 행동에서 연유하는 경우가 많기 때문이다.

그렇지만 사람들이 타인들로부터 나쁜 평을 듣는 것이 꼭 그들의 잘못된 행동에서 연유하는 것만은 아니라는 것 또한 우리 주위에서 종종 목격되는 바다. 우리 나라의 지역감정을 연구한 일부 학자들은 전라도 사람들이 타지역인들로부터 나쁜 평판을 듣게 된 원인이 과거의 잘못된 역사적 사실에서 비롯됐을 수 있다고 주장하기도 한다. 옛날에 신라와 백제가 경쟁 관계에 있었을 때 신라가 전쟁의 명분을 쌓기 위한 수단으로 종종 적국 국민들을 나쁘게 평했던 것이 백제인, 나중에는 전라도 사람들이 배척을 받게 된 원인이 됐을 수 있다고 말한다. 물론 그 시절에 신라는 고구려와도 많은 전쟁을 벌였다. 그러나 신라는 백제와 맞대고 있던 국경선이 고구려와의 그것보다 길어서 분쟁 지역 또한 그만큼 더 많을 수밖에 없었다. 그렇기 때문에 신라와 백제는 그 시기에 나라 형편에 따라 일부 분쟁 지역을 중심으로 수차 유형무형의 평화협정을 맺었고 후에 형세가 나아지면 영토를 조금이라도 더 넓히려는 욕심에서 그 협정을 파기하고 다시 전투를 벌이었다. 그 점은 일찍이 공자도 '하늘에는 두 태양이 없고 백성에게는 두 임금이 없다(孔子曰 天無二日이오 民無二王이라)'라고 지적한 바 있다. 사실 인접한 국가들이 서로 영토를 확장하는 과정에서 수시로 평화협정을 체결하고 오래지 않아 또 전투를 벌이어서 그 협정을 파기했던 예는 다른 나라의 역사서에도 종종 등장한다.

신라가 백제와 경쟁 관계에 있었을 때 신라의 지배 계층이 백제와의 전쟁에서 그 명분을 쌓기 위하여 백제인들을 폄훼한 예는 우리 역사서에도 등장한다. 고려 시대에 김부식이 쓴 삼국사기에 신라 제14대 유례 이사금 12년인 서기 295년에 왜인들이 빈번이 신라의 성읍을 침범하기 때문에 왕이 백제와 더불어 바다를 건너 왜국에 쳐들어가서 그 나라를 격멸하는 게 어떨까 하는 안을 내어 신하들의 의견을 물었는데 그때 최고위 관리인 서불한舒弗邯 홍권이 백제는 거짓이 많다(舒弗邯 弘權 曰 ……百濟多詐……)는 이유를 들어서 반대하여 왜국 정벌을 그만두었다는 기록이 있다.

예나 지금이나 한 나라의 지배 계층이 하는 말은 일반 백성들이 하는 말과는 비교가 안 될 정도로 사회에 큰 영향을 미친다. 신라와 백제가 종종 전쟁을 벌이던 시기에 신라의 백성들은 정보가 많지 않은 까닭에 명령 계통을 따라 위에서 아래로 전달되는 지배 계층의 말을 달리 해석하기 어려워서 그대로 믿고 따를 수밖에 없었을 것이었다. 그렇기 때문에 당시 신라의 백성들은 명령 계통에 따라 위로부터 전달되는 말을 그대로 받아들이어서 백제인들은 거짓이 많다는 생각을 품게 됐는지도 몰랐다. 더욱이 신라의 지배 계층이 그처럼 백제인들을 폄훼한 예는 한 번으로 끝나지 않고 거듭되었을 것이었다. 결국 그같은 사례가 반복되면서 신라의 백성들은 차츰 백제인들은 믿을 수 없고 뒤끝이 안 좋다는 편견을 가지게 됐고 그러한 부정적인 고정관념은 세대간 전이를 통하여 후대에까지 이어져 지금에 이르렀을 수도 있다.

한편 아시아 대륙의 동쪽 끝에 위치한 조선 반도는 옛날에 중국의 큰 나라들이 늘 손에 넣고 싶어했던 땅이었다. 중국의 한나라는 고조선을 멸망시킨 후에 그 땅에 한동안 한사군을 설치해서 다스렸다. 세월이 흘러 한나라가 쇠하고 중국 대륙은 수세기 동안 여러 나라로 분열되어 서로 패권을 다투었으나 나중에 수나라에 의해 통일됐다. 수나라는 대륙을 통일한 후에 여세를 몰아서 조선 반도를 수중에 넣으려고 고구려와 몇 차례 전쟁을 벌였지만 뜻을 이루지 못했다. 그로 인해 수나라는 국내 정세가 어지러워져서 멸망하고 당나라가 일어나서 중국 대륙을 통일했다. 수나라에 이어서 중국 대륙을 통일한 당나라는 막강한 군사력을 바탕으로 고구려를 복속시키려고 몇 차례 전쟁을 벌였으나 성공하지 못했다.

신라의 제29대 태종무열왕은 왕이 되기 전에 백제와의 국경 분쟁 문제를 해결하기 위하여 고구려에 도움을 청하러 갔다가 그의 의사에 반하여 한동안 억류되기도 했다. 그 후 그는 백제와의 국경 분쟁에서 딸과 사위를 잃는 슬픔을 겪고 거기에 원한을 품어 기어이 적국을 멸망시키겠다는 뜻을 굳이었다. 나중에 그는 그의 뜻을 실현하기 위하여 수나라에 이어서 중국을 통일한 당나라의 힘을 빌리어서라도 백제를 멸망시키기로 마음먹고 당군을 끌어들이어서 연합 작전을 펼쳐 그의 복수심을 충족시키었다. 그 뒤 태종무열왕이 죽고 그에 이어서 왕위에 오른 제30대 문무왕은 아버지의 유지를 받들어 다시 당군과 연합 작전을 벌이어서 고구려를 멸하였다.

당나라는 신라의 요청을 받아들이어서 연합 작전을 펼쳐 백제와 고구려를 멸한 후에 양국의 국왕, 고위 관료 그리고 지배층 인사들을 대거 중국으로 끌고 갔다. 그와 아울러 당나라는 조선 반도 전체를 차지하려던 당초의 야심을 드러내어서 그 고토에 자국의 행정 기관을 설치하여 직접 통치하려고 들었다. 그러나 신라의 반발로 당나라는 당초 뜻했었던 바를 다 이루지는 못했다.

신라와 당나라는 연합 작전을 벌이어서 백제와 고구려를 멸하고 그 고토를 차지한 후에 그들의 지배 체제를 확립하기 위해서 그 유민들을 심히 압박할 수밖에 없었을 것이었다. 그 상황에서 백제와 고구려의 유민들 중의 일부는 신라와 당나라의 압박을 피해서 일본으로 건너갔다. 그 시절 바다를 건너 일본으로 갈 수 있었던 사람들은 그 사회에서 상당한 자산과 식견이 있었던 이들이었을 것이었다. 그 결과 그 고토에는 지배 계급이 부과하는 대로 세금을 내고, 위의 부름에 응하여 부역을 하며 그리고 전쟁시에는 싸움터에 나가서 목숨을 걸고 전투를 벌이었던 민초들만이 남았을 것이었다. 힘없고 식견이 부족한 민초들은 새로이 등장한 지배 계층으로부터 이전보다 더 심한 압박을 받았을 건 뻔한 이치였다. 하지만 그 민초들은 자신들이 겪는 어려움을 위에 보고해서 그걸 시정해 주도록 요청할 만한 지도급 인사들이 있지 않아서 새로이 등장한 지배 계층의 압박을 그대로 감내할 수밖에 없었을 것이었다. 게다가 그 시기에는 지배자와 피지배자 간의 구분이 엄격해서 일반 백성은 재주가 있어도 위로 올라갈 기회가 사실상 차단되어 있었다.

하기야 그 시기에는 신라 백성들의 삶 역시 백제나 고구려의 민초들과 크게 다르지 않았을 것이었다. 신라의 민초들도 위에서 부과하는 대로 세금을 내야 했고, 부역을 해야 했으며, 조정에서 부르면 전장에 나가서 적과 싸워야 했을 것이었다. 그 마당에 민초들이 마음속으로 바라던 건 배부르게 먹고, 편히 잠자고 가족들과 함께 행복하게 지내는 것 등이었을 것이었다.

민초들은 또한 식견이 넓지 않아서 그들의 삶이 고달픈 원인을 객관적인 사실에서 찾기보다는 조정에서 싸움의 명분으로 내세우는 적국의 국민성 탓으로 돌렸을 수도 있었을 것이었다.

그 결과 신라의 민초들은 적국 국민에 대하여 안 좋은 감정을 품었을 게 뻔했고 당시 그들의 가슴속에 쌓인 그같은 고정관념은 편견으로 발전하여 세대간 전이를 통하여 지금에 이르렀을 가능성이 없지 않다.

세월이 흘러 신라가 삼국을 통일한 지 200년 가까이 됐다. 나라 역시 인간이 만든 조직이어서 흥망성쇠의 굴레를 벗어나기 어렵다. 신라가 귀족들의 권력 다툼과 사치스러운 생활로 국력이 크게 쇠약해져서 사회가 혼란스러웠다. 그 시기를 틈타 전국 각지에서 영웅과 호걸들이 일어나서 각자 세력을 키웠다. 그들 중에서도 가장 유력한 이들은 궁예와 견훤이었다.

궁예는 신라의 왕족 출신이지만 안 좋은 운을 타고났다는 이유로 왕가에서 버려져서 변방의 한 사찰에서 성장했다. 그는 지금의 강원도 철원 지방에서 후고구려 부흥을 표방하고 일어나서 지배 영역을 넓혀 나갔다. 그와는 달리 견훤은 그 출생에 관하여 몇 가지 설이 있으나 지금의 경상북도 상주에서 태어났다는 설이 가장 유력하다.

그는 처음 신라의 중앙 무대에서 활동하다가 지금의 전라도 지방에 와서 옛날 백제인들의 원한을 풀어 주겠다는 명분을 내걸고 군사를 일으켜 세를 키웠다. 하지만 궁예는 왕이 된 후에 국가 권력을 자신에게 집중시키는 과정에서 성격이 포악해져 신민의 신임을 잃어서 왕건에게 왕권을 빼앗기고 북으로 도주하던 도중에 그의 부하에 의해 살해됐다. 왕건은 궁예를 몰아내고 부하 장수들의 추대를 받아 왕이 된 후에 국호를 고려로 바꾸었고 세력 범위를 확장하는 과정에서 후백제의 견훤과 자주 힘겨루기를 벌였다.

그렇지만 왕건과 견훤은 늘 싸움만 벌였던 건 아니었다. 그들은 서로 영토를 확장하기 위하여 투쟁을 계속하면서도 때로 친족을 적국에 볼모로 보내어 평화를 추구하기도 했다. 그건 어느 면에서 신라와는 관계가 적은 일일 수도 있었지만 신라의 지배 계층은 후백제의 견훤이 자국을 자주 괴롭혔기 때문인지 그가 고려에 친족을 볼모로 보내는 걸 안 좋게 여기어 훼방을 놓기도 했다. 삼국사기 신라 본기 제55대 경애왕조에 경애왕(景哀王)은 즉위 2년인 서기 925년에 후백제 임금 견훤이 조카 진호를 고려에 볼모로 보냈을 때 그 소식을 듣고 고려 왕건에게 사신을 파견하여 견훤은 이랬다저랬다 거짓이 많으므로 화친해서는 안 된다고 조언해서 왕건은 그 말을 따랐다(後百濟 甄萱 以姪眞虎質於高麗 王聞之使謂太祖曰甄萱反覆多詐不可和親 太祖然之)는 기록이 있다.

사회 혼란과 지방 지배 계급들의 이탈로 신라의 국력이 더욱 쇠약해졌다. 신라의 마지막 임금 경순왕은 더 이상 국가를 유지하기 어려운 걸 알고 고심 끝에 태자의 반대에도 불구하고 나라를 들어서 왕건에게 바쳤다. 한편 견훤이 이끄는 후백제 또한 왕건과의 싸움에서 한때는 큰 승리를 거두기도 했지만 부자간의 불화로 결국 고려에 의해 멸망당했다.

왕건은 처음 궁예의 부하 장수였다. 왕건은 궁예의 포악한 정치에 시달리던 몇몇 장수의 추대를 받아서 왕의 지위에 올랐던 까닭에 후세 사람들은 그가 덕이 많은 군주라고 칭찬한다. 그렇지만 왕건은 영토를 넓히기 위하여 후백제의 견훤과 투쟁하던 시기에 여러 번 고초를 겪었기 때문인지 훗날 그의 후손들을 위하여 지은 훈요십조에서 차현 이남 사람들은 배반을 잘 하므로 등용하지 말라는 훈시를 내려서 뒤에 호남인들이 타지역인들로부터 배척당하도록 만든 한 가지 빌미를 제공

한 우愚를 범하기도 했다. 당시 훈요십조에서 왕건이 말한 차현 이남은 지금의 충청남도 공주강公州江 남부 지방과 전라도 지방 등을 포괄하는 지역을 가리키었으며 호남지역으로 불리기도 했다. 그러나 뒤에 행정 구역 개편에 의해 차현 이남에 속했던 일부 지방은 충청남도에 편입됐으나 전라도는 그 테두리 안에 그대로 남아서 호남은 바로 전라도를 지칭하게 됐고 옛날 신라인들의 백제인들에 대한 편견과 훈요십조에 적시된 안 좋은 고정관념을 고스란히 물려받은 형국이 됐다.

하기야 일부 학자들은 훈요십조가 후세인의 위작僞作이라는 설을 제기하기도 한다. 그러나 훈요십조가 왕건의 저작이든 후세인의 위작이든 아니든 그건 그리 중요하지 않다. 중요한 건 훈요십조가 훗날 우리 나라에서 지역차별을 유발할 수 있는 언급을 한 최초의 문헌이라는 점이다.

그렇기는 하나 당시 왕건의 훈요십조에서 언급되었던 차현 이남 지방에 '전라全羅'라는 지명이 없었다. '전라'라는 지명이 우리 나라의 역사서에 최초로 등장한 시기는 고려 현종 9년(서기 1018년)에 왕이 전국을 전라, 경상, 양광, 경기, 서해, 교주 등 육도六道 그리고 북계北界와 동계東界 등 2계로 나누어 다스리기 시작했던 때부터였다.

그후 조선 태종은 즉위 13년(서기 1413년)에 좌의정 하륜의 건의에 따라 전국을 경기, 충청, 전라, 경상, 강원, 황해, 평안 그리고 함경 등으로 나누어 다스림으로서 전라도가 비로소 8도 중의 하나로 확정되게 됐다. 따라서 전라도에 살던 사람들이 그 지역의 이름으로 지목되어서 타지역인들로부터 배척을 받게 된 건 우리나라에 전라라는 지명이 등장한 이후부터였을 가능성이 크다.

결과적으로 전라도 사람들이 타지역인들로부터 배척을 받게 된 건 옛날에 전라도에서 살았던 사람들과 현재 거기서 거주하는 이들이 과거에 안 좋은 평판이 날 수 있었던 행동을 했던 것, 신라와 백제가 경쟁 관계에 있었을 때 신라의 민초들이 조정의 적국 폄훼 정책의 영향을 받아 백제인들을 좋지 않게 보았던 것 그리고 고려의 왕건이 훈요십조에서 차현 이남 사람들은 배반을 잘 하므로 등용하지 말라고 했던 것 등이 그 원인이 됐을 수도 있었다.

　그 외에 영남인 뿐만 아니라 여타 지역인들까지 전라도 사람들을 배척하게 된 건 신라가 삼국을 통일한 후에 오늘날의 경기도, 강원도 그리고 충청도 등지에 관리들을 파견하여 행정과 군사 업무를 관장하도록 했을 때 그들이 그 지역 주민들을 효율적으로 다스리기 위한 차원에서 전라도를 지목하여 그 지방 사람들을 폄훼했던 데에서 유래했을 수도 있었다.

　그런데 오늘날 전라도 사람들과 타지역인들 사이에 존재하는 지역감정이 공론화되기 전에는 학생들이 공부하는 국사 교과서에도 훈요십조가 학습 내용으로 실리어서 감수성이 예민한 시기에 있는 청소년들에게 지역의식을 심어 줄 수 있는 한 가지 빌미를 제공하기도 했다. 그것은 아마도 당시 국사 교과서를 집필한 인사들이 그 결과를 미처 충분히 예측하지 못하고 그걸 거기에 넣었던 데서 비롯된 소치였을 수도 있었다.

제4장

주변 지역

　호준이 직장에서 일을 끝내고 퇴근해서 하숙집에 돌아왔다. 그의 방에 편지 한 통이 던져져 있었다. 하숙집 여주인이 편지함에서 편지를 꺼내어 그의 방안에 던져 놓은 것 같았다.
　그가 편지를 들고 겉봉을 봤다. 발송인은 그가 서울에서 대학교에 다닐 때 가깝게 지내었던 같은 과 친구 박태석이었다. 호준이 겉봉을 뜯었다. 안에서 태석이 쓴 서신과 결혼 청첩장이 나왔다.
　호준이 서신을 봤다. 태석이 이번 주 토요일 낮 12시에 그의 고향 신태인의 농민회관에서 결혼식을 올린다는 것과 가능하다면 그가 참석해 주기를 바란다는 것 등의 내용이 서신에 적혀 있었다. 신태인은 김제와 정읍 사이에 있었다. 호준은 전에 호남선을 운행하는 열차를 타고 여행하며 신태인역을 여러 번 보기는 했지만 역에서 내려 읍내를 구경한 적은 없었다.
　호준은 대학교에 다닐 때 친구들을 많이 사귀지 못했다. 태석은 그가 대학교에 다닐 때 사귀었던 몇 안 되는 친구들 중의 하나였다. 게다가 호준은 졸업 후로는 얽히고설킨 삶에 쫓기어 그 몇 안 되는 친구들과도 서로 연락이 끊기어 그들과의 관계가 대부분 단절된 상태에 있었다. 그렇지만 그는 태석과는 그 동안 가끔 전화나 편지를 통하여 소식을 주고받고는 했던 까닭에 지금까지 이전의 벗 관계를 유지하고 있었다.

    호준은 태석과 그 동안 유지해 온 친구 간의 정리情理를 생각할 때 그의 결혼식에 참석하지 않을 수 없었다. 하지만 부산에서는 신태인까지 직행하는 기차나 고속버스가 없었다. 호준은 어느 편을 이용하든지 중간에 갈아타야 하는 까닭에 시간이 그만큼 많이 걸리는 불편이 따랐다. '그렇다고 내가 그의 결혼식에 안 갈 수는 없지 않은가?' 그가 입속 말로 이렇게 뇌며 어느 편을 이용하여 신태인에 갈 것인지 생각해 봤다. 양편 모두 장단점이 있지만 그는 안전 면에서 기차 편을 이용하는 것이 나을 것같이 생각돼서 그걸 타고 가기로 마음먹었다.

    그렇지만 호준은 기차 편을 이용하여 태석의 결혼식에 참석하더라도 대전이나 광주로 가서 거기서 또 다른 열차로 갈아타야 하기 때문에 시간이 많이 걸려서 당일치기를 할 수는 없었다. 호준이 그의 결혼식에 참석하기 위해서는 휴가를 얻어야 했다. 여름 휴가철은 이미 끝났지만 호준은 내일 화요일에 직장에 출근해서 윗사람들에게 사정을 이야기하고 수요일부터 4일 간의 말미를 신청해서 허락을 받으면 그 기간에 먼저 그의 고향에 들러서 그의 어머니를 뵙고 거기서 바로 신태인에 가서 그의 결혼식에 참석하기로 마음을 굳혔다.

    이튿날 호준이 직장에 출근해서 이번 주 수요일부터 토요일까지 4일 간의 휴가를 신청해서 위의 허락을 받았다. 부산에서 목포 사이에는 오래전부터 특급열차가 운행되고 있었다. 그가 그 특급열차를 이용하여 다시에 갈 요량으로 그 날 근무를 끝내고 부산역에 가서 경전선 열차운행시간표를 봤다. 목포행 특급열차는 지금도 하루에 두 편이 운행되고 있었다. 그가 밤 열 시에 부산역을 출발하는 특급열차를 이용하는 것이 좋을 것같이 생각돼서 매표구로 가서 영산포역까지 타고 갈 수 있는 좌석권을 구입했다.

호준의 하숙집은 부산역에서 멀지 않은 거리에 있었다. 그가 20여 분 가량을 걸어서 하숙집에 왔다. 여주인이 마당 한 구석의 수돗가에서 빨래를 하고 있었다. 그가 그녀에게 내일부터 사 일 동안 휴가를 얻어서 고향에 가서 어머니를 뵙고 토요일에 열리는 친구의 결혼식에 참석하고 돌아오겠다고 말했다. 그녀가 그의 말을 듣고 고개를 끄덕이어서 '알겠다.'는 뜻을 표했다.

호준이 저녁 식사를 마쳤다. 그가 방안에서 신문을 보며 시간을 보내다가 밤 아홉 시쯤 하숙집에서 나가 이십여 분 가량을 걸어서 부산역에 이르렀다. 개표구에 사람들이 줄을 서서 차례를 기다리고 있었다. 그가 그들 뒤로 가서 줄을 이었다. 곧 개표가 시작됐다. 그가 역무원의 개표를 받고 역 안으로 들어가서 목포행 특급열차에 올랐다. 경전선 열차는 이용객이 적은 데에다 휴가철이 아니어서 객차 안에 빈자리들이 많았다.

열차가 정시에 부산역을 출발했다. 경전선은 단선이어서 기차들이 중간에 교행을 하기 위해서 역에 오래 서 있는 때가 많았다. 그가 탄 기차는 특급이어서 완행보다는 열차 교행을 위하여 역에 서 있는 횟수가 적지만 그래도 운행 시간이 많이 걸리어서 다음날 오전 10시 경에야 영산포역에 닿았다.

호준이 열차에서 내려 역사 밖으로 나갔다. 역 앞 광장 한편에 택시들이 줄지어 서 있었다. 그가 맨 앞에 서 있는 택시로 가서 뒷문을 열고 안으로 들어가 앉았다.

"어디로 모실까요?"

남자 운전사가 물었다.

"삼봉마을에 갑니다."

"알겠습니다."

운전사가 바로 택시를 움직이어서 역사 뒤편의 다리를 지나 잠시 후에 목포 방향으로 뻗은 준고속도로로 들어섰다. 도로 좌우 논의 벼들의 이삭들이 패어서 가을 햇살 속에서 샛노랗게 익어 가고 있었다.

운전사가 택시를 몰아 준고속도로를 벗어나서 면사무소 소재지 마을로 들어섰다. 도로 폭이 좁았다. 운전사가 그 도로를 지나서 들 가운데에 나 있는 신작로를 따라 한동안 택시를 움직이어 삼봉마을 어귀에 이르러서 차를 세웠다. 호준이 운전사에게 요금을 지불하고 차에서 내렸다. 그의 집은 마을 안쪽에 있었다. 그가 고샅길을 걸어서 그의 집 대문 안으로 들어섰다. 가정부로 일하는 어린 소녀 고순자가 그를 맞았다. 그의 어머니는 들에 일하러 나간 까닭에 집에 없었다.

연례는 아침에 들에 일하러 나가면 대개는 점심때에나 집에 돌아왔다. 호준이 그의 어머니가 돌아올 때까지 마땅히 할 일이 있지 않아 한마을에 사는 그의 큰외숙 김연준을 찾아뵈려고 집에서 나갔다. 연준의 집은 마을 동편 끝에 있었다. 그의 부친은 오래 전에 세상을 떠났다. 그 후로 연준은 그 집에서 그대로 살며 가업을 이어받아서 농사를 지었다. 그러나 연준 역시 이제는 노쇠해서 힘든 일을 하지 못했다. 그는 머슴 둘을 들여서 겨우 농사일을 꾸리었다.

호준이 연준의 집 대문 안으로 들어섰다. 연준이 마침 마당에 펴 놓인 멍석 위에 고추를 널고 있었다.

"그동안 안녕하셨어요?"

"응. 호준이 오는구나. 객지에서 혼자 지내며 고생이 많았겠구나."

연준이 고추를 널다 말고 고개를 돌려 그를 보며 말했다.

"아닙니다. 잘 지내고 있습니다."

호준이 대꾸했다.

외종사촌 여동생 영임이 호준이 온 걸 알고 그녀의 친구 조옥희와 함께 방에서 나왔다.

"오랜만이야, 오빠."

"잘 있었니?"

"응. 오빠."

영임이 환한 얼굴로 그를 보며 대꾸했다.

"안녕하세요."

영임의 친구 옥희가 그에게 인사했다. 그가 몇 년 전에 그녀를 봤을 때에는 그녀가 어린 소녀였었다. 그녀가 그 사이에 훌쩍 자라서 이제 어엿한 처녀가 돼 있었다. 그녀의 하얀 얼굴이 마치 토담 위에 활짝 핀 박꽃처럼 희고 고왔다.

"응, 오랜만이구나. 지난번에 봤을 때 네가 고등학교에 다니었던 걸로 기억하는데, 졸업했니?"

"네. 올해 영임이와 함께 졸업했어요."

옥희가 수줍은 얼굴로 대답했다.

  연준이 멍석 위에 고추를 널던 일을 마치고 다른 볼일이 있는 듯 집 밖으로 나갔다.

"고모님은 지금 집에 안 계시지요?"

  영임이 물었다.

"응. 아침을 들고 들에 일하러 나가셨다고 하더라."

"고모님도 이제 노쇠해서 일하기 힘드신가 봐요."

"그래서 나도 그 점을 마음속으로 적잖이 걱정하고 있다."

  그가 대꾸했다.

"오빠, 내 방으로 들어가요. 고모님이 들에 일하러 나갔으면 점심때에나 돌아오실 거예요. 내 방에서 쉬다가 고모님이 돌아오실 때쯤 집으로 가요."

  영임이 이렇게 말하고 몸을 돌려 집채 오른편 끝에 있는 그녀의 방으로 향했다. 호준과 옥희가 그녀를 뒤따랐다. 영임이 방문을 열고 먼저 안으로 들어갔다. 호준과 옥희가 그녀를 따라서 방안으로 들어섰다. 처녀 혼자 거처하는 방이었다. 방안이 산뜻이 정돈되어 있었다.

  세 사람이 장판방 위에 앉았다.

"오빠, 애인 있어요?"

  영임이 장난기 어린 얼굴로 호준을 보며 물었다.

"없다."

"고모님이 빨리 손자를 보고 싶어하시는 것 같던데, 오빠는 언제쯤 결혼할 거예요?"

"글쎄다. 나도 잘 모르겠다."

그가 웃으면서 대꾸했다.

"애인이 없어서 결혼하지 못하는 거예요?"

"……."

"그렇다면 내 친구 옥희는 어때요?"

영임이 옆에 앉아 있는 그녀의 친구를 손으로 가리키며 말했다.

"얘는."

옥희가 귀밑까지 빨개져서 그녀의 허리를 손으로 쿡 찌르며 대꾸했다.

"농담이야. 그냥 해 본 소리야."

영임이 생글생글 웃으며 말했다.

호준이 둘이 주고받는 말들을 옆에서 들으며 옥희를 봤다. 그녀가 부끄러움으로 고개를 들지 못하고 아래만을 내려다봤다.

"오빠, 우리는 밖으로 나갈게요. 여기서 쉬다가 고모님이 돌아오실 때쯤 집으로 가요."

영임이 이렇게 말하고 일어나서 옥희와 함께 방에서 나갔다.

호준이 일어나서 양복 상의를 벗어서 옷걸이에 걸고 장판방 위에 누웠다. 방바닥이 따뜻했다. 그가 어젯밤에 기차 안에서 숙면을 취하지 못했었던 까닭에 몸의 피로를 느꼈다. 그가 몸의 피로를 풀기 위해 두 눈을 붙이고 잠을 청했다.

호준이 눈을 떴다. 오후 1시가 가까웠다. 그의 어머니가 들에서 일을 끝내고 점심을 들기 위해 집에 돌아올 시각이었다. 그가 일어나서 옷걸이에서 양복 상의를 내리어 위에 걸치고 방에서 나갔다. 영임과 옥희의 모습은 안 보였다. 아마도 그들이 집 안에 있지 않고 밖으로 나간 듯했다.

호준이 고샅길을 돌아서 그의 집 대문 안으로 들어섰다. 그의 어머니가 들에서 돌아와 마당 한 구석의 우물가에서 손을 씻다가 그의 발자국 소리를 듣고 대문께로 얼굴을 돌렸다.

"네가 왔다는 걸 들었다. 객지에서 혼자 지내며 고생 많이 했겠구나."

"아니에요, 어머니. 잘 지내고 있어요."

"어머니가 걱정하지 않게 하려고 네가 그리 말한다는 걸 안다."

그녀가 손을 다 씻고 일어서며 말했다.

연례와 호준이 마루로 가서 그 끝에 나란히 걸터앉았다.

"어머니, 농사일이 힘드시지요?"

"아니다. 아직은 그럭저럭 할 만하다."

그녀가 대꾸했다.

순자가 점심상을 차리어 두 손으로 들고 와서 마루 위에 놓고 부엌으로 돌아갔다. 호준이 양복 상의를 벗어서 옆에 놓고 상 앞으로 다가가 그의 어머니와 마주앉았다.

"아직도 마땅한 색시감을 못 찾았냐?"

그의 어머니가 수저를 들고 그를 보며 물었다.

"네, 아직."

"나는 어서 손자를 보고 싶다만. 네 마음에 드는 색시감이 언제나 나타날지 모르겠구나."

"어머니, 언젠가는 나타나겠지요."

"네가 늘 그렇게 태평한 소리를 하니까 여태 장가를 못 가고 있다."

그녀가 이렇게 말하고 순갈로 밥을 떠서 입으로 가져갔다.

호준이 큰방에서 그의 어머니와 마주앉아 저녁을 들었다. 반찬은 이 시기에 농촌 사람들이 많이 먹는 무생채와 깍두기 등이었다. 그가 식사를 마치고 마루로 나갔다. 가을이어서 낮의 길이가 짧아 주위가 어두웠다. 그가 바로 그의 방으로 갈까 생각하다가 동네 친구나 하나 만나 보려고 토방으로 내려가서 신발을 신었다.

호준은 고향에서 초중고등학교 과정을 마친 후로는 객지 생활을 계속하고 있었다. 그는 고등학교를 졸업하고 서울에 올라가서 대학교에 다니었고, 재학 중에 군에 입대해서 의무 복무 기간을 채우고 제대한 뒤에 복학해서 학부 과정을 마쳤다. 그는 그 뒤 7급 행정직 국가공무원 채용 시험에 합격해서 공무원이 되어 부산에서 일하고 있었다. 그는 그 동안 객지 생활을 계속한 기간이 십 년 가까이 될 걸로 헤아렸다.

속담에 '10년이면 강산도 변한다.'는 말이 있다. 그가 10년 가까이 객지를 떠돌던 사이에 삼봉마을에도 몇 가지 변화가 일었다. 그 중에서도 눈에 가장 두드러지게 띄는 변화는 마을에 어린아이의 수가 예전에 비하여 크게 줄은 것이었다. 물론 거기에는 그렇게 될 수밖에 없는 두 가지 이유가 있었다.

첫째는, 젊은 사람들이 대거 도시로 나가서 농촌에는 아이를 출산할 수 있는 젊은이들이 적기 때문이었다. 그 결과 농촌에서는 40세가 넘은 중늙은이들이 젊은이들 취급을 받았다. 실제로 호준이 어렸을 때만 해도 삼봉마을에는 그의 나이 또래의 동무들이 여럿 있었다. 만일 그들이 모두 이곳에 남아 있다면 그 사이에 결혼해서 아이를 하나나 둘쯤은 두었을 것이었다. 하지만 그들 다수가 삶의 터전을 도시로 옮긴 까닭에 지금은 두엇밖에 남아 있지 않았다.

삼봉마을은 30가호가 넘는 큰동네지만 어린아이의 울음소리가 들리지 않은 지 이미 오래됐다고 한다.

  둘째는, 도시로 나가지 않고 여태 농촌에 남아 있는 젊은이들도 가족계획을 세워서 그걸 실천으로 옮기어 옛날처럼 자녀를 많이 낳지 않기 때문이었다. 옛날에는 정부에서 산아제한을 권장했는데, 지금은 젊은이들이 스스로 가족계획을 세우고 그걸 실천으로 옮기어서 아이를 적게 낳았다.

  다음으로 눈에 쉽게 띄는 변화는 농촌의 외양이 많이 달라져서 그 모습이 예전 같지 않은 점이었다. 정부에서 수년 전부터 펼치고 있는 새마을운동의 영향으로 초가草家들은 그 사이에 대부분 자취를 감추었고, 지금은 대다수의 집 지붕들이 시멘트 기와 혹은 슬레이트로 덮이었다. 그로 인해 지금은 사람들이 시골에 가도 옛날의 정겨운 농촌 풍경을 찾아보기 어려웠다.

  마을에 전기가 들어온 지는 제법 됐다. 그렇지만 고샅에 보안등이 없어서 주위가 어두웠다. 호준이 어두운 고샅길을 걸어서 여태 외지로 나가지 않고 마을에 남아 있는 친구 이동옥의 집 대문 안으로 들어섰다. 방마다 불은 켜져 있었으나 식구들이 나누는 말소리는 들리지 않았다.

"동옥이."

  호준이 마당에 서서 친구의 이름을 불렀다.

"호준인가? 그렇지 않아도 오늘 자네가 왔다는 이야기를 들었네. 이렇게 찾아 주어서 고맙네."

  동옥이 방문을 열고 마루로 나오며 그를 반갑게 맞았다.

  호준이 토방에서 신발을 벗고 마루 위로 올라가 동옥을 따라 그의 방으로 들어갔다. 파리똥이 닥지닥지 낀 백열등이 천장에 매달려서 넓지 않은 공간을 희미하게 비추었다. 두 사람이 장판방 위에 마주보고 앉았다.

"저녁 식사는 했는가?"

호준이 물었다.

"응, 조금 전에 먹었네. 자네는?"

"나도 저녁을 들고 집에서 나왔네."

호준이 대꾸했다.

동옥은 아직 미혼이었다. 방 한 구석에 적갈색 때가 잔뜩 끼인 나무궤 하나가 놓여 있고 그 위에 요와 이불이 얹혀 있었다.

"자네도 결혼을 해야 할 텐데……. 왜 여태 안 하고 있는가?"

호준이 물었다.

"안 하는 게 아니라 못하고 있네. 처녀들이 농촌 총각에게는 시집오려고 하지 않는다네."

"농촌에서 살게 되면 농사일을 해서 먹고살 수밖에 없으니까 처녀들이 그걸 싫어해서 시집오려고 하지 않는 모양이구먼."

"그래서 그렇다고 보는 게 옳겠지."

"도시 여자들은 농촌에 와서 살려 하지 않고, 시골 처녀들은 또 농촌 총각에게는 시집가지 않으려고 하니 큰일이구먼. 속담에 '헌 짚신도 짝이 있다.'는 말이 있는데 남자가 결혼하고 싶어도 짝을 구하지 못해서 총각으로 늙는다면 그보다 더 큰 불행이 어디 있겠는가?"

"그래서 요즈음 농촌 노총각들 중에서 일부는 필리핀이나 태국 등지에서 여자를 데려와 총각귀신 신세를 면해 보려고 하는데, 그것 역시 쉽지 않은 모양이네."

"거기에도 물론 어려움은 있겠지. 그렇지만 총각귀신 신세를 면하려면 어쩔 수 없지 않은가?"

"하긴 그렇네."

"자네는 앞으로 어떻게 할 작정인가?"

"나도 올해까지만 여기서 농사를 짓고 내년에는 도시로 나갈까 생각하고 있네."

"짝을 구하려고 도시로 나가려는 건 물론 아니겠지. 그렇지만 자네가 도회지에 나가더라도 먹고 살기 위해서는 일자리를 구해서 일을 해야 할 텐데."

"도회지에 가더라도 짝이 저절로 구해지는 게 아니라는 걸 나도 모르지 않네. 그러나 농촌에서보다는 짝을 구하는 것이 쉽지 않을까 생각하네. 그 외에 도회지에 가서도 먹고 살기 위해서는 일을 해야 하는데 건축 공사장이라도 찾아다니며 막노동을 하면 설마 굶기야 하겠는가? 만일 그게 어려우면 조그만 기술이라도 배워서 살길을 찾아야지."

"슬픈 이야기일세. 우리 농촌이 어쩌다가 이 지경에 이르렀는지 모르겠네."

"내가 보기에는 앞으로 시일이 지날수록 농촌이 더욱 피폐해질 것 같네."

동옥이 말했다.

둘이 마주앉아 이런저런 이야기를 나누던 사이에 시간이 꽤 흘렀다. 동옥이 졸음이 오는지 하품을 했다.

"내일 일 하려면 이제 자야 하겠지. 나는 그만 집으로 돌아가겠네."

호준이 이렇게 말하고 일어나서 방에서 나갔다. 동옥이 그를 뒤따라 나왔다. 호준이 토방에서 신발을 찾아 신고 대문께로 걸어갔다.

"어두운데 조심해서 가게."

동옥이 마루에 서서 그의 등뒤를 향해 말했다.

"편히 쉬게."

호준이 대꾸했다.

호준이 추수철에 고향에 와서 오랜만에 이틀 동안 그의 어머니의 가을걷이 일을 도왔다. 그는 큰 힘을 보태지는 못했지만 일손이 부족한 시기에 고향에 와서 그녀를 따라 들에 나가서 그녀의 일을 조금이라도 도울 수 있었던 걸 즐거움으로 여기었다.

토요일 아침이 밝았다. 호준은 오늘 낮 12시에 신태인의 농민회관에서 열리는 태석의 결혼식에 참석하기 위해서는 일찍 일어나서 길을 떠날 준비를 해야 했다. 호준이 바로 몸을 일으키어서 방에서 나가 마당 한 구석의 우물가로 가서 얼굴을 씻었다.

호준이 세면을 끝내고 방으로 돌아와서 한쪽 벽에 걸린 거울을 보며 빗으로 머리 모양을 다듬었다.

"큰방에 아침상 들여놓았어요."

순자가 그의 방 앞에 와서 알렸다. 그녀가 오늘 그가 친구의 결혼식에 참석하기 위해서는 아침 일찍 길을 떠나야 한다는 걸 알고 새벽에 일어나서 조반을 준비한 듯했다.

"알겠다."

그가 대꾸했다.

호준이 위에 와이셔츠를 걸치고 큰방으로 갔다. 그의 어머니가 밥상을 앞에 놓고 앉아서 그가 오기를 기다리고 있었다. 그가 그녀의 맞은편으로 가서 밥상을 사이에 두고 그녀와 마주앉았다.

"오늘 친구의 결혼식에 참석한 뒤에 바로 부산으로 갈 거냐?"

그녀가 수저를 들고 그를 보며 물었다.

"네, 어머니."

"그렇구나."

그녀가 조금은 아쉬워하는 듯한 표정을 얼굴에 올리고 말했다.

호준과 그의 어머니가 식사를 마쳤다. 그는 길을 떠날 채비를 하기 위하여 그의 방으로 가고, 그의 어머니는 큰방과 부엌 사이에 나 있는 문을 열고 밥상을 순자에게 내어 주고 나서 밖으로 나갔다.

호준이 길을 떠날 채비를 끝내고 방에서 나왔다.

"객지에서 혼자 지내며 몸 조심해라."

그의 어머니가 마당에 서서 그를 보며 말했다.

"네, 어머니. 어머니도 이제 일보다는 건강을 먼저 챙기세요."

그가 이렇게 대꾸하고 마루에서 내려가 신발을 신고 마당으로 내려섰다.

"그러면 저는 신태인에 가서 친구의 결혼식을 보고 바로 부산으로 가겠습니다."

그가 그의 어머니를 보며 말했다.

"언제쯤 또 올 거냐?"

"바쁘지 않을 때 휴가를 얻어서 다시 올게요."

그가 이렇게 말하고 대문께로 걸어갔다.

"항상 차 조심해라."

그의 어머니가 마음이 놓이지 않는 듯 그의 등뒤에 대고 말했다.

호준이 마을 어귀를 벗어나서 신작로를 따라 다시역을 향해서 걸었다. 아침 이른 시각이어서 다시역에 이르는 신작로에는 학교에 가는 학생들만이 이따금 그의 눈에 들어왔다.

그가 반시간 가량 걸어서 다시역에 이르렀다. 대합실 안에서 몇 사람이 열차를 기다리고 있었다. 그가 벽에 부착된 열차운행시각표를 봤다. 신태인역을 경유하는 서울행 완행열차가 20분 후에 도착하는 걸로 나와 있었다. 그가 매표구로 가서 신태인역까지 타고 갈 수 있는 차표를 끊었다.

호준이 대합실 안의 목제 장의자로 가서 앉아 서울행 완행열차가 오기를 기다렸다. 10분 가량이 지났다. 개표구 문이 열리고 역무원이 개표를 시작했다. 호준이 역무원의 개표를 받고 플랫폼으로 나갔다. 이내 서울행 완행열차가 도착했다. 그가 열차에 올라 창가의 빈자리를 찾아서 앉았다. 바쁜 추수철이어서인지 객실 안에 빈 좌석들이 많았다.

열차가 출발했다. 호준이 탄 열차는 완행이어서 역마다 다 섰다. 열차가 다시역을 출발한 지 두 시간쯤 후에 신태인역에 닿았다. 그가 열차에서 내려 역사 밖으로 나갔다. 농민회관 건물은 역 앞의 사거리 왼편 구석에 있었다. 호준이 시계를 봤다. 오전 11시가 조금 지나 있었다. 태석의 결혼식은 낮 12시에 열리는 걸로 예정되어 있었다. 호준은 전에 호남선을 운행하는 열차를 타고 여행하며 신태인역을 여러 번 보기는 했다. 그렇지만 그는 열차에서 내려 신태인 땅을 밟아 본 적은 없었다. 그가 태석의 결혼식이 시작될 때까지 다소의 시간적 여유가 있어서 읍내를 구경해 볼 요량으로 역전 사거리에서 남쪽 방향으로 뻗은 도로를 걸어 내려갔다.

   시장은 역 앞 사거리에서 멀지 않은 거리에 있었다. 호준이 시장을 구경해 볼 양으로 남쪽 방향으로 뻗은 도로에서 벗어나 저자들이 있는 왼편 길로 들어섰다. 길 초입에는 포목점들이 늘어서 있었다. 오늘이 마침 5일마다 열리는 신태인 장날인 듯했다. 상인들이 칸막이된 구역 안의 나무 마루 위에 물건들을 벌여 놓고 손님이 오기를 기다리고 있었다. 낮 12시가 가까웠다. 시간적으로 장꾼들이 한창 몰려들 시간이었으나 물건을 사러 온 사람들의 모습은 별로 안 보였다. 시골의 5일장치고는 저자가 너무 한산했다.

   호준이 포목전을 지나서 과일 가게들이 늘어선 길로 들어섰다.
"오세요. 싸게 팔아요."
   한 가게의 남자 주인이 그를 장꾼으로 여긴 듯 그를 향해 손을 까불며 외쳤다.

   시골의 읍과 면 중에는 아직도 상설시장이 없고 매달 일정한 날짜에 5일마다 장이 서는 고장이 적지 않았다. 예전에는 그 5일장에 그 고장 사람들뿐만 아니라 인근 지역 주민들도 장을 보려고 몰려와서 시장 골목은 인파로 북새통을 이루고는 했다. 구경거리가 많지 않은 시골에서는 평소 볼 수 없던 많은 인파가 몰려들어 법석이는 광경 그 자체가 하나의 큰 볼거리였다. 하지만 그가 지금 구경하고 있는 신태인 장은 그가 어렸을 때 보았던 5일장의 모습을 찾아보기 어려웠다. 시장에 장을 보러 오는 장꾼들의 수가 예전에 비하여 너무 적었다. 하기야 그건 그의 고향 다시의 경우에도 마찬가지였다. 물론 다시는 면 단위고 신태인은 읍 단위여서 두 고장이 똑같은 기준으로 비교될 수는 없었다. 그렇기는 하나 신태인은 다시보다 5일장이 더 크게 설 수 있는 두 가지 조건을 갖추고 있었다. 첫째로, 다시역에서는 특급열차가 서지 않지만 신태인역에서는 정차하는 까닭에 이치적으로는 철도편 이용자가 그 만큼 더 많을 게 당연했다. 아울러서 그건 또한 한편으로 장꾼들의 수를 늘리는 요인으로 작용할 수도 있었다. 둘째로, 신태인에는 서쪽 방향으로 넓은 평야가 펼쳐져 있어서 거기서 산출되는 미곡이 여기로 집하集荷되어 철도편으로 전국 각지로 실려 가기 때문에 이곳은 다시보다 상권이 더 크게 발달할 수 있는 조건을 갖추고 있었다. 그럼에도 불구하고 신태인 5일장의 모습은 다시의 그것과 별 차이가 없었다.

'신태인은 다시보다 5일장이 더 크게 설 수 있는 두 가지 조건을 갖추고 있는데도 장꾼들이 적은 이유가 뭘까?'

그는 신태인에 대하여 아는 바가 적어서 그 답을 뇌리에 얼른 떠올리지 못했다. 그렇기는 하나 그는 그 답을 찾으려던 과정에서 전에 언젠가 우연한 기회에 태석이 신태인에도 오일장이 서는데 세월이 흐를수록 장이 쇠퇴하고 있다고 하며 그가 당시 제시한 그 사유들을 기억 속에서 더듬어냈다.

"내가 어렸을 때만해도 신태인 장에 사람들이 바글바글했어. 그런데 언제부터인지 장을 보러 오는 사람들이 줄기 시작했어. 아마도 이농인구가 늘고 교통편이 좋아지면서 장꾼들이 장이 크게 서는 정읍이나 김제로 가기 때문인 것 같아."

"자네 말이 맞을 거야. 우리 고향 다시에서도 적잖은 사람들이 도회

지로 떠났고 남아 있는 이들도 장이 크게 서는 영산포로 가기 때문에 오일장이 쇠퇴하고 있어.'

　호준은 당시 그와 주고받았던 말들을 머릿속에서 되뇌며 신태인 5일장에 장꾼들의 수가 적은 원인을 어렴풋이나마 이렇게 추정했다.

　호준이 과일 가게들이 늘어선 골목을 지나서 어물전으로 들어섰다. 제수 용품으로 많이 쓰이는 홍어와 상어 등 어물이 나무 상자에 몇 마리씩 담기어 옆으로 죽 놓여 있고 그것들이 썩을 때 풍기는 비릿한 냄새가 그의 코를 자극했다. 그렇지만 이곳 역시 장꾼들은 별로 없었다. 그가 어물전 골목을 지나서 잡화가게들이 늘어서 있는 길로 들어섰다. 이곳에도 장꾼들은 별로 눈에 안 띄었다. 상인들만이 가게들을 지키며 손님들이 오기를 기다리고 있었다.

　호준이 시장 여기저기를 둘러보던 사이에 시간이 제법 지난 것같이 생각돼서 시계를 봤다. 낮 12시 15분 전이었다. 그가 태석의 결혼식장에 늦지 않게 닿기 위하여 바로 시장 골목을 빠져나가서 왔었던 길을 되짚어 농민회관으로 향했다.

　호준이 역 앞 사거리를 지나서 농민회관 건물 안으로 들어갔다. 1층에는 농업협동조합연쇄점이 들어와서 영업을 하고 있었다. 그가 그 연쇄점 옆에 설치된 계단을 걸어서 이층으로 올라갔다. 태석이 그의 부모와 나란히 예식장 출입문 앞에 서서 하객들을 맞고 있었다.

　"이곳까지 와 줘서 고맙네."

　그가 호준을 보고 반가워했다.

　"결혼을 축하하네. 휴가를 얻어서 고향에 들러 어머니를 뵙고 바로 이곳으로 왔네."

호준이 그의 손을 잡고 말했다.

결혼식이 시작될 때까지는 아직 5분 가량이 남아 있었다. 하객들 중의 일부는 식장 안으로 들어가서 의자에 앉아 결혼식이 시작되기를 기다리고 있었고 일부는 밖에서 몇 사람씩 모여 서서 이야기들을 나누고 있었다. 호준은 하객들 중에 아는 이가 없었다. 그가 식장 안으로 들어가서 신랑측 하객들이 앉아 있는 줄로 가서 의자에 앉아 식이 시작되기를 기다렸다.

사회자가 곧 결혼식이 시작될 예정임을 알렸다. 밖에 있던 사람들이 그 고지를 듣고 안으로 들어와서 빈자리를 찾아서 앉았다. 신랑과 신부가 입장했다. 주례는 신태인에 있는 한 중고등학교의 교장이었다. 주례가 신랑과 신부로부터 결혼 서약을 받고 그들에게 뒤로 돌아서서 하객들에게 인사를 하라고 했다. 두 사람이 하객들에게 인사를 하고 몸을 돌려 다시 주례를 향해 섰다. 주례가 주례사를 했다. 주례사의 요지는 남자와 여자는 결혼을 함으로서 비로소 하나의 완전한 인간이 된다는 것, 부부가 화목한 가정 생활을 누리기 위해서는 각자에게 기대되는 도리를 지켜야 한다는 것 그리고 인생사가 늘 순탄하지만은 않기 때문에 새로이 탄생하는 내외는 앞으로 살아가며 어떤 어려움이 닥치더라도 서로 마음과 힘을 합해서 그걸 극복하려고 노력해야 한다는 것 등이었다.

예식이 끝났다. 신랑의 부모가 결혼식에 참석한 일반 하객들을 농민회관 건물 근처에 있는 한 식당으로 모시어서 점심을 대접했다. 신부는 이 고장 태생이 아니었다. 신랑의 부모가 가까운 친척들과 신부 측의 상객들을 산정마을의 본가로 모시어서 음식을 대접하려고 여러 대의 택시들을 대절해서 몇 사람씩 나뉘어서 타게 했다.

신랑의 들러리들은 호준을 포함하여 다섯 사람이었다. 태석의 부모는 당초 신랑의 들러리들도 일반 하객들과 함께 농민회관 건물 근처의 식당에서 음식을 대접하려고 했던 것 같았다. 그러나 신랑의 부모는 태석의 의견에 따라 당초 계획을 바꾸어서 그들도 산정마을의 본가까지 택시에 태우고 가서 음식을 대접하기로 결정했다.

신랑과 신부가 탄 택시가 출발했다. 이어서 신랑의 가까운 친척들과 신부 측의 상객들이 탄 택시들이 떠났다. 그 택시들을 뒤따라 신랑의 들러리들이 탄 차가 산정마을로 향했다. 신태인 읍내에서 산정마을까지 신작로는 나 있었으나 길이 포장되어 있지 않았다. 차들이 신작로 위를 지날 때마다 뽀얀 흙먼지가 구름처럼 피어 올랐다.

신랑의 들러리들이 탄 택시가 앞서 출발한 차들을 뒤따라 산정마을에 닿았다. 산정마을은 구릉 지대에 자리잡은 벽촌이었다. 마을 주위의 야산에는 아름드리 소나무들이 울창하게 서 있었다.

신랑의 들러리 다섯 사람이 차에서 내려 태석의 집 안으로 들어갔다. 한 아주머니가 그들을 별채의 어느 조그만 방으로 안내했다. 해는 떨어지지 않았으나 방안이 어둠침침했다. 이 마을에는 아직 전기가 들어오지 않는 모양이었다. 방 한 구석에 세워진 등가燈架에 걸린 호롱불이 방안을 희미하게 비추었다. 다섯 사람이 방 가운데에 차려져 있는 음식상 주위에 둘러앉아서 식사를 했다. 신랑과 신부는 안채의 큰방에서 웃어른들에게 폐백을 드리는 까닭에 그 자리에 올 수 없었다.

신랑의 들러리들이 식사를 끝내고 방에서 나갔다. 그 즈음에 신부도 시부모에게 폐백을 드리고 나서 신랑과 함께 큰방에서 나왔다. 그들은 신혼 여행을 떠나기 위해서는 그에 어울리게 택시를 불러서 타고 신태인역에 가서 기차에 올라야 했다. 하지만 산정마을에는 전화가 들어오지 않은 까닭에 그들은 택시를 부르지 못해서 그리 할 수 없었다. 결혼식이 끝난 뒤에 차들이 이 마을에 왔을 때 태석이 한 대를 붙잡아 두지 않았던 것이 불찰이라면 불찰일 수 있었다. 그러나 그것은 이미 지난 일이었다. 그들은 하릴없이 각자 조그만 가방을 하나씩 들고 신태인역을 향해 걸어갔다.

　호준을 제외한 신랑의 다른 들러리들은 모두 이 마을 근처에 살았다. 그는 월요일 아침 직장에 출근해서 일하기 위해서는 신태인역으로 가서 기차를 타고 부산으로 향해야 했다. 그가 신혼여행을 떠나기 위해 얼마전에 신태인역까지 걸어가야 했던 신랑과 신부의 전철을 밟아 역을 향해 터벅터벅 걸음을 옮기었다. 다행히 해가 아직 안 떨어져서 주위는 어둡지 않았다. 오랫동안 비가 오지 않은 듯했다. 그가 걸음을 옮길 때마다 그의 발 밑에서 흙먼지가 풀썩풀썩 일었다.

제5장
소용돌이

    호준은 부산에 어떤 연고는 없지만 주어진 환경에 순응하는 차원에서 이곳에 정을 붙이어서 정착하기 위한 하나의 방편으로 가슴을 열고 대화를 나누어도 괜찮을 친구들을 사귀어 보려고 노력했다. 하지만 그의 그러한 노력은 결실을 거두지 못했다. 물론 거기에는 몇 가지 이유가 있었다.

    첫째로, 사회 활동을 통하여 영리를 추구하는 사람들은 대개는 이해관계에 따라 가까워지기도 하고 멀어지기도 하는 경향이 있어서 교제를 나누어서 별로 이익이 없을 것같이 생각되는 이들과는 가깝게 지내려고 하지 않았다. 사회 인심은 그렇게 야박한데 그가 일하는 부서는 워낙 맑은 곳이어서 외부인이 어떤 이익을 얻으려고 접근할 만한 건더기가 있지 않은 까닭에 그는 그런 면에서는 새로이 친구를 사귈 수 있는 기회가 별로 없었다.

둘째로 사람이 친구를 사귀는 데에 있어서는 다소 사교성이 있는 게 좋았다. 그러나 호준은 그렇지 않은 까닭에 주위에서 접촉하는 이를 새로이 친구로 만들 수 있는 기회가 생겨도 그걸 벗 관계로 발전시키지 못하고 무위로 끝내버리는 경우가 적지 않았다.

그 다음으로 호준은 부산에서 직장 생활을 하며 일터 안팎에서 매일 영남인들과 접촉하지만 그들은 그가 호남 출신인 걸 알면 그에게 마음을 열려고 하지 않았다. 그렇기 때문에 그는 그들과 마음을 열고 대화를 나눌 수 있는 친구가 되기 어려웠다. 이제는 이미 지난일이 됐지만 그가 직장 친구 이기호의 소개로 부산 출신 여성 전순혜를 알게 된 후로 그녀의 미모에 마음이 끌리어서 그녀와의 만남을 이어나가 좋은 결실을 맺으려고 했지만 그의 희망과는 달리 그녀를 중도에 단념했던 것도 그녀가 그에게 마음을 열려고 하지 않는 데에서 비롯된 사례일 수 있었다.

그렇지만 호준이 부산에서 직장 생활을 하며 마음을 열고 대화를 나눌 수 있는 친구들을 사귀는 데는 성공하지 못했어도 그렇다고 삶의 낙이 전혀 없는 것은 아니었다. 그는 직장에서 근무를 끝내고 하숙집에 돌아와서 대개는 방안에 박혀 신문이나 소설책을 읽는 걸로 시간을 보내지만 그처럼 무미건조한 생활 속에서도 토요일 오후나 일요일에는 가끔 극장에 가서 영화를 구경하며 거기서 그 나름의 공감을 얻고는 했다.

하기야 호준은 서울에서 대학교에 다니던 시절에도 이곳 부산에서처럼 외롭게 지내었다. 그렇지만 그 시절에는 그는 학교에 가면 가슴을 열고 대화를 나눌 수 있는 학우들이 있어서 그리 심한 외로움을 느끼지는 않았다. 그러나 그는 대학교를 졸업한 후로는 그 시절처럼 그들을 자주 볼 수 없기 때문인지 '안 보이면 마음에서도 멀어진다.'는 말이 있듯이 그들과의 사이도 멀어져서 이제는 그들과의 관계가 거의 단절된 상태에 있었다. 다만 그는 그 시절에 친하게 지내었던 친구들 중에서 대학교 2년 선배인 김정희와는 그 동안 가끔 소식을 주고받고 했던 까닭에 지금도 예전의 관계를 유지하고 있었다. 더욱이 정희는 그보다 먼저 공무원이 되어 체신부 총무과 인사계에서 근무하고 있어서 그와 업무적으로도 관련이 없지 않았다. 사실 체신부 총무과 인사계는 부 안에서는 힘있는 부서라고 할 수 있었다. 그렇기는 하나 정희는 높은 직급의 공무원이 아니어서 힘을 쓰지는 못했으나 사회 물정에 다소 밝은 편이어서 그는 부산체신청에서 일하며 때로 어떤 애로 사항이 있을 적에는 그에게 전화를 걸어서 조언을 구하기도 하고 간혹 서울에 가면 그를 만나 함께 점심 식사를 하기도 했다.

호준은 부산체신청에서 일하며 그동안 한 달에 한 번 꼴로 정희와 전화 통화를 했다. 그렇지만 지난달에는 호준이 심중에 번거로운 일이 있어서 그에게 전화하지 못했다. 호준이 그가 요즈음 어떻게 지내는지 궁금해서 그가 일하는 부서에 전화를 걸었다.

"총무과 인사계입니다."

정희의 음성이었다.

"황호준입니다. 그동안 별일 없으셨습니까?"

"응. 무고했네. 후배의 목소리를 들으니 반갑구먼. 후배가 부산체신청에서 근무한 지도 이제 제법 된 것 같은데, 그곳 생활은 어떤가?"

"별로 재미가 없습니다. 기회가 주어진다면 서울에 가서 일하고 싶습니다."

"후배가 그곳 생활에 적응할 때도 됐는데."

"그렇기는 합니다만 아직도 이곳 생활에 낙을 붙이지 못하고 있습니다. 그래서 선배님에게 제가 서울에 올라가서 일할 수 있는 길을 좀 알아 봐주십사고 부탁 드리고 싶습니다. 물론 염치없는 부탁인 줄은 압니다."

호준은 그에게 인사 청탁을 하려고 전화했던 건 아니었다. 호준은 이곳 생활에 외로움을 느끼던 차에 그와 통화하다가 우연히 그같은 부탁의 말을 했을 따름이었다.

"후배의 뜻을 알겠네. 힘은 없지만 후배가 서울에 올라올 수 있는 길을 한 번 알아보겠네. 그렇지만 크게 기대하지는 말게."

"고맙습니다, 선배님."

호준이 전화를 끊었다.

호준이 우정과 자체 계획에 따라 예하의 우체국에 가서 창구 직원들의 고객 봉사 실태를 점검하고 사무실에 돌아왔다. 그가 출장 결과를 위에 보고하기 위하여 복명서를 썼다. 이때 책상 위에 놓인 전화기의 벨이 울리어 그가 복명서를 쓰다 말고 수화기를 들었다.

"우정과 황호준입니다."

"김정희입니다."

"전화 주셔서 고맙습니다. 그동안 무고하셨습니까?"

"응, 아무 일 없었네. 다름이 아니라 지난번에 후배의 전화를 받고 내가 서울체신청에서 근무하는 한 친구에게 자네가 일할 만한 곳이 있는지 알아봐 달라고 부탁했더니, 그 사람이 어제 나에게 전화를 걸어서 서울 서부우체국에 7급 계장 자리 하나가 비어 있다고 하더구먼. 어떤가? 그곳에서라도 일해 볼 의향이 있는가?"

"물론입니다. 저는 서울에 올라가서 일할 수 있게 되는 것만으로도 만족합니다."

호준은 얼마 전에 그와 통화하다가 서울에 가서 일하고 싶다는 의사를 표시하기는 했지만 큰 기대를 걸지 않았다. 체신부 총무과 인사계는 부 안에서는 힘있는 부서이기는 하지만 정희가 직급이 낮은 공무원이어서 힘을 쓸 수 있는 위치에 있지 않기 때문이었다. 그 상황에서 호준은 그로부터 뜻밖에도 그의 부탁이 결실을 거둘 가능성이 조금은 있는 것처럼 여겨지는 말을 듣고 기쁘기 그지없었다.

"알겠네. 내가 자네의 의사를 그 친구에게 전하겠네."

정희가 전화를 끊었다.

보름 가량이 지났다. 정희가 호준에게 다시 전화를 걸어서 서울체신청에서 근무하는 친구로부터 그가 서울서부우체국 통신과 계장으로 전보 발령이 나게 될 것 같다는 이야기를 들었다고 알려 주었다.

며칠이 흘렀다. 서울체신청에서 호준을 서울서부우체국 통신과 조리계장으로 전보했음을 통보하는 문서를 부산체신청에 보내었다. 부산체신청에서 그 문서에 근거하여 그를 서울서부우체국 통신과 조리계장으로 발령했다.

호준은 공무원이 되어 부산에서 일하며 가슴을 열고 대화를 나눌 수 있는 친구들이 적기 때문인지 이곳에 정을 못 붙이어 그의 대학교 선배에게 서울에 가서 일하고 싶다는 의사를 표시했으나 그 부탁에 큰 기대를 걸지는 않았다. 그렇지만 호준은 뜻밖에도 그 부탁이 결실을 거두어 서울로 올라가서 일할 수 있게 됐다. 그는 그의 뜻이 이루어져 기쁘기는 하지만 막상 부산을 떠난다고 생각하자 마음 한 구석에서 서운한 느낌이 이는 걸 지울 수 없었다. 사람은 어느 곳에 한동안 몸을 붙이고 지내면 자기도 모르는 사이에 거기에 조금은 정이 들게 마련인 모양이었다.

공공기관은 이용자들이 쉽게 찾을 수 있도록 대개는 큰길 가에 위치했다. 그러나 서울서부우체국은 주택가 골목길에 자리잡고 있어서 처음 오는 이용자들이 찾는 데에 약간은 불편을 겪었다. 다행히 주위의 주택들은 대부분 단층 건물이지만 우체국은 2층 건축물이어서 이용자들의 눈에 조금은 쉽게 뜨일 수 있었다. 그렇지만 우체국 건축물이 주택가 골목길에 자리잡고 있어서 큰길에서 잘 안 보이는 까닭에 호준 역시 근무 발령을 받고 처음 근무처를 찾아가는 데 다소 어려움을 겪었다.

호준은 부산에서 일하다가 서울로 올라오기는 했지만 예전에 대학교에 다닐 때처럼 지금도 여기에 어떤 연고가 없었다. 사실 공무원의 봉급 수준은 대기업의 그것보다 낮았다. 그는 처음에는 돈을 조금이라도 절약하기 위하여 직장 근처에 방 하나를 전세로 얻어서 자취를 할까 생각했다. 하지만 그는 직장 생활을 하며 자취를 하는 것이 쉽지 않고 그것이 보는 이의 시각에 따라서는 조금은 궁상스럽게 보일 수도 있어서 일터 근처에 하숙을 정해서 도보로 출퇴근했다.

호준은 부산에서 직장 생활을 할 때에는 초량에서 하숙을 하며 아침에 버스를 타고 일터에 일하러 갔고 근무가 끝난 뒤에는 대중교통을 이용하여 거처로 돌아오고는 했던 까닭에 여유 시간이 많지 않았다. 그렇지만 그는 서울에 와서 일터 근처에 하숙을 정하고 도보로 출퇴근하는 까닭에 아침과 저녁으로 다소 시간적 여유가 있었다. 그는 그처럼 출퇴근 시간이 줄고 하숙방에서 혼자 있는 겨를이 많아지면서 그것이 차츰 무료하게 느껴져 17인치 크기의 텔레비전 한 대를 구입해서 들여놓고 심심한 느낌이 들 적마다 그걸 켜서 시청하고는 했다.

그런데 그가 텔레비전을 사서 하숙방에 들여놓고 심심한 느낌이 들 적마다 그걸 켜서 시청하고는 하면서 자신도 알지 못하는 사이에 그의 생활 태도에 약간의 변화가 일었다. 그의 거듭된 행동이 역으로 그의 생활 태도에 변화를 일으킨 것 같았다.

사실 호준은 텔레비전을 사서 하숙방에 들여놓기 전에는 남는 시간을 주로 신문을 보거나 소설책을 읽는 걸로 보냈다. 하지만 그는 하숙방에 텔레비전을 들여놓고 심심한 느낌이 들 때마다 그걸 켜서 시청하기 시작한 뒤로 이전처럼 남는 시간에 주로 신문이나 소설책을 읽지 않고 텔레비전을 많이 시청했다. 같은 행동의 반복은 생활 습관의 변화를 초래하기도 하는 모양이었다. 아무튼 그는 생활 습관이 그렇게 바뀌면서 얼마전부터 아침 식사를 할 때에도 텔레비전을 켜놓고 뉴스를 시청했고, 근무를 끝내고 하숙집에 돌아와서 저녁을 들며 뉴스나 일일 연속극을 보기도 했다.

가을이 깊었다. 서늘한 가을 바람이 도로 가에 늘어선 가로수들을 스치고 지날 때마다 노란색 혹은 주황색으로 물든 단풍잎들이 우수수우수수 아래로 떨어져 내렸다.

호준이 우체국에서 일을 끝내고 하숙집에 돌아왔다. 여느 날처럼 그가 저녁 밥상을 앞에 놓고 텔레비전을 켰다. 텔레비전에서 월요일부터 금요일까지 매일 밤 삼십 분 간씩 방영되는 일일 연속극이 흘러나왔다. 그는 이전에는 연속극을 별로 시청하지 않았었다. 그렇지만 그는 텔레비전을 들여놓은 후로 얼마 전부터 매일 이 연속극을 시청하게 되면서 차츰 취미를 붙이어 요즈음에는 이걸 보지 않으면 마음 한구석이 왠지 허전했다.

이윽고 연속극이 끝나고 상품 광고가 쏟아져 나왔다. 호준이 식사를 끝내고 상을 마루로 내어놓은 후에 다시 텔레비전 앞에 앉았다. 한동안 이어졌던 광고가 끝나고 밤 아홉 시에 시작되는 뉴스가 방영됐다. 박정희 대통령이 건설부장관과 충청남도 지사 등을 대동하고 삽교천 제방준공식에 참석해서 테이프를 끊고 치사를 하는 장면 등이 흘러나왔다. 호준은 박정희 소장이 5·16 군사쿠데타에 성공해서 국가재건최고회의 부의장으로 일할 때, 장도영 의장이 물러난 뒤에 그 의장으로 활동하던 때 그리고 대통령이 되어 십수 년간 국정을 수행해 오던 동안 신문 및 각종 화보에 실린 사진들 그리고 텔레비전 뉴스에 비치는 영상 등을 통하여 그의 모습을 자주 봐 왔다.

어쩌면 호준이 그때마다 그의 모습을 유심히 보지 않았는지도 몰랐다. 그렇지 않다면 그때 그의 사진이 그의 최근 근영이 아니었거나 혹은 그의 모습이 멀리서 카메라로 잡히어 조그맣게 나온 까닭에 호준이 그 차이를 분간할 수 없었는지도 몰랐다. 아무튼 호준은 오늘 텔레비전 뉴스에서 흘러나오는 그의 모습을 대하는 순간 그가 이전과 달리 갑자기 늙어버린 것 같은 느낌이 들었다. 그와 더불어 호준은 텔레비전에서 흘러나오는 그의 얼굴을 보며 오랜 기간 우리 나라의 최고 권좌에 있었던 이도 세월의 흐름은 피하지 못한다는 걸 새삼스레 깨쳤다.

한 시간 가까이 계속된 뉴스가 끝나고 다시 광고가 쏟아져 나왔다. 호준이 몸의 피로를 느껴 텔레비전을 끄고 잠옷으로 갈아입은 뒤에 이불 밑으로 몸을 넣었다.

다음날 아침 호준이 잠에서 깨어 머리맡에 놓인 시계를 봤다. 아침 6시가 가까웠다. 그는 우체국에 일하러 가는 날에는 대체로 이 시각쯤에 일어나서 활동을 시작했다. 그가 바로 몸을 일으키어서 밖으로 나가 얼굴을 씻고 방으로 돌아와 출근할 준비를 했다.

아침 7시가 조금 못 된 시각에 주인 아주머니가 밥상을 들고 와서 방앞의 마루 위에 놓고 갔다. 호준이 방문을 열고 나가서 마루 위에 놓인 밥상을 들고 안으로 들어와 앞에 놓고 식사를 하며 뉴스를 시청하려고 텔레비전을 켰다. 박정희 대통령의 유고有故 소식이 긴급 뉴스로 흘러나왔다. 호준은 박정희 대통령의 유고 소식을 접하는 순간 놀라움과 두려움으로 숨이 콱 막히는 듯했다. 더욱이 호준은 어젯밤 텔레비전 뉴스에서 박 대통령이 삽교천제방준공식에 참석해서 테이프를 끊고 치사를 하던 걸 봤었다. 그런 사람이 밤 사이에 무슨 일이 벌어져서 유고 상태에 빠졌는지 호준은 보통의 상식으로는 이해하기 어려웠다. 호준이 박 대통령의 유고 내용이 구체적으로 무엇인지 알고 싶어서 텔레비전에서 눈을 안 떼었다. 그러나 텔레비전 뉴스에서는 그의 유고 소식만이 흘러나왔다. 그 외의 내용은 방송국에서 일절 내보내지 않았다.

호준이 박정희 대통령의 유고 내용에 대한 궁금증을 풀지 못하고 우체국에 일하러 갔다. 다른 직원들도 그들 나름의 경로를 통하여 박 대통령의 유고 소식을 접한 듯했다. 그들이 평상시와 다름없이 자리에 앉아서 맡은 일들을 하면서도 틈이 날 때마다 옆 사람들과 박 대통령의 유고 내용에 대하여 이러쿵저러쿵 수군거렸다.

시간이 지나면서 박정희 대통령의 유고 내용이 매스콤을 통하여 조금씩 밝혀졌다. 박정희 대통령이 지난밤에 중앙정보부장 김재규에 의해서 시해됐다는 것, 최규하 국무총리가 대통령 권한 대행이 되어 국정을 수행한다는 것 그리고 시해자는 현재 구금 상태에 있다는 것 등이 텔레비전과 라디오 등을 통하여 긴급 뉴스로 보도됐다.

박정희 대통령이 중앙정보부장 김재규에 의하여 시해된 사건이 매스콤을 통하여 알려지면서 그의 공과功過에 대한 평가는 국민들 사이에서 엇갈렸다. 다수의 국민들은 그의 서거 소식에 눈물을 흘리며 애도를 표했다. 하지만 그의 장기 독재에 항거하던 일부 국민들은 시해자에 대하여 동정론을 펴기도 했다.

김재규는 구금 상태에 있었지만 국민들 사이에서 그에 대한 단죄론과 동정론이 맞서 있어서 여론이 일치하지 않기 때문인지 사회 일각에서는 근거가 확실하지 않은 소문들이 떠돌았다. 그러한 소문들 중에는 전두환 국군보안사령관이 불원간에 쿠데타를 일으키어서 국권을 장악할 것이라는 풍문도 있었다. 자고로 어떤 풍문이 떠돌 때에는 그같은 풍설이 날 수 있는 꼬투리가 없지 않은 경우들이 많았다. 어수선한 시국 속에서 사람들 입에 오르내리던 풍설은 과연 헛것을 전하지 않았다.

1979년 12월 12일, 전두환 국군보안사령관이 육군 제9사단 노태우 사단장 휘하의 병력을 동원하여 쿠데타를 일으켜서 정부의 실권을 장악했다. 그로 인해 최규하 대통령 권한 대행은 허수아비가 됐다.

김재규 중앙정보부장에 대한 단죄 여부는 그때까지 확실하게 결정되지 않은 상태에 있었다. 군사 쿠데타를 일으켜서 정부의 실권을 장악한 전두환은 먼저 박정희 대통령을 시해한 김재규 중앙정보부장을 단죄하겠다는 걸 국민 앞에 공표했다. 그와 아울러 전두환은 사회 안정과 질서 유지 등의 명분을 내세워서 민주화에 들뜬 국민을 억압하는 정책을 펼쳤다.

박정희 대통령 서거 이후 국정의 민주화를 희구하던 일부 대학생들과 재야 인사들이 전두환 보안사령관의 퇴진을 요구하며 시위를 벌였다. 정부의 실권을 장악한 전두환 보안사령관이 막후에서 일부 대학생들과 재야 인사들의 시위를 진정시키기 위하여 여러 가지 시책을 펼쳤다. 그렇지만 그들의 시위는 그치지 않았다. 그에 대응하여 전두환은 그들의 시위를 진정시킬 목적으로 최규하 대통령 권한 대행을 움직여서 일부 지역에 계엄령을 선포했다. 하지만 민주화를 요구하는 대학생들의 시위는 계속됐다.

정부의 계엄령 선포에도 불구하고 대학생들의 시위가 그치지 않고 차츰 격렬한 양상을 띠어 갔다. 정부가 일부 지방에서 계속되던 대학생들의 격렬한 시위가 다른 지방으로 확산되지 않도록 할 목적으로 특정 지역에 선포했던 계엄령을 1980년 5월 17일 전국으로 확대했다. 이에 반발하여 1980년 5월 18일 전라남도 광주에서 일부 학생들과 군중이 국정의 민주화와 전두환 정권의 퇴진을 요구하는 시위를 벌였다.

정부가 그들의 시위를 진압할 목적으로 광주에 군대를 투입했다. 하지만 군대가 시위를 진압하던 과정에서 일부 시위 군중과 진압군 사이에 유혈 사태가 발생해서 많은 사상자가 났다. 그로 인해 흥분한 일부 시위 군중이 무기를 탈취하여 진압군과 맞섰고 군이 전략상 일시 물러나서 광주 지방이 중앙 정부의 공권력이 미치지 않은 치안 공백 상태에 빠졌다. 인심이 자못 흉흉하고 흉한 소문들이 떠돌았다. 정부에서 여러 경로를 통하여 그 지방의 치안을 회복하려고 노력했다. 그렇지만 그 지방의 치안 공백 사태는 빨리 해결될 기미를 안 보였다.

정부에서 광주민주화운동이 발생한 경위를 조사하던 과정에서 김대중과 그의 추종자들이 배후에서 시위 군중을 조종하여 그 사태를 일으킨 걸로 몰아 그들을 내란 선동 혐의로 구속했다. 그와 더불어 전두환 정권은 적잖은 사람들을 그들에게 동조한 혐의를 씌워서 직임에서 해임했다.

김대중은 1971년 대통령 선거에서 야당 후보로 출마해서 2위로 낙선했다. 그는 1972년 시월 박정희 대통령이 유신 체제를 선포했을 때 일본으로 정치적 망명을 해서 거기서 반정부 활동을 벌이던 중에 1973년 가을 한국의 중앙정보부 요원들이 이북의 기관원들이 그를 끌고 간 것처럼 위장해서 납치하여 배에 태워 본국으로 이송하던 중로中路에 그를 돌에 매달아 바다에 던져 버리려고 했다. 하지만 그는 제3국 기관의 방해로 죽음의 위기에서 벗어나기도 했다.

광주 지방이 치안 공백 상태에 빠진 지 며칠이 됐다. 그렇지만 그 사태는 아직 해결되지 않고 있었다. 호준은 그 기간에도 매일 우체국에 나가서 맡은 일을 했다. 그날도 그가 이전 근무일처럼 아침 8시 반쯤 우체국에 일하러 갔다.

"어젯밤에 위에서 호남 출신 공무원들을 조사해서 보고하라는 지시를 내려서 서무과에서 그 명단을 작성해서 제출했어요."

서무과에서 일하는 김형수 계장이 그에게 다가와 다른 사람들이 듣지 못하도록 음성을 낮추어 조그만 소리로 말했다. 김형수 계장은 전라남도 출신이었다. 그가 호준 역시 동향 출신임을 알고 그에게 그 사실을 귀띔해 주는 것 같았다.

"위에서 왜 호남 출신 공무원들을 조사해서 보고하라고 했을까요?"

호준이 물었다.

"그건 나도 몰라요. 그렇지만 이건 내 추측인데, 아마도 위에서 호남 출신 공무원들이 광주의 반란군과 연계하여 정부를 전복하려 들지 않을까 염려해서 그런 게 아닌가 생각돼요."

"그렇군요."

호준은 김 계장의 추측이 전적으로 옳을 거라고는 여기지 않았다. 그러나 호준은 그의 추측이 전혀 오류일 거라고 단정할 수도 없었다. 공무원 사회 안에서도 호남인들은 여타 지역 출신들로부터 따돌림을 당하고 있는 게 사실이었다. 그같은 상황에서 광주에서 대정부 항쟁이 일어났기 때문에 정부에서 그들이 그 지방의 시위 군중과 연계하여 어떤 일을 벌일지 모른다고 여겨 그 사태가 더 악화하는 걸 방지하려는 차원에서 그들의 명단을 작성해서 제출하라고 요구했을 가능성도 없지 않았다.

주지하듯이 5·18 광주민주화운동은 광주 지방의 일부 학생들과 군중이 국정의 민주화, 계엄령 해제 그리고 전두환 정권의 퇴진 등을 요구하며 시위를 벌인 대정부 항쟁이었다. 그런데 정부가 광주 지방에 군대를 투입하여 시위를 진압하던 과정에서 불행히도 유혈 사태가 발생하고 이전부터 영남인들과 호남인들 사이에 존재해 왔던 지역감정을 자극하는 소문이 번져 상황이 걷잡을 수 없이 악화했다. 그 상태에서 군이 사태가 더 악화되는 걸 피하기 위하여 일시적으로 다른 곳으로 퇴각하여 광주 지방이 한동안 치안 공백 상태에 빠지기도 했다. 그러나 얼마 후에 군이 다시 진입해서 그 지방의 치안은 회복됐지만 그 사건은 이후 전라도 사람들이 영남인들과 여타 지역인들로부터 더욱 심히 배척받는 계기가 됐다.

물론 이전에도 타지역 출신들이 전라도 사람들을 '하와이'니 '더블 백'이니 혹은 '개땅쇠' 등으로 부르며 멸시하고 배척하기는 했지만 적어도 그들을 적대시하거나 그들과 한 영토 안에서 공존할 수 없다고 생각하거나 하지는 않았다. 그렇지만 5·18 광주민주화운동이 일어났을 때 정부가 군을 투입하여 시위를 진압하던 과정에서 지역감정을 자극하는 소문이 번져 사태가 악화한 뒤로 상황은 달라졌다.

당시 지역감정을 자극했던 소문들 중에는 심지어 '경상도 군인이 와서 전라도 사람들을 다 죽이려고 한다.'는 풍문도 있었다. 하지만 그 풍문은 진실이 아니었다. 게다가 정부의 진압군이 모두 경상도 출신 군인으로만 이루어진 것도 아니어서 그같은 풍문은 입에 올릴 가치조차 없는 것이었다. 그렇기는 해도 군이 5·18 광주민주화운동을 진압하던 과정에서 지역감정을 자극하는 풍문이 번져 사태가 악화한 후로 영남인들과 전라도 사람들 사이의 지역의식은 더욱 심화한 게 사실이었다. 그와 더불어 그 같은 지역의식은 여타 지역인들에게까지 깊이 침투해서 영남인들과 여타 지역인들 중에는 호남인들을 적대시하거나 혹은 그들과는 한 영토 안에서 공존할 수 없다는 생각을 품고 있거나 하는 이들이 없지 않다는 소문도 들린다. 아무튼 5·18 광주민주화운동은 이전에 수면 하에 잠재해 있었던 호남인들과 타지역인들 사이의 지역갈등이 겉으로 드러나도록 만든 하나의 계기가 됐다.

그렇기는 하나 한 가지 다행스러운 일은 5·18 광주민주화운동이 일어나고 정부의 진압군이 시위 군중을 진압하던 과정에서 영남인들과 호남인들 사이의 지역감정을 자극하는 소문이 번져 사태가 악화하고 두 지역 간의 갈등이 겉으로 드러난 후로 일부 양식 있는 인사들을 중심으로 그 같은 지역의식은 더는 유야무야로 방치되어서는 안 된다는 여론이 형성되기에 이르렀다는 것이었다. 그에 힘입어서 일부 기관들과 단체들이 망국적인 지역의식의 병폐를 치유하기 위한 대책을 찾으려는 차원에서 그들 나름의 토론회와 학술회의 등을 열어서 다소의 성과를 거두기도 했다.

전두환 국군보안사령관이 12·12 군사 쿠데타를 일으키어 정부의 실권을 장악한 후로 허수아비가 된 최규하 대통령 권한 대행이 국정 최고 책임자직을 사임했다. 그동안 막후에서 정부의 실권을 행사해 왔던 전두환 대장이 군복을 벗고 헌법을 고쳐서 통일주체국민회의 대의원들의 추대를 받아 대통령에 취임하여 제5공화국이 출범했다. 그와 동시에 박정희 대통령이 세운 유신체제維新體制의 제4공화국은 역사 속으로 사라졌다.

통일주체국민회의의 추대를 받아 국가의 최고 지도자가 된 전두환 대통령은 민심을 수습하고 국민 화합을 도모하는 차원에서 여러 가지

개혁 조치들을 단행했다. 그러한 개혁 조치들 중에는 호준이 몸담고 있는 공무원 사회와 관련된 것들도 있었다. 그 한 예는 전두환 대통령이 중하위직 공무원들이 보다 자유롭게 부처 간 이동을 할 수 있도록 제도를 개선한 것이었다. 이전에는 공무원들이 부처를 옮기기 위해서는 여러 가지 번거로운 절차를 거쳐야 했으나 제도가 개선된 뒤로 그들은 총무처에 부처교류희망원만을 제출해서 여건이 충족되면 다른 정부 기관으로 전근할 수 있었다.

호준은 7급 공무원이 되어 부산체신청 그리고 서울서부우체국 등에서 근무한 기간이 그 사이에 이미 6급 공무원으로 올라가는 데 필요한 승진 제한 기한을 초과했다. 그와 함께 7급 행정직 국가공무원 채용 시험에 합격해서 다른 부처에서 근무하고 있는 사람들 중에서 몇은 그 사이에 6급 공무원으로 승진하기도 했다. 하지만 체신부는 승진 적체가 심해서 그는 앞으로 언제 6급 공무원으로 올라갈 수 있을지 예측하기 어려웠다. 그렇기 때문에 승진을 생각한다면 그는 되도록 진급이 잘 되는 부처로 가는 게 좋았다.

그런 점 외에도 그가 부처 교류를 통하여 타부처로 가 볼까 생각하는 데는 한 가지 이유가 더 있었다. 그는 중고등학교에 다닐 때부터 문학을 좋아했다. 문학은 넓은 의미에서 문화 산업에 속했고 정부 부처 중에서 그 분야의 업무를 담당하는 기관은 문화공보부였다. 그런 이유로 그는 진작부터 여건이 충족된다면 그의 취미를 살리고 그와 관련이 있는 일을 할 수 있는 길을 찾아 문화공보부에 가서 일하고 싶었다. 더욱이 문화공보부는 체신부보다 승진이 빠른 걸로 알려져 있었다. 그래서 그는 작년에 부처 교류를 통하여 문화공보부로 가 볼까 생각했으나 확실한 결심이 안 서서 실행으로 옮기지 않았다. 그렇지만 그후로 그는 생각이 바뀌어 그의 취미를 살릴 수 있는 분야에서 일하는 것보다 더 큰 즐거움이 없다는 걸 새롭게 깨치고 올해에는 총무처에 문화공보부 근무를 희망하는 부처교류희망원을 제출해 보기로 마음먹었다.

총무처에서 실시하는 공무원들의 부처 교류 실시 계획이 지난해에는 12월 초에 발행된 관보에 발표됐다. 호준이 11월 하순부터 총무처에서 발행하여 각 기관에 배포하는 관보를 유심히 봤다. 올해에도 작년과 마찬가지로 십이월 초에 발행된 관보에 공무원들의 부처 교류 실시 계획이 공지 사항으로 발표됐다. 그가 그 관보에 게재된 부처교류희망원 서식을 한 부 복사해서 근무 희망 부처란에 문화공보부라고 적고 기타 필요한 사항을 써서 총무처에 우편으로 보냈다.

총무처에서 십이월 하순에 발행하여 각 기관에 배포한 관보에 부처 교류 대상자 명단이 발표됐다. 호준은 문화공보부 근무를 희망했었다. 그의 이름이 문화공보부 전근 대상자 명단에 들어 있었다. 발령 일자는 새해 일월 1일이었다. 그는 그의 희망이 이루어져 기쁘기는 했지만 처음 공무원으로 임용되어 지금까지 일해 왔던 부처를 떠나는 것이 한편으로 조금은 섭섭하기도 했다.

문화공보부는 세종로에 있었다. 새해 1월 1일과 2일은 공휴일이었다. 호준이 1월 3일 오전 9시에 문화공보부 총무과에 갔다. 몇 사람이 그보다 먼저 총무과에 와 있었다. 아마도 그들 역시 이번에 부처 교류를 통하여 그처럼 문화공보부 근무를 명받은 사람들인 것 같았다. 그렇지만 몇 사람이 아직 오지 않았기 때문인지 인사계장이 문화공보부 근무를 명받은 사람들이 다 나올 때까지 그들에게 총무과 사무실 옆에 붙은 회의실에서 대기하라고 했다.

　1시간 가량이 지났다. 이번에 부처 교류를 통하여 문화공보부 근무를 명받은 공무원들이 다 나온 듯했다. 인사계장이 그들을 강당으로 데리고 가서 횡으로 두 줄로 세워 놓고 밖으로 나갔다. 시간이 잠시 지났다. 총무과장이 인사계장을 뒤따라 강당으로 왔다. 인사계장이 조금 전에 밖으로 나갔던 건 아마도 그가 부처 교류를 통하여 문화공보부 근무 명을 받은 사람들이 다 나왔음을 총무과장에게 알리러 가기 위함이었던 것 같았다.

　총무과장이 연단 위로 올라갔다. 줄서 있던 사람들이 총무과장을 주목했다. 그가 근엄한 태도로 그들이 이곳에서 근무하며 지켜야 할 사항들을 이야기했다. 그 요지는 공무원들이 조직 속에서 일하는 데에 있어서는 상사와의 관계가 무엇보다도 중요하다는 것 그리고 이번에 부처 교류를 통하여 문화공보부에 온 공무원들이 전에 일했었던 데를 버리고 이곳에 오려고 했던 데에는 그 나름의 이유들이 있었겠지만 여기서는 심기일전해서 상급자의 뜻을 철저히 받들어 순종하는 본치를 나타내야 할 것이라는 것 등이었다.

　호준은 총무과장의 훈시를 듣고 그가 좋은 취지에서 그같은 이야기를 했을 거라는 건 인정하지만 그의 말이 부처 교류를 통하여 여기에 온 사람들이 전에 일했었던 데에서 마치 상급자와의 사이가 좋지 않아 피신해 온 걸로 해석될 여지가 있어서 기분이 유쾌하지 않았다. 그와 더불어 호준은 부처 교류를 통하여 이곳에 온 사람들이 여기서 별로 환영을 받지 못하고 있다는 것도 알았다. 그는 체신부를 떠나서 여기에 온 걸 후회했지만 지금에 와서 시계를 거꾸로 돌릴 수는 없었다.

총무과장이 훈시를 끝내고 강당에서 나갔다. 인사계장이 부처 교류를 통하여 문화공보부에 온 공무원들을 총무과 사무실 옆에 붙은 소회의실로 데리고 가서 거기서 대기하라고 했다. 그들은 총무과에서 그들을 오래 붙잡아 두지 않을까 걱정했다. 하지만 총무과에서 그리 하지는 않았다. 두어 시간쯤 뒤에 총무과에서 위의 결재를 받아 그들을 그 날 바로 본부와 예하의 몇몇 기관에 배치했다.

　호준은 다른 두 사람과 함께 국외공보원 근무 명을 받았다. 국외공보원은 문화공보부 건물 육층에 있었다. 그가 그들과 함께 국외공보원 서무과에 갔다. 국외공보원에는 일반 업무를 담당하는 서무과 외에 여섯 개 과가 있었다. 그 곳 서무과에서도 그들을 오래 붙잡아 두지 않고 그날 바로 결원이 있는 세 부서에 배치했다.

　호준은 외신과 근무를 명받았다. 외신과에는 서기관 과장이 있고, 그 아래에 사무관 세 명이 있었으며 그들 밑에 6급과 7급 공무원이 두 세 사람씩 배치되어 실무를 담당했다.

　호준이 외신과에서 맡은 일은 재외 공관에 파견되어 있는 공보관들이 주재국의 주요 신문과 방송 등 언론 매체들이 대한민국의 시국 상황에 관하여 보도한 내용 중에서 중요하다고 여겨지는 부분들을 발췌하거나 녹화해서 보낸 것들을 번역하여 위에 보고하는 것이었다. 그는 문화공보부에 와서 처음에 총무과장이 부처 교류를 통하여 온 공무원들을 강당에 모아 놓고 그들이 전에 일했었던 데에서 상사와의 관계에서 문제가 있어 피신해 온 듯한 의미를 풍기는 말을 하는 걸 듣고 적잖이 실망했다. 그렇지만 그는 외신과에서 재외 공관의 공보관들이 보내오는 대한민국의 정치 상황에 관한 보도 내용을 번역하여 위에 보고하는 일을 하며 늘 영한사전을 옆에 놓고 일하는 까닭에 업무 수행 자체가 영어를 학습하는 꼴이 되어 그걸 즐거움으로 알고 일했다.

호준이 외신과에서 일한 지 보름 가량 됐다. 외신과 역시 공무원들로 구성된 조직이어서 일하는 방식은 체신부와 크게 다르지 않았다. 하지만 직원들 사이의 분위기는 체신부와는 조금 다른 듯했다. 그가 전에 일했었던 체신부는 우표 판매, 저금 및 보험 사업 등을 운용해서 그것들로부터 발생하는 수익금으로 조직을 운영하고 소속 공무원들의 봉급을 지불하기 때문인지 직원들이 대체로 가족적인 분위기 속에서 일했다.

그렇지만 문화공보부에서는 국민이 납부하는 세금으로 충당되는 일반예산으로 조직을 운영하고 직원들의 보수를 지급하기 때문인지 직원들 사이의 분위기가 체신부처럼 가족적이지 않았다. 게다가 외신과에서는 과원들이 다소 정치색을 띤 업무를 수행하기 때문인지 의좋게 오순도순 지내지 않고 국회에서 여당과 야당 의원들이 어떤 사안을 놓고 대립할 때처럼 파당적인 행동을 해서 분위기가 약간 살벌했다. 사실 외신과는 서기관 과장 하나, 사무관 셋, 6급 및 7급 공무원 여덟, 그리고 타자원 하나 등 모두 열세 사람이 일하고 있어서 과원들이 가족적인 분위기 속에서 지내려고 노력하면 얼마든지 그리 지낼 수 있었으나 그렇게 하지 않고 각개 행동을 했다.

그 위에 그는 외신과에 온 지 얼마 되지 않았기 때문인지 다른 과원들이 그를 데면데면히 대하는 것 같아서 그는 이곳에서 일하며 그들로부터 따돌림을 당하는 듯한 느낌을 떨쳐버리지 못했다. 물론 그건 그가 이곳에 와서 근무한 지 얼마 되지 않아 그들과의 관계가 아직 서먹한 것이 주요 원인일 수 있었다. 그렇기는 하나 그들이 그를 대하는 방식은 일종의 텃세 같은 것이어서 그것과는 성질이 약간 다른 듯했다. 더욱이 그는 외신과 직원들 중에서 유일하게 타부처에서 온 공무원이었다. 부처간 인적 교류가 전에 비하여 쉬워지기는 했지만 실제로 그걸 통하여 오고 간 공무원들의 수는 아직 많지 않았다. 그렇기 때문인지 문화공보부에서 계속 근무하고 있는 토박이들은 타부처에서 온 사람에 대하여 어떤 피해 의식을 가지고 있는 듯 그에게 적의에 가까운 행태를 나타내었다. 그로 인해 그는 그들과 아직 한 덩어리가 되지 못하고 찬물에 기름 돌 듯 유리되어 있었다.

호준이 외신과에서 일하며 다른 직원들로부터 따돌림을 당하는 이유는 그외에도 더 있었다. 외신과에는 호남 출신 공무원이 셋 있었다. 그렇지만 그를 제외한 다른 두 사람은 토박이들이었다. 문화공보부에서도 호남 출신 공무원들은 다른 부처와 마찬가지로 타지역인들로부터 따돌림을 당하는 듯했다. 그러나 그 두 사람은 토박이들이어서인지 그렇지 않는 듯했다. 호준은 근래에 타부처에서 온 데다 호남 출신이어서 더 배척을 받는 것 같았다.

호준은 맡은 일을 능률적으로 수행하기 위해서는 국내에서 요즈음 어떤 사안이 정치적 쟁점이 되고 있는지 조금은 아는 것이 좋은 까닭에 아침에 출근해서 외신과로 배달되는 조간 신문에 실린 정치 관련 기사들을 일과처럼대강 훑고는 했다. 그가 오늘 아침에도 출근해서 조간 신문에 실린 정치 관련 기사들을 봤다. 서울에서 발행되는 한 유력

일간지에 청주교도소에서 나온 뒤에 미국에 가서 어느 대학교에서 수년째 공부를 계속하고 있던 김대중이 한국으로 돌아오려고 한다는 것과 그가 국민이 원한다면 정계에 복귀해서 정치 활동을 하겠다는 의사를 표시했다는 것 등의 내용이 담긴 기사가 실려 있었다.

주지하듯이 김대중은 5·18 광주민주화운동을 배후에서 조종한 죄로 사형을 선고받고 청주교도소에 수감돼 있다가 미국 정부의 도움으로 영어囹圄의 몸에서 풀려나 그 나라에 가서 체재하며 어느 대학교에서 수년째 공부를 계속하고 있었다. 하지만 호남인들 중에는 김대중이 정계에 복귀해서 그들의 가슴속에 쌓인 한을 풀어 주기를 바라고 있는 이들이 아직도 적지 않았다.

"김대중이 한국에 돌아와서 국민이 원한다면 정계에 복귀하겠다고 했다는데, 국민들 중에서 누가 김대중이 정계에 복귀하기를 희망한다는 거야?"

맞은편에 앉은 조태진이 신문을 읽다 말고 혼잣말처럼 뱉었다. 그는 충청북도 제천 출신이었고 문화공보부 토박이였다. 그는 외신과에서 해외논조 팸플릿을 만들어 주요 기관에 배포하는 일을 했다. 호준은 그와 함께 근무한 지 오래되지 않아서 그를 잘 알지 못했다. 그렇지만 호준은 그가 호남인에 대하여 심한 불호不好의 감정을 품고 있다는 걸 얼마전에 알았다.

"……"

호준이 태진이 그의 반응을 떠보려고 그리 말하는 것같이 생각되어 일을 하다 말고 고개를 들어 그를 봤다. 호준은 호남 출신이지만 김대중이 전라도 태생이라는 이유로 그를 지지하지는 않았다.

"내 말이 귀에 거슬리는 모양이지요? 내가 이런 말을 하면 어떻게 생각할지 모르지만 타지역인들은 전라도 사람들과는 친구도 되지 않으려고 해요. 타지역인들이 김대중을 싫어하는 것도 같은 이유에서예요. 하지만 나는 그렇지 않았어요. 내가 고등학교에 다닐 때 사귄 친구들 중에는 전라도 출신도 하나 있었어요."

태진이 얼굴에서 웃음을 잃지 않고 반짝거리는 눈으로 그를 보며 말했다. 태진의 그 모습이 마치 그가 그 같은 반응을 나타내기를 기다렸던 것처럼 보였다.

"……"

호준은 할말이 없지 않았지만 그의 입에서 또 어떤 소리가 나올지 알 수 없어서 입을 안 열었다.

호준이 시선을 아래로 향하고 아까 했었던 일을 계속하며 태진이 방금 한 말을 뇌리에서 되새겼다.

'타지역인들이 전라도 사람들과는 친구도 되지 않으려고 한다니! 사람들이 집에서 기르는 개나 고양이도 주인과 자주 접촉하면 서로 가까워져서 때로 친구처럼 친해지는 예들이 없지 않은데……'

호준은 그가 그처럼 전라도 사람들을 모욕하는 말을 서슴없이 뱉는 건 그가 호남인에 대하여 심한 불호의 감정을 품고 있기 때문인 걸로 헤아리며 그 까닭이 무엇일까 생각해 봤다.

호준은 태진과 함께 일한 지 얼마 되지 않아 그를 잘 알지 못했다. 다만 호준은 그가 아직 미혼이라는 것, 그의 손위 누이가 전에 문화공보부에서 타자원으로 일했으며 같은 부 안에서 근무하던 경상도 출신 남자 태정수와 결혼해서 가정을 이룬 후에 직장을 그만두었다는 것 등

몇 가지를 그 동안 다른 사람으로부터 들어서 알고 있었다.

정수는 태진의 누이와 결혼할 당시에는 하위 직급의 공무원이었다. 그렇지만 정수는 그 동안 승진을 거듭해서 지금은 문화공보부에서 꽤 중요한 직책을 맡고 있었다. 속담에 '수양산 그늘이 강동 팔십 리를 간다.'는 말이 있다. 태진은 현재 7급 공무원이었다. 7급 공무원인 태진이 직속 상급 기관인 문화공보부에서 꽤 높은 직위에 있는 매형의 덕을 전혀 안 보고 있다고는 아무도 단정적으로 말하기 어려울 것이다.

'실제로는 영남인들만이 전라도 사람들을 싫어하는 게 아니야. 여타 지역인들도 대체적으로 전라도 사람들을 싫어해. 그러나 여타 지역인들이 전라도 사람들을 혐오하는 수준은 영남인들의 그것에는 이르지 못하는 걸로 알려져 있어. 그것이 참인지 여부는 확실하지 않지만 만일 그렇다고 가정한다면 태진이 전라도 사람들을 더 혐오하는 건 경상도 출신인 그의 매형의 영향을 받아서 그런 게 아닐까? 다른 사람의 시선이 미치지 않는 곳에서 매형이 처남과 이런저런 이야기들을 나누며 때로 전라도 사람들을 혐오하는 말을 한 마디도 안 했을 거라고는 아무도 단정적으로 말하지 못해. 이건 추측이지만, 만일 사실이 그렇다면, 그 같은 예가 거듭되면서 태진의 뇌리에는 호남인들에 대한 부정적 인식이 그 만큼 많이 쌓이었을 수도 있어.'

호준은 태진이 전라도 사람들을 심히 혐오하는 태도를 나타내는 사유를 이렇게 추정해 보기도 했다. 그렇지만 호준은 그의 추정이 꼭 옳을 거라고 여기지는 않았다.

그런데 호남인들은 조직 속에서 활동하며 타지역 출신들이 그들을 혐오하는 말을 하거나 그와 유사한 태도를 나타내어도 거기에 맞대응하는 게 쉽지 않다. 규모가 큰 조직은 대개는 그 구성원들이 여러 지역 출신들로 구성되어 있어서 호남인들은 그 속에서 소수가 될 수밖에 없다. 그 상황에서 만일 한 호남인이 거기에 맞대응을 하거나 부정적인 반응을 나타낼 경우 그 사람은 피해자의 위치에 있으면서도 그들로부터 자칫 '조직 생활에 부적절한 자'로 낙인찍힐 가능성이 없지 않기 때문이다. 그런 이유로 호남인들은 타지역인들이 그들을 혐오하는 말을 하거나 그와 유사한 태도를 나타내어도 대개는 안 들은 체하거나 못 본 척하고 넘기는 예들이 많았다.

주일한국대사관의 공보관이 일본의 한 유력 신문에서 한국의 지역 감정을 다룬 특집 기사를 발췌해서 외신과로 보내었다. 그 기사의 요지는 한국에서는 호남인들이 전라도가 오랜 기간 정부의 지역 개발 정책에서 소외되어 발전하지 못하고 있다는 것 그리고 그들이 타지역인들로부터 배척당하고 있어서 사회 활동에 지장을 받고 있는 것 등에 대하여 불만을 품고 있다는 것이었다.

"일본 사람들은 지금도 한국이 자기 나라의 식민지인 줄로 아는 모양이야. 일본 신문에서 한국의 일부 지역이 개발되지 않고 있다느니 전라도 사람들이 배척당하고 있다느니 하는 것 등을 보도하는 건 남의 나라의 내정에 간섭하는 것과 크게 다르지 않아."

태진이 혼자말처럼 말했다.

"……."

호준은 아침에 출근해서 주일한국대사관의 공보관이 발췌해서 보낸 그 특집 기사와 그 요지를 적은 문건을 언뜻 보기는 했었다. 그는 태진의 말이 일리가 있다는 건 인정하지만 그가 구태여 그렇게까지 말할 필요는 없을 것같이 생각되어 고개를 들고 그를 봤다.

"이 일본 신문 기사에 대하여 어떤 의견이 없어요? 고개를 들고 나를 볼 때에는 어떤 의견이 있기 때문에 그런 것같이 생각되는데."

"일본의 일부 신문이 한국의 국내 문제를 종종 지나칠 정도로 자세히 다루는 건 사실이에요. 그렇지만 호남의 일부 지방이 적잖은 기간 정부의 지역 개발 정책에서 소외되어 낙후되어 있는 것 또한 틀린 말이 아니에요."

호준이 그의 대학교 친구 박태석의 결혼식날 신태인에 가서 그의 본가가 있는 산정마을에 그 때까지 전기가 들어오지 않아 석유 등잔을 켜 놓고 어둡게 지내던 걸 머릿속에 떠올리며 말했다.

"지역 개발이 안 되고 있는 것이 꼭 나쁜 것만은 아니에요. 지역 개발이 이루어지면 필연적으로 환경 오염이 따르게 돼요. 하지만 한 지역이 미개발 상태로 남아 있으면 그곳 주민들이 적어도 환경 오염은 걱정하지 않고 살 수 있어요."

태진이 얼굴에서 웃음을 지우지 않고 그를 보며 대꾸했다.

호준은 태진이 지역 개발에 따르는 한 가지 문제점을 정확히 지적했다는 건 인정했다. 그렇지만 태진이 방금 한 말은 그 지역 사람들이 환경 오염을 염려하여 그 지방이 개발되는 걸 원하지 않아서 미개발 상태로 남아 있었을 경우에나 타당했다. 그런 면에서 그의 말은 그 지역 사람들이 자기 고장이 개발되기를 희망하고 있음에도 불구하고 정부의 지역 개발 정책에서 소외되어 미개발 상태로 남아 있는 경우에는 타당하지 않았다.

'태진이 그걸 모르고 이치에 맞지 않는 말을 하지는 않았을 텐데…….'

호준은 머릿속에서 이렇게 뇌며 고개를 숙이고 아까 했었던 일을 다시 붙잡았다.

호준은 외신과에서 일하며 건물 일층에 있는 구내 식당에서 자주 점심을 들었다. 구내 식당의 음식 질이 괜찮고 그 값이 외부의 음식점에 비하여 비싸지 않기 때문이었다.

호준이 오늘도 외부로 나가기 싫어서 구내 식당에서 점심을 들고 나와서 외신과 사무실이 있는 육층으로 올라가기 위해 엘리베이터 앞으로 가서 섰다. 칠층에 서 있던 엘리베이터가 일층으로 내려와서 문이 열리었다. 그가 엘리베이터 안으로 들어가서 육층 버튼을 눌렀다. 엘리베이터가 위로 올라가려고 문이 닫히려는 순간 기획과에서 일하는 유종렬 사무관이 안으로 들어왔다. 문이 닫히려다가 센서 작용에 의하여 도로 열리었다.

곧 문이 닫히고 엘리베이터가 위를 향해 움직이었다.

"전라도 새끼들은 다 죽여 버려야 해."

종렬이 시선을 앞으로 향한 채 불쑥 혼자말처럼 뱉었다. 엘리베이터 안에는 두 사람밖에 타고 있지 않았다. 그가 호준을 향해 그같이 험한 말을 뱉었음이 분명했다. 기획과 사무실은 외신과와 함께 육층에 있었다. 호준은 외신과에서 일하며 그를 자주 보기는 했지만 잘 알지는 못했다. 호준은 그가 타지역 사투리가 조금도 섞이지 않은 서울말을 쓰는 걸로 미루어 그가 서울 태생이거나 서울에서 태어나지는 않았더라도 어렸을 때부터 서울에서 성장해서 그런 게 아닌가 생각했다.

그러나 호준은 그가 방금 그리 험한 말을 뱉는 걸 듣고 그가 적어도 서울 태생은 아닐지도 모른다는 생각이 들었다.

'어쩌면 유 사무관은 다른 지역에서 태어나 어린 시절에 부모를 따라 서울에 와서 살았기 때문에 여타 지역 사투리가 섞이지 않은 서울말을 쓰는지도 몰라. 서울 태생은 전라도 사람들을 개땅쇠니 뭐니 하고 부르며 멸시하기는 해도 그리 험한 말을 쓰지는 않아.'

호준은 입속말로 이렇게 뇌며 그에게 '왜 전라도 새끼들은 다 죽여버려야 합니까?'하고 묻고 싶었다. 그러나 호준은 상급자인 그에게 그리 물을 수는 없어 참았다.

엘리베이터가 육층에 이르러 문이 열리었다. 두 사람이 밖으로 나갔다. 기획과 사무실은 가운데 통로 오른쪽 중간쯤에 있었다. 종렬은 기획과 사무실로 가고 호준은 가운데 통로 왼쪽 끝에 있는 외신과로 향했다.

호준이 사무실 문을 열고 안으로 들어갔다. 안에 아무도 없었다. 점심 시간은 낮 12시부터 오후 1시까지였다. 식사를 하러 나간 사람들이 아직 돌아오지 않은 듯했다. 그가 그의 위치로 가서 앉아 의자 등받이에 상체를 기대고 종렬이 조금 전 엘리베이터 안에서 했었던 말을 머릿속에서 되새겼다. 종렬은 우리 나라 최고의 수재들이 입학해서 공부한다는 서울의 명문 고등학교를 졸업했고 전국에서 가장 이름난 대학교의 문리과대학 정치학과를 나와 행정고시에 합격하여 사무관으로 일했다. 그런 면에서 그는 우리 나라 최고의 엘리트 공무원이라고 할 수 있었다. 그러나 그가 엘리베이터 안에서 뱉은 말은 시정의 비류非類들도 쉽게 내뱉기 어려운 소리였다.

호준은 서울에서 대학교에 다니며 타지역 출신들 다수가 전라도 사람들에 대하여 불호不好의 감정을 품고 있다는 걸 알았다. 그렇기는 하나 그는 타지역 출신들이 전라도 사람들에 대하여 가슴속에 품고 있는 불호의 감정을 여과 없이 표출하느냐 그렇지 않으냐 하는 건 그것과는 다른 차원의 문제라고 생각했다. 어떤 사람이 가슴속에 품고 있는 감정을 여과 없이 표출할 경우 그건 어느 면에서 그 인간의 인격과 관련되는 문제일 수 있었다.

외신과에서 상주외신기자들의 취재 지원 업무를 담당하는 이종훈은 부산 출신이었다. 그는 어렸을 때 가정 형편이 어려워서 초등학교를 졸업한 뒤에 부모의 생업을 도우며 독학으로 중학교와 고등학교 과정을 공부해서 대학 입학자격검정고시에 합격했다. 그는 군에 입대해서 의무 복무 기간을 채우고 제대한 후에도 공부를 계속해서 7급 행정직 국가공무원 채용 시험에 합격하여 공무원이 됐다. 7급 행정직 국가공무원 채용 시험은 응시자들이 대학 과정을 정상적으로 공부했는지 여부를 평가하는 전형이었다. 그는 초등학교를 졸업하고 나머지 과정은 독학으로 공부해서 그 전형에 합격하여 7급 공무원이 됐다는 것만으로도 가히 입지전적인 사람이라고 말할 수 있었다.

그런데 성장 과정에서 고생을 많이 한 사람은 그 시기에 뜻을 이루기 위하여 남몰래 가슴속에 품었던 강박성을 성인이 되어 그 목표를 달성한 뒤에도 좀처럼 버리지 못하는 듯했다. 종훈은 7급 공무원이 되어 외신과에서 일하면서도 성장기에 그의 몸에 밴 강박성을 버리지 못하고 간혹 상식을 뛰어넘는 우악스러운 짓을 하고는 했다.

섭외과는 외신과와 함께 외보부장의 휘하에 있었다. 섭외과에서 외신기자들의 취재 지원 업무를 담당하는 이장주가 외보부장의 지시에 따라 일부 외신기자들을 초청해서 간담회를 개최하는 일을 추진하며 몇몇 상주외신기자들을 거기에 초대하는 문제를 종훈과 협의하기 위하여 외신과에 왔다.

"간담회에 누구누구를 초청하는 게 좋을지 외신과의 의견을 들어보려고 합니다. 좋은 의견이 있으면 좀 알려 주십시오."

"나에게 묻지 말고 거기서 알아서 해요."

종훈은 그와 비슷한 연령대에 있었다. 종훈이 무뚝뚝한 어조로 대꾸했다. 하기야 종훈의 그 말이 그른 건 아니었다. 섭외과에서 일부 외신기자들을 대상으로 간담회를 개최하며 몇몇 상주외신기자들을 초청하는 건 그 부서의 소관에 속하는 일이어서 종훈이 관여할 사안이 아니었다. 그렇지만 외보부장이 섭외과장에게 그 사안을 외신과와 협의해서 처리하라고 지시한 이상 장주는 종훈의 의견을 듣지 않을 수 없었다. 그런 측면에서 종훈은 그 사안에 관하여 그의 협조 요청에 성실히 응해야 할 의무가 있었다.

"나더러 알아서 하라니? 외보부장님이 섭외과장님에게 외신과의 의견을 들어서 처리하라고 지시했기 때문에 내가 종훈 씨의 의견을 들으려고 하는 거예요. 그런데 내가 그걸 어떻게 알아서 합니까? 외보부장님의 지시를 묵살해 버리라는 건가요?"

장주는 성격이 다소 급한 편이었다. 그가 종훈으로부터 기대에 어긋난 말을 듣고 화가 난 것 같았다.

"알아서 하라면 알아서 해. 귀찮게 하지 말고."

"알겠습니다. 섭외과장님에게 그렇게 보고하겠습니다."

"뭐, 이 새끼? 그렇게밖에 말하지 못해?"

종훈이 벌떡 일어나서 장주의 목에 매인 넥타이를 오른손으로 잡고 와락 앞으로 당기었다. 장주가 넥타이에 목이 졸려서 숨이 막히어 캑캑거렸다.

사무실에서 일하던 다른 직원들이 두 사람을 재미난 듯 바라봤다. 사실 종훈이 방금 장주에게 행한 행동은 공무원 사회에서 용인될 수 없는 짓이었다. 그렇지만 그들은 종훈이 이따금 그 같은 짓을 하고는 하던 걸 여러 번 보아온 터여서 아무 말을 안 했다.

5·18 광주민주화운동이 일어났을 때 정부의 진압군이 시위를 진압하던 과정에서 영남인들과 호남인들 간의 지역감정을 자극하는 소문이 번져 사태가 악화하고 그걸 계기로 두 지역 사이의 갈등이 겉으로 드러난 뒤로 일부 양식 있는 인사들을 중심으로 그 같은 지역의식은 치유되어야 할 대상이라는 여론이 형성되기에 이르렀다. 그러한 여론 형성에 힘입어서 일부 기관들과 단체들이 망국적인 지역의식 해소 방안을 모색하기 위하여 그들 나름의 토론회와 학술회의 등을 개최하기도 했다.

다 아는 바이지만 사회적으로 문제가 되고 있는 사안을 해결하기 위한 방안을 모색하는 차원에서 열리는 토론회와 학술회의 등에서 그 참가자들 중의 소수는 때로 그 회의 주제에 관하여 다소 파격적인 의견을 개진하는 사례들이 없지 않았다. 그같은 예에 비추어 지역감정 해소 방안을 모색하기 위한 차원에서 열린 몇몇 토론회와 학술회의에서 일부 인사가 전라도 사람들이 영남인들과 여타 지역인들로부터 배척을 받고 그로 인해 사회 활동에 어려움을 겪는 상황에서는 차라리 호남 지역이 독립하는 게 낫다는 의견을 내놓기도 한 건 그리 놀라운 일이 아니었다. 물론 그들이 제시한 의견이 다소 과격한 측면은 있었지만 그렇다고 전혀 일리가 없는 것도 아니었다. 하지만 전국이 일일 생활권으로 좁혀진 상황에서 그들의 주장은 사실상 실현되기 어려운 것이었다. 그렇기는 하나 몇몇 호남 출신 인사가 전라도 지역이 독립하는 것이 장기적인 안목에서 바람직하다고 주장한 논변은 그 파급 효과가 클 수밖에 없어서 신문과 방송 등을 통하여 널리 보도됐다.

종훈은 지역감정 해소 방안을 모색하기 위한 차원에서 열린 토론회와 학술회의에서 몇몇 호남 출신 인사가 전라도 지역이 독립하는 것이 낫다고 주장한 논변이 현실적으로 실현되기 어려운 것임을 모르지는 않을 것이었다. 그렇지만 그는 사무실에서 이따금 그들이 제시한 의견이 지당하다는 조의 말을 거침없이 뱉고는 했다.

"신라가 백제와 고구려를 통일했지만 후에 다시 후백제와 태봉 등 삼국으로 분리된 건 우리 나라 국민성에 비추어 당연한 귀결이었어. 어쩌면 그것이 우리 나라 실정에 가장 적합한지도 몰라."

종훈이 오늘도 신문을 읽다 말고 다른 직원들을 둘러보며 전에 몇 번 했었던 말을 또 뱉었다.

"……."

다른 사람들은 그의 말을 못 듣지는 않았겠지만 대꾸를 안 하고 침묵을 지켰다. 그 이유는 어쩌면 그들이 우리 나라가 옛날처럼 삼국으로 분리되는 것이 현실적으로 어렵다는 걸 알고 있어서 그의 말에 대응할 필요성을 안 느끼기 때문일 수도 있었다. 그런 점 외에도 그들이 아무 소리도 안 하고 침묵을 지킨 건 그의 말에 다소 정치적인 색채가 가미되어 있기 때문인지도 몰랐다. 다 아는 바처럼 공무원들은 그 신분이 법으로 보장돼 있어서 때로 '철밥통'이라고 불리기도 하지만 그 대신에 정치적 중립을 지켜야 할 의무가 있다. 하지만 공무원들이 정치적 중립을 지킨다는 것이 그들이 어떤 사안에 대하여 마음속으로 독자적인 견해를 갖는 것까지 금하는 건 아니다. 공무원들이 정치적 중립을 지킨다는 것은 그들이 법에 위반하여 정당에 가입하거나 정치 활동을 해서는 안 된다는 걸 의미한다. 만일 어떤 공무원이 법을 위반하여 정당에 가입하거나 정치 활동을 할 경우에는 그건 정치적 중립 의무를 위반하는 행위가 되어 그에 따른 제재를 받고 그 신분이 박탈될 수도 있다. 그들이 그의 말에 섣불리 대응을 안 한 것은 일시적인 분위기에 휩쓸리어 자칫 정치적 중립 의무를 위반하여 법에 의한 처벌을 받는 걸 피하기 위한 하나의 방책일 수도 있었다.

하기는 호준 역시 조금 전에 종훈이 우리 나라가 다시 삼국으로 분리되는 것이 우리 국민성에 비추어 가장 적합하다고 말했을 때 다른 사람들처럼 아무 소리도 입 밖에 내지 않고 침묵을 지키었다. 물론 호준이 그 때 침묵을 지킨 주된 이유는 우리 나라가 옛날처럼 삼국으로 분리되는 것이 현실적으로 어렵다는 걸 알기 때문이었다. 그런 점 외에도 그가 그처럼 침묵을 지키었던 데는 한 가지 사유가 더 있었다. 종훈은 우리 나라가 다시 옛날처럼 삼국으로 분리되는 것이 우리 국민성에 비추어 적합하다고 말했지만 호준은 그것이 그의 진의 표시가 아니었을 수도 있다는 걸 알고 있었다. 종훈이 우리 나라가 또 삼국으로 분리돼야 한다고 말했던 건 전라도가 독립할 경우 많은 호남 출신 공무원들이 그 지방으로 갈 것으로 예상되기 때문에 보기 싫은 사람들을 그만큼 덜 볼 수 있게 된다는 걸 전제했을 가능성이 없지 않았다. 하지만 그가 그 같은 진의를 직설적으로 표시할 수는 없기 때문에 그리 우회적인 표현을 썼을 공산도 있었다.

외신과에서는 상주외신기자들이 국가의 주요 행사와 문화 의례 등을 취재해서 보도하는 데에 편의를 제공하는 차원에서 보도자료를 만들어서 배포하기도 하고 때로는 그들을 차에 태워 현장까지 안내하기도 했다.

외신과에서 상주외신기자들을 대상으로 보도자료를 제작해서 배포하고 외보부장이 주재하는 각종 회의를 준비하는 일을 담당하는 허철현은 전라남도 담양 출신이었다. 그는 문화공보부에 9급 공무원으로 들어와서 예하 기관에서 근무하며 같은 부서에서 일하던 부산 출신 여성과 결혼해서 가정을 이루었다. 그녀는 그후 직장을 그만두었으나 그는 거기서 승진을 거듭해서 6급 공무원이 되어 국외공보원 외신과에 와서 일했다.

국외공보원은 국민이 납부하는 세금을 재원으로 하는 일반예산으로 운영되고 있지만 정권 홍보와 관련된 일을 많이 했다. 그렇기 때문인지 외보부의 책임자는 내부의 직업 공무원들 중에서 기용되는 경우보다는 외부의 언론기관 종사자들 중에서 충원되는 예가 많았다. 현재 외보부장으로 재직하는 신근수는 대전 출신이었고 서울의 명문 대학교 문리과대학 영어영문학과를 졸업한 엘리트였다. 그는 전에 서울에 있는 한 방송국에서 정치부 기자로 근무하다가 정부 유력자의 눈에 띄어 공무원이 됐다. 그러한 인사 충원 방식은 아마도 유신체제가 출범한 후에 정부에서 언론인들을 회유하기 위한 차원에서 시행하기 시작해서 지금까지 관행적으로 이어져 오고 있는 듯했다.

여하간에 근수는 공무원으로 근무한 지는 오래되지 않았지만 전에 방송국에서 정치부 기자로 일하며 정치적 문제를 다루는 데에 상당한 식견을 쌓은 듯 업무 처리에 능숙했다. 그는 정치적으로 민감한 사안이 발생했을 때에는 때로 관계기관대책회의를 열어서 그 모임에서 나온 의견을 참고하여 문제를 해결하기도 했고 거기서도 뚜렷한 해결책이 나오지 않을 적에는 상부에 보고해서 그 지침을 받아 처리하기도 했다.

대학생들의 시위가 그치지 않고 시국이 시끄럽기 때문인지 외보부장이 주재하는 관계기관대책회의가 자주 열리었다. 철현은 외보부장이 주재하는 관계기관대책회의의 참석 대상은 아니지만 그 회의를 준비하고 그 모임에서 논의된 내용 요지를 기록으로 남기기 위해서 거기에 들어갔다. 그런데 우연의 일치인지 여부는 확실하지 않지만 그는 거기에 들어갈 때마다 참석자 대부분이 비호남 지역 출신들이어서 곤혹스러움을 느끼었다.

근수는 관계기관대책회의에서 때로 호남 출신 정치인들에게 비우호적인 의견이 나올 가능성이 없지 않기 때문에 철현이 그걸 듣고 외부에 발설하지 않을까 염려하여 그가 그 회의에 들어오는 걸 꺼릴 수도 있었다. 하지만 근수는 원만한 인격의 소유자여서 그가 그 회의에 들어오는 걸 꺼리는 듯한 내색을 겉에 드러내지 않았다. 철현이 그 회의에 들어가는 걸 곤혹스럽게 느끼는 건 '도둑이 제 발 저린다.'는 말이 있듯이 자신이 호남인이어서 제물에 우러나온 감정일 수도 있었다.

'외보부장님이 내가 그 회의에 들어오는 걸 꺼리거나 싫어하는 내색을 겉에 드러내지 않는 건 나에게는 다행스러운 일이지. 그렇지만 외보보장님이 속으로는 안 그런지도 몰라. 그 점을 생각하면 내가 그 회의에 안 들어가는 게 좋은데 외신과에서 일하며 어떤 명분도 없이 그 모임에 들어가지 않겠다고 말할 수는 없지 않은가?'

그는 그 모임에 들어가지 않기 위한 하나의 방안으로 외신과장에게 보직을 바꾸어 달라고 부탁해 볼까도 생각해 봤다. 하지만 다음 순간 그는 고개를 좌우로 저었다. 그건 그가 생각하기에도 외신과장에게 보직을 바꾸어 달라고 말할 만한 사유가 되지 못하기 때문이었다.

철현은 전에 문화공보부의 예하 기관에서 근무할 때 같은 부서에서 일하던 여직원과 결혼해서 가정을 이루었다. 그는 호남 태생이었으나 그녀는 부산 출신이었다. 그들은 출신 지역은 서로 다르지만 금슬은 좋았다. 그들은 다만 대통령 선거가 있을 때에는 어느 후보를 지지할 것인가를 놓고 가끔 의견이 대립된 적은 있었다.

'그래! 방법이 전혀 없는 건 아니야. 부부가 이 세상을 살아가면서 어느 한편의 의사만으로 모든 문제를 다 해결할 수는 없어. 나는 전라도 출신이지만 아내는 부산 태생이어서 반쪽은 영남인이라고 외보부장님에게 말씀 드려야겠어. 외보부장님이 그걸 어떻게 받아들이실지는 미지수이지만 그 분의 마음을 조금은 편하게 해 드릴지도 몰라.'

철현은 마땅한 대책이 없는 상황에서 마음에 차지는 않지만 아내가 영남인이기 때문에 그 영향을 받지 않을 수 없다는 점을 외보부장에게 이야기하면 그가 조금은 심적 부담을 덜 느낄 것처럼 생각돼서 그리

하기로 마음먹었다.

　대학생들의 시위가 그치지 않고 그들의 투쟁 양상 또한 점점 과격해져 갔다. 정부에서 대학생들의 시위를 차단하기 위하여 여러 가지 대책을 강구해서 실행으로 옮기었다. 하지만 정부의 그러한 노력은 별로 효과를 거두지 못했다.

　한국에 와 있던 외신기자들은 마치 때를 만나기라도 한 듯 연일 대학생들의 시위 활동을 취재해서 본국의 언론사에 긴급 뉴스로 보내었다. 정부에서는 대학생들의 시위를 차단하기 위하여 자주 관계 기관의 책임자들이 참석하는 회의를 열어서 거기서 나온 의견들을 참고하여 여러 가지 대책을 마련해서 실행으로 옮기었다. 그렇지만 정부의 그러한 노력은 여전히 별 효과를 거두지 못했다.

　외보부는 외신기자들의 취재 활동과 관련되는 업무를 관장하는 부서였다. 외보부장 역시 상부 기관의 움직임에 발맞추어 국가의 이미지가 실추되는 걸 막기 위한 대책을 찾으려는 차원에서 가끔 관계 기관의 실무 책임자들이 참석하는 회의를 열어 거기서 나온 견해를 들어서 문제를 해결하는 데에 참고 의견으로 활용하기도 하고 일부는 상부에 정책 건의 사항으로 보고하기도 했다.

　외보부장이 주재하는 관계기관대책회의가 지난주 금요일에 개최된 데에 이어서 이번 주 수요일 오후 두 시에 또 열리기로 예정됐다. 외보부장은 관계기관대책회의가 열리는 날에는 그 회의에 올릴 안건들을 준비하는 일로 바쁘게 움직였다.

　철현은 외보부장이 주재하는 관계기관대책회의의 참석 대상은 아니지만 그 회의에서 논의된 내용을 기록으로 남기기 위해서 그 모임에 들어갔다. 그 모임의 참석자들은 여전히 비호남 출신들이 주류를 이루었다. 다행히 외보부장은 그가 그 모임에 들어오는 걸 거리끼는 듯한 태도를 나타내지는 않았다. 그렇지만 철현은 외보부장의 속마음은 그렇지 않을지도 모른다고 여기어 그가 심적 부담을 덜 느끼도록 자신은 비록 호남 출신이지만 그의 아내는 영남인이어서 반쪽은 영남인임을 이야기하려고 마음먹었었으나 그 동안 마땅한 기회가 없어서 그의 생각을 실천으로 옮기지 못했다. 철현이 그걸 그에게 이야기하기 위해서는 그가 혼자 있을 때를 택하여 어떤 핑계를 대고 그의 방에 들어가야 했으나 그 때까지 그리 할 수 있는 적절한 기회를 잡지 못했다.

외보부장은 외부 활동이 많은 편이어서 사무실에 있는 시간이 적었다. 그렇지만 오늘은 그가 오후 두 시에 열릴 예정인 관계기관대책회의에 올릴 안건들을 준비하는 일로 바쁜 듯 외출하지 않고 사무실에 있었다. 철현은 이 때가 그의 심중에 있는 바를 외보부장에게 이야기할 수 있는 좋은 기회라고 생각했다.

그는 또한 외보부장의 결재를 받아야 할 문건이 하나 있어서 그의 방에 들어갈 수 있는 한 가지 구실도 갖추었다. 그러나 철현은 그의 심중에 있는 바를 그에게 이야기하기 위해서는 그가 혼자 있는 시간을 택하여 그의 방에 들어가야 했으나 그가 찾는 기회가 빨리 오지 않았다. 철현이 의자에 앉아서 일을 하며 외보부장이 혼자 있는 시간을 포착하기 위하여 그의 방 쪽으로 자주 눈길을 보내었다. 조금 전에 그의 결재를 받기 위하여 그의 방에 들어갔었던 한 직원이 밖으로 나왔다. 철현이 그걸 보고 하던 일을 중단하고 바로 일어나서 외보부장의 결재를 받을 문건이 담긴 결재판을 들고 그의 방에 들어갔다. 외보부장이 소파에 앉아서 탁자 위에 워드프로세서로 정서한 문건을 앞에 놓고 그것을 들여다보고 있었다. 철현이 그의 왼편으로 가서 소파에 몸의 일부를 걸치고 탁자 위에 결재판을 놓았다.

"별일 없지요?"

외보부장이 워드프로세서로 정서한 문건을 들여다보다 말고 결재판을 당기어 앞에 놓으며 그에게 물었다.

"네."

철현이 대꾸했다.

외보부장이 결재판 안에 담긴 문건에 서명한 후에 그걸 그에게 넘기며 다시 그를 봤다.

"얼굴 표정이 나에게 무슨 할말이라도 있는 것처럼 보여요. 무슨 일 있어요?"

"특별히 할말이 있는 건 아닙니다. 미국에 가 있던 김대중이 한국에 돌아와서 연일 여러 말을 하기 때문인지 요즈음 시국이 시끄럽고 대학생들의 시위 또한 더 격렬해지는 것 같습니다. 김대중이 그대로 미국에 머물러 있었으면 그렇지 않을지도 모르는데, 왜 한국에 왔는지 모르겠습니다. 저는 전라도 출신이지만 제 집사람은 부산 태생입니다. 그래서 저는 제 집사람의 영향을 받지 않을 수 없습니다."

철현이 결재판을 받으며 말했다.

"부부는 일심동체니까 허철현 씨는 반쪽은 영남인이야."

근수는 눈치가 빠른 사람이었다. 그가 철현이 말하려고 하는 바를 바로 간파하고 웃으면서 이렇게 대꾸했다. 어쩌면 근수 역시 철현이 호남 출신이어서 그가 관계기관대책회의에 들어오는 걸 내심 꺼리었지만 그동안 그같은 내색을 겉에 드러내지 않았는지도 몰랐다.

　호준이 구내 식당에서 점심을 들고 밖으로 나왔다. 점심 시간이 끝날 때까지는 아직 반시간 가량이 남아 있었다. 그는 문화공보부에 와서 외신과에서 일하며 소설책 같은 것은 주로 건물 뒤쪽 오른편에 있는 연금매점에서 구입했다. 그가 외신과 사무실이 있는 6층으로 올라가려다가 신간 소설책이 나와 있으면 한 권 살까 생각하고 연금매점에 갔다. 매점 안에 사람들이 많았다. 대부분이 점심 시간을 이용하여 그 매점에서 물건을 사려고 온 공무원들이었다. 그렇지만 그 매점의 물건값이 외부의 다른 가게들보다 조금은 싸기 때문에 공무원이 아닌 사람들도 더러 있었다.
　연금매점은 여러 업체가 일정 구역을 임차해서 각기 독자적으로 영업을 하는 방식으로 운영됐다. 그가 식품부와 의류부 앞을 지나서 서적부로 갔다. 그가 지난번에 왔을 때 보지 못했었던 신간 소설책 몇 권이 진열대에 전시되어 있었다. 그가 거기서 그의 흥미를 끄는 소설책 한 권을 사서 손에 들고 연금매점에서 나왔.
　"손에 든 게 뭡니까?"
　그때 마침 외곽 블록담 한 곳에 나 있는 후문을 통하여 경내로 들어와서 건물 뒤편의 출입문 쪽으로 걸어가던 종훈이 그걸 보고 물었다.
　"소설책입니다."
　"참 태평하군요. 소설책을 사서 읽을 정도로 마음의 여유가 있으니 말이에요."
　그가 빈정거리는 어투로 말했다.

"……."

호준은 기분이 안 좋았지만 대응을 안 했다.

"호준 씨는 요즈음 사회 일각에서 우리 나라가 옛날처럼 다시 삼국으로 나누어지는 게 합당하다는 주장을 펼치고 있는데 거기에 대하여 어떻게 생각합니까?"

종훈이 그와 나란히 걸음을 옮기며 전에 사무실에서 몇 번 뱉었었던 말을 또 끄집어내었다.

"옛날에는 교통과 통신 수단 등이 발달되지 않아서 한반도가 삼국으로 나누어져 있었던 것이 그 시대의 생활 형편에 맞았는지도 모르지요. 그렇지만 지금은 전국이 일일 생활권으로 좁혀진 마당에 옛날처럼 또 삼국으로 나누어지게 되면 나라가 어떻게 되겠습니까? 나는 종훈 씨가 그 점을 충분히 알고 있을 걸로 생각하는데 왜 거듭 그런 말을 하는지 모르겠습니다."

"이 새끼, 네가 그리 말할 걸로 예상했어. 그게 왜 안 돼? 전라도 새끼들이 모두 제 고장으로 돌아가서 저희끼리 해 처먹고 살면 될 게 아냐?"

종훈이 이렇게 말하며 그를 옆으로 밀쳤다.

"……."

호준이 무방비 상태에서 그에 의해 떠다박질리어 옆으로 넘어졌다. 그는 다치지는 않았으나 엉덩이가 조금 아팠다.

호준이 옆으로 넘어지면서 떨어뜨린 소설책을 주워 들고 일어서서 종훈을 봤다. 종훈이 뒤도 돌아보지 않고 앞에서 휘적휘적 걸어갔다. 호준은 그가 성장기에 가슴속에 품은 뜻을 이루려고 애쓰던 과정에서 그 시기에 몸에 밴 강박성을 여태 버리지 못해서 그리 우악스러운 짓을 했는지도 몰랐다. 호준은 그의 성벽을 알고 있고 자신의 잘못 또한 없지 않은 까닭에 그를 탓하고 싶은 마음은 없어서 서너 걸음 떨어져서 그를 따랐다.

제6장
경상도 친구

호준이 외신과에서 일한 지 몇 달 됐다. 그는 이제 외신과 토박이들과 어느 정도 친해질 때도 됐다. 그렇지만 그들은 여전히 텃세에 가까운 태도로 그를 따돌리어서 그는 아직도 그들과 한 덩어리가 되지 못하고 찬물에 기름 돌 듯 유리되어 있었다.

그런데 부처 교류를 통하여 문화공보부에 와서 국외공보원에서 일하며 이곳 토박이 직원들로부터 따돌림을 당하는 사람은 호준 혼자만이 아닌 것 같았다. 다른 예는 차치하고 같은 해에 그와 함께 부처 교류를 통하여 문화공보부에 와서 국외공보원의 다른 과에서 일하는 두 사람도 그 부서의 토박이 직원들과 여태 한 덩어리가 되지 못하고 그처럼 유리되어 지내는 듯했다. 그런 이유로 세 사람은 서로 동정하는 처지가 되어 오다가가 마주치면 의미 있는 웃음을 건네기도 하고 가끔은 가운데 통로 남쪽 끝에 있는 방화문 밖의 층계참으로 가서 여기서 겪는 어려움을 털어놓기도 했다.

하기는 호준은 그런 경우 외에도 외신과에서 일하며 언제부터인지 답답한 느낌이 들 적에는 기분전환을 하기 위한 하나의 수단으로 이따금 가운데 통로 남쪽 끝에 있는 층계참으로 가서 바깥바람을 쏘이고는 했다. 문화공보부 건물은 팔층이지만 건축물의 구조상 육층에서 일하는 직원들이 바깥바람을 쏘일 수 있는 데는 거기뿐이었다. 그렇기 때문에 같은 층에서 일하는 다른 직원들 역시 답답한 느낌이 들 적에는 가끔 거기에 와서 바깥바람을 쏘이었다.

그것은 같은 해에 그와 함께 부처 교류를 통하여 문화공보부에 와서 국외공보원의 해외과에서 일하는 이준석의 경우에도 마찬가지였다. 그 위에 준석은 해외과 사무실이 바로 그 층계참 옆에 있어서 빈번히 거기에 와서 바깥바람을 쏘이고는 하는 까닭에 호준은 그 곳에서 종종 그의 얼굴을 대하고는 했다. 사실 두 사람은 타부처에서 근무하다가 문화공보부를 좋아해서 왔지만 이곳 토박이 직원들로부터 따돌림을 받고 있어서 그 곳 층계참 같은 데에서 상면하게 되면 동병상련 격으로 마음속에 있는 말들을 주고받고는 하면서 조금은 더 가깝게 지내었다.

금요일 오후였다. 책상 위 한 구석에 놓인 전화기의 벨이 울려 호준이 일을 하다 말고 수화기를 들었다.

"외신과입니다."

"이준석입니다."

"무슨 좋은 일이라도 있습니까? 이 시간에 전화를 다 하고."

"오늘 저녁에 황 형과 소주나 한 잔 나누고 싶어서 전화했습니다. 가능합니까?"

"물론입니다."

"그러면 둘이 얼마 전에 점심을 먹었던 장호식당에서 저녁 6시 반에 만날까요?"

"네. 알겠습니다."

호준이 전화를 끊었다.

호준이 근무 시간이 끝나기 직전에 붙잡은 일을 마무리하고 시계를 봤다. 오후 6시 20분이 조금 지나 있었다. 그가 퇴근하기 위해 책상 위를 정리하고 의자에서 일어섰다. 사무실에는 아직도 몇 사람이 남아서 일을 하고 있었다. 그가 옷걸이가 있는 곳으로 가서 상의를 내리어 위에 걸치고 사무실에서 나가 통로 중간쯤에 있는 엘리베이터 앞으로 가서 하행 버튼을 눌렀다. 일층에 서 있던 엘리베이터가 위로 올라와서 문이 열리었다. 그가 그걸 타고 아래로 내려가서 정문 초소를 지나서 장호식당으로 향했다.

장호식당은 문화공보부 건물에서 그리 멀지 않은 거리에 있었다. 호준이 십여 분 가량 걸어서 장호식당에 이르러 문을 열고 안으로 들어갔다. 저녁 이른 시간인데도 안에 손님들이 많았다. 그가 입구에 서서 준석을 찾았다. 준석이 먼저 와서 홀 한 구석에 앉아서 그를 기다리고 있었다. 호준이 그가 있는 곳으로 가서 맞은편 의자에 앉았다.

"온 지 오래됐습니까?"

"아닙니다. 나도 조금 전에 왔습니다."

준석이 대꾸했다.

젊은 여자 종업원이 음식 주문을 받으러 왔다. 준석이 그녀에게 돼지고기 삼겹살과 소주 한 병을 주문했다. 그녀가 주문 내용을 메모지에 적어 들고 계산대로 갔다.

"해외과는 급한 일들이 대강 끝나서 이제 조금은 한가합니다. 외신과는 어떻습니까? 외신과는 지금도 일이 많습니까?"

준석이 물었다.

"아닙니다. 우리 과도 요즈음 일은 그리 많지 않습니다."

"외신과의 토박이들이 황 형을 대하는 태도는 어때요? 지금도 그들이 황 형을 따돌리는가요?"

"네. 그들의 태도가 하루아침에 달라질 리 있겠습니까?"

"하기는 내 경우도 마찬가지예요. 문화공보부를 좋아해서 왔는데, 함께 일하는 직원들이 가끔 배타적인 태도를 나타내어서 나 역시 직장에 출근하는 것이 때로 괴롭게 느껴집니다."

준석은 전에 전매청에서 근무하다가 부처 교류를 통하여 문화공보부에 와서 국외공보원에서 일했다.

여자 종업원이 준석이 아까 주문한 음식을 쟁반에 담아 들고 와서 식탁 위에 놓고 가스 버너에 불을 붙이었다. 밑에서 파란 불꽃이 일어서 위의 철판을 달구었다. 그녀가 쟁반에서 음식 접시들을 덜어내 식탁 위에 벌이어 놓고 옆에 서서 철판이 달구어지기를 기다려서 그 위에 돼지고기 삼겹살을 얹었다. 철판 위에서 고기가 익어 가며 주위에 무수히 많은 기름 방울을 튀겼다.

"즐겁게 드세요."

그녀가 일을 끝낸 후에 쟁반을 거두어 들고 주방으로 가며 말했다. 준석이 병을 들어서 마개를 열고 두 개의 잔에 소주를 따랐다.

"우선 목부터 축입시다."

그가 이렇게 말하고 잔을 들어 입으로 가져갔다.

"……,"

호준도 그를 따라 잔을 집어서 입에 대고 소주를 입안으로 조금씩 흘렸다.

"황 형이 전에 한동안 부산에서 근무했다고 했지요? 그런데 경상도 사투리를 안 쓰는 걸로 미루어 그곳 태생은 아닌 것처럼 생각됩니다. 고향이 어디입니까?"

준석이 잔을 비우고 식탁 위에 놓으며 물었다.

"전라남도 나주군 다시입니다."

호준은 타지역인들이 전라도 사람들을 안 좋아한다는 걸 안 뒤로 그의 출신지를 밝히는 걸 꺼렸다. 그렇지만 그는 직장 동료에게까지 그리 할 수는 없어서 사실대로 말했다.

"그렇군요. 내 고향은 경상남도 진주입니다. 하지만 진주가 고향은 아닙니다. 진주에서 그리 멀지 않은 거리에 있는 시골인데 사람들이 그곳을 잘 모르기 때문에 진주가 고향이라고 합니다."

"내가 전에 부산체신청에서 근무할 때 직장 사람들과 함께 지리산에 놀러 간 적이 있어서 그 지역을 조금 압니다. 고향이 진주 근처 어디입니까?"

"진양군 이반성면입니다."

"그렇군요."

호준은 부산과 목포 사이를 운행하는 기차를 타고 여행할 때 이반성역을 몇 번 본 적이 있었다. 이반성역은 이용객들이 많지 않은 시골의 작은 역이었다.

"이반성역이 있는 마을에는 인가들이 많지 않았던 걸로 기억하는데, 그 동네에서 살았습니까?"

"아닙니다. 하곡리 새밭골마을에서 태어나 그곳에서 자랐습니다. 역에서 거리가 조금 떨어진 곳입니다."

준석이 말했다.

소주 한 병이 다 비워졌다. 준석이 종업원을 불러서 소주 한 병을 더 가져오게 해서 마개를 열고 두 개의 잔에 술을 따랐다.

"호준 씨는 아직 미혼인 걸로 아는데, 맞지요?"

준석이 잔을 들고 물었다.

"네."

"어머님과 아버님은 다 생존해 계십니까?"

"아닙니다. 아버님은 내가 어렸을 때 돌아가시고 어머님만 생존해 계십니다."

"그렇군요. 형제 분은 많습니까?"

"아닙니다. 나 혼자입니다."

"그렇다면 시골에서 어머님 홀로 지내시겠군요. 어머님이 황 형에게 빨리 결혼하라고 재촉하지 않으세요? 손주를 보고 싶으셔서."

준석은 그보다 세 살 위였고 몇 년 전에 결혼해서 아이 둘이 있었다.

"네. 그렇지 않아도 얼마 전부터 나를 볼 적마다 어서 결혼하라고 재촉하십니다."

"우리 부모님 역시 그러셨어요. 그래서 나는 조금 일찍 결혼했습니다."

준석이 말했다.

두 사람이 대화를 나누며 술잔을 기울이던 사이에 나중에 가져온 소주 한 병이 다 비워졌다.

"한 병 더 가져오라고 할까요?"

준석이 물었다.

"아닙니다. 됐습니다."

호준이 대꾸했다.

두 사람이 술자리를 파하고 음식점에서 나왔다.

"오늘 대접 고맙습니다."

호준이 말했다.

"아닙니다. 약소했습니다."

"나는 종로1가로 가서 버스를 타야 합니다."

"우리 집은 서울 동편에 있어서 황 형이 사는 곳과는 반대쪽에 있지만 종로1가까지는 함께 걸어갈 수 있습니다."

준석이 대꾸했다.

호준과 준석이 어깨를 나란히 하고 종로1가를 향해 걸었다. 이 길 좌우에는 주점들이 많았다. 밤이 깊지 않은 시각이었지만 술에 취해 비틀거리며 걷는 사람들의 모습이 이따금 호준의 눈에 들어왔다.

호준이 외신과에서 일한 지 1년 가까이 돼 갔다. 그는 외신과에서 일하며 늘 영한사전을 옆에 놓고 자주 펴서 보고는 하기 때문에 별도로 시간을 내서 영어를 공부하지 않아도 되는 이점이 있어서 그걸 즐거움으로 알고 근무했다. 그렇지만 그는 아직도 토박이 직원들과 한 덩어리가 되지 못하고 유리되어 있는 데다 그같은 따돌림 현상이 앞으로 빠른 시일 안에 해소될 것 같지 않아서 기회가 주어진다면 다른 부서에 가서 근무하고 싶었다.

새해 1월 1일부로 국외공보원 문화과에서 근무하던 7급 공무원 한 사람이 부처 교류를 통하여 다른 데로 갔다. 호준은 그동안 공무원으로 일하며 정부 기관에서는 대체로 현원에 변동이 있을 때 인사 이동을 단행한다는 걸 알았다. 그가 그동안 터득한 지식으로 미루어 문화과에서 한 사람의 결원이 발생한 걸 계기로 곧 인사 이동이 있지 않을까 하는 느낌이 들어서 인사 실무를 담당하는 서무계장에게 다른 부서에 가서 일하고 싶다는 의사를 표시해 보기로 마음먹었다.

호준은 외신과에서 일하며 서무계장과도 안면을 익히기는 했지만 그에게 인사 청탁을 할 정도로 친분을 쌓지는 못했다. 그렇지만 호준은 되든 안 되든 그에게 일단 청탁을 해 보기로 마음먹은 터여서 부탁의 말이라도 해 놓으려고 근무 시간 중에 잠시 겨를을 내어서 그를 찾아가 가능하다면 다른 부서에 가서 일하고 싶다는 뜻을 표했다.

며칠이 지났다. 호준이 사전에 서무계장을 찾아가서 근무 부서를 옮기고 싶다는 의사 표시를 했었던 보람이 있었다. 서무과에서 문화공보부로부터 7급 공무원 한 사람을 충원받아서 외신과에 발령하면서 호준을 문화과로 전보했다.

호준은 외신과에서 근무할 때 문화과의 직원들과도 안면을 익혔다. 그렇기 때문인지 문화과에서 전부터 일하던 직원들이 그에게 텃세 같은 걸 부리지는 않았다.

박정인 문화과장은 경상북도 포항 출신이었다. 그는 문화공보부에 9급 공무원으로 들어왔다. 문화공보부는 다른 부처에 비하여 승진이 다소 빠른 편이었다. 그렇기 때문인지 그는 다른 부처에서 공직 생활을 시작한 사람들보다 조금 일찍 서기관이 됐다.

호준이 문화과에 와서 일한 지 며칠 됐다. 그가 근무 시간이 끝나기 전에 붙잡은 일을 마저 끝내고 퇴근하려고 자리에 앉아서 일을 했다. 사무실에는 그와 문화과장 둘이 남아 있었다.

"일이 많아요?"

과장이 물었다.

"아닙니다. 곧 끝납니다."

호준이 얼굴을 들고 그를 보며 대꾸했다.

"……"

과장이 아무 말도 안 하고 시선을 다른 데로 돌렸다.

시간이 잠시 지났다.

"먼저 갑니다."

과장이 손에 가방을 들고 출입문 쪽으로 걸어가며 말했다.

"안녕히 가십시오."

호준이 몸을 일으키어 과장에게 예의를 표하고 앉아서 하던 일을 계속했다.

호준은 문화과에 오기 전부터 박정인 과장이 사람이 좋다는 걸 다른 사람들로부터 들었었다. 호준은 박 과장 밑에서 근무한 지 며칠 되지 않았지만 그가 외신과에서 일할 때 다른 사람들로부터 들었었던 말이 헛되지 않았다는 걸 알고 마음속으로 그를 존경했다. 호준은 어떤 부서의 책임자는 부하 직원이 일처리를 조금 잘못하거나 정해진 기한 안에 끝내지 못할 경우 심히 나무라거나 독촉한다고 들었다. 하지만 그는 그 사이에 박 과장이 그리 하는 걸 아직 한 번도 보지 못했다. 소문은 과연 헛된 걸 전하지 않는다는 말이 맞는 듯했다.

실제로 한 인간에 대한 호불호의 평은 그 사람의 행동에서 나온다고 해도 과히 잘못된 말이 아니다. 그 점은 사람들이 모여 사는 사회에서 드물지 않게 증명되고 있는 터였다. 그렇기 때문에 사람은 타인이 자신에 대하여 안 좋게 말하는 걸 들었을 때 그를 탓하기보다는 그같은 평이 과거에 자신의 잘못된 행동에서 나왔을 가능성이 있다는 걸 인정하고 스스로 그 허물을 고치는 것이 자신을 위하여 옳은 처사가 될지도 모른다.

 호준과 준석이 특별한 일이 있지 않더라도 가끔 만나서 대화를 나누고 함께 식사를 하며 소주 잔을 기울이고는 하던 걸 거듭하면서 둘의 사이가 더 가까워졌다.
 호준은 다른 사람으로부터 음식 대접을 받을 경우 되도록 속히 그 보답을 했다. 그가 외신과에서 문화과로 오기 직전에 준석으로부터 음식 대접을 받고 심중에 다소 번거로운 일이 있어서 바로 그 보답을 하지 않아서 마음 한 구석에서 그에게 빚지고 있는 듯한 느낌을 떨쳐버리지 못했다.
 금요일이었다. 근무 시간이 끝날 때까지는 아직 두 시간 가량이 남아 있었다. 호준이 조금 늦은 감은 있지만 오늘 저녁에 준석을 만나서 소주나 한 잔 나눌 양으로 그가 일하는 부서에 전화를 걸었다.
 "이준석입니다."
 그가 바로 전화를 받았다.
 "선약이 없으면 저녁에 이 형과 소주나 한 잔 나누고 싶어서 전화했습니다. 괜찮겠습니까?"
 "네. 물론입니다. 그렇지 않아도 나도 술 생각이 나서 이 근처의 회사에서 일하는 친구에게 전화를 걸어 나오라고 할까 생각하던 참이었습니다. 어디서 몇 시에 만날까요?"

"여섯 시 반에 장호식당에서 만나는 게 어떻겠습니까?"

"알겠습니다."

준석이 전화를 끊었다.

호준이 준석과 만나기로 약속한 시각에 맞추어 장호식당에 갔다. 준석이 홀 한 구석에 앉아서 그를 기다리고 있었다. 호준이 그가 있는 곳으로 가서 맞은편에 앉았다.

여자 종업원이 엽차 두 잔을 들고 와서 두 사람 앞에 놓았다. 호준이 그녀에게 돼지고기 삼겹살과 소주 두 병을 주문했다. 그녀가 주문 내용을 메모지에 적어 들고 계산대로 갔다.

"박정인 과장님은 사람이 좋다고 들었습니다. 황 형이 문화과에 간 지는 얼마 안 됐지만 그 동안 겪어 본 바로 박 과장님이 실제로 그렇던 가요?"

준석이 엽차 잔을 들고 물었다.

"문화과에서 일한 지 오래되지 않아서 그 분을 속속들이 알지는 못합니다. 그렇지만 그 동안 내가 겪은 바로는 사람이 나쁘지 않은 것 같더라고요."

"다행이네요. 아랫사람은 윗분을 잘 만나는 것이 여러 모로 좋아요. 그 점은 공직 사회 뿐만 아니라 일반 회사에서도 마찬가지인 걸로 알고 있어요."

"맞습니다."

호준이 대꾸했다.

여자 종업원이 아까 호준이 주문한 음식을 쟁반에 담아 들고 왔다. 두 사람이 그녀가 편히 일할 수 있도록 각기 의자를 조금 뒤로 물리었다. 그녀가 음식 접시들을 식탁 위에 벌이어 놓고 가스 버너에 불을 붙이었다. 밑에서 파란 불꽃이 일어서 위의 철판을 달구었다. 그녀가 철판이 충분히 달구어지기를 기다려서 그 위에 돼지고기 삼겹살을 얹었다. 고기가 철판 위에서 익어 가며 주위에 많은 기름 방울을 튀기었다. 그녀가 두 사람이 바로 고기를 먹을 수 있도록 잘게 잘라 놓고 다른 데로 갔다. 그가 소주 병 하나를 들어서 마개를 열고 두 개의 잔에 술을 따랐다.

"황 형은 좋은 과장님 밑에서 일하게 돼서 근무 부서를 옮긴 보람이 있습니다. 우리 해외과 기중현 과장님은 성격이 면도날처럼 날카로워서 사소한 일에도 화를 잘 내고 이따금 변덕을 부리어서 직원들이 밑에서 일하기 힘들어요."

준석이 소주 잔을 들고 그의 동조를 구하는 듯한 표정으로 그를 보며 말했다. 하급 직원들은 자기들끼리 갖는 술자리에서 때로 자신들의 상사에 대하여 안 좋은 말들을 하는 예가 적지 않았다. 그들은 그렇게 마음속에 있는 말들을 주고받으며 상호 일체감을 확인하고 가슴속에 응어리진 울분을 조금은 삭이고는 했다. 그건 도덕적 측면에서는 안 좋은 일일지 모르지만 조직인들이 조직 속에서 활동하는 데에 있어서는 때로 활력소 역할을 하기도 했다. 방금 준석이 이야기한 기 과장은 전라남도 출신이었다.

중현은 광주에서 고등학교를 졸업하고 서울의 명문 대학교 법과대학에 진학해서 재학 중에 행정고시에 합격하여 사무관으로 공직 생활을 시작했다. 그런데 사람의 성격은 대체로 그 얼굴에 나타나게 마련인 모양이었다. 그는 얼굴 피부색이 검고 코가 긴 데에다 콧날이 날카로워서 언뜻 보기에도 '반골'처럼 보였다. 호준은 그의 밑에서 일해 보지는 않았으나 다른 사람으로부터 그가 실제에 있어서도 그렇다고 들었다.

"……."

"내가 경상도 사람이기 때문에 지역감정에서 우리 과장님에 대하여 안 좋게 말하는 건 아니에요. 나는 본 대로 그리고 느낀 대로 이야기할 따름이에요."

준석이 자신의 말이 지역감정에서 나온 소리로 들릴지 모른다고 여기었음인지 이렇게 덧붙였다.

"나도 그 분에 대한 이야기를 그 동안 다른 사람으로부터 들었습니다."

호준이 대꾸했다.

두 사람이 술잔을 기울이며 대화를 나누던 사이에 소주 두 병이 다 비워졌다.

"소주 한 병을 더 가져오라고 할까요?"

호준이 준석의 의향을 물었다.

"아닙니다. 됐습니다."

준석이 사양했다.

두 사람이 식당에서 나왔다. 기온이 찼다. 바람이 많이 불기 때문인지 기온이 저녁 무렵보다 더 내려간 듯했다. 그들은 사는 곳은 서로 다르지만 종로1가까지는 함께 걸을 수 있었다. 그들이 어깨를 나란히 하고 이런저런 이야기를 나누며 종로1가를 향해 걸음을 옮기었다. 밤이 깊지 않은 시각이었지만 취객들의 모습이 가끔 호준의 눈에 들어왔다.

두 사람이 10여 분 가량 걸어서 종로1가에 이르렀다. 준석은 거기서 종로2가지하철역으로 향하고, 호준은 버스를 타고 하숙집에 돌아가려고 근처 정류장으로 가서 섰다.

퇴근 시간대가 지난 까닭에 버스 운행 간격이 길었다. 호준이 정류장에 서서 수색 방향으로 가는 버스가 오기를 기다린 지 10분 가량이 지났다. 그가 기다리던 버스가 그제야 왔다. 그가 출입문이 열리기를 기다려서 버스에 올라 맨 뒤의 빈자리로 가서 앉았다.

버스가 다음 정류장을 향해 출발했다. 호준이 두 눈을 감고 장호식당에서 준석이 기중현 과장에 대하여 이야기하며 그의 말이 지역감정에서 나온 소리로 들리지 않도록 하려고 신경을 써서 조심스럽게 말하던 모습을 머릿속에 떠올렸다. 준석이 그의 과장에 대하여 말하며 그처럼 신경을 썼던 까닭은 어쩌면 기 과장은 호남인이고 자신은 영남 출신이기 때문인지도 몰랐다. 그래서 준석은 그의 말이 비록 진실일지라도 자칫 지역감정에서 나온 소리로 들릴 수 있기 때문에 더 신경을 썼을 가능성이 없지 않았다. 그 위에 준석은 듣는 사람 또한 호남 출신이어서 기 과장에 대하여 더욱 조심스럽게 이야기했을 공산도 있었다.

실제로 호준은 공무원이 되어 조직 속에서 일하며 하위 직급의 동료들끼리 모여서 술잔을 기울이고 할 때에는 가끔 그들의 상사들에 대하여 안 좋은 말을 하기도 한다는 걸 그 간의 경험을 통하여 알고 있었다. 그는 준석을 안 지는 오래되지 않았지만 그 역시 짧지 않은 기간 조직 속에서 일한 까닭에 그걸 모르지 않을 걸로 헤아렸다. 하지만 준석은 자신이 영남인이기 때문에 호남 출신인 기중현 과장에 대하여 이야기하며 그의 말이 기역감정에서 나온 소리로 들리지 않도록 하려고 신경을 썼던 것 같았다. 그것은 영남인들과 호남인들 사이의 지역감정이 그들의 의식 속에 그 만큼 뿌리깊이 박혀 있기 때문일 수도 있다는 걸 간접적으로 말했다.

그렇기는 하나 호준은 고향에서 초중고등학교에 다닐 때에는 지역감정에 대해서 알지 못했다. 그는 서울에 올라와서 대학교에 다닐 때에 전라도 사람들과 경상도 사람들 사이에 지역감정이 존재한다는 걸 알았다. 그러나 그 때만해도 전라도 사람들이 영남인들로부터 지금처럼 배척을 받지는 않았다. 호남인들과 영남인들 사이의 지역감정이 심화한 건 5·18 광주민주화운동이 일어났을 적에 군이 시위를 진압하던 과정에서 호남과 영남 간의 지역의식을 자극하는 소문이 번져 사태가 악화한 이후부터라고 할 수 있었다.

하기야 5·18 광주민주화운동이 일어났을 때 군이 시위 군중을 진압하던 과정에서 번졌던 전라도 사람들과 영남인들 사이의 지역감정을 자극했던 소문들 중에는 사실이 아닌 것들도 있었다. 그러나 그 같은 소문들이 번져 사태가 악화한 후로 전라도 사람들에 대한 영남인들의 불호의 감정은 더욱 깊어져서 이제는 이전의 상태로 돌아가기 어려운 상태에 있었다.

그것은 어느 면에서 전라도 사람들과 영남인들 사이의 지역갈등의 뿌리가 그 만큼 깊어서 사실이 아닌 풍문에 의해서도 그렇게 심화할 수 있다는 걸 간접적으로 말했다. 그 뿌리에 관한 연구 내용을 살펴보면, 전라도 사람들과 영남인들 간의 지역갈등을 연구한 학자들 중에서 일부는 두 지역 사이의 지역의식이 삼한三韓시대부터 존재해 왔다고 주장한다. 그 외에 어떤 일부는 두 지역 간의 지역의식은 옛날 삼국

시대에 신라와 백제가 경쟁 관계에 있었을 때 신라 조정의 고위층 인사들이 전쟁의 명분을 쌓기 위하여 적국민을 폄훼했던 데서 유래했다고 주장한다. 한편 다른 일부는 5·16 군사 쿠데타를 일으키어서 정권을 장악한 박정희가 자신의 출신 지역 주민들의 인심을 얻기 위하여 영남 지역에 재정 투자를 많이 하고 호남을 홀대한 데에서 두 지역 간의 지역의식이 유래했다고 말한다. 그들은 5·16 군사 쿠데타를 통하여 정권을 장악한 박정희가 군정을 실시하던 기간 그리고 그후 민선 대통령이 되어 국정을 이끌었던 동안에 그의 취약한 정치적 정통성을 보강하고 그의 지지 기반을 넓히려는 의도에서 영남에 많은 재정적 투자를 했던 까닭에 결과적으로 호남이 지역 개발에서 소외되어 전라도 사람들이 거기에 불만을 품게 됐고 그로 인하여 지역의식이 발생했다고 말한다. 하지만 경상도 사람들 뿐만 아니라 여타 지역 출신들도 이전부터 전라도 사람들을 배척해 온 것이 사실임에 비추어 그 주장 역시 일부의 진실에 불과하다.

이렇듯 전라도 사람들과 경상도 사람들 간에 존재하는 지역의식의 기원에 관한 설은 몇 가지가 있지만 그 중에서 가장 많은 사람들의 공감을 얻는 학설은 옛날 삼국 시대에 신라와 백제가 경쟁 관계에 있었을 때 두 나라 국민 사이에 존재했던 갈등에서 유래했다고 보는 견해이다.

그렇지만 신라와 백제는 현재 이 땅에 존재하지 않는다. 백제가 신라와 당나라의 연합군에 의해 멸망당한 지 1,400년 가까이 됐고, 신라 또한 고려에 의해 통합된 지 1,000년 이상의 세월이 흘렀다. 그렇다면 옛날 신라와 백제가 경쟁 관계에 있었을 때 존재했던 지역의식이 사라질 때도 됐고 이제 경상도 지역 주민과 전라도 지역 주민이 하나로 뭉칠 수 있는 동류의식이 형성될 시기도 됐다. 하지만 경상도 지역 주민과 전라도 지역 주민들 간에는 지금도 강한 동류의식이 존재하지 않는다.

다 아는 바이지만 동류의식은 한 나라의 영토 안에 존재하는 잡다한 집단 혹은 여러 계층의 구성원들을 하나로 묶을 수 있는 여러 요소들 중의 하나이다. 예를 들면, 전장에서 생사를 함께하는 병사가 자신의 목숨을 희생하여 동료의 생명을 구하는 전우애를 나타내는 것, 연말과 연시에 전국적으로 행해지는 불우이웃돕기운동에서 많은 국민이 자발적으로 성금을 내는 것, 그리고 재해 발생 시에 사람들이 이재민돕기운동에 적극적으로 참여하는 것 등은 '내가 곧 그들'이라는 동류의식에서 발현되는 행위라고 할 수 있다.

그런 점에서 동류의식은 한 집단 내에서 이해 관계가 상충하는 잡다한 구성원들 그리고 한 국가 안에서 여러 계층의 국민들을 하나로 결속시키는 수단이 될 수도 있다. 더욱이 한 집단 안의 구성원들 사이의 동류의식이 높아지면 그 조직 성원들이 더 굳게 결속될 수 있어서 애단심도 강해진다. 그 뿐만이 아니다. 조직 성원들의 애단심이 강해지면 생산성도 그 만큼 향상될 가능성이 있다. 그러므로 한 조직의 지도자는 생산성을 향상시킬 목적에서라도 그 성원들의 동류의식을 높이는 방향으로 조직을 이끌어 가려고 노력한다. 그 위에 조직의 외연은 크게 확대될 수 있다는 점에서 그 끝은 그 국민 전체에까지 이르지 않는다는 어떤 법칙이 있는 것도 아니며 그 경우 동류의식은 이론적으로는 그 국민의 애국심으로까지 승화하는 것이 불가능하지 않을지도 모른다. 그렇기 때문에 한 국가의 지도자는 국민들의 애국심을 제고하는 차원에서라도 그들을 하나로 묶는 동류의식을 높이는 방향으로 정책을 펼치기도 한다. 그것은 또한 어느 면에서 국가 지도자의 책무이기도 하다.

그런데 우리 나라의 한 정치 지도자는 지역감정으로 분열되어 있는 국민을 하나로 묶기 위하여 동류의식을 높이는 방향으로 그들을 이끌어야 할 책무가 있음에도 불구하고 대통령 선거 유세에서 자신의 고향 유권자들의 표심을 얻으려는 의도에서 지역의식을 부추기는 말을 하기도 해서 물의를 일으키기도 했다. 일례를 들면 1967년 대통령 선거에서 박정희 후보는 마산에서 선거 유세를 하며 '영남 사람들은 나를 지원해 주시오.'라고 노골적으로 지역의식을 부추기는 말을 했다. 그는 그 지방 유권자들의 표심을 얻기 위하여 그같은 말을 했겠지만 당시 대통령직에 있었던 후보가 입 밖에 내어서는 안 될 말이었다. 더욱이 선거 때에는 경쟁 심리가 작용해서 한 후보가 하는 말은 상대편 후보에게 어떤 형태로든지 영향을 미치게 마련이다. 박정희 후보가 마산 선거 유세에서 한 말은 바로 역풍을 일으켜서 당시 야당 대통령 후보였던 윤보선은 목포 유세에서 '박정희 후보는 마산 유세에서 영남 사람들은 나를 지지해 주시오.'라고 했는데 '호남 사람들은 저를 지지해 주십시오.'라고 해서 지역의식 조장에 맞불을 놓았다.

5·18 광주민주화운동이 일어난 후에 영남인들과 호남인들 사이에 존재하는 지역감정이 겉으로 드러난 걸 계기로 두 지역 사이의 갈등을 연구해 온 일부 학자는 1967년 대통령 선거에서 박정희 후보와 윤보선 후보가 지방 유세에서 했던 말을 지역의식 조장의 효시로 보기도 한다. 하지만 그것 역시 일부의 진실에 불과하다. 두 후보는 영남인들과

호남인들의 의식 속에 이전부터 잠재해 있던 지역의식을 자극해서 그것이 선거에서 자신에게 유리하게 작용하도록 하려고 그 같은 말을 한 것에 지나지 않았다.

다 아는 바지만 대통령 선거는 한 나라의 국민이 그들의 앞날을 이끌어갈 지도자를 뽑는 민주적 절차이다. 그러므로 국민이 올바른 지도자를 뽑기 위해서는 선거에 지역감정이 개재되어서는 안 될 것이다. 하지만 현실은 그렇지 않다.

우리나라의 일부 국민들 사이에 존재하는 지역감정의 전형이라고 할 수 있는 영남인들과 호남인들 간의 지역갈등이 옛날 삼국시대에 신라와 백제가 경쟁 관계에 있었을 때 두 나라 국민 사이의 지역의식에서 유래했다고 볼 경우 그 두 국가가 역사 속으로 사라진 지 이미 천 년 이상의 세월이 흘렀다. 따라서 그같은 지역의식이 이제 없어질 때도 됐다. 그렇지만 그 지역의식은 없어지지 않고 두 지역민의 의식 속에 면면히 이어져 내려오고 있다.

더욱이 영남인들과 호남인들 사이에 존재하는 지역감정은 아무 일이 없을 때에는 수면 하에 잠재해 있다가도 어떤 사안으로 한편이 불리한 형편에 놓일 가능성이 있거나 손해를 볼 우려가 있다고 여겨질 적에는 어김없이 표출하고는 한다. 예를 들면 한 지역인이 현재 자신들이 누리고 있는 이익을 어떤 일로 빼앗길지 모른다고 여기면 그걸 지키기 위하여 자신들이 품고 있는 지역감정을 표출하고는 한다. 그 극단적인 예가 대통령 선거에서 한 지역 사람들이 그들이 현재 누리는 기득권을 빼앗기지 않기 위하여 타지역 출신 후보자가 당선되지 못하도록 하려고 그 지방 사람들에 대한 좋지 않은 고정관념을 표출하는 것이 될 것이다.

    호준과 준석이 같은 해에 부처 교류를 통하여 문화공보부에 와서 국외공보원에서 일하며 토박이 직원들로부터 따돌림을 당하고 있는 것이 하나의 끄나풀이 되어 가끔 만나서 속마음을 털어놓기도 하고 식사를 하며 소주 잔을 기울이고는 하던 걸 거듭하면서 둘의 사이가 더욱 가까워졌다.
    목요일이었다. 오전 11시 경에 준석이 호준에게 전화를 걸었다.
    "선약이 없으면 오늘 점심 식사나 함께 할까요?"
    "네. 그렇게 하지요. 어디로 갈까요?"
    "장호식당에서 12시 10분에 만나도록 하지요."
    "알겠습니다."
    호준이 전화를 끊었다.
    호준이 준석과 만나기로 약속한 시간에 맞추어 장호식당에 갔다. 준석이 먼저 와서 그를 기다리고 있었다.
    "다음주 월요일부터 일주간 휴가를 얻어 가족과 함께 고향에 내려가서 쉴까 생각하고 있습니다."
    준석이 말했다.
    "그래요? 고향이 이반성이라고 했지요? 부모님이 아직 고향에 계시는가요?"
    "네. 지금도 새밭골마을에서 농사를 짓고 계십니다."
    "좋은 휴가 되기를 바라겠습니다."
    "고맙습니다. 나는 그렇고 호준 씨는 언제쯤 휴가를 얻을 예정이에요?"

"아직 구체적인 계획이 없습니다."

"그렇다면 내가 휴가를 받아서 쉬는 동안에 호준 씨도 말미를 얻어서 이반성에 내려와 우리 고향 마을을 한 번 구경해 보는 게 어떻겠어요?"

"그것도 괜찮겠군요. 생각해 보겠습니다."

호준은 그때까지 언제쯤 여름 말미를 얻어서 쉴 것인지 생각해 보지 않았다. 그가 준석의 말을 듣고 사무실에 가서 다른 직원들의 말미 계획을 살펴보고 여건이 허락한다면 다음주 중에 수유를 얻어서 이반성에 내려가 그의 고향 마을을 한 번 구경해 보기로 마음먹었다.

호준이 식사를 끝내고 사무실에 돌아와서 다른 직원들의 휴가 계획을 봤다. 다음주 중에 두 사람이 휴가를 얻어서 쉬는 걸로 나와 있었다. 그가 다음주 목요일부터 일주간 휴가를 얻어서 쉬어도 토요일이 반공일이어서 과의 업무 수행에 별 지장이 없을 것같이 생각됐다. 그가 내일과 모레 별일이 없을 경우 내주 월요일에 출근해서 일주간의 휴가를 신청하여 허락을 받으면 먼저 이반성에 내려가서 새밭골마을을 구경하고 거기서 바로 다시로 가서 나머지 기간을 보내기로 마음을 굳혔다.

호준이 일요일을 쉬고 월요일에 직장에 출근해서 일을 하며 과의 서무로부터 휴가신청서를 얻어서 이번 주 목요일부터 일주간 쉬겠다고 써서 위에 결재를 올리었다. 위에서 그가 그리 해도 과의 업무 수행에 지장이 없을 걸로 판단했음인지 별말을 안 하고 허락했다.

준석은 휴가를 가기 전에 그의 고향 집 전화번호를 호준에게 알려주었었다. 호준이 이번주 목요일부터 일주간의 휴가를 얻었다는 것과 그 기간에 새밭골마을을 구경하러 가겠다는 것 등을 그에게 알리려고 그의 고향 집에 전화를 걸었다.

"여보세요."

준석의 음성이었다.

"황호준입니다."

"반갑습니다. 저번에 이야기했던 대로 나는 지난 일요일 가족과 함께 고향에 내려와서 부모님 집에서 쉬고 있습니다. 혹시 그동안에 휴가 계획은 세웠습니까?"

"네. 이번 주 목요일부터 일주간의 휴가를 얻었습니다."

"그러면 그 기간에 이반성에 내려올 수 있겠어요?"

"네. 그렇지 않아도 이번 휴가 기간에 먼저 이반성에 가서 이 형을 만나 볼까 생각하고 있습니다. 내가 거기에 가서 머무를 경우 혹시 짐이 되지 않을지 모르겠습니다."

"아닙니다. 그 점은 염려하지 않아도 됩니다. 내가 휴가를 얻어서 고향에 와 있는 동안에 식구가 한 사람 더 늘어 양식이 떨어질까 봐 걱정하는 것 같은데, 그 정도는 아닙니다. 하하하. 물론 이건 농담입니다. 그건 그렇고 열차표는 끊었습니까?"

"아직 안 끊었습니다."

"그러면 열차표를 끊는 대로 여기 도착 시간을 알려 줘요."

"그리하겠습니다."

호준이 전화를 끊었다.

호준이 그날 근무를 끝내고 열차표를 예매하기 위하여 서울역에 가서 대합실 벽에 붙어 있는 열차 운행시간표를 봤다. 오전 8시 반에 서울역을 출발해서 진주에 가는 특급열차가 있었다. 그가 그 특급열차를 이용하여 진주에 가는 것이 좋을 것같이 생각되어 바로 매표구에 가서 열차표를 예매했다.

호준이 이튿날 출근해서 준석에게 전화를 걸어 열차가 서울역을 출발하는 시각과 진주역 도착 시간을 알려 주었다. 준석이 열차 도착 시간에 맞추어 진주역에 가서 그를 기다리겠다고 했다.

호준이 수요일 근무를 끝내고 하숙집에 돌아왔다. 그가 여주인에게 내일부터 일주간의 휴가를 얻어서 시골에 다녀올 거라고 말하고 다음날 아침을 조금 일찍 차려 달라고 부탁했다.

다음날 아침 호준이 일찍 일어나서 여행을 떠날 준비를 했다. 여주인이 전날 저녁에 그가 부탁했던 바를 잊지 않고 밥상을 일찍 차려서 그의 방 앞 마루에 가져다 놓고 갔다. 그가 문을 열고 나가서 밥상을 방 안으로 들여와 앞에 놓고 식사를 했다.

그가 식사를 끝내고 밥상을 마루로 내어 놓았다. 이내 여주인이 와서 밥상을 부엌으로 가져갔다. 그가 조그만 가방을 손에 들고 방에서 나왔다. 여주인이 부엌에서 일을 하며 그를 봤다. 그가 그녀에게 가볍게 눈인사를 건네고 집에서 나가 응암동 사거리로 가서 서울역으로 향하는 버스를 탔다.

그가 탄 버스가 40여 분 가량 정해진 노선을 달리어서 서울역 근처의 정류장에 닿았다. 그가 버스에서 내려 지하도를 걸어서 서울역 대합실 안으로 들어갔다. 개표구 앞에 사람들이 길게 줄서 있었다. 그는 지난 월요일에 열차표를 예매했었다. 그가 바로 그 줄 끝으로 가서 섰다.

곧 개표가 시작됐다. 오래지 않아 그의 차례가 와서 그가 역무원의 개표를 받고 안으로 들어가 계단을 내려가서 일번 플랫폼에서 대기하고 있던 진주행 특급열차에 올랐다. 휴가철이었지만 열차 안에 승객들은 많지 않았다.

열차가 출발했다. 여름철이어서 해가 일찍 떴다. 하늘에는 구름 한 점 떠 있지 않았다. 날씨가 좋아 기분이 상쾌한 데에다 그는 여행을 떠나는 즐거움으로 공연히 마음이 설레었다.

특급열차가 삼랑진과 마산을 거쳐 오후 3시가 조금 지난 시각에 진주역에 닿았다. 호준이 열차에서 내려 역사 안으로 들어갔다. 준석이 안에서 그를 기다리고 있었다.

두 사람이 만나서 악수를 나누고 잠시 의례적인 대화를 주고받은 후에 역사 밖으로 나갔다. 역전 광장 한 편에 택시들이 줄지어 서 있었다. 그들이 맨 앞에 서 있는 택시로 가서 뒷문을 열고 안으로 들어가 앉았다. 남자 운전사가 고개를 돌려 뒤를 봤다. 준석이 그 의미를 알고 그에게 목적지를 알렸다. 운전사가 바로 역 광장을 벗어나서 동쪽 방향으로 택시를 몰았다.

진주에서 이반성까지의 도로는 포장되어 있었다. 운전사가 택시를 몰고 진주역 앞 광장을 출발한 지 한 시간쯤 후에 새밭골마을 어귀에 이르러 차를 세웠다. 두 사람이 차에서 내렸다. 호준이 마을을 둘러봤다. 이십여 호의 가옥이 산 자락 아래에 옹기종기 서 있고 서남쪽 방향으로 들이 펼쳐져 있었다. 우리 나라의 전형적인 농촌 모습이었다.

준석의 집은 마을 동편에 있었다. 호준이 그를 따라 그의 집 대문 안으로 들어섰다. 준석의 아내로 보이는 여자가 두 아이와 나란히 마루 끝에 걸터앉아 있다가 두 사람이 들어오는 걸 보고 토방으로 내려섰다.

"내가 이야기했던 직장 친구예요."

준석이 그녀에게 그를 소개했다.

"처음 뵙습니다. 황호준입니다."

"반가워요. 애들 아빠한테 말씀 들었어요."

그녀가 웃으면서 이렇게 대꾸하고 아이들을 데리고 부엌으로 갔다.

준석의 집은 네 칸이었다. 맨 왼쪽에 부엌이 있고 그의 부모는 바로 그 옆에 붙은 방에서 거처하는 듯했다. 휴가를 얻어서 내려온 그와 그의 가족은 가운뎃방을 쓰는 것 같았다.

"부모님은 점심을 들고 들에 일하러 나가셨어요. 아마 저녁때에나 돌아오실 거예요."

"우리 어머니도 아침에 들에 일하러 나가면 점심때에나 집에 오고 오후에는 저녁 식사 때에나 돌아오십니다."

"아침 일찍 기차를 타고 여기까지 오느라 피곤할 텐데 우선 방에 들어가서 쉬도록 해요. 방은 누추합니다만."

"알겠습니다."

호준이 대꾸했다.

준석이 몸을 돌려 집 오른편으로 향했다. 호준이 그를 뒤따랐다. 오른쪽 끝방 앞쪽에 문이 있었다. 그러나 사람들이 그 문은 사용하지 않는 듯했다. 준석이 집 모퉁이를 돌아서 방 측면에 나 있는 문을 열고 안으로 들어갔다. 호준이 그를 따라 방안으로 들어섰다. 방안이 깨끗이 소제되어 있었다. 이 방은 그 동안 거처하는 사람이 없이 비어 있었던 것 같았다.

준석이 방 한 구석에 세워져 있던 왕골자리를 들고 와서 장판방 위에 깔았다.

"잠시 누워서 쉬도록 해요."

"고맙습니다. 서울에서부터 진주까지 편히 앉아 와서 몸은 피곤하지 않습니다만 잠시 쉬겠습니다."

"그러면 나는 나가겠습니다."

준석이 이렇게 말하고 밖으로 나가서 문을 닫았다.

호준이 양복 상의를 벗어서 벽에 부착된 옷걸이쇠에 걸고 왕골자리 위에 누워서 두 눈을 붙이었다. 장판방이지만 위에 왕골자리가 깔리어서 바닥은 딱딱하지 않았다.

호준이 잠에서 깨어 눈을 떴다. 그가 두 눈을 감고 머릿속에서 이런 저런 일들을 생각하던 사이에 자신도 모르게 잠이 들어 꽤 오래 잔 것 같았다. 방안이 어둑했다.

"이제 오세요? 직장 친구가 와 있어요."

준석의 음성이 밖에서 들리었다. 들에 일하러 나갔던 그의 부모가 이제야 집으로 돌아온 모양이었다.

"그래? 오늘 네 친구가 온다고 했지?"

그의 아버지의 음성인 듯했다.

"네. 지금 오른쪽 끝방에서 쉬고 있어요."

준석이 대꾸했다.

호준이 준석의 부모에게 인사를 하기 위해 일어나서 위에 양복 상의를 걸치고 방에서 나갔다. 준석과 그의 어머니는 마당에 서 있고 그의 아버지는 빈 지게를 지고 헛청으로 들어갔다.

"안녕하세요?"

호준이 그들에게 다가가며 인사를 건네었다.

"제 직장 친구예요."

준석이 그의 어머니에게 그를 소개했다.

"반가워요."

준석의 어머니가 얼굴에 미소를 올리고 그를 보며 말했다.

준석의 아버지가 지게를 벗어서 헛청 한쪽 벽에 기대어 세워놓고 밖으로 나왔다.

"이 산골 구석까지 오느라고 고생했겠네."

"아닙니다. 휴가철이지만 승객들이 많지 않아서 편히 왔습니다."

호준이 대꾸했다.

주위에 벌써 땅거미가 찾아들었다. 마을 서편에 높은 산이 있어서 해가 일찍 지기 때문인 듯했다. 준석의 아버지가 헛청에서 멍석을 들고 와서 마당에 펴 놓고 큰방 앞의 처마에 대롱대롱 매달린 백열등을 켰다. 준석의 아내가 부엌에서 두리반을 들고 와서 멍석 위에 놓고 그 위에 저녁을 차리었다. 반찬은 시골 사람들이 이 시기에 많이 먹는 열무김치와 가지나물 등이었다. 호준은 시장하던 참에 상 위에 차려진 음식을 달게 먹었다.

일곱 사람이 식사를 마쳤다. 준석의 어머니와 그의 아내가 두리반을 양쪽에서 맞들고 부엌으로 가서 바닥에 내려놓고 설거지를 했다. 아이들은 벌써 졸음이 오는 모양이었다. 그들이 하품을 몇 번 하고 나서 잠자리에 들려는 듯 가운뎃방으로 들어갔다.

준석, 그의 아버지 그리고 호준 셋이 멍석 위에 앉아서 이런저런 이야기들을 나누었다.

"당숙 어른, 저녁은 드셨어요?"

한 젊은 여인이 대문 안으로 들어서며 준석의 아버지에게 인사를 했다.

"응. 어서 오너라."

그가 그녀를 반갑게 맞았다.

"오빠도 와 있네요."

"응. 휴가를 얻어서 내려왔다. 너도 휴가를 받았니?"

"네, 저도 일주일 간 말미를 받았어요."

그녀가 이렇게 말하고 준석의 옆으로 가서 앉았다.

"내 육촌 여동생이에요. 서울에서 직장에 다니고 있어요."

준석이 그녀를 호준에게 소개했다.

"황호준입니다."

"이연희예요."

그녀가 대꾸했다.

준석의 아버지가 피곤한 모양이었다. 그가 잠자리에 들려는 듯 일어나서 큰방 쪽으로 향했다. 마당에는 준석, 연희 그리고 호준 셋이 남았다.

"너도 이제 결혼할 때가 된 것 같은데, 애인은 있니?"

준석이 그녀를 보며 물었다.

"아니오. 없어요."

"네가 너무 고르기 때문에 그런 것 아니니?"

"오빠는!"

그녀가 웃으면서 대꾸했다.

연희가 오랜만에 육촌 오라버니를 만나서 할말이 많은 듯했다. 그녀가 서울에서 지내며 겪은 일들 그리고 회사에서 업무를 수행하던 과정에서 있었던 어려움 등을 그에게 이야기했다.

호준이 준석과 연희가 나누는 이야기들을 옆에서 귓가로 들으며 그녀의 얼굴을 봤다. 사람들이 길거리에서 흔히 보기 어려운 미인이었다. 갸름한 얼굴에 긴 코와 짙은 눈썹 등이 조화를 이룬 아름다운 얼굴이었다. 그는 그녀의 얼굴을 보며 그의 아버지의 모습을 머릿속에 떠올렸다. 그의 아버지 역시 코가 길고 눈썹이 짙었다. 두 사람의 얼굴 일부가 그처럼 닮았기 때문인지 호준은 그녀의 얼굴에서 마치 그의 아버지의 생전 모습 일부를 다시 보는 듯한 느낌이 들었다.

'두 사람의 얼굴 일부가 닮았다는 건 그들이 혈연적으로 어떤 연결이 있을 수도 있다는 걸 말하는데, 설마 그럴 리야 없겠지. 아마도 우연의 일치일 거야. 이 세상에는 얼굴 일부가 조금씩 닮은 사람들이 적지 않아. 그렇기는 해도 두 사람의 얼굴 일부가 닮은 구석이 있는 걸 우연의 일치로 단정해 버리기에는 석연치 않은 점이 전혀 없는 게 아니야. 우리 아버지는 전라도에서 사셨지만 경상도 사투리를 쓰셨어. 어린 시절에 익힌 말씨는 좀처럼 고치기 어렵다는 점에서 그건 우리 아버지가 어렸을 때 경상도 어디에서 사셨을 수도 있다는 걸 말해. 만일 우리 아버지가 예전에 이곳 어디에서 살다가 전라도로 오셨다면 두 사람이 혈연적으로 관련이 있을 수도 있어.'

호준이 머릿속에서 이렇게 뇌며 두 사람의 혈연적 연결 가능성에 대해 생각해 봤다. 그는 두 사람의 성姓이 다르기 때문에 혈족일 가능성은 낮지만 외가 쪽으로는 혈연적 관련이 있을 수도 있지 않을까 하는 생각이 들었다.

연희가 준석과 꽤 오래도록 이야기를 나누었다. 그녀가 오랜만에 그를 만나서 하고 싶은 이야기들이 많았던 것 같았다. 이윽고 그녀가 이야기를 그치고 손목에 찬 시계를 봤다. 그녀가 밤이 깊었음을 알고 일어나서 두 사람에게 작별 인사를 건네고 그녀의 집으로 돌아가기 위하여 대문께로 향했다.

준석과 호준도 잠자리에 들기 위하여 일어섰다. 두 사람이 멍석을 둘둘 말아서 양쪽에서 맞들고 헛청 안으로 들어가서 바닥 한 구석에 내려놓고 밖으로 나왔다. 준석이 처마에 매달린 전등을 껐다. 달이 떠서 주위는 어둡지 않았다. 그는 바로 가운뎃방으로 들어가고, 호준은 집 오른편 끝방으로 향했다.

호준이 집 모퉁이를 돌아서 오른쪽 끝방 측면에 나 있는 문을 열고 안으로 들어가서 전등을 켰다. 여름철이어서 그는 이부자리 같은 건 필요하지 않았다. 그가 겉에 입은 옷들을 벗어서 벽에 부착된 옷걸이 쇠에 걸고 가방 속에서 잠옷을 꺼내어 몸에 꿴 후에 전등을 끄고 왕골자리 위에 누웠다. 그가 낮잠을 잤기 때문인지 얼른 잠이 오지 않았다.

그가 어두움이 짙게 물든 천장을 바라보며 연희의 얼굴을 머릿속에 떠올렸다. 그는 그녀를 오늘 밤 처음 봤다. 하지만 그녀의 얼굴 일부가 그의 아버지를 닮았기 때문인지 그는 그녀가 어쩐지 구면인 것 같은 느낌이 들었다. 그가 두 사람의 얼굴을 머릿속에 떠올리고 그들의 혈연적 연결 가능성에 대하여 다시금 생각해 봤다. 그렇지만 그는 여전히 그들이 혈연적으로 연결될 수 있는 어떤 고리를 찾기 어려웠다.

'세상에는 얼굴 일부가 비슷하게 생긴 사람들이 하나둘 있는 게 아

니야. 게다가 용모가 잘생긴 사람은 다른 이의 눈에 때로 구면인 것처럼 보이는 경우도 있어.'

그는 입속말로 이렇게 뇌며 두 사람의 혈연적 연결 가능성을 재차 부인했다.

호준이 잠에서 깨어 눈을 떴다. 날이 새어서 문에 발린 창호지가 밝게 물들어 있었다. 그가 잠옷을 벗어서 가방 속에 넣고 러닝 셔츠와 반바지 차림으로 방에서 나가 우물가로 가서 얼굴을 씻었다.

호준이 세수를 끝내고 미리 가지고 나온 수건으로 얼굴을 닦은 후에 방으로 돌아왔다. 그가 옷걸이쇠에서 와이셔츠와 바지를 내리어 몸에 꿰고 벽에 걸린 거울을 보며 머리 모양을 매만졌다.

밖에서 발자국 소리가 났다. 준석이 문 밖에서 헛기침을 한 번 한 후에 방문을 열고 안으로 들어왔다.

"간밤에 편히 잤어요?"

"네. 아주 잘 잤습니다."

"잠자리가 바뀌면 잠을 잘 못 이루는 이들이 있는데 다행이네요. 지금 큰방으로 가서 같이 아침을 들도록 해요."

"알겠습니다."

호준이 대꾸하고 그를 따라 밖으로 나갔다.

호준이 준석을 따라 큰방으로 들어갔다. 방 가운데에 두리반이 놓이고 식구들이 그 주위에 둘러앉아서 두 사람이 오기를 기다리고 있었다. 준석과 호준이 두리반 앞에 앉았다. 다른 식구들이 그걸 보고 수저를 들었다.

준석과 호준이 식사를 마치고 마당으로 나갔다. 나머지 사람들은 방에서 아직 식사를 계속했다.

"날씨가 쾌청한데, 뒷산에나 올라가 볼까요? 산이 높아서 정상까지 오르려면 힘이 들고 시간이 많이 걸려요. 중간쯤만 올라가도 마을 주변은 다 볼 수 있어요."

준석이 그를 보며 말했다.

"네. 그렇게 하지요."

호준이 동의했다.

두 사람이 집에서 나갔다. 그들이 고샅길을 걸어서 산 아래에 이르렀다. 호준이 준석과 나란히 서서 위를 올려다봤다. 산이 꽤 높았다. 준석이 말했었던 대로 그들이 산 정상까지 올라가려면 힘이 들고 시간이 많이 걸릴 것 같았다.

그들이 산 골짜기를 따라 나 있는 길을 걸어서 위로 올라갔다. 이른 아침이지만 날씨가 더워서 그들이 땀을 많이 흘리었다. 그들이 그 산길을 반시간 가량 걸어 올라갔다. 북쪽으로 이어진 산길에서 동편 방향으로 좁다란 샛길이 나 있었다. 준석이 그 즈음에서 위로 올라가던 걸 멈추었다. 호준이 그를 따라 걸음을 멈추고 그 샛길을 봤다. 길바닥에 풀이 별로 나 있지 않았다. 사람들이 그 길을 많이 이용하는 듯했다.

"여기가 산 중턱쯤 돼요. 이 샛길을 걸어서 마을 뒷산에 이르면 아래를 환히 내려다볼 수 있어요. 그 곳으로 가 볼까요?"

준석이 그의 의향을 물었다.

"네, 그렇게 하지요."

호준이 동의했다.

두 사람이 위로 올라가는 산길에서 벗어나 옆으로 난 샛길로 들어섰다. 길은 별로 험하지 않았다. 그들이 그 길을 한동안 걸어서 마을 뒤편에 솟아 있는 산 정상에 이르렀다. 그들이 거기서 조금 아래쪽에 평탄한 데가 있는 걸 보고 그 곳으로 내려가서 나란히 앉았다. 새밭골마을이 호준의 발 아래로 환히 내려다보였다. 이십여 호의 가옥이 산 밑에 옹기종기 모여 있고 서남 방향으로 꽤 넓은 들이 펼쳐져 있었다. 산 위에서 내려다보이는 마을 주변의 경관이 마치 한 폭의 동양화를 연상하게 했다. 그는 산 아래 마을 주변을 내려다보며 여건이 허락한다면 얼마간이라도 이곳에 와서 살아 보고 싶은 마음이 일기도 했다.

두 사람이 나란히 앉아서 이런저런 이야기를 나누던 사이에 시간이 흘러서 점심때가 가까웠다. 그들이 몸을 일으키어서 왔었던 길을 되짚어 마을로 내려갔다. 아침을 들고 들에 일하러 나갔던 준석의 부모도 점심을 들기 위해 집에 와 있었다.

준석의 아내가 큰방에 두리반을 놓고 그 위에 점심을 차리었다. 호준이 오전에 산에 올라갔다가 내려온 까닭에 체력 소모가 많았던 것 같았다. 그가 상에 차려진 음식을 달게 먹었다.

호준과 준석이 식사를 끝내고 밖으로 나갔다. 준석의 아버지도 이내 식사를 마치고 방에서 나왔다.

"초면에 많은 폐를 끼쳤습니다. 저는 오후에 진주로 가서 열차 편으로 제 고향 다시로 가겠습니다."

"불편한 점은 없었는지 모르겠네."

"아닙니다. 집에서처럼 아주 편하게 지냈습니다."

호준이 대꾸했다.

준석의 부모는 점심 식사를 마치고 잠시 쉰 뒤에 다시 들에 일하러 나갔다. 준석이 한 시간쯤 전에 진주의 한 택시회사에 전화를 걸어서 차를 보내라고 했었다. 한 아이가 와서 차 한 대가 마을 어귀에 도착해서 사람이 나오기를 기다리고 있다고 전해주었다. 호준이 오른쪽 끝방으로 가서 가방을 들고 나왔다. 준석의 아내가 두 아이와 함께 큰방 앞의 마루에 앉아 있었다. 호준이 그녀에게 폐를 끼친 데 대하여 고마움을 표하고 집 밖으로 향했다.

"대접이 소홀했던 것 같았습니다. 준비도 없이 오라고 해서 미안합니다."

준석이 그와 나란히 걸음을 옮기며 말했다.

"아닙니다. 대접 잘 받고 구경 많이 했습니다. 고맙습니다."

호준이 대꾸했다.

두 사람이 마을 어귀에 이르렀다. 진주에서 온 택시가 거기에 서 있었다.

"그러면 고향에 가서 나머지 휴가 기간 즐겁게 보내요."

"다음주 직장에 출근해서 상면하도록 하겠습니다."

호준이 대꾸하고 택시에 올랐다.

운전사가 진주역을 향해 택시를 몰았다. 호준이 뒤를 돌아봤다. 준석이 마을 어귀에 서서 멀어져 가는 택시를 향해 손을 흔들었다. 호준이 그걸 보고 손을 들어 흔들어서 답례했다.

운전사가 한 시간 가량 택시를 몰아 진주역 앞 광장에 이르러서 차를 세웠다. 호준이 운전사에게 요금을 지불하고 차에서 내려 역 대합실 안으로 들어갔다. 대합실 한쪽 벽에 부착된 열차운행시간표에 목포행 특급열차가 오후 3시 반에 도착해서 2분 후에 떠나는 걸로 나와 있었다. 그가 시계를 봤다. 오후 3시가 조금 지나 있었다. 그가 매표구로 가서 영산포역까지 타고 갈 수 있는 승차권을 샀다.

그는 목포행 특급열차가 도착할 때까지 20분 가량 기다려야 했다. 그가 대합실 안에 비치되어 있는 목제 장의자로 가서 앉아 특급열차가 오기를 기다렸다.

열차가 정시에 도착하는 듯했다. 오후 3시20분쯤 개표구 문이 열리었다. 그가 역무원의 개표를 받고 승강장으로 나갔다. 이내 열차가 역 구내로 들어와서 섰다. 그가 차에 올라 지정된 좌석을 찾아서 앉았다. 휴가철이었지만 이용객들이 적어서 객차 안에 빈 좌석들이 많았다.

열차가 출발했다. 그는 부산체신청에서 일할 때 가끔 경전선을 운행하는 열차를 타고 그의 고향 다시에 가고 오고 했던 까닭에 철도 연변의 경관을 여러 번 구경했다. 그가 밖을 내다보고 싶은 마음이 별로 안 나고 오전에 산에 올라갔다가 내려왔기 때문인지 몸의 피로를 느껴서 두 눈을 감고 때때로 수면을 보충하는 방식으로 시간을 보내었다.

열차가 오후 8시가 조금 넘은 시각에 영산포역에 닿았다. 해는 서산 너머로 져서 안 보였으나 여름철이어서 낮의 길이가 길어서 주위는 어둡지 않았다.

호준이 열차에서 내려 역사 밖으로 나갔다. 역전 광장 한 편에 택시들이 줄지어 서서 손님을 기다리고 있었다. 그가 맨 앞에 서 있는 택시로 가서 뒷문을 열고 안으로 들어가 앉았다.

"어디로 모실까요?"

남자 운전사가 물었다.

"삼봉마을에 갑니다."

"알겠습니다."

운전사가 목적지를 향해서 바로 차를 움직였다.

운전사가 반시간 가량 택시를 몰아 삼봉마을 어귀에 이르러서 차를 세웠다. 호준이 운전사에게 요금을 지불하고 차에서 내렸다. 그는 오늘 그가 올 거라는 걸 그의 어머니에게 편지로 미리 알렸었다. 그녀가 집에서 그를 기다리고 있었다.

"이제 오는구나. 그 간 별일 없었냐?"

그녀가 마루 끝에 걸터앉아 있다가 토방으로 내려서며 말했다.

"네, 어머니. 몸은 건강하세요?"

"응, 괜찮다."

그녀가 이렇게 대꾸하고 다시 마루 위로 올라가 그 끝에 걸터앉았.

순자가 미리 저녁 밥상을 차려놓고 호준이 오기를 기다렸던 것 같았다. 그녀가 바로 밥상을 들고 와서 마루 위에 놓고 부엌으로 돌아갔다. 그가 마루로 올라가 밥상을 사이에 두고 그의 어머니와 마주앉았다.

"아직도 네 마음에 드는 색시감을 못 찾았냐? 자꾸 같은 말을 꺼내기도 쑥스럽구나."

"네. 아직."

그가 밥을 숟갈로 떠서 입으로 가져가며 말했다.

"입에 딱 맞는 떡이 많지 않은 법이다. 네가 너무 고르는 것 아니냐?"

"아니에요, 어머니."

그가 웃으면서 대꾸했다.

호준이 저녁 식사를 끝내고 고향에 내려올 때마다 쓰는 그의 방으로 들어갔다. 방안이 깨끗이 소제되어 있었다. 순자가 오늘 그가 온다는 걸 들고 방을 청소해 놓은 것 같았다.

호준이 몸의 피로를 느껴 잠옷으로 갈아입은 후에 전등을 끄고 대자리 위에 누워서 잠을 청했다. 하지만 그는 빨리 잠이 오지 않았다. 그가 어둠이 짙게 물든 천장을 바라보며 저녁 식사를 할 때 그의 어머니가 했었던 말을 그의 뇌리에 떠올렸다. 사실 그는 결혼을 하고 싶은 마음이 없어서 안 하는 건 아니었다. 그는 그의 마음에 들고 그를 좋아하는 여인이 나타나지 않아서 여태 결혼을 하지 못하고 있었다. 그는 부산에서 직장 생활을 할 때 친구의 소개로 전순혜를 안 후로 그녀의 미모에 마음이 끌리어서 그녀와의 교제를 이어나가 둘의 사이가 가까워질 경우 그녀에게 청혼해서 승낙을 받으면 결혼하려고 생각했다. 그렇지만 그녀가 그를 좋아하지 않아서 그는 중도에 그녀를 단념했다.

'그렇기는 하나 내가 아직 결혼하지 못하고 있는 데에는 나에게도 책임이 없지 않아. 내가 어머니의 소망을 이루어 드리기 위해서라도 적극적으로 색시감을 찾으려는 노력을 기울였어야 했는데 그렇지 않았어.'

그가 이렇게 중얼거리며 몸을 돌려 옆으로 누워서 다시 잠을 청했다.

박정희 대통령을 시해한 김재규가 처형된 뒤에 그가 수장으로 있었었던 중앙정보부의 명칭이 국가안전기획부로 바뀌었다. 그와 더불어 전두환 정권은 중앙정보부의 수장이 대통령을 시해한 책임을 물어서 그 권한 일부를 축소했다. 그렇지만 국가안전기획부의 요원들은 그후에도 이전과 다름없이 수시로 국외공보원의 몇몇 부서에 와서 그들이 필요로 하는 정보들을 수집하여 갔다. 물론 그들 몇몇 부서의 직원들은 전처럼 그들에게 협조적인 태도를 보이기는 하지만 그들이 자주 오는 걸 마음속으로 반기지 않았다. 그러나 어떤 직원은 그들에게 적극적으로 협조적인 태도를 나타내어서 그들의 호감을 사고 그로 인해 양편 사이에 신뢰 관계가 형성되어 그 곳 기관원으로 발탁되어 가기도 했다.

준석이 일하는 해외과에서는 우리 나라의 발전상을 해외에 알리고 전통 문화를 홍보하는 차원에서 매년 외국의 저명 인사 몇 사람씩을 초청해서 산업 시설을 둘러보게 하고 정권 홍보를 위하여 유력 정치인들과의 인터뷰를 주선하기도 했다. 해외과에서 해마다 그 같은 목적으로 초청하는 외국 인사들 중에는 그 나라에서 꽤 저명한 이들도 있어서 국가안전기획부 요원들은 수시로 와서 그 진행 상황을 살펴보고 정보 가치가 있다고 판단되는 내용을 수집해 가기도 했다.

그렇지만 해외과의 다수 직원들은 국가안전기획부 요원들이 와서 그들의 업무 수행과 관련된 정보를 수집해 가는 걸 마음속으로 반기지 않았다. 그들은 전부터 행해지던 관례에 따라 그들에게 협조적인 태도를 나타내고 있을 따름이었다. 그러나 준석은 외국의 저명 인사들을 초청하고 그들이 국내의 유력 정치인들을 만날 수 있도록 주선하는 일을 하며 다른 직원들과 달리 국가안전기획부 요원들에게 적극적으로 협조적인 태도를 나타내어서 그들과의 신뢰 관계가 형성된 듯 그곳 기관원으로 발탁되어 갔다.

무릇 공功은 쌓인 데로 가게 마련이어서 준석이 국가안전기획부 요원들에게 친절을 베풀어서 그들과의 신뢰 관계가 형성되어 그곳 기관원으로 발탁되어간 건 당연한 일인지도 몰랐다. 그렇지만 그들에게 친절을 베푼 이들이 다 그곳 기관원으로 발탁되어 가는 건 아니어서 그것이 보는 이의 시각에 따라서 조금은 달리 보일 수도 있었다.
 하기는 호준이 현재 문화과에서 하는 일들은 국가안전기획부 요원들의 눈에 정보 가치가 없는 것들이어서 그들이 그것들을 알려고 그를 찾아오지는 않았다. 그렇지만 그가 전에 일했었던 외신과는 여기와는 달랐다. 그가 외신과에 있었을 때 거기서 했었던 일들 중의 일부는 국가안전기획부 요원들의 관심의 대상이 되고 있는 것들도 있었다. 그는 또한 거기서 일할 때 그들을 불친절하게 대했던 것도 아니었지만 그들에 의해 그 기관의 정보 요원으로 발탁되어 가지 못했다. 그는 당시 때로 힘있는 기관에 가서 일해 보고 싶은 욕구도 없지 않았다. 하지만 그는 그들과의 교분이 신뢰 관계를 맺는 데까지 이르지 못해서 그의 뜻을 이루지 못했다.
 '그때 내가 그들에게 좀 더 친절을 베풀었더라면 그곳 기관원으로 발탁되어 갈 수 있었을까?'
 그는 그리 했을 경우 그들의 호감은 더 많이 살 수 있었을지 모르지만 그곳 기관원으로 발탁되어 가지는 못했을 걸로 헤아렸다.
 '준석 씨가 국가안전기획부의 정보 요원으로 발탁되어 간 건 그가 탁월한 업무 수행 능력을 지니고 있고 다른 직원들과 달리 그들에게 친절을 많이 베풀었기 때문이었을 거야. 그렇지만 그가 그리 했던 것만으로 그들과 신뢰 관계를 맺어서 그곳 기관원으로 뽑혀 가지는 않았을 거야. 그 기관에서는 여러 가지 기밀을 다루기 때문에 어떤 사람이 그곳 기관원으로 발탁되기 위해서는 우선 그들이 신뢰할 수 있는 이여야 해. 그런 형편에 현재 거기서 일하는 기관원들은 영남인들이 주를 이루고 있어서 같은 지역 출신이 아닌 이는 그들의 이너 서클에 끼일 수 있는 대상에 들어가기 어려워. 하지만 준석 씨는 탁월한 업무 처리 능력을 지니고 있는 데다 경상도 사람이어서 그들이 그를 신뢰할 수 있는 몇몇 조건들을 갖춘 까닭에 그들이 그가 그들의 이너 서클에 들어와서 활동해도 괜찮을 걸로 여겨서 그를 정보 요원으로 발탁해 갔는지도 몰라.'

호준은 그가 국가안전기획부의 정보 요원으로 발탁되어 간 배경을 나름대로 이렇게 추정했다. 하지만 호준은 그의 추정이 꼭 옳을 거라고는 여기지 않았다.

국가안전기획부 요원들은 대체로 자신들의 근무처와 사무실 전화번호 등을 외부에 노출하지 않았다. 그것은 준석의 경우에도 마찬가지였다. 그 역시 국가안전기획부로 간 후로 호준에게 그가 일하는 곳과 그의 사무실 전화번호 등을 알려 주지 않았다. 그런 이유로 호준은 그와 연락할 수 있는 길이 막혀 그와의 접촉이 단절된 상태에 있었다.

금요일 오후였다. 책상 위에 놓인 전화기의 벨이 울리어 호준이 일을 하다 말고 수화기를 들었다.

"이준석입니다."

"무소식이어서 어떻게 지내는지 궁금했습니다. 그동안 별일 없었습니까?"

호준이 그의 전화를 받고 반가워서 약간 들뜬 음성으로 말했다.

"네, 잘 있었습니다. 황 형의 얼굴을 본 지도 꽤 된 것 같은데 선약이 없으면 오늘 저녁에 만나서 소주나 한 잔 나누고 싶어서 전화했습니다. 가능하겠습니까?"

"네. 물론입니다."

"그렇다면 황 형이 이쪽으로 오기는 어려우니까 내가 그곳으로 가겠습니다. 장호식당에서 저녁 7시 반에 만날까요?"

"네. 그렇게 하지요."

호준이 전화를 끊었다.

호준이 준석과 만나기로 약속한 시간에 맞추어 장호식당에 갔다. 준석이 한 구석에 앉아서 그를 기다리고 있었다. 호준이 그가 있는 곳으로 가서 맞은편 의자에 몸의 일부를 걸치었다.

"그간 이 형에게 연락을 하고 싶었어도 연락처를 몰라 못했습니다. 그곳 생활은 어떻습니까? 재미있습니까?"

호준이 물었다.

"그런 대로 괜찮습니다. 그렇지만 국외공보원에서 일하던 시절이 차라리 마음 편하지 않았는가 하는 생각이 이따금 들기도 합니다."

"추억은 아름다울 수 있기 때문이겠지요. 자기 일에 만족하는 이는 아마 별로 없을 겁니다."

호준이 말했다.

여종업원이 음식 주문을 받으러 왔다. 준석이 호준의 의견을 들어서 소갈비, 냉면 그리고 소주 두 병을 주문했다. 여종업원이 주문 내용을 메모지에 적어서 들고 계산대로 갔다.

"전에 황 형이 우리 고향 마을에 왔을 때 봤던 육촌 여동생 연희가 곧 올 거예요. 내가 그 여동생에게 전화를 걸어서 이곳으로 오라고 했어요."

준석이 말했다.

"그래요?"

호준이 그로부터 예기치 않았던 말을 듣고 즐거워서 되물었다. 호준은 작년 여름 휴가 기간에 그의 초청을 받아 새밭골마을에 가서 그의 소개로 그녀를 알게 된 후로 그녀의 미모에 마음이 끌리어서 그 동안 가끔 그녀의 모습을 머릿속에 떠올리고 그녀를 생각하고는 했다.

"네, 곧 올 거예요. 연희가 오겠다고 했어요. 아마 교통이 막혀서 조금 늦는 것 같습니다."

준석이 대꾸했다.

여종업원이 아까 준석이 주문한 음식을 쟁반에 담아 들고 와서 두 사람이 먹을 수 있도록 준비해 놓고 다른 손님에게 갔다. 그가 두 개의 잔에 소주를 따랐다.

"한 잔 듭시다."

그가 잔을 들어 입으로 가져가며 말했다.

"……"

호준도 그를 따라 잔을 집었다.

식당 안에 손님이 늘었다. 주위가 아까보다 더 시끄러웠다.

"여기야, 여기."

잔을 입에 대고 술을 입안으로 조금씩 흘리며 출입문 쪽으로 연신 눈길을 보내던 준석이 손을 들어 흔들며 큰소리로 외쳤다. 호준은 식당 출입문을 등지고 앉아 있었다. 그가 준석이 외치는 소리를 듣고 고개를 돌려 뒤를 봤다. 연희가 식탁 사이를 돌아서 이쪽으로 오고 있었다.

연희가 두 사람이 있는 곳으로 와서 준석의 옆에 앉았다.

"버스를 타고 왔는데 도로에 차들이 많아서 빨리 달리지 못해 조금 늦었어요."

그녀가 두 사람을 보며 말했다.

"나도 동생이 그래서 늦는 게 아닌가 생각했어."

준석이 대꾸했다.

"여기서 다시 뵙게 되네요."

호준이 그녀에게 인사를 건넸다.

"안녕하세요. 그동안 별일 없으셨어요?"

"네. 아무 일 없었습니다."

"오빠는 다른 데로 가서 일한다고 들었는데, 호준 씨는 아직 그대로 계시는가요?"

"네."

"지난번에 국외공보원 문화과에서 일하신다고 했던 것 같았는데……."

"지금도 거기서 일하고 있습니다. 저번에 연희 씨는 서울에서 직장에 다니신다고 들었습니다만… 실례지만 어느 회사에서 일하시는가요?"

호준이 그동안 궁금히 여기었던 점을 물었다.

"금강산업에서 일하고 있어요. 조그만 문구 제조 업체예요."

"거기서 일하신 지는 오래됐습니까?"

"아니에요. 2년 조금 넘었어요."

"2년이 짧은 기간은 아니지요."

"그런가요?"

그녀가 웃으면서 대꾸했다.

준석이 연희 앞에 잔이 없는 걸 보고 근처에서 일하던 여종업원을 불러서 잔 하나를 더 가져오라고 했다. 그녀가 이내 잔 하나를 가져와서 식탁 위에 놓고 갔다. 그가 병을 들어서 세 개의 잔에 소주를 따랐다.

"자, 듭시다."

그가 앞에 놓인 잔을 들고 두 사람을 보며 말했다.

"……"

호준이 그를 따라 잔을 들어서 입에 대고 소주를 입안으로 조금씩 흘렸다. 그러나 연희는 술잔을 입에 대었다가 마시지 않고 도로 내려놓았다. 그녀가 술을 마시지 않으려는 것 같았다.

"황 선생님은 문화과에서 무슨 일을 하고 계세요?"

그녀가 그를 보며 물었다.

"우리 나라의 전통 문화를 해외에 알리는 일을 하고 있습니다."

"좋은 일을 하시네요."

"고맙습니다."

"부모님은 어디서 사세요?"

그녀가 그에 대하여 알고 싶은 점들이 많은 듯했다.

"아버님은 오래 전에 돌아가셨고, 어머님 혼자 전라남도 나주군 다시에서 농사를 짓고 계십니다."

"어머니께서 고생이 많으시겠어요. 형제 분들은 많이 계신가요?"

"아니오. 저 혼자입니다. 위로 형님이 한 분 있었는데 6·25 동란 때 북으로 끌려간 후로 소식이 없습니다."

"저런! 안 됐네요."

"물론 연희 씨 부모님은 모두 생존해 계시지요?"

"네. 그렇지만 두 분 다 연세가 많으세요."

"형제와 자매는 몇 분이나 있으신가요?"

"위로 오라버니 한 분과 언니 둘이 있어요. 제가 막내예요. 오라버니는 결혼해서 부산에서 살고 있고 언니 둘도 다 출가했어요."

연희가 대꾸했다.

준석은 호준과 연희가 이야기를 주고받는 동안 별말을 안 하고 술만 마시었다. 어쩌면 준석은 두 사람이 서로를 더 알 수 있는 시간을 갖도록 해 주려고 그녀에게 전화를 걸어서 이 자리에 오라고 했는지도 몰랐다.

준석과 호준 사이에 술잔이 거듭 오고 갔다. 연희는 두 사람과 대화를 주고받으면서도 앞에 놓인 술잔에 손을 대지 않았다. 호준은 그걸 보고 그녀가 술을 안 마시는 게 아닌가 생각했다.

시간이 흘러 밤 9시 반이 넘었다. 세 사람이 일어나서 식당 밖으로 나갔다. 밤하늘에 별들이 총총했다. 연희는 거기서 바로 택시를 타고 그녀의 거처로 갔다. 준석과 호준은 사는 곳은 다르지만 종로1가까지는 함께 걸을 수 있었다. 두 사람이 이런저런 이야기들을 나누며 종로1가를 향해 걸음을 옮기었다.

호준은 작년 여름 휴가 기간에 준석의 초청을 받아 그의 고향 마을을 구경하러 가서 마침 그 시기에 말미를 얻어서 내려와 있던 연희가 그녀의 당숙에게 인사를 드리러 왔을 때 그의 소개로 그녀를 알았다. 그녀는 사람들이 길거리에서 흔히 보기 어려운 미인이었다. 호준은 그녀를 안 후로 그녀의 미모에 마음이 끌려서 가끔 그녀의 모습을 머릿속에 떠올리고 그녀를 생각하고는 하던 차에 뜻하지 않게 장호식당에서 그녀를 다시 만나게 됐다. 물론 그 만남은 준석의 배려로 이루어진 것이었다. 그렇지만 호준은 그녀를 재차 만난 자리에서 이전에 마음속으로 궁금히 여기었었던 점들을 물어서 그녀가 일하는 회사와 가족 관계 등 그녀에 대하여 조금은 더 많이 알게 됐다. 그 결과 이제 그는 마음만 먹으면 전화번호부에서 그녀가 일하는 회사의 전화번호를 찾아서 그녀에게 전화를 걸어 차라도 한 잔 나누고 싶다는 의사를 표시할 수 있었다.

그런데 속담에 '말 타면 경마 타고 싶다.'는 말이 있듯이 그는 그녀의 연락처를 알고 난 후로는 마음이 바뀌어서 그녀와의 교제가 순조롭게 진전되기 위해서는 그가 그녀에게 먼저 전화하는 것보다는 그 반대가 돼야 할 것같이 생각돼서 은근히 그녀로부터 전화가 오기를 기다리는 상태에 있었다. 더욱이 그는 부산에서 직장 생활을 할 때 친구의 소개로 전순혜를 알고 나서 그녀의 미모에 마음이 끌리어서 그녀와의 교제를 이어나가 좋은 결실을 맺고 싶은 욕심에서 그녀에게 두 번이나 먼저 전화를 걸어서 그녀의 얼굴을 보고는 했지만 그의 희망과는 달리 그녀와의 관계가 중도에 단절되었던 아픈 경험을 지금도 생생히 기억하고 있었다.

사실 당시 그와 그녀의 교제는 그가 그녀와의 관계를 이어나가기 위한 욕심에서 일방적으로 끌고 간 것이어서 처음부터 성공 가능성이 낮았다. 여하간에 그런 이유 때문인지는 불분명하지만 그녀는 네 번째 만남에서 더 이상 그를 만나고 싶지 않다는 의미를 풍기는 말을 해서 그는 그녀를 중도에 단념했다. 그와 달리 연희는 지금까지 그를 두 번밖에 안 만났지만 아직 그를 싫어하는 듯한 태도를 드러내지는 않았다. 그 점을 고려하면 그는 그녀가 그에게 먼저 전화할 가능성도 없지 않을 것같이 생각됐다. 그렇지만 그녀는 장호식당에서 그를 다시 만난 후로 십여 일이 지나도록 그에게 아무 소식도 안 전했다.

그는 그녀가 그의 전화번호를 알고 있으면서도 그에게 전화하지 않는 건 그녀가 그에게 마음이 없기 때문에 그런 걸로 해석하는 게 옳지 않은가 생각했다. 하지만 그는 그걸 그리 엄격히 해석하기보다는 자신에게 좀더 유리한 방향으로 풀이하고 싶었다. 그는 시대가 예전과 많이 달라지기는 했지만 우리 나라 사회에서는 지금도 많은 사람들이 남녀 관계에서 여자가 먼저 남자에게 전화하는 건 전통 예법에 부합하지 않는 걸로 여기는 예가 없지 않기 때문에 그녀가 그리 하고 있는 걸로 풀이하고 싶었다. 하기야 그는 그것 역시 그의 아전인수 격의 풀이에 지나지 않는다는 걸 모르지 않았다.

'그런데 문제는 그녀가 나에게 마음이 없어서 전화하지 않든 혹은 여자가 먼저 남자에게 전화하는 건 전통 예법에 맞지 않기 때문에 연락을 안 하든 간에 내가 그녀로부터 연락이 오기만을 기다리며 그녀에게 아무 소식도 안 전한다면 나와 그녀의 관계는 두 번의 만남으로 끝나 버릴 수 있다는 데에 있어.'

그는 그녀와의 교제를 이어나가서 좋은 결실을 맺기 위해서는 그녀로부터 연락이 오기만을 기다리는 데에 머무르지 않고 그녀에게 전화를 걸어서 만나고 싶다는 의사를 표시하는 것이 좋을 것같이 생각됐다. 하지만 그는 그걸 알면서도 그녀에게 먼저 전화할 염두를 못 내었다.

호준은 궁여지책으로 준석이 지금도 국외공보원에서 일한다면 그가 저번처럼 연희를 불러내어서 둘이 자연스럽게 만날 수 있는 자리를 마련해주도록 그에게 부탁하고 싶었다. 그렇지만 준석은 여기에 있지 않았고 호준은 그의 연락처를 몰라서 그에게 그런 뜻을 비칠 수도 없었다. 게다가 준석은 저번에 그녀를 장호식당으로 불러내어서 둘이 다시 만나도록 해준 뒤로 그의 역할은 끝났다고 여기는지 그에게 아무 소식을 안 전했다.

제7장

상흔傷痕

연희는 회사에서 서무와 경리 두 가지 일을 겸무했다. 서무와 경리는 일의 성질이 서로 달라서 규모가 큰 회사에서는 한 사람이 두 가지 업무를 겸무하는 경우가 드물었다. 그러나 그녀가 일하는 회사는 규모가 작고 직원 수도 적어서 그녀는 그 두 가지 업무를 겸무하고 있지만 그렇다고 봉급을 그 만큼 더 많이 받는 것은 아니었다. 그녀는 대기업에서는 사원들에게 봉급도 많이 주고 한 사람에게 두 가지 업무를 겸무시키지 않는다고 들었다. 그렇지만 그녀는 자신이 하는 일을 천직으로 알고 하는 터여서 불만 같은 건 없었다.

하기야 연희는 진주에서 대학교에 다닐 때만해도 졸업 후에 많은 젊은이들이 선호하는 대기업에 들어가서 일해 보고 싶은 꿈을 품어 보기도 했었다. 그렇지만 그녀는 지방의 무명 대학교를 나와서 대기업의 신입 사원 채용 시험에 합격한다는 것이 현실적으로 쉽지 않을 것같이 생각돼서 단념하고 졸업 후에 한 친지의 도움을 받아서 지금 일하는 금강산업에 취업했다.

　금강산업은 설립된 지 얼마 되지 않은 중소기업이었다. 그렇지만 기업주가 광고료가 그리 비싸지 않은 생활정보지와 어린이들을 대상으로 발간되는 잡지 등에 꾸준히 광고를 게재해서 얼마 전부터 그 효과가 나타나는 듯 매출이 증가세를 나타내었다. 그녀는 이 회사에 들어와서 경리 업무를 담당하면서 매출이 점차 증가하는 걸 그녀의 눈으로 확인하며 기업은 바로 자신이라는 생각을 가지고 맡은 일을 더욱 열심히 하여 그녀에게 일자리를 제공해 준 기업주의 은혜에 보답하려고 노력했다. 물론 그녀 역시 매일 똑같은 일을 반복하는 데에서 오는 염증을 안 느끼는 건 아니었다. 그러나 그녀는 일 속에서 즐거움을 찾는 자세로 일하려고 노력해서 그 같은 부정적인 느낌이 이는 걸 억눌렀다.

　연희가 어제에 이어 오늘도 오전 이른 시간부터 지난주의 상품 매출 내역을 거래 업체별로 분류하여 장부에 기록하는 일을 했다. 그 일은 단조로운 작업이었다. 그렇지만 그녀는 내면에서 단조로운 느낌이 일지 않도록 되도록 즐거운 마음으로 일하려고 노력했다.

　책상 위에 놓인 전화기의 벨이 울리었다. 연희가 일을 하다 말고 팔을 뻗어 수화기를 들었다.

"여보세요."

"이연희 씨 계시면 바꿔 주십시오."

　남자의 목소리였다.

"제가 이연희입니다."

"제 목소리를 들은지 하도 오래돼서 연희 씨가 이제 제 음성도 기억하지 못하는 것 같군요. 김동현입니다. 군 복무를 끝내고 대학교에 복학해서 학부 과정을 마친 후에 서울에 있는 한 회사에 취직해서 일하고 있습니다."

"군대 생활 무사히 마치고 제대해서 취업하신 걸 축하드립니다."

그녀는 전화를 건 사람이 동현임을 안 순간 한동안 거의 잊고 지내었던 예전의 악몽 같은 기억이 그녀의 뇌리에서 불현듯 되살아났다. 하지만 그녀는 그같은 내면의 감정 흐름을 음성에 싣지는 않았다.

"고맙습니다. 근무 시간은 몇 시에 끝납니까?"

"오후 6시에 끝납니다."

"그렇군요. 선약이 없으면 오늘 저녁에 만나서 같이 커피라도 한 잔 마시고 싶습니다만……."

그가 말끝을 흐렸다.

"오늘은 안 되겠습니다. 근무 시간은 여섯 시에 끝나지만 일이 많아서 늦게까지 일해야 할 것 같습니다."

그녀는 그가 그 사이에 얼마나 달라졌는지 그녀의 눈으로 한 번쯤 확인해 보고 싶은 마음이 없지 않았으나 늦게까지 일해야 한다는 핑계를 대고 그의 제의를 거절했다.

"알겠습니다. 나중에 다시 전화하겠습니다."

그가 전화를 끊었다.

연희가 수화기를 내려놓고 아까 했던 일을 계속하며 예전에 동현과 그녀 사이에 있었었던 일을 뇌리에 떠올렸다. 십수 년이 지난 일이었지만 그녀는 그때의 사건이 마치 엊그제의 그것처럼 그녀의 기억 속에 생생했다.

연희는 7살이 나던 해 봄에 아버지의 손에 이끌리어 면사무소가 있는 용암마을에 위치한 초등학교 1학년에 입학했다. 그녀가 사는 새밭골마을에서 초등학교까지의 거리는 5리가 넘었다. 그녀는 매일 아침 그 거리를 걸어서 학교에 갔고 수업이 끝난 뒤에는 그 길을 되짚어서 집에 왔다.

그 시절 새밭골마을에서 면사무소, 초등학교 그리고 중학교가 있는 용암마을까지 신작로는 나 있었지만 위쪽으로 숲이 우거진 데들이 있고 낮에도 사람들의 왕래가 많지 않아서 연희는 그 곳들을 지날 적마다 무서운 느낌이 들고는 했다. 물론 학교에서도 그 점을 알고 있었다. 그래서 학교에서는 학생들의 안전한 등하교를 위하여 되도록 여럿이 모여서 다니라고 권장했다. 다행히 그녀는 한 마을에 사는 동갑내기 춘례와 같은 해에 초등학교에 입학해서 한 반에 속했던 까닭에 수업이 끝난 뒤에 거의 매일 함께 집에 올 수 있었다.

연희와 춘례가 4학년 과정을 마치고 5학년으로 올라가면서 학급 편성이 바뀌어 각각 다른 반에 속했다. 아침에는 아이들이 집에서 나오는 시간이 거의 같기 때문에 별로 문제가 없었다. 그러나 하교할 때에는 학년마다 수업 시간 수가 다르고 반의 종례가 끝나는 시각이 같지 않아서 아이들이 함께 집에 오기 어려웠다. 연희와 춘례는 같은 학년에 있었지만 반이 갈린 후로 종례가 끝나는 시각이 달라서 같이 집에 돌아오지 못하는 날들이 많았다.

5월 어느 날이었다. 그해따라 철이 일러서 날씨가 더웠다. 연희가 학교에서 수업을 마친 뒤에 춘례와 함께 집으로 돌아가려고 그녀의 교실 앞으로 갔다. 무슨 일이 있어서인지 춘례의 반 종례가 빨리 끝나지 않았다. 연희가 밖에서 반시간 가량을 기다렸다. 하지만 춘례의 반 종례가 끝나지 않아 연희가 더는 기다릴 수 없어서 혼자 집으로 향했다.

연희가 서촌마을 앞을 지나서 신작로 위쪽으로 상수리나무숲이 우거진 곳에 이르렀다. 그녀는 매일 이 길을 걸어 다니지만 위쪽에 숲이 우거져 있어서 매번 무서운 느낌이 들고는 했다. 그녀가 길 위쪽으로 상수리나무숲이 우거진 곳을 빨리 벗어나려고 걸음을 재게 옮기었다. 그녀가 그 곳 중간쯤에 이르렀다. 동현이 길 위쪽의 상수리나무숲 뒤에서 불쑥 나타나서 그녀의 앞을 막았다. 그는 용암마을에 있는 중학교 3학년에 재학했다. 아마도 그가 그 때까지 숲 뒤에 숨어서 그녀가 나타나기를 기다렸던 것 같았다.

"이제 오니? 지금까지 여기서 네가 오기를 기다렸어."

그가 그녀를 보고 히죽이 웃으면서 말했다.

"여기서 왜 나를 기다려요? 무서워요."

그녀가 겁먹은 얼굴로 그를 보며 대꾸했다.

"너와 함께 집에 가려고."

"싫어요. 나 혼자 집에 갈 수 있어요."

"나는 너를 좋아해."

"나는 싫어요."

"겁먹을 필요 없어. 잠깐이면 돼."

그가 그녀의 손을 잡고 길 위쪽의 상수리나무숲 뒤로 이끌었다. 상수리나무들의 키는 높지 않았으나 가지에 붙은 넓은 잎들이 이리저리 우거져 있어서 두 사람의 모습이 길을 지나는 사람들의 눈에 뜨일 염려는 없었다.

그녀가 그에 이끌리어서 상수리나무숲 뒤로 올라갔다. 숲 뒤에 좁다란 잔디밭이 펼쳐져 있었다. 그가 숲으로 다가가서 잎들이 우거진 사이로 아래쪽을 봤다. 길에 지나가는 사람이 없는 듯했다. 그가 안심한 듯한 얼굴로 돌아와서 그녀를 잔디밭 위에 눕히고 그녀의 옷들을 벗기었다. 그녀는 그의 폭력에 저항했지만 그의 힘을 당해내지 못했다.

얼마 후에 그가 욕심을 채우고 일어섰다.

"네 어머니나 아버지에게 이 일을 알리면 안 돼."

그가 무서운 얼굴로 그녀에게 말했다.

"……."

그녀는 겁에 질리어서 아무 소리도 하지 못했다.

연희는 동현으로부터 비행을 당한 후로 그 같은 일을 또 겪지 않으려고 수업이 끝난 뒤에 혼자 집으로 돌아오는 걸 되도록 피했다. 그녀는 그녀의 반 종례가 일찍 끝날 적에는 춘례가 속한 학급의 종례가 끝날 때까지 기다려서 같이 돌아왔고 그 반대일 경우에는 그녀에게 기다리도록 해서 함께 집으로 왔다.

이반성에는 고등학교가 없었다. 동현이 중학교를 졸업하고 마산으로 가서 거기서 하숙을 하며 어느 고등학교에 다니었다. 연희는 그가 마산으로 간 후로 이전처럼 그의 얼굴을 볼 때가 많지 않아서 조금은 더 안심됐다.

이반성중학교는 남녀공학이었다. 연희가 초등학교를 졸업하고 이반성중학교에 들어갔다. 그러나 춘례는 가정 형편이 어려워서 중학교에 진학하지 못하고 가사를 도왔다.

연희가 중학교를 졸업하고 진주의 한 여자고등학교에 진학했다. 그녀는 하숙비가 비싼 까닭에 변두리 지역의 한 허름한 집의 방 한 칸을

월세로 얻어서 혼자 자취를 하며 학교에 다니었다. 진주에서 이반성까지의 거리는 멀지 않지만 그녀는 비용을 절약하기 위하여 한 달에 한두 번 토요일이나 공휴일을 택하여 그녀의 집에 가서 쌀과 반찬 등을 가져다가 먹었다.

연희가 고등학교 2학년에 올라갔다. 마산에서 고등학교를 졸업한 후에 부산으로 가서 거기서 하숙을 하며 어느 대학교에 다니던 동현이 그녀의 자취방을 찾아왔다.

"여기 주소는 어떻게 알았어요?"

그녀는 그가 뜬금없이 그녀의 자취방을 찾아온 것이 반갑지 않았다. 그녀가 내면의 감정을 감추지 않고 퉁명스럽게 물었다.

"며칠 전에 새밭골마을에 가서 춘례를 만났어. 그때 춘례가 네 자취방 주소를 알려주었어."

"그랬군요."

연희는 얼마 전에 그녀의 자취방에 다녀갔었던 친구의 얼굴을 머릿속에서 그리며 이렇게 말했다.

"그런데 여기는 뭐 하러 왔어요?"

"군에 입대하려고 대학교에 휴학계를 제출했어. 입대하기 전에 네 얼굴이라도 한 번 보려고 왔어."

"언제 입대해요?"

"오는 5월 초에. 3년쯤 후에나 제대하게 될 거야."

그가 대꾸했다.

연희는 동현이 빨리 돌아가기를 바랐다. 그러나 그가 얼른 돌아가지 않고 그녀의 방에서 미적대었다. 아마도 그가 그녀와 하룻밤 같이 지내고 싶은 모양이었다. 그녀는 여주인에게 그가 그녀의 사촌오빠라고 말했기 때문에 큰 의심은 사지 않을 수 있었다. 그렇지만 연희는 그가 그녀와 같이 밤을 보낼 경우 또 그녀에게 어떤 짓을 저지를지 몰라서 허락할 수 없었다.

"어서 돌아가요."

"꼭 돌아가야 돼?"

그가 불만 어린 얼굴로 그녀를 보며 물었다.

"그래요."

그녀는 그가 더는 다른 생각을 품지 못하도록 엄정한 표정을 얼굴에 올리고 말했다.

"알았어."

그가 왜 그녀가 그리 나오는지 아는 듯 내키지 않은 태도로 일어나서 방에서 나갔다.

동현은 군에 입대하기 전에 연희의 자취방을 한 번 다녀간 후로는 다시 오지 않았다. 그는 또한 그 뒤로 그녀에게 아무 소식도 안 전했다. 그녀는 지난번에 그가 왔을 때 그녀가 그를 매정히 대했기 때문에 그가 그런 게 아닌가 생각했다. 하지만 그녀는 그녀의 추측이 맞는지 여부는 알 수 없었다.

연희가 고등학교를 졸업했다. 그녀는 부산이나 대구의 유명 대학교에 응시원서를 제출할 수도 있었다. 그렇지만 그녀는 대도시에 가서 공부할 경우 주거비가 많이 들고 그녀의 집에서 거리가 멀어 자주 다니기 어려운 점을 고려하여 진주에 있는 한 대학교에 진학했다.

연희는 진주에서 고등학교를 졸업하고 그 고장에 있는 대학교에 다녔다. 그렇기 때문에 그녀가 재학하는 대학교의 동급생들과 선배들 중에는 그녀가 고등학교에 다닐 때에 알았었던 얼굴들이 많아서 그녀는 이곳이 객지처럼 느껴지지 않았다.

연희가 학부 과정을 마쳤다. 그녀가 한 친지의 도움을 얻어서 지금 재직하고 있는 금강산업에 취업했다. 그녀는 부모의 재정적 지원을 받아서 문정동에 있는 한 원룸주택을 전세내어서 자취를 하며 직장에 다녔다.

연희가 회사에 출근해서 오전 이른 시간부터 지난주의 상품 매출 내역을 거래처별로 분류하여 장부에 기록하는 일을 했다. 몇몇 거래처의 상품 구매량은 이전에 비하여 소폭 감소세를 보였다. 그렇지만 나머지 다수 업체의 상품 구매량은 여전히 증가세를 유지했다.

오전 11시 경에 집배원이 와서 우편물 한 묶음을 연희의 책상 위에 놓고 갔다. 그녀가 하던 일을 멈추고 그 우편물들을 봤다. 대부분이 거래처에서 보낸 것들이었다. 그녀는 그 우편물의 봉투를 뜯고 안에서 내용물을 꺼내어 분야별로 분류해야 했다. 그러나 그건 급한 일이 아니었다. 그녀는 그건 나중에 할 양으로 그 우편물들을 한쪽으로 밀어 놓고 아까 했었던 일을 다시 붙잡았다.

책상 위 한 구석에 놓인 전화기의 벨이 울리었다. 연희가 일을 하다 말고 수화기를 들었다.

"여보세요."

"김동현입니다."

그가 전화를 받은 사람의 음성을 듣고 이번에는 그녀의 목소리임을 바로 안 듯 그의 이름을 대었다.

"왜 또 전화하셨어요?"

그녀가 퉁명스럽게 말했다.

"내 전화가 반갑지 않은 모양이군요. 너무 혼내지 마십시오. 연희 씨에게 할말이 있어서 전화했습니다."

그가 아마도 그녀가 그리 나올 걸로 예상한 듯했다. 그가 느물거리는 어조로 대꾸했다.

"할말이 뭐예요?"

"전화로는 말하기 곤란합니다. 직접 만나서 말하는 게 좋을 것 같습니다."

"그래요?"

그녀는 그가 느물느물 말하는 걸로 미루어 그가 그녀를 만나서 이야기하려는 내용이 별로 긴한 사항은 아닐 것 같은 느낌이 들었다. 그렇지만 그녀는 그를 한 번쯤은 만나서 그가 그 사이에 얼마나 달라졌는지 그녀의 눈으로 직접 확인하는 것도 과히 나쁘지 않을 것같이 여겨져 그의 제의를 딱 자르지 않았다.

"오늘이 토요일이니까 오후 1시에 근무가 끝나겠지요? 오후 2시 반에 종로4가에 있는 수기다방으로 나오실 수 있겠어요? 수기다방은 종로4가 버스정류장 근처에 있습니다. 내가 거기서 기다리겠습니다."

"네, 알겠어요."

그녀가 전화를 끊었다.

호준이 하던 일을 마무리하고 벽에 걸린 시계를 봤다. 시침과 분침이 오후 1시 가까운 시각을 가리키었다. 토요일의 근무 시간은 오후 1시까지였다. 그는 여느 토요일에는 근무 시간이 끝난 뒤에 한동안 더 남아서 일을 하고는 했다. 하지만 오늘은 그가 특별히 더 남아서 해야 할 일이 없어서 일찍 퇴근해서 오후 나머지 시간에 오랜만에 영화나 한 편 구경할까 생각했다. 사실 그는 부산에서 직장 생활을 하던 시절에는 토요일 오후에 시간이 나면 가끔 극장에 가서 영화를 구경하고는 했었다. 그렇지만 그는 서울로 올라온 뒤로는 이상스레 마음의 여유가 나지 않아서 그 동안 극장에 한 번도 가지 못했다.

오후 1시가 넘었다. 그가 10분 가량 더 앉아 있다가 책상 위를 정리하고 의자에서 일어섰다. 그가 옷걸이가 있는 곳으로 가서 양복 상의를 내리어 위에 걸치고 사무실에서 나가 엘리베이터가 있는 곳으로 가서 하행 버튼을 눌렀다. 아래에 서 있던 엘리베이터가 위로 올라왔다. 그가 그걸 타고 일층으로 내려가서 정문 초소를 지나서 광화문 네거리로 향했다. 반공일이어서 근무 시간이 일찍 끝나는 까닭에 인도에 행인들이 많았다. 그가 광화문 네거리 지하도를 지나서 종로1가 버스정류장으로 가서 섰다. 이내 동대문 방향으로 가는 버스가 왔다. 그가 그 버스에 올라 빈자리를 찾아서 뒤로 가서 앉았다.

그가 탄 버스가 종로1가 버스정류장을 떠난 지 10여 분 후에 종로4가에 이르렀다. 그가 버스에서 내려 서쪽 방향으로 조금 가서 횡단보도를 건너 두 개봉관이 마주서 있는 폭이 좁은 도로로 들어섰다. 단성사에서는 방화를 상영하고 있었고 피카딜리극장에서는 외화를 돌리었다.

그가 단성사 앞으로 가서 극장 전면에 붙은 그림 광고를 봤다. 그는 그 그림만으로는 전체 내용을 짐작할 수 없었으나 영화가 퍽 재미있을 것같이 생각됐다. 그는 외화를 즐겨 보는 편이었지만 극장 전면에 붙은 그 그림 광고를 보고 내용이 재미있을 것같이 생각되어 오늘은 방화를 구경하기로 마음먹고 매표구로 가서 입장권을 샀다.

그가 그 입장권을 들고 극장 출입문 앞으로 가서 검표원에게 보이고 안으로 들어갔다. 그의 좌석은 일층 관람실로 지정되어 있었다. 그가 관람실 문을 열고 안으로 들어갔다. 본영화가 상영 중에 있었다. 주위가 어두워서 그가 그의 지정석이 어디쯤에 있는지 알기 어려워 잠시 그 자리에 서 있었다. 근처에 있던 여자 안내원이 그에게 다가와서 플래시로 그의 입장권을 비추어 보고 가운뎃줄 중간쯤에 있는 그의 지정석으로 안내했다. 그가 바로 그의 지정석으로 가서 앉아 상영 중에 있는 영화를 관람했다.

연희가 동현과 만나기로 약속한 시간에 맞추어 종로4가에 있는 수기다방에 갔다. 그가 거기에 먼저 와서 그녀를 기다리고 있었다. 그녀가 그가 있는 곳으로 가서 탁자를 사이에 두고 그와 마주앉았다.
"오랜만입니다. 지금도 옛날처럼 여전히 예쁘군요."
"나에게 할말이 있다고 하셨잖아요. 그것부터 빨리 말씀하세요."
그녀가 이렇게 말하고 그를 봤다. 그녀는 진주에서 자취를 하며 고등학교에 다닐 때 그가 군 입대를 앞두고 그녀의 자취방에 왔을 적에 그를 보고 오늘 처음 대했다. 그가 그 사이에 앳된 티를 벗고 혈기 왕성한 청년으로 변해 있었다. 그가 군 복무를 마치고 대학교에 복학해서 졸업한 뒤에 직장 생활을 하며 정신적으로 그리고 육체적으로 그만큼 단련되었기 때문인 듯했다.

"너무 다그치지 마십시오. 솔직히 말해서 연희 씨에게 긴히 할말이 있어서 만나자고 한 건 아니었습니다. 연희 씨가 보고 싶어서 만나려고 그같은 핑계를 대었을 뿐입니다."

"역시 내 짐작이 틀리지 않았군요."

그녀가 대꾸했다.

여자 종업원이 두 사람이 주문한 커피를 쟁반에 담아 들고 와서 탁자 위에 놓고 갔다.

"토요일 오후와 일요일에는 어떻게 시간을 보내십니까?"

동현이 커피 잔을 들고 물었다.

"대개는 집에서 책을 보거나 휴식을 취해요."

"원룸주택을 세얻어서 자취를 하신다고 들었는데, 맞습니까?"

"네."

"내가 연희 씨의 방을 한 번 구경할 수 있는 행운을 기대해도 되겠습니까?"

"안 돼요."

그녀가 단호한 어조로 잘랐다.

"왜 안 됩니까?"

"지금까지 우리 가족 외에는 어느 누구에게도 내 방을 보여 준 적이 없어요."

"그렇군요."

그가 다소 실망한 듯한 어조로 대꾸했다.

두 사람이 커피를 다 마셨다.

"오후 나머지 시간에 연희 씨와 같이 영화나 한 편 보고 싶습니다.

설마 그것까지 거절하지는 않으시겠지요?"

"네. 그렇게 해요."

그녀는 그 사이에 그가 얼마나 달라졌는지 자신의 눈으로 확인하고 싶어서 오늘 그를 만났다. 그녀는 그를 만나기 전에 마음속으로 정했었던 목적을 달성한 셈이어서 더 이상 그와 함께 시간을 보내야 할 이유는 없었다. 그렇지만 그녀는 그의 영화 구경 제의까지 거절하는 건 너무 박절한 처사인 것같이 생각돼서 응낙했다. 그녀는 진주에서 대학교에 다닐 때에는 친구들과 함께 가끔 극장에 가서 영화를 구경하고는 했었지만 서울에 올라와서 직장 생활을 하기 시작한 후로는 마음의 여유가 없어서 그동안 별로 극장에 가지 못했다.

"고맙습니다. 특별히 보고 싶은 영화는 있습니까?"

"없습니다."

"알겠습니다. 마침 이 근처에 두 개봉관이 있는데 그곳에 가서 영화 한 편을 골라 보도록 하지요."

"그래요."

그녀가 응낙했다.

동현과 연희가 다방에서 나왔다. 그들이 서쪽 방향으로 조금 걸어가서 두 개봉관이 마주서 있는 폭이 좁은 도로로 들어섰다. 단성사에서는 방화를 상영하고 있었고, 그 맞은편에 있는 극장에서는 외화를 돌렸다.

"방화를 보시겠습니까, 아니면 외화를 구경하시겠습니까?"

그가 물었다.

"그림 광고를 보니 방화가 재미있을 것 같아요."

"알겠습니다."

그가 바로 매표구로 가서 입장권 두 매를 샀다.

두 사람이 극장 출입문 앞에 서 있는 검표원에게 입장권을 보이고 안으로 들어가서 일층 로비 벽면에 부착된 영화상영시간표를 봤다. 다음 회가 30분쯤 후에 시작되는 걸로 나와 있었다. 그녀가 그걸 보고 둘이 밖에서 조금 기다렸다가 다음 회가 시작될 때 관람실 안으로 들어가서 영화를 처음부터 보는 게 좋지 않겠느냐고 말했다.

그는 그녀의 그 같은 의견 제시에 굳이 반대할 이유가 없었다. 그들이 다음 회가 시작될 때까지 관람실 밖에서 시간을 보낼 양으로 1층 로비 한 구석에 있는 장의자로 가서 나란히 앉아 이런저런 이야기들을 나누었다.

영화 상영이 끝나고 천장에 점점이 박힌 전등에 불이 들어왔다. 본영화를 처음부터 다 본 관객들이 일어나서 관람실을 나갔다. 호준은 본영화 상영중에 들어온 까닭에 처음부터 다 보지 못했다. 그가 그대로 앉아서 영화가 새로 시작되기를 기다리며 고개를 좌우로 돌려 관람실 안으로 들어오는 관객들을 봤다. 혼자 오는 관객은 드물었다. 대부분이 쌍쌍이었다. 그는 그걸 보고 자신만이 혼자 앉아 있는 것 같은 느낌이 들어서 더 이상 보고 싶지 않아 두 눈을 감았다.

휴게 시간이 꽤 길었다. 호준이 지루한 느낌이 들어서 두 눈을 뜨고 주위를 둘러봤다. 앞앞줄 오른쪽 끝에 젊은 남녀가 나란히 앉아 있는 모습이 그의 눈에 들어왔다. 그가 자신도 알지 못하는 사이에 부러운 눈길로 그들을 봤다. 통로 쪽에 앉은 여인의 뒷모습이 어쩐지 그의 눈에 익어 보였다. 그가 그녀를 어디서 봤을까 기억을 더듬으며 그녀의 뒷모습을 유심히 살폈다. 그가 작년 여름 휴가 기간에 준석의 초청을 받아 새밭골마을에 가서 그의 소개로 알게 됐고 얼마 전에 장호식당에서 다시 만났던 연희였다. 호준은 여기서 그녀를 보리라고는 예상하지 못했다. 그는 뜻하지 않게 여기서 그녀를 보고 반가워서 그녀에게 다가가 알은체라도 하고 싶었다. 하지만 그는 그녀와 함께 온 걸로 보이는 남자가 옆에 있어서 그리 할 수 없었다.

'두 사람은 어떤 사이일까? 연인 사이일까?'

호준은 그들이 토요일 오후에 영화를 구경하려고 극장에 함께 와서 나란히 앉아 있는 걸로 미루어 보통 사이는 넘을 걸로 헤아렸다. 그렇지만 그는 그것만을 보고 그들이 구체적으로 어떤 사이인지는 짐작하기 어려웠다.

천장의 불들이 꺼지고 영화 상영이 시작됐다. 호준은 시선을 영사막으로 향하고 있기는 하지만 연희와 그녀 옆에 앉아 있는 남자가 어떤 사이인지 궁금해서 거기에 신경을 쓰기 때문인지 극의 줄거리가 그의 뇌리에 들어오지 않았다.

호준이 연희가 혹시라도 이쪽으로 얼굴을 돌리지 않을까 기대하며 이따금 그녀가 앉아 있는 곳으로 시선을 보내었다. 하지만 그녀는 얼굴을 앞으로 향한 채 꼼짝하지 않고 앉아 있었다.

시간이 흘러 호준이 1층 관람실 안으로 들어올 때 봤었던 장면들이 영사막에 다시 비치었다. 그는 그 뒤는 볼 필요가 없다고 여겨 조용히 자리에서 일어나서 관람실을 나갔다.

영화 상영이 다 끝나고 천장에 점점이 박힌 전구에 불이 켜졌다. 연희가 조심스럽게 얼굴을 옆으로 돌려 뒤를 봤다. 호준이 앉아 있었었던 좌석이 비어 있었다. 그가 그 사이에 자리에서 일어나 관람실을 나간 듯했다. 그녀는 동현과 일층 로비에 놓인 장의자에 나란히 앉아서 이런저런 이야기를 나누며 시간을 보내다가 영화 관람을 마친 관객들이 1층 관람실에서 쏟아져 나오는 걸 보고 일어나서 그를 따라 안으로 들어왔다.

관람실 안에는 본영화를 다 보지 못한 관객들이 드문드문 앉아서 다음 회가 시작되기를 기다리고 있었다. 두 사람의 좌석은 가운뎃줄 중간쯤의 오른쪽 끝으로 지정되어 있었다. 그녀가 그를 따라 지정석으로 걸어가며 가운뎃줄에 앉아 있는 사람들을 봤다. 중간쯤에 앉아 있는 한 남자의 뒷모습이 어쩐지 그녀의 눈에 익어 보여 그녀가 그를 자세히 봤다. 그녀가 작년 여름 휴가를 얻어서 새밭골마을에 내려가 있을 때 육촌 오라버니의 소개로 알게 됐고 얼마 전에 장호식당에서 재차 만났던 호준이었다. 그녀는 여기서 호준을 보리라고는 예상하지 못했다. 그녀는 그에게 알은체라도 하고 싶었지만 동현과 함께 영화를 보러 온 상황에서는 그리할 수 없었다. 그녀는 호준과 시선이 마주쳐서는 안 되겠다고 여겨 고개를 숙이고 지정석으로 걸어가며 곁눈으로 그를 봤다. 그가 두 눈을 감고 어떤 감회에 젖은 모습으로 가만히 앉아 있었다. 그녀는 그걸 다행으로 여기며 지정된 좌석으로 가서 앉아 행여 그와 시선이 마주치지 않도록 하려고 얼굴을 영사막으로 향한 채 꼼짝하지 않고 앞만을 바라봤다.

"이제 나갈까요?"

동현이 그녀의 의견을 물었다.

"네. 그렇게 해요."

그녀가 동의했다.

연희와 동현이 극장에서 나왔다.

"저녁을 들을 시간인데 이 근처에서 같이 식사나 하도록 하지요."

"그래요."

그녀가 대꾸했다.

동현이 주위를 둘러봤다. 단성사에서 북쪽 방향으로 조금 떨어진 곳에 괜찮아 보이는 한 식당이 있었다. 그가 연희와 함께 그 식당 앞으로 가서 문을 열고 안으로 들어갔다. 홀에 손님들이 많았다.

"어서 오십시오."

출입문 가까이에서 일하던 남자 종업원이 다가와서 두 사람을 맞았다.

"빈 방 있습니까?"

동현이 그에게 물었다.

"네. 따라오십시오."

남자 종업원이 이렇게 대꾸하고 홀 안쪽에 있는 어느 방 앞으로 가서 문을 열고 그들에게 안으로 들어가라는 손짓을 했다. 동현과 그녀가 안으로 들어가서 식탁을 사이에 두고 마주앉았다.

"뭘 준비할까요?"

남자 종업원이 물었다.

"소고기 등심 2인분하고 맥주 한 병만 가져오세요."

동현이 식탁 위에 놓인 식단표를 보며 말했다.

"알겠습니다."

종업원이 와이셔츠 주머니에서 메모지를 꺼내어 거기에 주문 내용을 적어서 들고 밖으로 나가서 문을 닫았다.

"서울에서 혼자 지내며 외롭지 않으세요?"

동현이 물었다.

"처음에는 다소 외로웠지만 지금은 괜찮아요."

"객지 생활에 이제 익숙해지신 모양이군요."

"그런 것 같아요."

그녀가 얼굴에 미소를 올리고 대꾸했다.

남자 종업원이 아까 동현이 주문한 음식을 수레에 싣고 안으로 들어왔다. 그가 음식 접시들을 들어서 식탁 위에 벌이어 놓고 가스 버너에 불을 붙이었다. 밑에서 파란 불꽃이 일어 위의 철판을 달구었다. 그가 철판이 충분히 달구어지기를 기다려서 그 위에 소고기 등심을 얹었다. 소고기가 철판 위에서 익어 가며 주위에 많은 기름 방울을 튀기었다.

"즐겁게 드세요."

종업원이 소고기를 적당한 크기로 잘라 놓은 후에 빈 수레를 밀고 밖으로 나가며 말했다.

동현이 두 개의 글라스에 맥주를 따랐다. 하얀 맥주 거품이 글라스 위로 넘치었다.

"한 잔 드십시오."

그가 글라스를 들어서 입으로 가져가며 말했다.

"……"

연희가 그를 따라 글라스를 집었다.

"다방에서 연희 씨의 방을 한 번 구경할 수 있는 행운이 오기를 기대해도 되겠느냐고 물었을 때 안 된다고 하셨는데, 지금도 그 마음에는 변함이 없습니까?"

"네. 안 돼요."

그녀가 이번에도 엄정한 표정을 얼굴에 올리고 대꾸했다.

"그렇군요. 하지만 나는 앞으로 포기하지 않을 겁니다."

그가 얼굴에서 웃음을 잃지 않고 말했다.

두 사람이 식사를 끝내었다. 그들이 식당에서 나왔다. 마침 빈 택시 한 대가 단성사 쪽에서 천천히 이쪽으로 오고 있었다. 동현이 그 택시를 향해 손을 들었다. 운전사가 택시를 도로가로 천천히 접근시켜서 그들 앞에 세웠다.

"타십시오."

그가 차의 뒷문을 열고 연희를 보며 말했다.

"오늘 고마웠습니다."

그녀가 이렇게 말하고 차 안으로 들어가서 앉았다.

"안녕히 가십시오."

그가 밖에서 차의 문을 닫으며 말했다.

운전사가 고개를 뒤로 돌려 연희를 보며 뭐라고 말했다. 아마도 그가 그녀에게 어디로 갈 것인지 묻는 것 같았다. 그녀가 그에게 무슨 말인가를 했다. 그가 고개를 끄덕이고 나서 차를 서서히 전진시켰다.

호준이 일요일을 쉬고 월요일에 일터에 출근해서 사무실에서 일을 하며 지난 토요일 오후에 있었던 일들을 머릿속에서 되작이었다. 토요일의 근무 시간은 오후 1시까지였다. 그는 그 날 근무를 끝내고 단성사에 영화를 구경하러 가서 휴게 시간에 우연히 연희와 어떤 젊은 남자가 앞앞줄 오른쪽 끝에 나란히 앉아 있던 걸 목격했다.

　호준은 거기서 그녀를 보리라고는 예상하지 못했다. 그는 작년 여름 휴가 기간에 준석의 초대를 받아 새밭골마을에 가서 그의 소개로 그녀를 안 후로 그녀의 미모에 마음이 끌리어서 가끔 그녀의 모습을 머릿속에 떠올리고 그녀를 생각하고는 하던 차에 얼마 전 뜻하지 않게 장호식당에서 그녀를 다시 만나게 됐다. 물론 그 만남은 전적으로 준석의 배려로 이루어진 것이었다. 그렇기는 했지만 호준은 그때 그녀가 일하는 회사의 이름을 알게 돼서 그후로 언제든지 마음만 먹으면 전화번호부에서 그 업체의 전화번호를 찾아 그녀에게 전화를 걸어서 커피라도 함께 나누고 싶다는 의사를 표시하는 것이 가능했다.

　그러나 사람의 욕심은 끝이 없어서 그는 그녀와의 교제가 좋은 결실을 맺기 위해서는 그가 그녀에게 먼저 전화하는 것보다는 그 반대가 돼야 할 것같이 생각돼서 그 동안 은근히 그녀로부터 어떤 연락이 오기만을 기다리는 상태에 있었다. 그렇지만 그녀는 그에게 아무 소식도 안 전했다. 그 상황에서 그는 뜻하지 않게 거기서 그녀를 보고 반가운 나머지 그녀에게 다가가서 알은체라도 하고 싶었지만 그녀와 함께 온 것으로 짐작되는 남자가 옆에 있어서 그리 할 경우 그녀에게 결례가 되지 않을까 염려하여 그 같은 생각을 억눌렀다. 거기에다 그 즈음에 천장의 불들이 꺼지고 영화가 새로 시작돼서 호준은 더 이상 아무 행동도 할 수 없어서 그대로 앉아서 시간을 보내다가 그가 처음 관람실에 들어올 때 봤었던 장면들이 영사막에 다시 비치는 걸 보고 극장에서 나왔다.

　호준이 일을 계속하며 그 때 뒤에서 봤었던 연희와 그녀 옆에 앉아 있었던 남자의 모습을 다시금 머릿속에 떠올렸다.

'두 사람은 과연 어떤 사이일까?'

호준은 두 사람이 토요일 오후에 함께 영화를 구경하려고 극장에 와서 나란히 앉아 있었던 걸로 미루어 그들의 사이가 보통은 넘을 걸로 헤아렸다. 하지만 그는 그것만으로는 그들이 어떤 사이인지 짐작하기 어려웠다.

'그때 다소 결례가 되더라도 그녀에게 다가가서 알은체라도 했으면 두 사람이 어떤 사이인지 조금은 눈치챌 수 있었을지도 모르는데……'

그는 당시 그리 하지 않았던 것이 후회되기도 했다.

'그렇지만 그건 이미 지난 일이야. 지나간 일은 후회해도 소용없어.'

그는 입속말로 이렇게 뇌며 그녀와 그의 인연이 그걸로 끝이 아니라면 언젠가는 그녀를 다시 볼 날이 있지 않을까 생각했다.

제8장

조우遭遇

근무 시간은 끝났지만 호준이 다음날 오전 일찍 위에 결재를 올려야 할 문건이 있어서 오늘 안으로 그 초안을 만들어 놓고 퇴근하려고 남아서 일을 했다. 사무실에는 그 외에도 몇 사람이 더 남아서 일하고 있었다.

얼마 후에 호준이 오늘 안으로 해 놓으려고 마음먹었었던 일을 마무리하고 벽에 걸린 시계를 봤다. 저녁 일곱 시 십 분이 조금 지나 있었다. 그가 일을 마무리한 데서 오는 홀가분한 느낌 속에서 퇴근하려고 의자에서 일어나 옷걸이가 있는 곳으로 가서 상의를 내리어 위에 걸쳤다. 그 사이에 다른 직원들은 다 퇴근하고 사무실에는 그 혼자 있었다. 그가 사무실에서 나가 엘리베이터가 있는 곳으로 가서 하행 버튼을 눌렀다. 아래에 서 있던 엘리베이터가 위로 올라와서 문이 열리었다. 그가 그걸 타고 일층으로 내려가서 건물 밖으로 나가 정문 초소를 지나서 종로1가로 향했다. 직장인들의 퇴근 시간대여서 인도에 행인들이 많았다.

호준이 10여 분 가량 걸어서 종로1가버스정류장에 이르렀다. 정류장에 버스를 타려고 기다리는 사람들이 많았다. 그가 그들 속에 섞여서 수색 방향으로 가는 버스가 오기를 기다렸다. 하지만 그가 기다리는 버스는 빨리 오지 않았다.

"안녕하세요. 여기서 뵙네요."

여인의 음성이 옆에서 들리었다. 그가 깜짝 놀라서 소리가 난 쪽으로 고개를 돌렸다. 뜻밖에도 연희가 옆에 서 있었다.

"안녕하세요. 이곳에 어떻게 오셨습니까? 이곳에 볼일이라도 있습니까?"

그가 그녀를 보고 반가워서 말했다.

"네. 근무를 끝낸 후에 친구를 만나려고 지하철을 타고 이곳에 왔어요. 그런데 약속 시간이 20분이 지나도록 친구가 나타나지 않고 연락도 없어서 돌아가려고 버스를 타러 여기에 왔어요. 친구가 아마 갑자기 일이 생겨서 못 나오는가 봐요."

"그렇게 됐군요. 바쁘지 않으면 같이 차라도 한 잔 나누고 싶습니다만……'

"그렇게 해요."

그녀가 응낙했다.

호준이 주위를 둘러봤다. 버스정류장에서 멀지 않은 거리에 있는 한 4층 건물의 2층에 다방이 있었다. 그가 연희와 함께 그 건물 앞으로 갔다. 1층 맨 왼편에 위치한 가게 옆에 계단이 있었다. 그들이 그 계단을 걸어서 2층으로 올라가 다방 문을 열고 안으로 들어섰다. 손님들이 많았다. 두 사람이 빈자리를 찾아서 한 구석으로 가서 탁자를 사이에 두고 마주앉았다.

"회사 사무실은 어디에 있습니까?"

"강남역 근처에 있어요."

"역이 가까이 있어서 지하철을 이용할 때 많이 걷지 않아도 되겠군요."

"네."

그녀가 웃으면서 대꾸했다.

젊은 여자 종업원이 음료 주문을 받으러 왔다. 두 사람이 똑같이 커피를 주문했다.

"지금 서울에서 어떻게 지내세요? 하숙을 하시는가요?"

연희가 물었다.

"네. 은평구 응암동 사거리 근처에서 하숙을 하고 있습니다."

"독방을 쓰세요, 아니면 두 사람이 한 방을 사용하세요?"

"독방을 사용하고 있습니다."

"그렇군요. 괜찮다면 호준 씨의 하숙방을 한 번 구경하고 싶어요. 가능할까요?"

"네. 어렵지 않습니다. 마침 내일이 반공일이어서 일 부담이 적으니까 오늘 나와 함께 가서 내 하숙방을 구경해 보시겠어요?"

"네. 영광으로 여기겠습니다."

그녀가 대꾸했다.

여종업원이 커피를 가져왔다.

"여기서 커피를 마시고 나가서 버스를 타면 여덟 시 반쯤에나 하숙집에 이를 걸로 생각됩니다. 그런데 주인 아주머니가 조금 까다로워요.

내가 늦게 오면 주인 아주머니가 안 좋아해요. 하숙집을 옮길까도 생각해 봤지만 짐들을 운반하는 것이 번거로워서 그냥 지내고 있습니다. 그런 형편에 두 사람이 그 시각에 하숙집에 닿으면 눈칫밥을 얻어먹을 게 뻔해요. 그래서 내 생각에는 하숙집 근처의 식당에서 둘이 식사를 하고 들어가는 게 좋을 것 같습니다. 그래도 되겠습니까?"

그가 커피잔을 들고 그녀의 의견을 물었다.

"네. 그게 나을 것 같네요."

그녀가 응낙했다.

두 사람이 커피를 다 마셨다. 그들이 다방에서 나와 계단을 걸어서 아래로 내려갔다. 정류장에 버스를 타려고 기다리는 사람들이 아까보다 적었다. 호준이 연희와 나란히 서서 수색 방향으로 가는 버스가 오기를 기다렸다. 오 분 가량이 지나서 그들이 기다리던 버스가 왔다. 그들이 그 버스에 올라 빈자리를 찾아 뒤쪽으로 가서 나란히 앉았다.

버스가 종로1가 정류장을 떠나서 정해진 노선을 반 시간 가량 달리어 응암동 사거리에 이르렀다. 두 사람이 버스에서 내려 횡단보도를 건너서 음식점들이 늘어서 있는 골목으로 들어섰다.

골목 초입에서 멀지 않은 거리에 괜찮아 보이는 음식점이 있었다. 두 사람이 그 음식점 문을 열고 안으로 들어갔다. 손님 몇이 안에서 식사를 하고 있었다. 두 사람이 마루 위로 올라가 한 구석으로 가서 식탁을 사이에 두고 마주앉았다.

"뭘 드시겠어요?"

여종업원이 엽차 두 잔을 들고 와서 두 사람 앞에 놓으며 물었다.

"소고기 등심 2인분하고 소주 한 병만 가져오세요."

호준이 말했다.

"알겠습니다."

여종업원이 주문 내용을 메모지에 적어 들고 계산대로 갔다.

손님들이 적기 때문인지 음식점 안이 조용했다. 시내 중심가의 음식점들 중에는 이 시각에도 손님들이 많은 식당들이 적지 않았다. 그렇지만 이 식당은 변두리 지역에 있기 때문인지 이 시각에 벌써 손님들의 발길이 끊어지는 듯했다.

여종업원이 호준이 주문한 음식을 쟁반에 담아 들고 와서 식탁 한 구석에 놓고 가스 버너에 불을 붙이었다. 밑에서 파란 불꽃이 일어 위의 철판을 달구었다. 그녀가 쟁반에서 음식 접시들을 들어내어 가스 버너 주위에 벌이어 놓고 철판이 달구어지기를 기다려서 그 위에 소고기 등심을 얹었다. 소고기가 지글지글 소리를 내며 철판 위에서 익어 갔다. 그녀가 고기를 가위로 잘게 잘라 두 사람이 바로 먹을 수 있도록 해 놓은 뒤에 쟁반을 거두어 들고 주방으로 돌아갔다.

호준이 병을 들어서 두 개의 잔에 소주를 따랐다.

"연희 씨는 서울에서 현재 어떻게 생활하고 계세요?" 그가 잔을 들고 물었다.

"송파구 문정동에 한 원룸 주택을 전세 얻어서 살고 있어요."

그녀가 그를 따라 잔을 집으며 대꾸했다.

"자취를 하시는가요?"

"네."

"그렇군요. 고향에는 자주 내려가시는 편입니까?"

"그렇지 못해요. 명절 때나 여름철 휴가 기간을 택해서 1년에 두어 번 정도 고향에 내려가 부모님을 뵙고는 해요."

"그렇다면 주로 서울에서 지내신다고 할 수 있겠네요. 여가 시간은 어떻게 보내십니까?"

"집에서 주로 책을 봐요."

"좋은 취미를 가지고 계시는군요."

그는 그녀에게 '친구와 함께 가끔 극장에 영화를 보러 가기도 합니까?'하고 묻고 싶었다. 그렇지만 그는 그리 물을 경우 그녀가 지난번에 어떤 젊은 남자와 같이 단성사에 영화를 보러 갔던 걸 그가 목격하고 우회적인 방법을 써서 그녀에게 거기에 대하여 캐묻는 게 아닌가 그녀가 오해할지 모른다고 여기어 이렇게 말했다.

연희가 손에 들고 있던 잔을 비웠다. 호준은 장호식당에서 그녀를 다시 만났을 때 그녀가 소주를 마시지 않는 걸 보고 그녀가 술을 안 드는 게 아닌가 생각했다. 하지만 그는 그녀가 방금 잔을 비우는 걸 보고 그녀가 술을 안 드는 건 아니라는 걸 알았다.

두 사람이 음식을 들며 이야기를 주고받던 사이에 소주 한 병이 다 비워졌다. 그가 여자 종업원을 불러서 소주 한 병을 더 가져오게 해서 마개를 열고 두 개의 잔에 술을 따랐다.

"아까 댁에서 여가 시간에 주로 책을 읽으신다고 하셨는데, 어떤 책을 많이 보십니까?"

"소설책을 많이 봐요."

"그래요? 나와 마찬가지이군요."

그가 그녀 역시 소설책을 즐겨 읽는다는 걸 알고 내심 기뻐서 이렇게 말했다.

호준과 연희가 식사를 끝내고 음식점에서 나왔다. 그의 하숙집은 이 음식점에서 멀지 않은 거리에 있었다. 그와 그녀가 어깨를 나란히 하고 골목길을 걸었다. 그의 하숙집은 그 골목길이 끝나는 곳 즈음에 있었다. 그가 대문 오른쪽 기둥에 부착된 초인종을 눌렀다. 주인 아주머니가 초인종 소리를 듣고 방에서 나와 대문을 열어 주었다.

"저녁은 먹고 왔습니다."

그가 그녀와 함께 대문 안으로 들어서며 말했다.

"그래요?"

주인 아주머니가 그의 말을 듣고 그제야 얼굴을 펴며 몸을 돌려 안으로 향했다.

호준의 하숙방은 사간집 왼쪽 끝에 있었다. 그가 연희와 함께 그의 방 앞으로 가서 미닫이문을 열었다. 그가 아침에 이불을 개어놓지 않고 출근했었다. 이불이 아침 그대로의 모양으로 방바닥에 깔려 있었다. 그가 안으로 들어가서 불을 켠 후에 이불을 한 구석으로 밀어 놓고 그녀를 봤다. 그녀가 방안으로 들어오지 않고 밖에서 멈칫거리고 서 있었다.

"들어오세요. 방은 누추합니다만."

"……"

그녀가 밖에서 잠시 더 머뭇머뭇하다가 아무 말도 안 하고 방안으로 들어왔다.

그가 미닫이문을 닫은 후에 양복 상의를 벗어서 옷걸이에 걸고 앉았다. 하지만 그녀는 아직도 머뭇거리는 모습으로 문 앞에 서 있었다.

"앉으십시오."

그가 그녀를 보며 말했다.

"……."

그녀가 그의 말을 듣고 스커트 자락 아래를 손으로 여미며 그와 약간의 거리를 두고 방바닥에 몸의 일부를 붙이었다.

"어려워하지 마십시오. 불안해하실 필요 없습니다."

"……."

그녀가 어떤 대답 대신에 얼굴에 미소를 올리었다.

두 사람이 한동안 말없이 가만히 앉아 있었다. 그들이 말없이 앉아 있기 때문인지 분위기가 다소 어색했다. 호준이 관심을 다른 데로 돌려서 어색한 분위기를 가벼운 공기로 바꾸어 보려고 리모트 컨트롤 집어서 텔레비전을 켰다. 텔레비전에서 매주 두 차례씩 방영되는 연속극이 흘러나왔다. 연희가 물끄러미 허공으로 향하고 있던 시선을 돌려서 그 연속극을 시청했다. 그는 연속극을 별로 좋아하지 않지만 그녀와 행동을 같이하는 게 좋을 것같이 여겨져 시선을 텔레비전에 고정시키었다.

호준은 텔레비전에 시선을 향하고 있기는 하지만 연속극에 별로 흥미를 못 느끼는 까닭에 극의 내용이 뇌리에 들어오지 않았다. 그가 시선을 옆으로 돌려서 연희를 봤다. 그녀가 전부터 그 연속극을 시청해 온 듯했다. 그녀가 그 연속극을 재미난 듯 시청했다.

'오늘 밤 연희 씨가 내 하숙방에 와서 나와 함께 시간을 보내고 있는 건 뭘 말할까? 그건 그녀가 전부터 나에게 조금은 마음을 두고 있었다는 걸 말하지 않을까? 물론 이건 추측에 불과하지만, 만일 그것이 사실이라면 그녀가 나를 조금이라도 마음에 둔 사유는 뭘까? 내 외모에 마음이 끌리어서였을까? 설마 그렇지야 않겠지. 비록 내가 지금까지 다른 사람들로부터 못생겼다는 말은 안 들었지만 그것이 그녀가 나를 마음에 품은 사유는 아닐 거야. 그러면 그녀가 나를 마음에 품은 참 사유는 과연 뭘까? 내가 세인들이 흔히 철밥통이라고 일컫는 공무원이기 때문일까? 그것도 한 가지 사유는 될지 모르지만 그 때문만은 아닐 거야.'

그는 그녀가 그를 마음에 품은 사유가 뭘까 생각해 봤지만 그 답을 얼른 뇌리에 떠올리지 못했다.

연희가 텔레비전에 시선을 고정시키고 연속극을 시청하던 사이에 마음의 평온을 되찾은 듯했다. 그녀가 입가에 엷은 미소를 머금고 연속극을 시청했다.

'연희 씨가 나를 마음에 품은 사유가 무엇인지는 모르지만 이 마당에 그걸 아는 게 중요한 건 아니야. 이 상황에서 그보다 더 중요한 건 그녀가 밤에 내 하숙방에 와서 지금 나와 함께 시간을 보내고 있다는 거야.'

그가 머릿속에서 이렇게 뇌며 용기를 내어서 오른팔을 뻗어 그녀의 손목을 잡았다. 그녀가 마치 그가 그리 해주기를 마음속으로 기다리고 있었다는 듯이 그에게 살며시 몸을 기대었다. 그가 거기에 다시 용기를 얻어서 그녀의 손목을 잡은 손을 놓고 두 팔을 벌려 그녀를 안았다. 그녀가 두 눈을 감고 그의 가슴에 얼굴을 묻었다. 그가 그녀의 반응에 고무되어 그녀를 이불 위에 눕히고 그녀의 몸 위에 그의 체중을 실었다.

호준이 잠에서 깨었다. 날이 새어서 미닫이문에 발린 창호지가 희붐히 물들어 있었다. 그가 팔을 뻗어서 연희가 누웠었던 자리를 손으로 더듬었다. 그의 손끝에 허전한 감촉만이 들어왔다. 그녀는 오늘 회사에 출근해서 일을 해야 하기 때문에 어젯밤 늦게 그녀의 거처로 돌아갔다.

그가 옆으로 뻗었던 팔을 아래로 내리고 어두움이 채 가시지 않은 천장을 바라보며 어젯밤에 그와 그녀 사이에 있었었던 일을 뇌리에 떠올렸다. 그는 그녀와의 사이가 그처럼 빨리 가까워질 거라고는 미처 예상하지 못했다.

'어쩌면 그녀는 나를 처음 봤을 때부터 마음에 두었는지 몰라. 그렇지 않았다면 그녀와 나 사이가 그리 빨리 가까워지지 않았을 거야.'

그가 입속말로 이렇게 뇌며 그녀의 얼굴을 머릿속에서 그리었다. 그녀는 그가 오랜 기간 마음속으로 희구했었던 형의 여성이었다. 그는 그녀가 원한다면 그녀와 곧 결혼할 수도 있었다. 그렇지만 그는 그녀와의 사이가 갑자기 가까워진 것에 의존하여 그녀와 곧 결혼할 수 있게 될 거라고 기대하기는 어려웠다.

사실 호준은 이전에 연희와 결혼에 대해서 이야기를 나눌 만큼 그녀와의 사이가 가깝지 않아서 그녀와 혼인하는 문제에 관해서 거의 생각해 보지 않았다. 그 상황에서 그는 그녀와의 사이가 갑자기 가까워진 것에 의존해서 그녀에게 바로 혼인 이야기를 꺼낼 수는 없었다. 그와 그녀의 사이가 가까워지기는 했지만 그것이 그녀에게는 전부가 아닐 수도 있기 때문이었다. 그런 점 외에도 그가 그녀와 혼인하기 위해서는 그녀의 부모를 찾아뵙고 그들의 동의를 얻어야 했으나 여태 그들의 얼굴도 보지 못했다. 다음으로 그는 경상도 사람들 다수가 안 좋아하는 호남 출신이었다. 그는 그녀의 부모가 호남 출신에 대하여 안 좋은 편견을 품고 있는지는 알지 못하지만 만일 그렇다면 그는 먼저 그들의 그 같은 고정관념부터 누그러뜨려야 했다. 그는 전에 부산에서 직장 생활을 할 때 친구의 소개로 알게 된 전순혜가 그녀의 사촌오빠가 호남 출신과는 사귀지 말라고 했지만 그녀의 생각은 그와 다르다고 하면서도 그와 교제를 나누는 걸 원하지 않는 듯한 말을 해서 그녀를 중도에 단념했던 걸 지금도 생생히 기억하고 있었다.

다행히 연희는 아직 그를 싫어하는 듯한 내색을 겉에 드러내지는 않았다. 그렇지만 그는 과거에 그 같은 사례가 있었음에 비추어 그녀는 그와 혼인하고 싶어해도 그녀의 부모가 딸의 의사에 동의해줄지 여부는 알 수 없었다. 넷째로 이건 그리 긴한 사항은 아니지만, 그는 그녀의 얼굴 일부가 그의 아버지의 용모와 닮은 구석이 있는 것이 우연의 일치인지 혹은 거기에 어떤 필연적인 사유가 있는 것인지 알아보는 것도 두 사람의 미래를 위해서 나쁘지 않을 걸로 생각했다.

끝으로 그는 전에 단성사에 영화를 보러 가서 휴게 시간에 앞앞줄에 그녀가 어떤 젊은 남자와 나란히 앉아 있던 걸 목격하고 둘이 어떤 사이인지 궁금하게 여기었었다. 호준은 그와 그녀의 사이가 가까워진 마당에 그건 중요한 사안은 아니지만 그녀가 그 때 극장에 함께 왔던 젊은 남자와 어떤 관계에 있는지 알아보는 것도 그녀를 이해하는 데 조금은 도움이 될 걸로 헤아렸다.

호준이 사무실에서 일을 했다. 책상 위에 놓인 전화기의 벨이 울려 그가 일을 하다 말고 팔을 뻗어 수화기를 들었다.

"문화과입니다."

"연희예요."

"반갑습니다. 회사에서 전화하시는 건가요?"

"네. 오늘 저녁에 호준 씨를 만나서 같이 차나 한 잔 마시고 싶어서 전화했어요. 가능하겠어요?"

"네. 그렇게 하지요. 어디서 만날까요?"

"지난번에 우리가 커피를 마셨던 종로1가 버스정류장 근처에 있는 다방에서 저녁 7시 반에 만나는 게 어떻겠어요?"

"알겠습니다. 그런데 나는 그 다방이 가까이 있어서 좋기는 합니다만 연희 씨가 강남에서 여기까지 오시려면 시간이 많이 걸릴 텐데……. 내가 그곳으로 가는 게 낫지 않을까요?"

"아니에요. 괜찮아요."

그녀가 전화를 끊었다.

근무 시간이 끝났다. 호준은 특별히 더 남아서 해야 할 일은 없었으나 연희와 만나기로 약속한 시간에 맞추어 퇴근할 양으로 당장 하지 않아도 될 일을 했다.

그가 시간을 보내기 위하여 붙잡은 일을 마무리하고 벽에 걸린 시계를 봤다. 오후 7시가 조금 지나 있었다. 그가 그녀를 만나러 가기 위해서는 이제 퇴근해야 했다. 그가 책상 위를 정리하고 의자에서 일어나 옷걸이가 있는 곳으로 가서 상의를 내리어 위에 걸치었다. 사무실에는 그 외에 아무도 없었다. 그가 바로 사무실에서 나가 엘리베이터가 있는 곳으로 가서 하행 버튼을 눌렀다. 아래에 서 있던 엘리베이터가 위로 올라와서 문이 열리었다. 그가 그걸 타고 아래로 내려가서 건물 밖으로 나가 정문 초소를 지나서 종로1가로 향했다. 인도에 행인들이 많았다. 그가 10여 분 가량 걸어서 종로1가에 이르렀다. 그가 그녀와 만나기로 약속한 버스정류장 근처에 있는 4층 건물의 2층에 위치한 다방 문을 열고 안으로 들어갔다. 오늘도 지난번처럼 손님들이 많았다. 그가 입구에 서서 안을 둘러봤다. 그녀의 모습이 안 보였다. 그녀가 아직 오지 않은 듯했다. 그가 빈자리를 찾아 한 구석으로 가서 앉아 그녀가 오기를 기다렸다.

5분 가량이 지났다. 연희가 다방 문을 열고 안으로 들어섰다. 호준이 손을 들어서 그가 있는 곳을 그녀에게 알리었다. 그녀가 그가 있는 곳으로 와서 맞은편에 앉았다.

"온 지 오래됐어요?"

"아니에요. 나도 조금 전에 왔어요."

그가 대꾸했다.

여자 종업원이 음료 주문을 받으러 왔다. 호준과 연희가 똑같이 커피를 주문했다. 여자 종업원이 주문 받은 내용을 메모지에 적어서 들고 계산대로 향했다.

시간이 조금 지나서 다른 여자 종업원이 커피 두 잔을 쟁반에 담아 들고 와서 탁자 위에 놓고 갔다.

"호준 씨의 고향이 전라남도 나주군 다시라고 했지요?"

연희가 커피를 조금 마시고 잔을 내려놓으며 물었다.

"네."

"호준 씨의 고향을 한 번 구경하고 싶어요. 가능할까요?"

"그렇지 않아도 나 역시 연희 씨와 함께 우리 고향 삼봉마을에 가서 어머니를 뵙고 싶었습니다. 내가 곧 그 일정을 잡아 보겠습니다."

호준이 커피 잔을 들고 대꾸했다.

"기대하고 있겠어요."

그녀가 이렇게 말하고 다시 잔을 들어서 입에 대고 커피를 입안으로 조금씩 흘리었다.

두 사람이 커피를 다 마셨다.

"저녁을 들을 시간인데 이 근처 어디에 가서 식사를 하는 게 어떻겠어요?"

그가 그녀의 의향을 물었다.

"그래요."

그녀가 응낙했다.

두 사람이 다방에서 나왔다. 그들이 버스정류장을 지나서 교보빌딩 뒤편 길로 들어섰다. 길 오른편에 음식점들이 연이어 있었다. 호준이 길 초입에 서서 음식점들의 간판들을 훑었다. 거기서 멀지 않은 거리에 괜찮아 보이는 한정식당이 있었다. 그와 연희가 그 한정식당으로 가서 문을 열고 안으로 들어갔다. 홀에 손님들이 많았다. 두 사람이 빈 자리를 찾아 한 구석으로 가서 식탁을 사이에 두고 마주앉았다. 남자 종업원이 음식 주문을 받으러 왔다. 그와 그녀가 똑같이 설렁탕을 주문했다.

두 사람이 식사를 마쳤다. 그들이 식당에서 나와 조용히 대화를 나눌 수 있는 장소를 찾아 광화문 네거리 지하도를 지나서 북쪽 방향으로 걸었다. 세종문화회관 앞에서 정부종합청사 앞쪽으로 이어진 인도 중간쯤 되는 곳의 왼편에 거리공원이 있었다. 옛날 광화문전화국 건물이 있었었던 자리에 조성된 공원이었다.

그들이 인도에서 벗어나 그 거리공원 안으로 들어갔다. 공원 안에는 군데군데에 작은 숲이 조성되어 있고 몇 곳에 목제 장의자가 설치되어 있었다. 시에서는 또한 밤에 이 공간을 찾는 시민들의 안전에도 신경을 써서 여러 곳에 보안등을 설치해 놓았다. 작은 숲들이 있고 여러 곳에 보안등이 설치되어 있는 이 공간은 밤에 여기를 찾는 시민들에게 좋은 휴식 시설이 될 수 있는 조건들을 갖추고 있었다.

두 사람이 입구 근처에 있는 목제 장의자로 가서 나란히 앉았다. 뒤쪽에 인도가 있지만 장의자 뒤에 작은 숲이 있어서 그들의 모습이 행인들의 눈에 뜨일 염려는 없었다.

호준이 밤바람이 서늘하게 느껴져 고개를 돌려 연희를 봤다. 그녀 역시 밤바람이 차게 느껴지는 듯 가슴을 움츠리고 있었다. 그가 그걸 보고 팔을 옆으로 뻗어서 그녀를 안았다. 그녀가 마치 그가 그리 해주기를 기다리었다는 듯이 그에게 몸을 기대고 그의 가슴에 얼굴을 묻었다.

호준이 그의 가슴에 얼굴을 묻고 있는 연희를 내려다봤다. 그녀의 옆얼굴이 위에서 비스듬히 내리비치는 보안등 불빛 아래에서 이전 여느 때보다 더 예쁘게 보였다.

"연희 씨는 내 어떤 점이 좋아요?"

그가 물었다.

"호준 씨를 보면 왠지 아늑한 느낌이 들어요. 마치 우리 아버지를 대하는 것 같아요."

그녀가 고개를 돌려 그를 보며 말했다.

"그래요? 정말 기분 좋은 말입니다."

"호준 씨는 정말로 나를 좋아해요?"

"네. 연희 씨는 내가 지금까지 마음속으로 그리워했던 이상형의 여인입니다."

"고마워요."

"연희 씨는 아름다운 여인이에요. 연희 씨는 자신이 미인이라고 생각하지 않으세요?"

"다른 사람들로부터 못생겼다는 말은 안 들었어요. 그렇지만 나는 여자의 미모가 행복으로 직결되는 충분조건은 아니라고 생각해요."

그녀가 언뜻 알아듣기 어려운 말을 했다.

"그런가요?"

"……"

"나도 연희 씨한테 한 가지 묻고 싶은 점이 있습니다. 영남인들은 대체로 전라도 사람들은 믿을 수 없고 뒤끝이 안 좋다는 이유 등으로 싫어한다는 이야기를 들었어요. 연희 씨는 내가 호남 출신인 걸 알면서도 나를 좋아하는 까닭이 뭔지 내가 알 수 있을까요?"

"나는 호준 씨를 처음 본 순간부터 왠지 마음이 끌리는 것 같았어요. 그 위에 나는 호준 씨가 사람이 좋다는 말을 그간 준석 오빠로부터 여러 번 들었어요. 내가 호준 씨를 안 지는 오래되지 않았지만 내가 그 동안 겪은 바로도 호준 씨는 사람이 나쁘지 않은 것 같아요. 나는 영남인들이라고 모두 좋고, 호남인들이라고 다 나쁜 건 아니라고 생각해요. 다른 사람들이 호남인들에 대하여 뭐라고 하든 나는 상관하지 않아요. 사람이 좋고 나쁜 건 각자 행동하기에 달려 있다고 생각해요."

"연희 씨가 그렇게 생각해주니 고맙기 그지없습니다."

그가 그녀를 안은 팔에 힘을 가하며 말했다.

시간이 지남에 따라 호준이 밤 공기가 더 서늘하게 느껴졌다. 이 거리공원은 비교적 안전한 곳이기는 하지만 그는 이런 데에서도 밤늦게까지 젊은 여자와 함께 앉아 있는 건 위험하다는 생각이 들었다.

"그만 일어날까요?"

"네. 그렇게 해요."

연희가 그의 손을 잡고 일어섰다.

두 사람이 거리공원에서 나와 광화문 네거리를 향해 걸었다. 밤이 제법 깊었지만 인도에 행인들이 많았다. 그녀가 그와 나란히 걸음을 옮기며 그녀의 몸을 그에게 밀착시키었다. 그가 거기에 응하여 왼팔을 뻗어서 그녀의 허리를 안았다. 이따금 행인들이 곁을 지나며 그들에게 부러운 눈길을 보내었다.

호준이 사무실에서 일을 했다. 그는 지난번에 연희를 만났을 때 그녀가 그의 고향 마을을 구경하고 싶다고 해서 그녀와 함께 다시에 내려가서 그녀에게 삼봉마을을 구경하도록 해 주겠다고 약속했다. 물론 그가 그녀와 함께 다시에 내려가서 그녀에게 삼봉마을을 구경하도록 해 주는 건 그가 그녀와의 약속을 지킨다는 데에 일차적 의미가 있었다. 그렇지만 그가 그녀에게 삼봉마을을 구경하게 해 주려고 그녀와 함께 거기에 가는 기회에 그가 그녀와 같이 그의 어머니를 뵙는 건 그가 지난번에 그녀와 맺은 약속을 지키는 것 이상의 의미가 있었다.

그의 어머니는 빨리 손자를 보고 싶은 욕심에서 얼마 전부터 그를 볼 때마다 그에게 빨리 결혼하라고 재촉했다. 그 형편에 그가 연희와 같이 거기에 갈 경우 그의 어머니는 필시 그가 그녀와 결혼하기 위하여 결혼 승낙을 받으러 오는 걸로 생각할 가능성이 없지 않았다. 하지만 그의 어머니가 마음속으로 기대했던 것과는 달리 둘이 같이 온 목적이 그가 그녀에게 삼봉마을을 구경하게 해 주는 것뿐이라는 걸 알면 그녀가 실망할 건 불을 보듯 뻔했다. 그렇기는 하나 그는 그 같은 이유로 연희와의 약속을 안 지킬 수는 없었다.

 호준이 연희와의 약속을 지키지 않아 그녀를 실망시켜서는 안 된다고 여겨 그녀와 함께 다시에 내려갈 날짜를 잡으려고 수첩을 꺼내어서 달력을 봤다. 10월 3일 토요일이 개천절이어서 공휴일이고 그 다음날이 일요일이었다. 그가 그 연휴 기간을 이용하여 그녀와 함께 다시에 내려가는 게 좋을 것같이 여겨져 그녀에게 전화를 걸어서 그 시기에 그녀가 다른 계획이 있지 않은지 물었다. 그녀가 그 시기에 별 일이 없다고 하며 그와 같이 다시에 가겠다고 약속했다.

 호준이 그날 근무를 끝내고 퇴근길에 열차표를 예매하기 위하여 서울역에 갔다. 대합실 벽면에 부착된 호남선 열차운행시간표에 오전 여덟 시 사십 분에 서울역을 출발해서 영산포역을 경유하여 목포에 가는 특급열차가 있었다. 그가 그 특급열차를 이용하여 연희와 함께 다시에 가는 게 좋겠다고 여기어 매표구로 가서 서울역에서 영산포역까지 왕복에 필요한 좌석권 이 매씩을 예매했다.

 10월 3일까지는 아직 4일이 남아 있었다. 사람이 뭔가를 기다리면 시간이 더디 가는 것처럼 느껴지는지도 몰랐다. 그는 그 기간이 마치 한 달은 되는 것처럼 길게 느껴졌다.

 10월 3일은 토요일이지만 공휴일이어서 호준은 그 날 연희와 함께 다시에 내려가기 위하여 휴가를 얻지 않아도 됐다. 그가 금요일 직장에서 근무를 끝내고 하숙집에 돌아와서 여주인에게 주말에 시골에 다녀올 거라고 말하고 이튿날 아침을 조금 일찍 차려 달라고 부탁했다.

다음날 아침 호준이 잠에서 깨어 눈을 떴다. 아침 6시가 조금 지나 있었다. 그가 바로 몸을 일으켜서 밖으로 나가 수도가에서 얼굴을 씻고 방으로 돌아와서 여행을 떠날 준비를 했다.

하숙집 여주인이 전날 밤 호준이 부탁했었던 바를 잊지 않고 아침을 일찍 차려주었다. 그가 식사를 끝내고 하숙집에서 나가 응암동 사거리로 가서 서울역으로 향하는 버스를 탔다. 아침 이른 시간이어서 버스 안에 승객들은 많지 않았다. 그가 탄 버스가 응암동 사거리를 떠난 지 사십여 분 후에 서울역 근처의 정류장에 닿았다. 그가 버스에서 내려 지하도를 지나서 서울역 대합실 안으로 들어갔다. 연희가 먼저 와서 그를 기다리고 있었다.

개표구 문이 열리고 역무원이 개표를 시작했다. 호준과 연희가 역무원의 개표를 받고 안으로 들어가서 계단을 걸어 내려가 1번 승강장에서 대기하고 있던 목포행 특급열차에 올랐다. 토요일과 일요일이 연휴로 이어져 있기 때문이지 열차 안에 승객들이 많았다. 두 사람이 지정된 좌석을 찾아서 나란히 앉았다.

열차가 서울역을 출발했다. 좌석권을 구하지 못해서 통로에 서 있는 승객들이 자리에 앉아 있는 사람들을 가끔 부러운 눈길로 바라봤다. 그는 그걸 보고 며칠 전 서울역에 와서 좌석권을 예매하기를 잘했다고 생각했다.

열차가 수원을 지나서 평야 지대를 달리었다. 호준은 전에 아름다운 여인과 함께 열차를 타고 먼 거리를 여행하는 남자를 보면 가끔 마음속으로 부러움을 느끼고는 했었다. 연희는 사람들이 길거리에서 흔히 보기 어려운 아름다운 여인이었다. 그는 이전에 마음속으로 동경했었던 꿈을 오늘 비로소 이룬 셈이었지만 그것이 아직 현실처럼 느껴지지 않았다. 그는 그녀와 함께 여행하는 것이 아직도 꿈속에서의 일처럼 느껴졌다. 그렇지만 그는 그것이 꿈속의 일이라고 해도 그 꿈에서 깨어나고 싶지 않아서 그녀의 손을 꼭 쥐고 놓지 않았다. 그건 그녀의 경우에도 마찬가지인 듯했다. 그녀 역시 그와 잠시도 떨어지기 싫은 듯 그녀의 몸을 그에게 밀착시킨 채 꼼짝하지 않았다.

열차가 12시가 조금 지난 시각에 익산역 구내로 들어가서 섰다. 그 열차가 영산포역에 닿는 시각은 오후 두 시 반으로 예정돼 있었다. 그 열차에는 식당차가 연결되어 있었다. 그는 영산포역에서 내려서 점심을 들을 경우 너무 늦을 것같이 생각돼서 그녀와 같이 그 식당차로 가서 경양식으로 끼니를 해결했다.

열차가 예정된 시각보다 조금 늦게 영산포역에 닿았다. 그들이 열차에서 내려 역사 밖으로 나갔다. 역전 광장 한편에 택시들이 줄지어 서서 손님을 기다리고 있었다. 제일 앞에 서 있는 택시는 뒤에 있는 차들보다 이곳에 조금이라도 먼저 도착했기 때문에 손님을 태우는 데 그만큼 우선권이 있는 걸로 알려져 있었다. 그들이 운전기사들 사이에서 지켜지는 불문율을 존중하여 맨 앞에 서 있는 차로 가서 뒷문을 열고 안으로 들어가 앉았다.

"어디로 모실까요?"

남자 운전사가 물었다.

"다시 삼봉마을로 가 주세요."

호준이 대꾸했다.

운전사가 택시를 움직이어 역사 뒤편에 있는 다리를 지나서 목포 방향으로 뻗은 준고속도로로 들어섰다. 추수철이 다가오고 있었다. 도로 좌우에 있는 논의 벼 이삭들이 패어서 가을 햇살 속에서 샛노랗게 익어 가고 있었다.

운전사가 한동안 택시를 몰아 준고속도로를 벗어나서 폭이 좁은 도로로 들어섰다. 운전사가 그 도로를 지나서 들 가운데에 나 있는 신작로를 달리어서 얼마 후에 삼봉마을 어귀에 차를 세웠다. 호준과 연희가 차에서 내렸다. 그는 오늘 그녀와 함께 고향에 내려간다는 걸 그의 어머니에게 편지로 미리 알렸었다. 그와 그녀가 고샅길을 걸어서 그의 집 대문 안으로 들어섰다. 연례가 집에서 그들을 기다리고 있었다.

"이제 오는구나."

연례가 마루 끝에 걸터앉아 있다가 토방으로 내려서며 그들을 반갑게 맞았다.

"안녕하세요."

연희가 허리를 굽히어 그녀에게 인사했다.

"큰애기가 참 참하게 생겼네."

연례가 그녀에게 다가가 손을 잡으며 말했다.

"예쁘게 봐주셔서 고맙습니다."

연희가 약간 부끄러워하는 기색을 얼굴에 올리고 대꾸했다.

세 사람이 부엌 옆에 붙은 큰방으로 들어갔다. 연례는 아랫목에 앉고 호준과 연희는 윗목에 각각 몸의 일부를 붙이었다.

"큰애기 고향이 어디인가?"

연례가 물었다.

"경상남도 진양군 이반성면입니다."

"이반성이 어디에 붙었는지 모르지만, 큰애기의 말이 우리 아들 아버지의 말씨와 비슷하네."

"어머, 호준 씨 아버님이 경상도 분이셨어요?"

연희는 그의 아버지 역시 전라도 사람일 걸로 생각했던 모양이었다. 그녀가 그의 아버지가 경상도 사람이었다는 걸 알고 놀란 듯 되물었다.

"응. 나는 전라도 여자지만 그 양반은 경상도 사람이었어."

"그런데 경상도 분이 왜 여기에 와서 사셨을까요? 어떤 사람이 두 분 사이에서 중매를 서셨어요?"

"아니, 그렇지도 않았어. 나도 애 아버지가 왜 이곳까지 오게 됐는지는 몰라. 나는 친정 아버님의 뜻에 따라 그 양반과 결혼해서 살았어."

연례는 그녀의 남편이 왜 이곳에 오게 됐는지에 대해서는 관심이 없다는 듯 무감각한 어조로 대꾸했다.

세 사람이 방에서 나왔다. 연희는 연례의 뜻에 따라 가운뎃방에서 묵을 예정이었다. 호준과 연희가 연례를 뒤따라 가운뎃방으로 들어갔다. 방안이 깨끗이 소제되어 있었다. 연례가 아들이 여자 친구와 함께 온다는 편지를 받고 순자에게 그 방을 미리 소제해 놓도록 이른 듯했다.

호준이 연희가 여장을 푸는 걸 보고 가운뎃방에서 나와 서쪽 끝에 있는 방으로 갔다. 그가 고향 집에 올 때마다 쓰는 방이었다. 그가 양복 상의를 벗어서 옷걸이에 걸고 잠시 휴식을 취할 양으로 방바닥에 누웠다. 방바닥이 따뜻했다. 순자가 바닥이 차지 않도록 방에 불을 피워놓은 것 같았다.

연희와 연례가 가운뎃방에서 나온 듯했다. 그들이 마루에서 주고받는 말소리가 호준의 귀에 들려왔다. 그러나 그들의 음성이 낮아서 그들이 주고받는 말들이 그의 귀에 똑똑히 들리지는 않았다.

시간이 잠시 지났다. 연례와 연희가 나누던 대화가 그치고, 발자국 소리가 났다. 누군가가 밖으로 나가는 듯했다. 호준이 무슨 일인지 궁금해서 방에서 나갔다. 연희의 모습은 안 보이고 연례 혼자 마루 끝에 걸터앉아 있었다.

"큰애기가 마을을 한 번 둘러보겠다고 하면서 방금 밖으로 나갔다."

연례가 그를 보며 말했다.

"그랬군요. 곧 돌아오겠지요."

그가 이렇게 대꾸하고 그의 어머니 곁으로 가서 마루 끝에 나란히 걸터앉았다.

"호준아."

"네, 어머니."

"나는 그 큰애기가 마음에 든다. 너도 그 큰애기를 좋아하니까 여기에 함께 왔겠지. 나는 너희가 서로 좋아한다면 둘이 결혼하는 걸 반대하지 않겠다."

"그 처자가 어머니의 마음에 든다니 다행이네요. 그렇지만 앞으로 어떻게 될지 아직 모르겠어요. 그 처자의 부모님도 여태 못 뵈었어요."

"그렇구나. 알겠다."

연례가 그의 말을 듣고 조금은 실망하는 듯한 빛을 얼굴에 올리었다.

연례와 호준이 마루 끝에 걸터앉아서 한동안 이런저런 이야기들을 나누었다. 얼마 전에 마을을 구경하려고 집 밖으로 나갔었던 연희가 돌아왔다.

"구경 잘 했어요?"

호준이 물었다.

"네. 마을 주변이 참 아름다워요. 앞에 있는 강이 영산강인가요?"

"네."

"그 강이 옛날 유행가 노랫말에 종종 나왔던 영산강이군요. 나는 전에 그 노래들을 듣고 마음속으로 영산강을 동경했어요."

연희가 이렇게 말하고 연례 옆으로 가서 앉았다.

"그렇다면 영산강이 보이는 이 마을에서 살고 싶은 마음은 없어요?"

그가 얼굴에 웃음을 올리고 그녀를 보며 말했다.

"네. 그리 하고 싶은 마음도 없지 않아요."

그녀가 웃으면서 대꾸했다.

가을철이어서 낮의 길이가 짧았다. 순자가 큰방에 저녁상을 차리었다. 연례, 호준 그리고 연희 셋이 함께 저녁을 들었다. 반찬은 농촌 사람들이 이 시기에 흔히 먹는 깍두기와 무생채 등이었다.

세 사람이 식사를 끝내고 그대로 앉아서 이런저런 이야기들을 나누었다. 연례가 마음이 즐거운 듯 이야기를 많이 했다. 그와 연희는 주로 듣는 편에 속했다. 그들은 그렇게 시간을 보내다가 밤 열 시가 넘은 시각에 각자의 공간으로 가서 잠자리에 들었다.

다음날 아침 호준이 잠에서 깨었다. 부엌 쪽에서 간간이 그릇들이 부딪힐 때 나는 소리가 그의 귀에 들려왔다. 순자가 일찍 일어나서 아침을 준비하는 듯했다. 그러나 그의 어머니와 연희가 자는 두 방에서는 아무 소리도 들려오지 않았다. 그들이 아직 일어나지 않은 것 같았다.

호준이 러닝셔츠 바람으로 수건을 들고 방에서 나가 우물가로 가서 찬물로 얼굴을 씻었다. 기분이 상쾌했다. 그가 수건으로 얼굴을 닦은 후에 방으로 돌아와서 거울을 봤다. 머리가 에부수수했다. 그가 거울을 보며 빗으로 머리 모양을 손질하고 나서 위에 와이셔츠를 걸치고 앉아서 그의 어머니와 연희가 일어나기를 기다렸다.

오전 7시가 조금 지난 시각에 순자가 호준이 있는 방 앞에 와서 큰방에 아침상을 차려 놓았다고 알렸다. 그가 그녀의 말을 듣고 큰방으로 갔다. 그의 어머니와 연희가 상을 앞에 놓고 그가 오기를 기다리고 있었다.

"오늘 서울로 올라갈 거냐?"

연례가 숟갈로 밥을 떠서 입으로 가져가며 그들이 하루쯤 더 머무르고 가기를 바라는 표정으로 그에게 물었다.

"네. 저희도 하루 더 묵고 싶지만 내일 직장에 출근해서 일해야 하기 때문에 오늘 올라가야 돼요."

"응당 그리 해야겠지. 하지만 조금은 아쉽구나."

그의 어머니가 대답했다.

세 사람이 식사를 마쳤다. 호준과 연희는 길을 떠날 준비를 하기 위해 각자의 공간으로 갔다. 연례는 큰방과 부엌 사이에 나 있는 문을 열고 순자에게 상을 내어 준 뒤에 방 밖으로 나갔다.

호준과 연희가 길을 떠날 준비를 마치고 각자의 공간에서 마루로 나왔다.

"영산포역으로 가서 기차를 탈 거냐?"

연례가 마당에 서서 그를 보며 물었다.

"네, 어머니."

그가 토방으로 내려서서 신발을 신으며 대꾸했다.

호준과 연희가 연례에게 작별 인사를 하고 대문께로 향했다. 연례가 그들을 뒤따랐다.

"어머니, 나오지 마세요."

그가 대문 앞에서 걸음을 멈추고 그녀에게 말했다.

"그래. 알겠다. 조심해서 가거라."

연례가 대문 앞에 서서 조금은 아쉬운 표정으로 그들을 보며 대답했다.

호준과 연희가 반시간 가량 걸어서 면사무소 소재지 마을에 이르렀다. 면사무소 앞에 빈 택시 한 대가 서 있었다. 영산포에서 손님을 태우고 다시에 온 택시인 듯했다. 다시역에서는 특급열차가 서지 않았다. 그들은 특급열차를 타기 위해서는 영산포역으로 가야 했다. 그들이 그 택시 뒷문을 열고 안으로 들어가 앉았다.

"어디로 모실까요?"

남자 운전사가 물었다.

"영산포역으로 가 주세요."

호준이 대꾸했다.

운전사가 빠른 속도로 택시를 몰아 10여 분 후에 영산포역 앞 광장에 차를 세웠다. 호준과 연희가 차에서 내려 역사 안으로 들어갔다. 서울행 특급열차가 도착할 때까지 그들은 반시간 가량을 기다려야 했다. 그는 다시에 내려오기 전에 서울역에서 귀경 열차표를 예매했었기 때문에 차표를 사지 않아도 됐다. 그와 그녀가 대합실 안에 비치된 장의

자로 가서 나란히 앉아 열차가 오기를 기다렸다.

서울행 특급열차가 정시에 도착하는 듯했다. 개표구 문이 열리고 역무원이 개표를 시작했다. 호준과 연희가 역무원의 개표를 받고 승강장으로 나갔다. 상행 특급열차가 역 안으로 들어와서 서고 곧 하행 완행열차가 도착했다. 그들이 상행 특급열차에 올라 지정된 좌석을 찾아서 나란히 앉았다.

열차가 출발했다. 연희는 이번 여행이 사뭇 즐거운 모양이었다. 그녀는 집에서 나와 영산포역까지 오는 동안에는 물론이고 열차 안에서도 얼굴에서 즐거운 표정을 내내 감추지 않았다. 하기야 그건 호준의 경우에도 마찬가지였다. 그는 그의 어머니로부터 '그녀가 마음에 든다.'는 말을 들은 것만으로도 이번 여행의 목적은 달성한 셈이었다. 그렇지만 그는 그것만으로 그녀와 결혼할 수 있는 조건들을 다 갖춘 건 아니었다. 그는 그녀의 부모도 여태 뵙지 못했다. 그가 그녀와 결혼하기 위해서는 그녀의 부모를 뵙고 암묵적으로라도 그들의 동의를 얻어야 했다.

국외공보원에서는 매주 월요일 오전 열 시에 사무관 이상이 참석하는 확대간부회의가 열리었다. 원장은 그 회의를 주재하며 각종 현안 문제들을 의제로 올려서 그 모임에 참석한 간부들의 견해를 들어서 그것들을 해결하는 데에 참고 의견으로 활용하기도 했다.

오전 11시가 조금 지난 시각에 확대간부회의에 참석했던 문화과장과 두 사무관이 사무실에 돌아왔다.

"황호준 씨."

뒤에서 김종인 사무관이 불렀다.

"네."

호준이 하던 일을 멈추고 일어나서 김 사무관에게 갔다.

"오늘 회의에서 원장님이 우리에게 한국의 전통문화를 해외에 알리기 위한 책자를 만들어서 재외 공관에 배포하라는 지시를 내리셨어요. 그에 필요한 예산은 이미 확보되어 있는 걸로 알고 있어요. 그 책자를 어떻게 만들 것인지 검토해서 보고서를 만들어 올리도록 해요."

"네. 알겠습니다."

호준이 대꾸하고 그의 자리로 돌아왔다.

호준이 아까 했었던 일을 잠시 뒤에 할 요량으로 한쪽으로 밀어 놓고 김종인 사무관이 방금 지시한 사항을 어떻게 이행할 것인지 생각해 봤다. 한국의 전통문화를 해외에 홍보하기 위하여 책자를 만드는 작업은 한 사람의 힘으로 이루어질 수 있는 일이 아니었다. 그 책자를 만들기 위해서는 그는 우선 한국의 전통문화 전문가들을 찾아서 그들에게 원고를 써 주도록 의뢰해야 하고 그렇게 해서 국문 원고가 완성되면 그걸 영역 전문인들에게 영어로 번역해 주도록 부탁해야 했다. 그는 그 국문 원고 집필과 그것의 영역英譯에 적잖은 시일이 걸릴 걸로 헤아렸다. 그것들 외에도 그는 그 책자에 들어갈 사진들을 구해야 했다. 그는 한국의 전통문화 홍보 책자를 제작하는 데에 적어도 1년 이상의 시일이 걸릴 걸로 예상했다.

호준이 김종인 사무관으로부터 한국의 전통문화를 해외에 홍보하기 위한 책자 제작 방안을 검토해서 보고서를 만들어 올리라는 지시를 받고 그 일을 수행하는 데 요구되는 사안들을 생각하고 있을 때 책상 한 구석에 놓인 전화기의 벨이 울렸다. 그가 보고서에 담을 내용을 생각하던 걸 잠시 멈추고 수화기를 들었다.

"문화과입니다."

"연희예요."

그녀가 전화를 받은 사람의 음성이 그의 목소리임을 알고 그녀의 이름을 대었다.

"반갑습니다. 그렇지 않아도 오늘쯤 연희 씨에게 전화할까 생각하고 있었습니다."

"오늘 저녁에 만나고 싶은데, 가능해요?"

"네. 물론입니다."

"오늘은 내가 일하는 곳 근처에서 만나고 싶어요. 근무를 끝낸 후에 이곳으로 올 수 있겠어요?"

"네. 그리 하겠습니다. 어디로 몇 시까지 갈까요?"

"저녁 7시 반에 2호선 강남역 일번 출구에서 만날까요?"

"네. 알겠습니다."

호준이 전화를 끊었다.

호준이 근무 시간이 끝나기 전에 붙잡은 일을 마무리하고 시계를 봤다. 오후 6시 반이 조금 지나 있었다. 그가 연희를 만나러 가기 위하여 책상 위를 정리하고 의자에서 일어나 옷걸이가 있는 곳으로 가서 상의를 내리어 위에 걸치었다. 사무실에는 아직도 몇 사람이 남아서 일을 했다. 그가 사무실에서 나가 엘리베이터가 있는 곳으로 가서 하행 버튼을 눌렀다. 일층에 서 있던 엘리베이터가 위로 올라와서 문이 열렸다. 그가 그걸 타고 1층으로 내려가서 건물 밖으로 나갔다.

가을이어서 낮의 길이가 짧아 주위가 어두웠다. 호준이 종로3가 지하철역으로 가서 남쪽 방향으로 향하는 전철에 올랐다. 퇴근시간대여서 객실 안에 승객들이 많았다. 그가 중간에 갈아탄 전철이 7시 반 조금 못 미친 시각에 강남역에 닿았다. 그가 전철에서 내려 1번 출구에 갔다. 연희가 먼저 와서 거기서 그를 기다리고 있었다.

"여기까지 오게 해서 미안해요."

"아닙니다. 내가 이곳으로 오는 게 당연하지 않습니까? 나는 연희 씨를 만나는 기대감으로 여기까지 오는 동안 내내 즐거웠습니다."

그가 웃으면서 대꾸했다.

두 사람이 계단을 걸어서 지상으로 올라갔다. 지하철역 출구에서 동쪽 방향으로 멀지 않은 거리에 커피 전문점이 있었다. 그들이 그 커피 전문점으로 가서 문을 열고 안으로 들어갔다. 안에서 몇 사람이 커피를 마시고 있었다.

연희와 호준이 한 구석으로 가서 탁자를 사이에 두고 마주앉았다. 남자 종업원이 음료 주문을 받으러 왔다. 두 사람이 똑같이 밀크 커피를 주문했다. 종업원이 주문 내용을 메모지에 적어 들고 계산대로 갔다.

"회사에서 요즈음 일이 많습니까?"

호준이 물었다.

"아니에요. 그렇지만 신경을 써서 해야 할 것들은 다소 있어요."

"신경을 써서 일하는 건 업무량이 많은 것만큼이나 사람을 피곤하게 만들어요."

"그런 것 같아요."

그녀가 대꾸했다.

아까 왔었던 남자 종업원이 두 사람이 주문한 밀크 커피를 가져와서 탁자 위에 놓고 갔다. 호준이 잔을 집어서 입에 대고 커피 맛을 봤다. 커피 맛이 아주 좋았다.

두 사람이 커피를 다 마셨다. 가게 안이 시끄러웠다. 손님들이 아까보다 더 늘었기 때문인 듯했다.

"자리를 옮길까요? 시끄러워서 이야기를 나누기 어렵습니다."

호준이 연희의 의견을 물었다.

"그렇게 해요."

그녀가 동의했다.

호준과 연희가 가게에서 나와 조용히 대화를 나눌 수 있는 곳을 찾아 서쪽 방향으로 걸었다.

"앞으로 혹시 언제쯤 고향에 내려갈 계획 같은 건 있습니까?"

그가 그녀와 나란히 걸음을 옮기며 물었다.

"아직은 없어요."

"그렇군요. 기회가 닿는다면 연희 씨의 고향 마을을 다시 한 번 구경하고 싶습니다."

그가 전부터 마음속에 품고 있었었던 바를 그녀에게 말했다.

"그렇지 않아도 나 역시 호준 씨와 함께 고향에 내려가서 우리 부모님을 뵈려고 생각하고 있었어요. 앞으로 이른 시일 안에 내가 그 일정을 잡아 보겠습니다."

"고맙습니다."

그가 대꾸했다.

인도 오른편 쪽으로 몇 걸음 앞에 생맥주집 간판이 세워져 있는 것이 호준의 눈에 들어왔다.

"저기에 들어가서 시원한 맥주나 한 잔 마실까요?"

"네. 그렇게 해요."

그녀가 응낙했다.

호준과 연희가 가게 안으로 들어갔다. 홀에서 몇 사람이 맥주를 마시고 있었다. 두 사람이 빈자리를 찾아 한 구석으로 가서 마주앉았다. 남자 종업원이 주문을 받으러 왔다. 호준이 그에게 생맥주 500cc 두 잔과 마른안주를 주문했다.

호준은 출입문 쪽을 향해 앉아 있었다. 가게 출입문이 열리고 젊은 사내 넷이 안으로 들어와 입구에 서서 빈자리를 찾으려는 듯 여기저기를 두리번거렸다. 그가 그들에게서 시선을 안 떼었다. 일행 중의 한 사내가 연희가 거기에 있는 걸 보고 얼굴에 놀란 표정을 올리었다. 호준이 이상한 느낌이 들어서 그 사내를 유심히 봤다. 그 사내의 얼굴이 어쩐지 호준의 눈에 익어 보였다.

'어디서 봤을까?' 호준이 머릿속에서 이렇게 뇌며 과거의 기억을 더듬었다. 하지만 그는 언제 그리고 어디서 그 사내를 봤었는지 얼른 기억을 떠올리지 못했다. 그가 아물거리는 기억을 더듬으며 그의 얼굴을 다시 봤다. '아하, 그렇구나. 전에 연희 씨와 함께 단성사에 영화를 보러 왔던 바로 그 사내야.' 호준이 그제야 기억을 떠올리고 그때 봤었던 사내의 옆얼굴을 뇌리에서 그리었다. 틀림없이 호준이 그때 봤었던 그 사내였다.

일행 중의 세 사람은 빈자리를 찾아 한 구석으로 가서 앉고 전에 연희와 함께 단성사에 영화를 보러 왔었던 사내가 이쪽으로 걸어왔다.

하지만 그녀는 출입문을 등지고 앉아 있어서 그때까지 그 사내를 보지 못했다.

"여기에 와 계시는군요."

그 사내가 그녀 곁에 이르러서 걸음을 멈추고 그녀를 보며 말했다.

"……."

그녀가 깜짝 놀라서 고개를 돌려 그 사내를 봤다. 그녀는 여기서 그를 만나리라고는 예상하지 못한 듯했다. 그녀가 얼굴이 붉어져서 아무 말도 안 하고 고개를 숙이었다.

"맞은편에 앉은 분은 남자 친구입니까?"

그 사내가 그녀에게 다시 말을 붙이었다. 호준은 그걸 보고 그 사내의 태도가 조금은 무례한 게 아닌가 하는 느낌이 들었다. 그렇지만 호준은 그 같은 느낌을 겉에 드러내지는 않았다.

"……."

그녀가 이번에도 대꾸를 안 했다.

"즐거운 시간 가지세요."

그가 그녀의 거듭된 무반응에 조금은 머쓱한 표정을 얼굴에 올리고 그의 일행이 있는 곳으로 갔다.

남자 종업원이 아까 호준이 주문한 생맥주 두 잔과 마른안주를 가져왔다.

"방금 곁에 왔던 분은 같은 회사 직원입니까?"

호준이 맥주 잔을 들고 연희에게 물었다.

"아니에요. 고향의 학교 선배예요."

그녀가 이 자리에서 그가 그녀에게 알은체를 했었던 까닭을 구체적으로 말하고 싶지 않은 듯 짧게 답했다.

호준은 그 사내가 조금 전 연희의 곁에 와서 그녀에게 알은체를 해도 그녀가 아무 반응을 보이지 않은 데에는 필시 어떤 까닭이 있을 걸로 헤아렸다. 호준은 얼마 전에 단성사에 영화를 보러 가서 휴게 시간에 두 사람이 앞앞줄 오른쪽 끝에 나란히 앉아 있던 걸 보고 그때에 이미 그들의 사이가 보통은 넘을 걸로 생각했다. '두 사람은 어떤 사이일까? 서로 사랑하는 사이일까?' 그는 그들이 어떤 관계에 있는지 알고 싶었지만 그 즈음에 천장의 불들이 꺼지고 영화가 새로 시작돼서 거기에 대하여 더 이상 알아볼 수 있는 길이 차단되어 본영화만을 다 구경하고 극장에서 나왔다. 그렇지만 그는 그후로도 그들이 어떤 관계에 있는지 알아보고 싶은 궁금증을 떨쳐버리지 못했다. 그런 상황에서 그는 여기서 뜻하지 않게 그 사내를 재차 만나게 됐다.

호준은 지금이 두 사람이 어떤 관계에 있는지 알아볼 수 있는 좋은 기회같이 생각되어 그녀에게 거기에 대하여 물어 보고 싶었다. 하지만 그녀가 이 자리에서는 거기에 대하여 말하고 싶지 않는 듯한 눈치를 보여서 그는 더는 캐묻지 않았다. '연희 씨가 말하지 않으면 내가 두 사람이 어떤 관계에 있는지 알기 어렵지. 그런데 그 사내가 아까 그녀에게 거듭 알은체를 해도 그녀가 아무 반응을 나타내지 않은 이유가 뭘까? 두 사람이 과거에는 가까운 관계에 있었지만 어떤 일로 지금은 소원해졌기 때문일까?' 호준은 앞에 놓인 잔을 들어서 맥주를 입안으로 흘리며 그 이유를 이렇게 추측해 보기도 했다.

연희가 여기서 뜻밖에도 그 사내를 만나게 돼서 기분이 밝지 않은듯 했다. 그녀가 아무 말도 안 하고 맥주만을 마시었다.

"준석 오빠와는 가끔 연락해요?"

호준이 가라앉은 분위기를 가벼운 공기로 바꾸어 보려고 그녀에게 말을 건네었다.

"그렇지도 못해요. 오빠가 요즈음 바쁘기 때문인지 별로 연락을 안 해요. 나는 또 오빠의 전화번호를 몰라서 전화하지 못하고."

"그렇군요."

그가 대꾸했다.

두 개의 맥주잔이 비워졌다. 호준이 남자 종업원을 불러서 생맥주 500cc 두 잔을 더 주문했다.

"호준 씨, 한 가지 알고 싶은 점이 있어요."

연희 역시 뜻하지 않았던 일로 분위기가 가라앉은 걸 미안히 여기는 것 같았다. 그녀가 분위기를 띄워 보려는 듯 그에게 말을 건네었다.

"네. 이야기해 봐요."

"나는 공무원 세계에 대해서 잘 알지 못해요. 준석 오빠가 일하는 곳은 좋은 데라고 할 수 있는가요?"

"네. 그렇다고 할 수 있지요. 힘이 있고 승진이 잘 되니까."

"그렇다면 호준 씨는 왜 그런 데로 가지 못해요?"

"가고 싶어도 힘이 없어 못 갑니다."

"배경 말인가요?"

"……."

그가 어떤 대답 대신에 입가에 미소를 올리었다.

"그렇군요."

그녀가 그의 말을 이해할 수 있겠다는 듯이 고개를 끄덕이었다.

두 사람이 맥주 잔을 기울이며 대화를 주고받던 사이에 시간이 꽤 흘렀다. 남자 종업원이 나중에 가져온 맥주 두 잔이 다 비워졌다.

"그만 일어설까요?"

연희가 말했다.

"네. 그렇게 하지요."

호준이 동의했다.

호준과 연희가 일어섰다. 일행과 함께 이 가게에 들어와서 그녀에게 알은체를 했었던 사내가 그 때까지 그들과 대화를 주고받으며 맥주 잔을 기울이고 있었다.

두 사람이 가게에서 나와 강남역을 향해서 걸었다. 밤 공기가 찼다. 밤이 제법 깊었지만 인도에는 행인들이 많았다. 대부분이 젊은이들이었다. 이곳은 젊은 사람들이 많이 찾는 거리이기 때문에 그런지도 몰랐다.

호준과 연희가 강남역에 이르렀다. 지하 승강장에 사람들이 많았다.

"오늘 고마웠습니다."

그가 그녀의 얼굴이 아직도 밝지 않은 걸 보고 그녀를 위로할 양으로 이렇게 말했다.

"아니에요. 뜻하지 않았던 일로 호준 씨의 기분이 상하지나 않았는지 모르겠어요."

"아닙니다. 나는 아무렇지 않습니다."

그가 대꾸했다.

동쪽 방향으로 가는 전철이 역 구내로 들어와 섰다.

"먼저 가겠습니다."

그녀가 이렇게 말하고 열차를 타기 위해 사람들 뒤로 가서 줄을 섰다.

"안녕히 가십시오."

그가 조금은 아쉬운 표정으로 그녀에게 말했다.

연희가 전철에 올랐다. 이내 출입문이 닫히고 열차가 다음 역을 향해 출발했다. 승강장에서 전철을 타려고 기다리던 사람들의 수가 아까보다 줄었다. 그렇지만 전철을 타려는 사람들이 새로 몰려들어서 승강장은 곧 다시 인파로 붐비었다.

호준이 서쪽 방향으로 가는 전철이 오기를 기다리며 위에서 아래로 이어진 계단 옆에 설치된 전광판을 봤다. 신촌행 전철이 전역을 출발하였다는 내용의 고지가 전광판에 비치었다. 그가 그걸 보고 전철을 타려고 줄 선 사람들의 뒤로 가서 섰다.

"여태 여기 계시는군요."

옆에서 남자의 음성이 들리었다. 호준이 고개를 돌려 옆을 봤다. 아까 생맥주집에서 연희에게 알은체를 했었던 사내였다.

"여기서 다시 뵙게 되네요."

"연희 씨는 먼저 간 모양이지요?"

"네. 이곳까지 같이 왔는데 동쪽 방향으로 가는 열차가 먼저 도착해서 연희 씨는 조금 전에 떠났습니다."

"그렇군요. 이것도 인연이라고 할 수 있는데 우리 밖으로 나가서 맥주라도 한 잔 나누는 게 어떻겠습니까?"

그 사내가 호준의 의향을 물었다.

"그렇게 하지요."

호준은 그렇지 않아도 얼마 전에 단성사에 영화를 구경하러 가서 휴게 시간에 우연히 연희가 이 사내와 앞앞줄에 나란히 앉아 있던 걸 목격했다. 호준은 거기서 그녀를 보리라고는 예상하지 못했다. 호준은 그녀를 보고 반가워서 그녀에게 다가가 알은체라도 하고 싶었지만 그녀와 함께 온 걸로 짐작되는 이 사내가 옆에 앉아 있어서 그리 할 경우 그녀에게 결례가 되지 않을까 염려하여 그 같은 생각을 억눌렀다. 그렇지만 호준은 두 사람이 어떤 관계에 있는지 알고 싶은 궁금증을 떨쳐버릴 수는 없었다. 그런데 그 상황에서 천장의 불들이 꺼지고 영화가 다시 시작돼서 그는 거기에 대하여 더 이상 알 수 있는 길이 차단되어 그냥 앉아 있어야만 했다. 시간이 흘러 그가 관람실 안으로 들어올 때 봤었던 장면들이 다시 영사막에 비치었다. 그는 그 뒤는 볼 필요가 없다고 여기어 극장에서 나왔으나 그후로도 두 사람의 관계에 대한 궁금증을 떨쳐버리지 못했다. 하지만 그는 그 기회가 오지 않아서 지금까지 그 궁금증을 풀지 못하고 있던 차에 오늘 밤 생맥주집에서 그 사내를 재차 보게 됐다. 호준은 이제라도 그의 제의를 받아들이어서 밖으로 나가서 그와 마주앉아 맥주를 마시며 이야기를 나누다 보면 그들이 어떤 관계에 있는지 그리고 생맥주집에서 그가 알은체를 해도 그녀가 아무 반응을 안 보였던 이유가 무엇인지 조금은 짐작할 수 있지 않을까 여기어 응낙했다.

  두 사람이 역사 밖으로 나갔다. 그 사내가 이곳 지리에 밝은 듯했다. 그가 어떤 머뭇거림도 나타내지 않고 동쪽 방향으로 휘적휘적 걸어갔다. 호준이 아무 말도 안 하고 그를 뒤따랐다. 호준이 연희와 커피를 마셨었던 가게에서 동쪽 방향으로 얼마쯤 떨어진 곳에 생맥주집이 있었다. 그 사내가 그 가게 문을 열고 안으로 들어갔다. 호준이 그를 따라 그 가게 안으로 들어섰다. 안에서 손님 몇이 맥주를 마시고 있었다.

두 사람이 한 구석으로 가서 식탁을 사이에 두고 마주앉았다. 사내가 여자 종업원을 불러서 생맥주 500cc 두 잔과 마른안주를 주문했다.

"김동현입니다."

사내가 이렇게 말하고 수첩에서 그의 명함 한 장을 꺼내어서 호준에게 건네었다.

"황호준입니다."

"명함이 있으면 한 장 얻을 수 있을까요?"

"저는 명함이 없습니다. 대신 제 사무실 전화번호를 적어 드리겠습니다."

호준이 수첩을 꺼내어 메모지 한 장을 찢어서 거기에 그의 사무실 전화번호를 적어서 그에게 주었다.

"아는 사람이 따로 있습니까? 이런 식으로 서로 알게 되는 거지요."

동현이 말했다.

여자 종업원이 아까 동현이 주문한 생맥주 두 잔과 마른안주를 가져왔다.

"말씨로 미루어 선생님은 경상도 분이 아닌 것같이 생각됩니다. 고향이 어디입니까?"

동현이 맥주를 조금 마시고 잔을 내려놓으며 물었다.

"전라남도 나주군 다시입니다."

호준은 타지역 출신들이 호남인들을 안 좋아한다는 걸 안 뒤로 그의 출신지를 밝히는 걸 꺼리었다. 하지만 그는 이런 경우에는 그의 출신지를 밝히는 게 좋다고 여기어 사실대로 말했다.

"그렇군요. 그런데 이연희 씨는 어떻게 알게 됐습니까?"

"직장 친구라면…, 경상도 분입니까?"

"네. 이준석 씨라고."

호준은 그가 두 사람이 어떻게 알게 됐는지 묻는 건 영남인과 호남인은 쉬이 가까워지기 어렵다는 걸 아는 터여서 그가 그들이 어떻게 교제를 나누게 됐는지 궁금히 여기기 때문인 걸로 판단하여 친구의 이름을 밝혔다.

"이준석 씨요? 준석은 제 고향 친구입니다. 두 분이 그 사람을 통하여 알게 됐군요."

동현이 말했다.

두 개의 맥주 잔이 다 비워졌다. 동현이 다시 생맥주 500cc 두 잔을 주문했다.

"제 고향은 경상남도 진양군 이반성면입니다. 연희 씨는 제 고향 초등학교 후배예요."

"연희 씨로부터 들었습니다. 연희 씨와 한 마을에 사셨던가요?"

"아닙니다. 우리 마을은 연희 씨가 사는 동네와는 거리가 조금 떨어져 있습니다. 그렇지만 시골 사람들은 이동이 적어서 한 동네에 살지 않더라도 서로 알고 지내는 경우가 많습니다. 저 역시 연희 씨와 한 동네에서 거주하지는 않았지만 어렸을 때부터 그녀의 가족을 잘 알고 있습니다."

"네."

호준이 대꾸했다.

여자 종업원이 나중에 가져온 두 개의 맥주 잔이 다 비워졌다. 동현이 생맥주 500cc 두 잔을 더 주문했다.

"아까 저에게 사무실 전화번호를 적어 주셨는데, 일하시는 데가 개인 회사입니까, 아니면?"

그가 맥주잔을 들고 물었다.

"국외공보원에서 일하고 있습니다. 문화공보부의 예하 기관입니다."

"그렇다면 공무원이시군요."

"네."

"공무원이 제일이에요. 개인 회사에서 일하면 치사하게 느껴지는 점들이 많아요."

동현이 말했다.

두 사람이 맥주를 마시며 대화를 나누던 사이에 시간이 꽤 흘렀다. 그 사이에 다른 손님들은 다 나가고 홀 안에 호준과 동현 둘만 남았다.

"생맥주를 더 가져오라고 할까요?"

동현이 물었다.

"아닙니다. 됐습니다. 하숙집이 멀어서 저는 이제 일어서야 할 것 같습니다."

호준이 말했다.

두 사람이 가게에서 나왔다.

"오늘 시간을 내 주셔서 고맙습니다. 앞으로도 기회가 닿으면 가끔 만나서 대화를 나누는 시간을 갖고 싶습니다."

동현이 호준에게 손을 내밀어 악수를 청하며 말했다.

"그렇게 하지요."

호준이 그의 손을 잡고 대꾸했다.

호준이 문화과에서 몇 년 전에 우리나라의 고전 음식 홍보 책자를 제작할 때 작성한 문건들을 찾아서 그 내용을 참고하고 몇몇 전임자들의 의견을 들어서 한국의 전통문화를 해외에 알리기 위한 도서를 만드는 데에 요구되는 계획을 담은 보고서를 써서 위에 결재를 올렸다. 김종인 사무관과 박정인 과장이 그가 쓴 보고서를 보고 몇 군데를 수정해서 그에게 돌려주며 그 부분들을 보완하라고 했다. 그가 그들의 의견을 보고서에 반영하여 그 내용 일부를 수정해서 다시 결재를 올렸다. 그들이 그 보고서를 보고 더 이상 수정하지 않아도 되겠다고 판단한 듯했다. 그들이 그 보고서에 어떤 수정도 가하지 않고 원안 그대로 원장에게 결재를 올렸다. 원장이 그 보고서를 보고 이견이 없었던 것 같았다. 원장이 보고서 내용에 아무 수정도 가하지 않고 결재해서 문화과에 내려보내었다.

원장이 문화과에서 작성해서 올린 보고서를 결재함으로서 한국의 전통문화를 해외에 알리기 위한 책자를 제작하는 데 요구되는 작업의 큰 틀은 마련된 셈이었다. 호준은 그 보고서에 담긴 내용에 따라 홍보 책자 제작에 요구되는 실무적인 일들을 해야 했다. 우선 그는 한국의 전통문화 전문가들을 찾아서 그들에게 원고를 써 주도록 의뢰하고 그렇게 해서 국문 원고가 완성되면 그걸 영역 전문인들에게 영어로 번역해 주도록 부탁해야 했다. 그 외에 그는 홍보 책자에 들어갈 사진들도 구해야 했다.

호준이 위에서 결재하여 내려보낸 보고서에 담긴 내용을 재음미하며 한국의 전통문화 홍보 책자를 제작하는 데에 요구되는 실무적인 일들을 생각하고 있을 때 책상 한 구석에 놓인 전화기의 벨이 울려 수

수화기를 들었다.

"문화과입니다."

"연희예요."

"목소리를 들으니 반갑습니다. 바쁘지는 않습니까?"

"네, 조금 바쁘기는 하지만 그래도 호준 씨에게 전화할 시간은 있어요. 호준 씨, 이번 주말에 나와 함께 우리 고향에 내려가서 부모님을 뵙는 게 어떻겠어요? 일정이 다소 촉박하기는 합니다만."

"그렇게 하지요. 이번 토요일 하루 휴가를 얻어서 연희 씨와 함께 내려가도록 하겠습니다. 차표는 내가 서울역에 가서 예매해 놓겠습니다. 혹시 일정에 어떤 변화가 생기면 나에게 바로 알려주십시오."

"알겠어요. 그러면 이번 주말에 호준 씨와 같이 이반성에 내려가서 우리 부모님을 뵙는 걸로 알고 그리 준비하겠어요."

그녀가 전화를 끊었다.

호준이 연희와 함께 이반성에 가서 그녀의 부모님을 뵙기 위해 토요일 하루 휴가를 신청해서 위의 허락을 받았다. 그는 반공일에 휴가를 얻는 것이 조금은 아까운 느낌이 들었다. 그렇지만 그는 그녀와 함께 그녀의 부모를 뵈러 가는 즐거움을 뇌리에 떠올려서 그같은 느낌이 이는 걸 억눌렀다.

토요일 아침에 호준이 연희와 만나기로 약속한 시간에 맞추어 서울역에 갔다. 그녀가 먼저 와서 대합실에서 그를 기다리고 있었다. 그는 며칠 전 그녀와 그가 함께 이반성에 내려가기로 약속한 날 근무를 끝내고 퇴근길에 서울역에 와서 오늘 오전 8시 반에 출발하는 진주행 특급순환열차 승차권 두 장과 내일 진주에서 서울로 올라오는 차표 두 매를 예매했기 때문에 열차표를 사지 않아도 됐다.

개표구 문이 열렸다. 호준과 연희가 역무원의 개표를 받고 역 안으로 들어가서 일번 플랫폼에서 대기하고 있던 진주행 특급순환열차에 올랐다. 토요일이었지만 승객들은 많지 않았다.

열차가 서울역을 출발했다.

"부모님은 연희 씨가 오늘 나와 함께 내려온다는 걸 알고 계십니까?"

호준이 물었다.

"부모님에게는 내가 친구하고 내려간다고만 알렸어요. 그러니까 부모님은 내가 남자 친구와 함께 온다는 건 모르고 계실지도 몰라요."

"그렇다면 부모님은 연희 씨가 여자 친구와 함께 내려오는 걸로 생각하실 수도 있겠네요. 그런데 따님이 젊은 남자와 함께 오는 걸 보면 부모님이 놀라시지 않을까요?"

"네, 그러실 수도 있겠지요. 하지만 그 점은 걱정하지 않아도 돼요. 부모님이 이해하실 거에요."

그녀가 그런 것쯤은 대수로울 게 못 된다는 듯한 어조로 대꾸했다.

점심때가 됐다. 진주행 특급순환열차에는 식당차가 연결되어 있었다. 두 사람이 식당차로 가서 거기서 식단표를 보고 각기 먹고 싶은 음식을 주문해서 들었다.

순환열차가 삼랑진과 마산을 지나서 오후 세 시가 조금 지난 시각에 진주역에 닿았다. 두 사람이 열차에서 내려 역사 밖으로 나갔다. 역 앞에 택시들이 줄지어 서 있었다. 두 사람이 맨 앞에 서 있는 택시로 가서 뒷문을 열고 안으로 들어가 나란히 앉았다.

"어디로 모실까요?"

남자 운전사가 물었다.

"이반성면 새밭골마을로 가주세요."

연희가 대꾸했다.

운전사가 새밭골마을을 향해 택시를 몰았다.

"부모님이 연희 씨가 나와 함께 오는 걸 보면 결혼하려고 생각하는 사람이냐고 물으실 텐데……."

호준이 연희의 부모가 그를 보고 나타낼 반응을 머릿속에서 그리며 말했다.

"아마 그러실 거예요."

"하지만 우리는 지금까지 정작 결혼 문제에 대해서는 아무 이야기도 나누지 않았잖아요. 만일 부모님이 연희 씨에게 나와 결혼하려고 생각하느냐고 물으시면 거기에 대답할 준비는 돼 있나요?"

"오늘은 호준 씨가 나와 함께 우리 고향에 가서 부모님을 뵙는 것만 생각해요."

그녀가 이번에도 그녀의 부모가 그를 보고 나타낼 반응에 대해서는 깊이 생각할 필요가 없다는 투로 대꾸했다.

운전사가 택시에 두 사람을 태우고 진주역 앞을 출발한 지 한 시간쯤 후에 새밭골마을 어귀에 이르러 차를 세웠다. 연희와 호준이 차에서 내렸다. 마을 어귀에서 놀던 서너 명의 아이들이 호기심이 어린 눈으로 두 사람을 쳐다봤다.

연희의 집은 마을 안쪽에 있었다. 호준이 그녀를 따라 그녀의 집 대문 안으로 들어섰다. 그녀의 아버지와 어머니가 집에 있었다. 그들이 오늘 딸이 친구와 함께 온다는 편지를 받고 집에서 그들을 기다리고 있었던 것 같았다.

"이제 오는구나."

그녀의 어머니가 마루 끝에 걸터앉아 있다가 토방으로 내려서며 딸을 반기었다.

"그간 별일 없으셨어요?"

"응, 우리는 아무 일 없었다."

연희의 어머니가 딸의 손을 잡고 말했다.

"처음 뵙겠습니다. 황호준입니다."

그가 연희의 아버지와 어머니에게 인사를 했다.

"반가워요."

연희의 어머니가 그의 인사를 받았다. 하지만 그녀가 그를 대하는 태도는 말과 달리 그를 별로 반기지 않는 것처럼 보였다.

"……."

연희의 아버지는 마루 끝에 걸터앉아서 아무 말도 안 하고 덤덤한 표정으로 담배를 피우며 고개만을 끄덕이었다.

연희의 어머니가 다시 마루로 가서 그 끝에 걸터앉았다. 연희가 그걸 보고 그녀 옆으로 가서 마루 끝에 몸의 일부를 걸치었다. 호준이 연희의 곁으로 가서 앉을까 생각하다가 그것이 그들 사이에 떠도는 분위기에 어쩐지 어울리지 않는 것 같은 느낌이 들어 마당에 그냥 그대로 서 있었다.

"네가 편지에 같이 온다고 했던 친구가 이 사람이냐? 나는 네가 친구와 함께 온다고 해서 네 나이 또래의 젊은 여자와 같이 오는 줄로 생각했다."

"네. 제 남자 친구예요. 제가 여자라고 꼭 여자 친구하고만 같이 다니라는 법이 어디 있어요?"

연희가 그녀의 어머니를 보며 말했다.

"하기는 그렇다."

그녀의 어머니가 대꾸했다.

호준이 마당에 서서 모녀가 주고받는 말들을 한귀로 들으며 연희의 아버지를 봤다. 연희는 아버지를 많이 닮은 듯했다. 그녀의 아버지 역시 코가 길고 눈썹이 짙었다. 호준은 그녀의 아버지 용모 일부가 그의 부친 황충식과 비슷한 구석이 있는 걸 보고 전에 그녀를 처음 봤을 때 마음속에 품었었던 의문을 다시금 뇌리에 떠올렸다.

'연희 씨의 아버지와 우리 부친의 용모 일부가 비슷한 점이 있다는 건 그들이 혈연적으로 그리 멀지 않은 한 조상의 후예들일 수도 있다는 걸 나타내는 증표가 되는지도 모르는데……'

호준이 뇌리에서 이렇게 뇌며 두 사람의 혈연적 연결 가능성에 대하여 생각해 봤다. 하지만 세상에는 얼굴 일부가 비슷한 사람들이 적지 않은 까닭에 그는 그 점만을 근거로 둘이 혈연적으로 어떤 연결이 있을지도 모른다고 보기는 어려울 것 같은 생각이 들었다.

모녀 사이에 잠시 대화가 끊기었다.

"호준 씨, 왼쪽 끝방으로 가서 쉬도록 해요."

연희가 그에게 이렇게 말하고 토방으로 내려서서 집 오른편으로 향했다.

"……"

그가 아무 말도 안 하고 그녀를 뒤따랐다.

그녀의 집은 동쪽을 향해 서 있었다. 앞쪽에 문이 있었지만 사람들이 사용하지 않는 듯했다. 그녀가 집 모퉁이를 돌아서 북쪽으로 나 있는 문을 열고 방안으로 들어갔다. 그가 그녀를 뒤따라 방안으로 들어섰다. 안이 깨끗이 치워져 있었다. 그는 전에 그녀로부터 그녀의 오라버니는 결혼해서 부산에서 살고 있으며 두 언니도 출가했다고 들었다. 그녀의 부모는 부엌 옆에 붙은 방에서 거처하고 가운뎃방과 오른쪽 끝 방은 비어 있었던 것 같았다.

"고단할 텐데 이 방에서 쉬고 있어요."

"알겠습니다."

그가 대꾸했다.

연희가 호준이 있는 방에서 나와 집 모퉁이를 돌았다. 그녀의 어머니와 아버지가 그 때까지 아까의 모습으로 마루 끝에 걸터앉아 있었다. 연희가 그녀의 어머니 곁으로 가서 앉았다.

"며칠 전에 이웃 마을의 동현이 우리 집에 다녀갔다."

그녀의 어머니가 고개를 돌려 딸을 보며 말했다.

"그랬어요? 그 사람이 우리 집에 왜 왔어요?"

"그 사람이 어떤 일이 있어서 온 건 아닌 것 같더라. 별말은 안 하더라. 그런데 그 때 그 사람이 네가 어떤 전라도 남자와 사귀고 있다고 하던데 그 남자가 오늘 너와 함께 온 그 이냐?"

"네."

"그렇구나."

그녀의 어머니가 혼잣말처럼 말했다.

"이상한 일이네요. 동현 씨가 우리 집에 와서 어머니에게 왜 그런 말을 했을까요?"

"나도 그 까닭은 모르겠다. 전라도 사람들은 믿을 수 없는 이들이라고 하니까 동현이 그 말을 했는지도 모르지."

"어머니, 그런 말씀 마세요. 사람 나름이에요. 경상도 사람들이라고 다 좋고 전라도 출신들이리고 모두 나쁜 건 아니에요."

연희가 발끈해서 말했다.

"네 말이 맞다. 사람 나름이지."

그녀의 어머니가 고개를 끄덕이며 대꾸했다.

  호준이 방안에서 혼자 우두커니 앉아 있기 때문인지 무료한 느낌이 들었다. 그가 잠시 눈을 붙일 양으로 일어나서 양복 상의를 벗어서 옷걸이에 걸고 와이셔츠 바람으로 장판방 위에 누웠다. 방바닥이 따뜻했다. 연희의 어머니가 방이 차지 않게 일부러 불을 피워 놓은 듯했다.

  호준이 두 눈을 감고 잠을 청했다. 그렇지만 주위가 훤하기 때문인지 그는 잠을 이룰 수 없었다. 그가 도로 눈을 뜨고 천장을 바라보며 그가 오늘 연희와 함께 그녀의 집에 와서 그녀의 부모에게 인사를 드리던 때에 그들이 그를 대하던 모습을 머릿속에 떠올렸다. 그는 그들의 마음속을 알 수는 없지만 그들이 그를 별로 반기지 않는 것만은 확실하다고 생각했다. '까닭이 뭘까? 내가 영남인들이 안 좋아하는 전라도 사람이기 때문일까? 만일 그렇다면 내가 전라도 사람이라는 걸 두 분이 어떻게 알았을까? 연희 씨가 이야기했을까? 그랬을 가능성도 없지는 않지. 그렇지만 그녀가 지금까지 나를 대하던 태도로 미루어 그녀가 일부러 그걸 그들에게 이야기했을 가능성은 낮다고 보는 게 옳을 것같이 생각되는데…….' 그가 머릿속에서 이렇게 뇌며 그녀의 부모가 그를 별로 반기지 않는 듯한 태도를 나타낸 이유가 뭘까 생각해 봤다. 하지만 그는 그 외에 다른 사유는 뇌리에 떠올리지 못했다.

호준이 머릿속에서 이런저런 일들을 생각하다가 잠이 들었던 것 같았다. 그가 잠에서 깨어 눈을 떴다. 방안이 어둠침침했다. 그가 일어나서 천장에 매달린 백열등을 켜고 다시 방바닥에 누웠다.

밖에서 발자국 소리가 났다. 이어서 툇마루 위에 뭔가가 놓이는 소리가 들렸다.

"밥상 가져다 놓았어요."

연희의 어머니 음성이었다.

"알겠습니다."

그가 일어나서 방문을 열었다. 툇마루에 밥상만이 놓여 있고 그녀의 어머니 모습은 안 보였다. 그녀가 밥상을 들고 와서 거기에 놓고 바로 돌아간 듯했다.

호준이 밥상을 들고 방안으로 들어와서 앞에 놓고 앉아 식사를 했다. 연희는 낮에 그와 함께 이 방에 와서 그에게 쉬라고 말하고 나간 후로는 다시 모습을 안 나타내었다. 그는 저녁이라도 그녀의 가족과 같이 들고 싶었지만 그의 소망은 이루어지지 않았다.

호준이 식사를 끝내었다. 그가 상을 들어서 방 앞의 툇마루에 내놓고 문을 닫았다. 이내 누군가가 와서 그 상을 가져가는 듯했다. 그는 방금 상을 가져간 사람이 누구인지 모르지만 연희는 아닐 걸로 헤아렸다. 만일 그녀가 그가 있는 방 앞에까지 왔다면 그에게 한 마디쯤은 건네고 상을 가져갔을 것이었기 때문이었다.

호준이 하는 일 없이 혼자 앉아 있기 때문인지 다시 무료한 느낌이 일었다. 그가 방바닥에 등을 붙이고 천장을 바라보며 연희의 모습을 머릿속에 떠올렸다. 그녀는 낮에 그를 이 방으로 안내하고 돌아간 후로 다시 모습을 보이지 않았다. 그는 그 이유가 정확히 무엇인지 모르지만 그녀가 그녀의 본의에서 그리 하지는 않을 것 같은 생각이 들었다.

'그녀의 부모가 그녀에게 그리 하도록 종용한 걸까? 어쩌면 그래서 그녀가 그리 하는지도 모르지.'

그는 생각이 거기에 미치자 더 이상 아무 것도 헤아리고 싶지 않았다. 그가 일어나서 와이셔츠와 양복 하의를 벗어서 옷걸이에 걸고 가방에서 잠옷을 꺼내어 몸에 꿴 후에 전등을 끄고 누웠다. 그러나 그는 낮잠을 잤기 때문인지 쉬 잠을 이루지 못했다.

호준이 눈을 떴다. 날이 새어서 문에 발린 창호지가 희붐히 물들어 있었다. 그가 방에서 나가 우물가로 가서 얼굴을 씻었다. 기분이 상쾌했다. 그가 방으로 돌아와서 벽에 걸린 거울을 보며 빗으로 머리 모양을 손질한 후에 앉아서 오늘 할 일들을 생각해 봤다.

아침 8시가 가까웠다. 누군가가 호준이 있는 방 앞의 툇마루에 뭔가를 놓고 가는 소리가 났다. 그가 방문을 열었다. 툇마루에 그의 아침 밥상이 놓여 있었다. 그러나 밥상을 들고 온 사람은 바로 돌아간 듯 안 보였다. 그는 방금 그의 밥상을 들고 와서 툇마루에 놓고 간 사람이 누구인지 모르지만 연희가 그리 하지는 않았을 걸로 헤아렸다. 그가 밖으로 나가서 밥상을 들고 방안으로 들어와서 앞에 놓고 앉아 식사를 했다. 그는 오늘 아침 한 끼라도 그녀의 가족과 함께 식사를 하고 싶었지만 그의 작은 꿈은 이번에도 이루어지지 않았다.

호준이 식사를 끝내고 상을 툇마루에 내놓고 문을 닫았다. 얼마후에 누군가가 와서 상을 가져갔다. 그는 방금 상을 가져간 사람이 누구인지는 알지 못했다. 그렇지만 그는 그 사람이 아무 말도 안 하고 상을 가져간 걸로 미루어 연희는 아니었을 걸로 헤아렸다.

진주역에서 서울행 특급열차가 출발하는 시각은 오전 10시 반이었다. 호준이 역으로 갈 준비를 끝내고 방안에 앉아서 연희로부터 어떤 연락이 오기를 기다렸다.

오전 9시가 조금 지난 시각에 누군가가 와서 밖에서 문을 두드렸다. 호준이 문을 열었다. 연희가 앞에 서 있었다.

"아침에 당숙네 집에 가서 진주의 택시 회사에 전화를 걸어서 차를 보내라고 했어요. 그런데 그 차가 지금 마을 어귀에 도착해서 우리가 나오기를 기다리고 있다고 한 아이가 와서 전해주고 갔어요."

"알겠습니다."

그가 옆에 미리 챙겨 놓은 가방을 들고 바로 방에서 나갔다.

호준이 연희를 뒤따라 집 모퉁이를 돌았다. 그녀의 부모가 마당에 서서 이야기를 나누다 말고 그를 봤다.

"초면에 많은 폐를 끼쳤습니다."

"귀한 손님에게 대접이 소홀했던 것 같았네. 시골에서는 어쩔 수 없으니 널리 양해하게."

그녀의 아버지가 말했다.

"아닙니다. 대접이 저에게는 과분했습니다. 감사합니다."

호준이 그녀의 부모에게 재차 고마움을 표했다.

　　연희와 호준이 대문 밖으로 나갔다. 그녀의 부모가 그들을 뒤따랐다. 네 사람이 고샅길을 걸어서 잠시 후에 마을 어귀에 이르렀다. 진주에서 온 택시가 거기서 그들을 기다리고 있었다. 그녀와 그가 그녀의 부모에게 작별 인사를 하고 택시 안으로 들어가서 뒷좌석에 나란히 앉았다. 그녀의 어머니가 조금은 못마땅한 표정으로 그들을 봤다.

　　운전사가 진주역을 향해 택시를 몰았다. 호준이 고개를 돌려 옆을 봤다. 연희가 기분이 밝지 않은 표정을 얼굴에 올리고 시선을 앞으로 향한 채 뭔가를 골똘히 생각하는 듯했다. 그는 그녀의 기분이 밝지 않은 까닭이 무엇인지 모르지만 그녀의 부모가 그를 탐탁히 여기지 않은 듯한 태도를 보인 것과 어떤 관련이 있지 않을까 하는 생각이 들었다. 그렇지만 그건 그의 추측에 지나지 않았다. 그는 그녀가 뭘 생각하는지 알지 못하지만 그녀가 머릿속에서 헤아리고 있는 바를 방해하지 않는 것이 좋을 것 같아 아무 말도 안 하고 시선을 앞으로 향했다.

제9장
무서운 비밀

    연희가 사무실에서 일을 하며 며칠 전 호준과 함께 그녀의 고향 마을에 가서 그녀의 부모를 뵈었을 때 있었던 일들을 머릿속에서 되작이었다. 사실 그때 그녀가 그와 함께 새밭골마을에 가서 그녀의 부모를 뵈었던 건 그녀가 그와 사귀고 있다는 걸 알리고 그를 선보이기 위한 것이었다. 그렇지만 그녀의 부모는 그걸 그리 받아들이지 않는 듯했다. 그녀의 부모는 그녀가 그와 함께 온 걸 그녀가 그와 결혼하기 위하여 승낙을 얻으려고 내려온 것쯤으로 여기는 듯했다.

    하기야 그녀는 그와 결혼하는 문제에 대하여 그때까지 깊이 생각해 보지는 않았으나 여건이 성숙하면 그녀의 부모 동의를 얻어서 그와 혼인하려고 마음먹고 있었다. 그녀는 그처럼 그와 혼인하는 문제에 대하여 확고한 결심이 서 있지 않은 상태에서 그녀의 부모가 그를 보고 나타낸 부정적인 반응에 당황하지 않을 수 없었다. 더욱이 그녀의 모친은 그녀와 그가 내려가기 얼마전에 동현이 찾아와서 딸이 전라도 출신 남자와 사귀고 있다고 이야기한 까닭에 그가 왔을 때 그가 바로 그 호남인임을 알고 그를 탐탁히 여기지 않는 듯한 태도를 겉에 드러낸 것 같았다. 그것은 어느 면에서 연희가 호준과 함께 그녀의 부모를 찾아뵙기 전에 미처 예상하지 못했던 점이었다. 그녀는 그녀의 모친이 전부터 전라도 출신들을 안 좋아한다는 걸 알고 있었지만 그 점을 그리 심각하게 여기지 않았었다. 연희는 그같이 예상하지 않았었던 문제를 겪으며 그와 함께 그녀의 부모를 찾아뵙는 것이 뭘 의미하는지 깊이 생각해 보지 않고 새밭골마을에 내려갔던 걸 뒤늦게 후회했지만 그걸 없었던 일로 돌릴 수는 없었다. 결과적으로 그녀는 자신의 사려깊지 않은 행동으로 대사大事를 그르친 것 같은 생각이 들어서 기분이 안 좋아 아무 것도 하고 싶은 마음이 나지 않아 그 날 나머지 시간을 그녀의 부모가 거처하는 방에 박혀서 보내었다. 그녀는 그가 있는 방을 한 번쯤 들여다보고 싶은 마음도 없지 않았지만 그녀의 어머니가 그녀가 그가 있는 방에 가는 걸 경계하는 듯한 눈치를 보여서 그 같은 생각을 억눌렀다.

  다음날 아침이 밝았다. 연희는 그녀의 어머니가 안 좋아하더라도 호준이 있는 방을 한 번쯤 들여다보고 싶은 마음이 일기도 했다. 그렇지만 그녀는 전날의 착잡했던 기분이 이튿날 아침까지 이어져서 아무 것도 하고 싶지 않아서 그가 있는 방에 안 갔다.

  연희와 호준이 진주역에서 오전 열 시 반에 출발하는 서울행 특급열차를 타기 위해서는 9시쯤 집에서 나가야 했다. 그녀가 아침 일찍 당숙의 집에 가서 진주의 택시회사에 전화를 걸어서 차 한 대를 보내라고 했다. 그로부터 한 시간 가량이 지났다. 한 아이가 와서 진주에서 차가

와 있다는 걸 알렸다. 그가 역에 갈 준비를 끝내고 그녀로부터 어떤 연락이 오기를 기다리고 있었던 것 같았다. 그가 바로 가방을 들고 방에서 나와 그녀를 뒤따랐다. 그녀의 부모가 마당에 서 있었다. 그가 그녀의 부모에게 폐를 끼친 데에 고마움을 표하고 그녀와 함께 마을 어귀로 향했다. 그녀의 부모가 몇 걸음 떨어져서 그들을 따랐다.

네 사람이 마을 어귀에 이르렀다. 진주에서 온 차가 거기에 서 있었다. 연희와 호준이 그녀의 부모에게 작별 인사를 하고 차의 뒷문을 열고 안으로 들어가 나란히 앉았다. 그녀의 어머니가 조금은 못마땅한 눈으로 그들을 봤다. 하지만 연희는 그런 것쯤에는 신경을 쓰지 않았다.

운전사가 진주역을 향해 택시를 몰았다. 연희는 택시 안에서도 기분이 밝지 않아 호준에게 꼭 필요한 말 외에는 아무 소리도 안 했다. 어쩌면 그녀의 불편한 심기가 그에게 전이되었는지도 몰랐다. 그 역시 그녀에게 꼭 필요한 소리만을 했고 줄곧 침묵을 지키었다. 두 사람 사이의 그 같은 분위기는 서울로 향하는 열차 안에서도 그대로 이어졌다.

열차가 정해진 시각보다 조금 늦게 서울역에 도착했다. 두 사람이 역사 밖으로 나왔다. 거기서도 그들은 그 때까지 이어졌던 서먹한 분위기에서 벗어나지 못한 채 간단한 작별 인사만을 나누고 헤어졌다.

연희는 그 뒤로는 호준으로부터 아무 소식을 못 들었다. 이전 같았으면 그가 그 사이에 한 번쯤은 그녀에게 전화를 했을 것이었다. 그녀는 그와 함께 새밭골마을에 내려가서 그녀의 부모를 뵀을 때 그들이 그를 탐탁히 여기지 않는 듯한 태도를 나타낸 데에 실망해서 그가 그런 게 아닌가 하는 생각이 들었으나 그녀의 추측이 맞는지 여부는 알 수 없었다.

연희는 호준과 깊은 관계에 있었고 그를 사랑했다. 그렇지만 그녀의 부모가 그가 전라도 출신이라는 이유로 그를 탐탁히 여기지 않는다면 그녀와 그의 결합은 어려움에 직면할 수도 있었다. 그럴 경우 그녀가 그와 결합하기 위해서는 그들이 그가 전라도 출신이라는 이유로 그를 편향된 시각에서 바라보지 않고 그의 인간성을 보고 평가하도록 그들을 설득하는 일부터 먼저 해야 했다. 그녀는 그것이 쉬운 일이 아니라는 걸 알지만 그녀가 그와 결합하기 위해서는 반드시 풀어야 할 사안이라고 생각했다.

물론 연희는 성인이어서 호준과의 결혼에 꼭 부모의 허락을 받아야 하는 건 아니었다. 그녀의 부모가 둘이 결혼하는 걸 반대하더라도 그녀는 그와의 혼인을 강행할 수는 있었다. 하지만 그건 그녀가 원하는 바가 아니었다. 그녀는 되도록 부모의 동의를 얻어서 그와 혼인하고 싶었다.

'그런데 내가 그와 혼인하려고 하려고 하는 걸 부모님이 끝까지 반대하신다면?'

그녀는 거기까지는 아직 생각해 보지 않았다. 그렇지만 그녀는 그것이 그녀가 그와 결합하는 데에 하나의 큰 걸림돌이 될 걸로 헤아렸다.

연희가 호준과 결혼하려고 할 경우 걸림돌이 될 수 있는 것은 그 외에도 더 있었다. 그녀는 그와 결혼하기 위해서는 우선 동현과 그녀 사이에 얽혀 있는 문제를 풀어야 했다. 그녀는 동현이 군에 입대한 후로 수년간 소식을 끊어서 그와의 관계가 단절된 걸로 생각했다. 하지만 그는 그렇게 생각하지 않은 듯했다. 그가 군복무를 마치고 대학교를 졸업한 후에 서울에서 직장 생활을 하며 휴가 기간에 고향에 가서 그녀의 어머니로부터 그녀가 일하는 회사를 알아내서 그녀에게 전화를 걸어 그녀와의 관계를 복원하려고 들었다. 그는 어린 그녀에게 폭력을 써서 그녀의 순결을 유린했지만 그것 역시 하나의 인연으로 여기는 듯했다. 만일 그가 그걸 빌미 삼아서 그녀와의 관계를 복원하려고 든다면 그건 그녀가 호준과 결합하는 데에 또 하나의 걸림돌이 될 수 있었다.

그런데 연희와 동현 사이에 미해결로 남아 있는 문제는 그녀와 호준의 관계에도 영향을 미치는 듯했다. 사실 그녀는 예전에 동현으로부터 당한 비행 사건을 지금까지 어느 누구에게도 발설하지 않았다. 그녀는 그후로 그 사건이 마을 사람들의 입에 오르내리지 않았던 걸로 미루어 동현 역시 거기에 대하여 입을 다물고 있는 걸로 생각했다. 그렇다면 그 사건은 지금껏 두 사람만이 공유하는 비밀이었다. 그녀는 앞일을 예측하기 어렵지만 앞으로도 그 비밀을 다른 사람에게 발설하지 않을 작정이었다. 그렇기 때문에 그녀는 호준과의 관계가 가까워진 뒤로 그를 대할 때 가끔은 죄책감을 느꼈다.

동현이 사무실에서 일을 하며 연희의 모습을 머릿속에서 그렸다. 그는 군에 입대해서 복무하던 기간에는 물론이고 제대한 후에 전에 다니었었던 대학교에 복학해서 공부를 계속하던 시기에도 그녀와 일절 연락을 끊고 지내었지만 그녀를 한 시 한 때 잊어 본 적이 없었다. 그녀의 부모는 전부터 그를 좋게 보고 있었다. 그가 새밭골마을에 가서 그녀의 부모를 찾아뵙고 그녀가 있는 곳을 물으면 그녀의 연락처를 알 수 있었고 그녀에게 소식을 전하는 것도 가능했다. 그러나 그는 대학교를 졸업하고 직장을 구할 때까지는 공부에 전념하기로 마음먹고 그같은 생각을 억눌렀다.

동현이 대학교를 졸업하고 한 대기업의 신입사원채용시험에 응시해서 치열한 경쟁률을 뚫고 그 전형에 합격하여 그 산하의 전자제품 제조 업체에 배치되어 서울에 있는 본사 광고부에서 일했다. 그는 결혼 적령기에 있었고 혼인하는 데에 최소한도로 요구되는 조건들을 어느 정도 갖추었다. 그렇기 때문인지 그의 부모는 얼마 전부터 그를 볼 때마다 빨리 혼인하라고 재촉했다. 그의 부모는 심지어 그가 마음에 드는 색시감을 구하기 어려우면 시골에서 매파를 통하여 마땅한 규수를 찾아보겠다고 말하기도 했다. 하지만 그는 심중에 연희만을 두고 있을 따름이어서 혼인 문제는 자신이 알아서 결정하겠다는 주장을 펴서 부모의 제의를 받아들이지 않았다.

동현이 작년 여름 휴가 기간에 그의 고향에 내려가서 오랜만에 연희의 부모를 찾아뵈었다. 그녀의 어머니가 그 때 그녀가 진주에서 대학교를 졸업한 후에 서울에 올라가서 금강산업에서 일하고 있다는 걸 알려주었다.

그가 휴가를 끝내고 서울에 돌아와서 사무실에서 일하며 전화번호부에서 그녀가 근무하는 회사의 전화번호를 찾아서 전화를 걸었다. 그는 그녀에게 전화를 걸기 전까지만해도 오랜만에 그녀의 목소리를 듣는다는 기대감으로 가슴이 자못 설레었다. 그러나 그를 대하는 그녀의 반응은 냉랭했다. 그것은 그가 그녀에게 전화를 걸기 전부터 어느 정도 예상했던 바여서 그는 거기에 크게 실망하지는 않았다. 그는 그녀가 그때 나타낸 반응에 좌절하지 않고 얼마 후에 그녀에게 다시 전화를 걸어서 그녀를 종로4가에 있는 수기다방으로 불러내는 데 성공했다. 그날 그는 그녀를 만나서 커피를 마시고 근처에 있는 극장에 가서 영화를 구경한 후에 거기서 멀지 않은 거리에 있는 식당에서 함께 저녁을 들며 그녀에게 둘의 관계를 복원하고 싶다는 의사를 표시했다. 그렇지만 그녀는 그의 뜻을 받아들이지 않았다.

동현은 술을 좋아하지는 않지만 직장 동료들끼리 갖는 회식에는 그들과의 친목을 도모하는 차원에서 거의 안 빠지고 참석했다. 그럴 때 그는 그들과 1차로 소주를 마신 후에 가끔은 2차로 맥주집에 가서 맥주로 입가심을 하기도 했다.

동현이 얼마 전 한 부서에서 일하는 남자 직원들과 저녁을 먹으며 소주를 마시고 이차로 입가심을 하기 위하여 강남역 근처의 생맥주집에 갔다. 그가 거기서 뜻밖에도 연희가 어떤 젊은 남자와 마주앉아 맥주를 마시고 있던 걸 목격했다.

동현은 거기서 그녀를 보리라고는 예상하지 못했다. 그는 그녀가 젊은 남자와 마주앉아 맥주를 마시고 있는 자리에서 그녀에게 알은체를 한다는 건 예의에 벗어나는 일이라는 걸 알지만 뜻하지 않게 거기서 그녀를 보고 반가워서 그녀에게 다가가서 말을 붙이었다. 하지만 그녀는 동현의 알은체에 아무 반응을 나타내지 않았다. 그는 그녀의 무반응에 다소 무안함을 느끼기는 했지만 크게 개의하지 않고 그의 동료들이 있는 곳으로 가서 그들과 합석했다.

동현이 일행과 함께 맥주를 마시며 이따금 연희가 있는 곳으로 시선을 보내었다. 그녀는 그걸 모르지는 않겠지만 그가 있는 곳으로 일절 눈을 안 돌렸다. 하지만 그건 그가 마음속으로 어느 정도 예상했던 바여서 그는 그녀의 그 같은 태도에 실망하지는 않았다.

연희와 그녀의 남자 친구로 보이는 사내가 얼마 후에 일어나서 가게에서 나갔다. 그들이 나간 뒤에 동현과 그의 일행도 곧 술자리를 파하고 가게에서 나왔다. 동현이 가게 앞에서 일행과 헤어져서 전철을 타고 거처로 돌아가려고 강남역을 향해 걸었다. 밤이 제법 깊었지만 거리에는 아직도 행인들이 많았다. 그가 십여 분 가량 걸어서 강남역에 이르러 역 구내로 들어가 지하 승강장으로 내려갔다. 생맥주집에서 그녀와 마주앉아 맥주를 마시었었던 젊은 사내가 승강장에서 열차를 타려고 기다리고 있었다. 하지만 그녀는 그와 같이 가게에서 나가 거기서 바로 그와 헤어져 집으로 갔는지, 아니면 역까지 함께 와서 먼저 떠났는지 안 보였다. 동현이 그 사내가 혹시 그의 얼굴을 기억하고 있지 않을까 여겨 알은체를 했다. 그 사내가 다행히 그의 얼굴을 기억하고 있었다. 동현이 그 사내와 대화를 나누다 보면 그와 그녀가 어떤 관계에 있는지 조금은 눈치챌 수 있지 않을까 헤아려 그에게 함께 역사 밖으로 나가서 맥주나 한 잔 하지 않겠느냐고 제의했다. 그 사내가 그녀는 역까지 함께 와서 조금 전에 떠났다고 하며 동현의 제의를 별로 망설이지 않고 받아들였다.

두 사람이 역사 밖으로 나갔다. 동현이 역에서 동쪽 방향으로 그리 멀지 않은 거리에 있는 생맥주집으로 그 사내를 안내했다. 몇 사람이 가게 안에서 맥주를 마시고 있었다. 동현과 그 사내가 빈자리를 찾아 한 구석으로 가서 마주앉았다. 동현은 그 날 밤 그 사내와 그렇게 마주앉아서 맥주 잔을 기울이며 그가 국외공보원에서 일하고 있고 전라도 출신이라는 것, 그리고 이준석의 소개로 연희와 사귀게 됐다는 것 등을 알았다. 동현은 그 사내와 그녀가 구체적으로 어떤 관계에 있는지는 알아내지 못했으나 그 날 밤 한 가지 중요한 사실을 깨쳤다. 사실 동현은 그 날 밤 그녀가 생맥주집에서 호준과 마주앉아 맥주를 마시던 걸 목격하기 전에는 그녀가 그를 만나지 않으려고 하는 이유가 그가 예전에 그녀에게 비행을 저질렀기 때문인 걸로만 여겼다. 하지만 동현은 그녀가 거기서 그와 마주앉아 맥주를 마시던 걸 목격한 후로 그건 그녀가 자신을 만나지 않으려고 하는 몇 가지 이유 중의 하나일 수도 있다는 걸 알았다. 동현은 그녀가 그를 만나지 않으려고 하는 참 이유는 어쩌면 그녀가 애인이 생겼기 때문인지도 모른다는 걸 그때에야 비로소 알았다.

아무튼 동현은 연희가 어렸을 때 그녀에게 몹쓸 짓을 저지르기는 했지만 지금도 그녀만을 마음속에 두고 있었다. 더욱이 그는 나이가 한 살 한 살 많아지고 철이 조금씩 나면서 예전에 그녀에게 비행을 저질렀던 걸 때때로 후회하고는 했다. 그렇지만 그는 그걸 없었던 일로 돌릴 수는 없었다. 그는 그같은 이유로 그녀에게 속죄하는 차원에서라도 그녀를 그의 사람으로 만들고 싶었다. 하지만 그녀가 애인이 있는 상황에서는 그는 그녀의 마음이 그에게 돌아서기만을 기다리는 소극적인 방법으로는 그의 꿈을 실현하는 것이 어려울 것 같은 생각이 들었다.

'나는 그녀를 사랑해. 어떻게 해서든지 그녀를 내 품으로 데려와야 해.'

동현이 입속말로 이렇게 뇌며 그녀를 그의 사람으로 만들기 위한 방법을 찾아봤다. 그는 그녀를 그의 사람으로 만들기 위해서는 지금까지와 달리 적극적으로 행동해야 할 것 같은 생각이 들었으나 그 목적을 달성하는 데 요구되는 구체적인 수단을 뇌리에 얼른 떠올리지 못했다. 그의 뇌리에서는 그가 그녀와 빨리 가까워지기 위해서는 우선 그가 그녀를 자주 만나야 한다는 상식 수준의 방식만이 맴돌 따름이었다.

그렇지만 동현은 마땅한 계책이 없는 상황에서는 그가 상식 수준에서 아는 방법을 동원하는 것도 과히 나쁘지 않을 것같이 생각돼서 연희에게 식사나 함께 하자고 제의할 양으로 그녀가 일하는 사무실에 전화를 걸었다.

"여보세요."

그녀의 음성이었다.

"김동현입니다. 어떻게 지내시는지 궁금해서 전화했습니다. 선약이 없으면 오늘 저녁에 만나서 식사라도 함께 하고 싶습니다."

"안 됩니다."

"그렇다면 내일 저녁은 어떻습니까?"

"내일도 안 돼요."

그녀가 이렇게 대꾸하고 전화를 끊었다.

'애인이 있으니 나를 만나고 싶지 않겠지. 하지만 나는 단념하지 않을 거야. 예전에 그녀에게 저지른 잘못을 속죄하는 차원에서라도 나는 그녀를 내 사람으로 만들어야 해.'

그가 수화기를 내려놓고 입속말로 이렇게 뇌며 그녀를 그의 사람으로 만들기 위한 방법을 찾아봤다. 하지만 그는 아직도 마땅한 방안을 뇌리에 떠올리지 못했다.

동현이 일손이 안 잡혀 의자 등받이에 상체를 기대고 허공을 바라보며 연희가 그를 만나지 않으려고 하는 이유를 다시금 생각해 봤다.

물론 그는 그 책임이 그에게 있다는 건 인정했다. '그렇지만 그녀를 내 사람으로 만들려고 하는 마당에 지난날의 잘못만을 탓하며 두 손 놓고 가만히 있을 수는 없지 않은가? 더욱이 그녀가 나를 만나지 않으려고 하는 한 가지 이유는 그녀가 애인이 생겼기 때문일 수도 있지 않은가?' 그는 그녀가 애인이 있는 상황에서는 그녀에게 전화를 걸어서 식사나 함께 하고 싶다고 말하는 것 정도로는 그녀를 불러내는 것이 어려울 것같이 생각됐다.

'그녀를 내 품으로 데려오기 위해서는 아무래도 충격적인 방법을 써야 할 것처럼 생각되는데…. 예를 들면 도덕적으로는 비루한 수단이 될지 모르지만 그녀와 그 사람의 사이를 벌려놓는 일부터 해야 할 것 같아. 만일 그렇게 해서도 두 사람의 사이가 멀어지지 않으면 그때에 가서 또 다른 방법을 찾아봐야지.'

그가 이렇게 중얼거리며 두 사람의 사이를 벌려 놓기 위한 계책을 찾아봤다. 하지만 그는 마땅한 계책이 뇌리에 얼른 떠오르지 않아 앞으로 시간을 두고 찾아보기로 마음먹었다.

호준이 사무실에서 일을 했다. 책상 위에 놓인 전화기의 벨이 울리어 그가 일을 하다 말고 팔을 뻗어 수화기를 들었다.

"여보세요."

"황호준 씨 부탁합니다."

남자의 목소리였다.

"제가 황호준입니다."

"저를 기억하고 계실지 모르겠습니다. 얼마 전에 뵈었던 김동현입니다."

"잊지 않고 있습니다."

"선약이 없으면 오늘 저녁에 만나서 맥주라도 한 잔 나누고 싶습니다. 괜찮으시겠습니까?"

"네. 그렇게 하지요."

호준은 그를 꼭 만나야 할 이유는 없었다. 그렇지만 호준은 지난번에 연희와 함께 그녀의 고향 마을에 가서 그녀의 부모를 뵈었을 때 그들이 그를 별로 탐탁히 여기지 않는 듯한 태도를 보였던 것, 그 다음날 둘이 서울로 돌아올 때 그녀가 택시 안에서는 물론이고 열차 안에서도 기분이 밝지 않았던 것 그리고 두 사람이 서울에 도착해서도 서먹한 분위기에서 벗어나지 못하고 헤어진 것 등이 어쩌면 그와 어떤 관련이 있을지도 모른다는 생각을 떨쳐버리지 못하고 있던 터여서 그를 만나서 대화를 나누다 보면 그가 그 같은 일들이 일어나도록 한 데에 어떤 원인을 제공했을 경우 그 내용을 유추할 수 있는 단서를 얻게 되지 않을까 여겨 응낙했다.

"그러면 어디서 만날까요? 제가 황호준 씨의 직장이 있는 곳 근처로 가서 만나는 게 도리인 줄은 압니다만……."

"제가 근무를 끝낸 후에 그 쪽으로 가겠습니다."

"그리 하시겠습니까? 고맙습니다. 그러면 지난번에 우리가 맥주를 마셨던 그 가게로 오후 7시 반까지 오실 수 있겠습니까?"

"네. 그 시간에 거기서 뵙도록 하지요."

호준이 전화를 끊었다.

호준이 저녁 7시 반이 조금 지난 시각에 동현과 만나기로 약속한 생맥주집에 닿았다. 동현이 거기에 먼저 와서 그를 기다리고 있었다.

"오래 기다리셨습니까?"

호준이 그의 맞은편으로 가서 앉으며 물었다.

"아닙니다. 저도 조금 전에 왔습니다."

동현이 그에게 손을 내밀어 악수를 청하며 대꾸했다.

동현이 여자 종업원을 불러서 생맥주 오백 시시 두 잔과 마른안주를 주문했다.

"주량은 어느 정도나 되십니까?"

동현이 물었다.

"소주 한 병 정도는 마십니다."

"그렇다면 주량이 적은 편은 아니군요."

"김 선생님은 어떻습니까?"

"저 역시 많이 마시지 못합니다."

동현이 웃으면서 대꾸했다.

여자 종업원이 아까 동현이 주문한 생맥주 두 잔과 마른안주를 가져왔다.

"이준석 씨는 잘 아십니까?"

동현이 맥주잔을 들어서 입으로 가져가며 물었다.

"아닙니다. 전에 한 직장에서 한동안 함께 일하며 가깝게 지내었을 따름입니다."

"그렇군요. 이준석 씨와 저는 초등학교 동창입니다. 우리 동네는 그 친구가 살던 마을과는 조금 떨어져 있습니다. 그렇지만 시골 사람들은 이동이 적어서 한 마을에 살지 않더라도 서로 잘 알고 지내는 경우가 많습니다. 저 역시 어렸을 때부터 그의 집에 자주 갔고 그도 이따금 우리 집에 놀러 오고는 했습니다. 그와 그렇게 지내며 저는 그의 가족과도 안면을 익히었습니다. 혹시 그의 육촌 여동생 이연희 씨의 큰삼촌에 관한 이야기는 들으셨습니까? 그러니까 이연희 씨 아버지의 형님 되는 분이지요."

"아니오. 못 들었습니다."

"제가 이런 이야기를 하면 이연희 씨의 가계에 욕되는 일이 될지 모르겠습니다. 그렇지만 선생님이 이왕 이연희 씨와 교제를 나누고 계시니까 그녀의 가계에 숨겨져 있는 비밀을 조금 아는 것도 과히 나쁘지 않을 것 같아 이야기해 드릴까 생각합니다."

"말씀해 주십시오. 저도 이연희 씨에 대해서 알고 싶은 점들이 없지 않습니다."

"사실 저도 이 이야기는 예전에 동네 어른들이 주고받는 말을 옆에서 귀동냥한 것입니다. 저는 들은 걸 그대로 전할 따름입니다. 그러니까 저를 오해하지는 마십시오."

"……."

"이연희 씨의 아버지는 이영호 씨이고, 그 분의 형님은 이영환 씨입니다."

동현이 예전에 연희의 가계에 있었었던 일에 관하여 이렇게 이야기하기 시작했다.

연희의 할아버지 이승화는 어렸을 때 가정 형편이 어려워서 학령에 이르러서도 당시 농촌 지역에서 보편적 교육 기관이었던 서당에 다니며 한학漢學도 공부하지 못하고 농사철에는 그의 아버지를 따라다니면서 농사일을 도왔다. 그는 어렸을 때부터 그렇게 농사일을 익힌 까닭에 소년의 나이에 이르러서는 벌써 훌륭한 농사꾼이 됐다.

승화는 삼남매 중의 맏이였다. 그는 밑으로 남동생 하나와 여동생 하나가 있었다. 당시만해도 시골에서는 옛날부터 전해 내려오던 조혼 풍습이 남아 있어서 승화는 15살의 나이에 이웃 마을의 처녀를 아내로 맞아서 가정을 이루었다.

10여 년의 세월이 흘렀다. 승화와 그의 아내 사이에서 아들 둘이 태어났다. 그즈음에 그의 아버지가 돌아가시고 장남인 그가 가업을 이어받아 농사를 지었다. 어쩌면 그는 농사가 이문이 별로 남지 않은 업종임을 일찍 깨달았는지도 몰랐다. 그는 선친으로부터 몇 마지기의 전답밖에 물려받지 못했지만 되도록 남의 손을 빌리지 않고 가내 노동력을 이용하여 농사를 짓는 방식으로 수익을 올리어서 그 수입을 바탕으로 농토를 조금씩 늘리어서 그리 오래지 않아 적잖은 농지를 소유하게 됐다.

큰아들 영환이 자라서 보통학교에 입학할 나이가 됐다. 하지만 그의 아버지 승화는 그를 학교에 보내지 않고 논과 밭으로 데리고 다니며 그에게 농사일을 가르쳤다.

영환이 성장해서 열아홉 살 청년이 됐다. 그는 그의 아버지를 닮아서 체구가 건장했다. 영환은 어렸을 때부터 그의 아버지를 따라다니며 농사일을 익히어서 그 나이에 훌륭한 농사꾼이 돼 있었다.

영환네 집 옆에는 조형오가 살았다. 형오는 몇 년 전에 결혼해서 슬하에 아들 하나와 딸 하나를 두었다. 그의 아내 오말순은 농촌에서는 드물게 눈에 띄는 예쁜 여인이었다.

영환네와 형오네는 한 고샅을 이용했다. 영환이 이성에 눈을 떠가면서 집 앞 고샅에서 살이 토실토실 오르고 예쁜 말순을 대할 때마다 야릇한 감정을 느꼈다.

여름철이었다. 찌는 듯한 더위가 연일 계속됐다. 낮 동안 높이 올라간 기온은 해가 지고 밤이 돼도 빨리 내려가지 않아서 사람들이 잠을 잘 이루지 못했다.

영환이 오전에 이어서 오후에도 그의 아버지와 함께 논의 김을 매고 해가 질 무렵에 집에 돌아왔다. 영환은 온종일 힘든 일을 했지만 한창 때여서 몸의 피로를 별로 안 느꼈다.

영환이 저녁 식사를 끝내었다. 그는 동생 영호와 함께 작은방에서 기거했다. 영환이 달리 할 일이 없고 내일 또 일할 걸 생각해서 잠이나 자두려고 작은방으로 들어갔다. 영호가 먼저 와서 한 구석에 누워 잠을 청하고 있었다. 한여름에는 등잔불의 열기도 방안의 온도를 조금은 높이었다. 영환이 등잔불을 입김으로 불어 끄고 누워서 두 눈을 붙이고 잠을 청했다. 낮 동안 올라간 방안 온도가 밤이 돼도 내려가지 않아서 그가 더위로 잠을 이룰 수 없었다. 그렇지만 그의 동생은 나이가 어려서 잠이 많은 시기에 있기 때문인지 금세 잠들었다.

영환이 몸을 돌려 옆으로 누워서 다시 잠을 청했다. 하지만 그는 잠을 이루지 못했다. 그가 잠을 이루려고 애쓰기 때문인지 잠이 더 안 오는 것 같았다. 그가 억지로 잠을 이루려고 애쓰는 것보다는 바깥바람을 쏘이며 몸의 열기를 식힌 후에 잠을 청하는 게 나을 것같이 생각돼서 일어나 방문을 열고 밖으로 나갔다. 밖에는 달이 떠서 주위가 환했다. 그가 마당으로 내려서서 그의 부모와 두 여동생이 있는 큰방을 봤다. 방에 불이 꺼져 있고 아무 기척도 들리지 않았다.

 농촌 사람들은 해가 지고 주위가 어두워지면 집 밖 출입을 잘 안 했다. 달이 떠서 주위는 어둡지 않았으나 사람들이 모두 집 안에 박혀 있기 때문인지 사방이 조용했다.

 영환이 마당 안을 한동안 이리저리 거닐었다. 형오네 집 쪽에서 누군가가 물을 찰박거리는 소리가 났다. 그 집 식구 중의 누군가가 이 시간에 목욕을 하는 것 같았다.

 '형오일까, 아니면 그의 아내 말순일까? 초저녁이라면 모르지만 밤이 제법 깊어서 사람들의 발걸음이 끊긴 시간에 남자가 구태여 이때를 택하여 목욕할 리는 없을 것같이 생각되는데…. 그렇다면 말순이 저녁 이른 시간에는 다른 사람들의 눈에 띨까 봐 목욕을 안 하고 이때를 택하여 몸을 씻는 게 아닐까?'

 영환은 생각이 거기에 미치자 목욕을 하는 사람이 말순인지 아닌지 그의 눈으로 확인하고 싶었다. 두 집 사이에는 어깨 높이의 토담이 쳐져 있었다. 그가 발소리가 나지 않게 살금살금 토담 쪽으로 다가가 발끝으로 서서 형오네 집 안을 넘어다봤다. 집 뒤란의 처마 밑에서 누군가가 목욕을 하고 있었다. 달빛은 밝지만 처마 밑에는 그늘이 져 어슴푸레해서 그는 목욕을 하고 있는 사람이 누구인지 분간하기 어려웠다. 그러나 남자는 아닌 것 같았다. 그렇다면 형오의 아내 말순이 목욕하고 있는 게 분명했다.

 영환은 그때까지 성숙한 여인의 벌거벗은 몸을 보지 못했다. 그가 말순의 벌거벗은 모습을 좀더 가까이에서 보려고 집 밖으로 나가서 발소리가 나지 않게 고샅을 걸어 형오네 집 앞으로 갔다. 다행히 대문이 잠기지 않고 비끗 열려 있었다. 영환이 비끗 열려 있는 문짝을 소리나지 않게 밀어 열고 안으로 들어갔다.

형오의 집은 삼간이었다. 두 개의 방 모두 불이 꺼져 있었다. 영환이 발소리가 나지 않게 마당을 가로질러 집 왼편 뒤쪽 모퉁이로 가서 벽에 몸을 붙이고 고개를 내밀어 처마 밑을 봤다. 목욕을 하고 있는 사람의 모습이 그의 눈에 환히 들어왔다. 그가 짐작했었던 대로 말순이 목욕을 하고 있었다. 그녀는 올해 스물다섯 살이었다. 그녀는 형오와의 사이에서 아들 하나와 딸 하나를 낳아 기르고 있었다. 그녀는 작년에 낳은 딸에게 아직 모유를 먹이고 있어서 젖가슴이 크게 부풀어 있었다. 영환은 그녀의 크게 부푼 젖가슴, 옆으로 쩍 벌어진 엉덩이, 그리고 두 다리 사이의 검은 숲을 보는 순간 가슴이 방망이질 쳐서 숨이 다 막히는 듯했다.

영환이 말순의 벌거벗은 모습을 자세히 보고 싶은 욕심에서 고개를 앞으로 더 내밀었다. 그 순간 벽 위쪽에 걸려 있던 대바구니가 그의 머리에 걸려 아래로 털썩 떨어졌다. 그녀가 그 소리를 듣고 놀라서 그가 있는 쪽으로 얼굴을 돌렸다. 두 사람의 시선이 마주쳤다. 그녀가 자신이 목욕하는 모습을 누군가가 훔쳐보고 있다는 걸 알고 반사적으로 몸을 웅크렸다.

달빛은 환하게 비치고 있었으나 처마 밑은 그늘이 져서 어슴푸레했다. 그렇지만 영환은 말순이 이쪽으로 얼굴을 돌렸을 때 그녀가 목욕하고 있는 걸 훔쳐보고 있는 사람이 그라는 걸 이미 알았을 걸로 헤아렸다. 시골에서는 조그마한 일도 소문이 금세 크게 났다. 그는 밤에 이웃집 여인이 목욕하고 있는 걸 훔쳐보고 있었다는 것이 동네 사람들에게 알려지면 큰일이라고 생각했다. 그는 그녀가 거기에 대하여 입을 열지 못하도록 하기 위해서는 일을 더 크게 벌여야 할 것 같은 생각이 들었다. 그는 생각이 거기에 미치자 머뭇거릴 겨를이 없었다. 그가 우르르 그녀에게 달려가서 한 손으로 그녀의 입을 막고 다른 한 손으로 그녀의 허리를 안았다. 그녀의 저항이 그가 예상했었던 것만큼 격렬하지 않았다. 그가 그녀를 두 팔로 안고 집 뒤의 툇마루 위로 올라가서 눕히고 위에서 그녀를 덮쳤다.

  더위가 한풀 꺾이었다. 이 시기에는 급한 농사일도 대충 끝나는 까닭에 농촌 사람들에게는 이 기간이 여름철 농한기이기도 했다. 그렇지만 농촌 사람들은 이 농한기에도 대개는 놀지 않고 비가 내리지 않는 날에는 다음 농사에 쓸 퇴비를 만들기 위해서 산이나 들에 가서 풀을 베어들이기도 했다.
  영환네 역시 급한 농사일을 대강 끝내었다. 그는 농촌에서 태어나 어렸을 때부터 아버지의 농사일을 도우며 잔뼈가 굵어지는 동안 철에 따라 사람들이 하는 일들은 그 나름의 의미가 있다는 걸 일찍 터득했다. 그렇기 때문에 그 역시 다른 사람들처럼 이 여름철 농한기에 놀지 않고 비가 내리지 않는 날에는 산에 가서 가을에 보리를 심을 때 퇴비로 쓸 풀을 베어들이었다.
  영환이 큰방에서 식구들과 함께 점심을 들고 밖으로 나왔다. 그가 오후에 특별히 달리 할 일이 없었다. 그가 오늘도 퇴비로 쓸 풀을 베어 오려고 지게에 발채를 얹어서 등에 지고 집에서 나갔다. 날씨가 쾌청했다. 하늘에는 구름 한 점 떠 있지 않았다. 그가 고샅길을 지나서 재 너머 동네로 이어진 산길로 들어섰다. 길이 꼬불꼬불하고 군데군데 경사가 급한 데들이 있었다. 그렇지만 그는 예전부터 이 길을 자주 다니어 익숙한 터여서 위로 걸어 올라가는 데에 별로 힘드는 걸 못 느끼었다.

그가 산골짜기를 따라 난 길을 한동안 걸어 올라가 고갯마루에 이르렀다. 그 너머는 내리막길이었다. 그가 고갯마루를 지나서 내리막길을 조금 걸어 내려갔다. 길 오른편에 잡목이 듬성듬성 서 있는 풀밭이 펼쳐져 있었다. 그는 어제도 이곳에서 풀을 베었다. 그가 지게를 벗어서 길옆에 세워 놓은 후에 오른손에 왜낫을 쥐고 그 풀밭으로 들어갔다. 다른 사람들의 손이 덜 미친 곳이어서 풀이 길게 자라 있었다. 그가 오른손에 쥔 낫을 잠깐씩 휘둘러서 벤 풀이 금세 왼손에 한 움큼씩 찼다.

그가 이따금 한참씩 쉬어 가며 세 시간 가량 풀을 베었다. 그 사이에 해는 서산 너머로 지고 주위에 옅은 땅거미가 찾아들기 시작했다. 얼마 전까지 근처 밭에서 일하던 사람들의 모습도 이제는 안 보였다. 주위가 더 어두워지기 전에 사람들이 서둘러 일을 마무리하고 집으로 돌아간 듯했다.

영환이 역시 어두워지기 전에 집으로 돌아가려고 일어서서 여기저기 흩어져 있는 풀 더미들을 봤다. 그 양이 어림짐작으로 실히 한 짐은 돼 보였다. 그가 얼굴에 만족한 표정을 올리고 여기저기 널려 있는 풀 더미를 하나씩 양손으로 움키어 쥐고 발채로 옮기었다. 그가 발채 밑바닥을 채우고 위로 반듯이 쌓아 올린 풀 짐의 높이가 실히 석 자는 넘었다.

그가 지게 앞으로 가서 양 어깨에 멜빵을 걸고 두 다리에 힘을 주어 몸을 세웠다. 풀 짐이 꽤 무거웠다. 그가 두 어깨에 중량감을 느끼며 마을을 향해 천천히 걸음을 옮기었다.

　영환이 고갯마루 아래에 이르렀다. 그가 거기서 잠시 쉬어가려고 지게를 벗어서 길섶에 세워 놓고 그 옆에 서서 길 왼편에 있는 형오네 고추밭 쪽으로 시선을 돌렸다. 밭 저쪽 끝에서 말순이 고추를 따고 있는 모습이 그의 눈에 들어왔다. 주위에 땅거미가 짙어 가고 있었지만 그녀가 하던 일을 마저 끝내고 집으로 돌아가려는 듯 그때까지 밭에서 고추를 따고 있었다.

　영환은 얼마 전에 말순이 밤에 목욕하는 걸 훔쳐보다가 그녀에게 발각되자 소문이 날까 두려워서 그녀를 겁탈한 후로 그동안 그녀를 보지 못했다. 그 뒤로 마을 사람들 사이에서 어떤 소문도 나돌지 않은 걸로 미루어 그는 그녀가 거기에 대해서 입을 다물고 있는 게 아닌가 생각했다.

　'그 사건이 마을 사람들에게 알려지면 자신에게도 수치스러운 일이 되기 때문에 그녀가 입을 다물고 있는지도 모르지. 아무튼 나에게는 다행스러운 일이야. 그렇기는 하나 한 가지 의문은 남아 있어. 그때 그녀의 남편이 집 안에 있었기 때문에 그녀가 소리를 질렀으면 나를 물리칠 수도 있었는데, 그녀가 그렇게까지 하지 않은 까닭이 뭘까? 그녀가 혹시 전부터 나에게 마음이 조금은 있었기 때문에 그랬던 게 아니었을까?'

　그는 당시 그녀가 그의 폭력에 크게 저항하지 않았던 까닭을 이렇게 추정해 보기도 했다.

　'조금 늦은 감이 있기는 하지만 지금이라도 그녀에게 다가가서 말을 붙이어서 그녀가 나를 대하는 태도를 보면 그녀가 그때 나의 폭력에 크게 저항하지 않았던 사유가 무엇인지 조금은 짐작할 수 있을 것같이 생각되는데…. 물론 일이 잘못되면 자칫 긁어부스럼이 될 가능성도 없지는 않지.'

그가 입속말로 이렇게 중얼거리며 당시 그녀가 그의 폭력에 크게 저항하지 않은 사유가 무엇이었는지 알고 싶어 밭두렁길을 걸어서 그녀가 고추를 따고 있는 곳으로 다가갔다. 하지만 그녀는 일에 정신이 팔려서 그가 다가오고 있는 것도 알지 못했다.

"지금까지 일하고 계시네요."

그가 그녀가 일하는 곳 가까이에 이르러서 걸음을 멈추고 그녀에게 말을 건네었다.

"……."

그녀가 그의 음성을 듣고 깜짝 놀라 몸을 세우고 얼굴을 돌려 그를 봤다. 여자가 외진 곳에서 외간 남자와 마주쳤을 때 본능적으로 사내를 경계하여 드러내게 마련인 표정이 일순 그녀의 얼굴을 스치었다. 그렇지만 그것뿐이었다. 다음 순간 그녀가 입가에 살며시 미소를 올리었다.

'그녀가 방금 얼굴에 미소를 올리고 나를 본 건 그때 그녀가 나의 폭력에 크게 저항하지 않았던 사유가 어쩌면 그녀가 전부터 나에게 마음이 조금은 있었기 때문이었다는 걸 말하는 게 아닐까?'

그는 자신의 추측이 과히 틀리지 않았음을 안 순간 한동안 마음 한구석에 자리잡고 있던 불안감이 가시며 엉뚱한 욕심이 일었다. 더욱이 기회는 좋았다. 주위에는 땅거미가 짙어 가고 있었고 오가는 사람들도 없었다. 그가 안에서 꿈틀대는 욕정을 더 이상 억누르지 못하고 고추밭 고랑을 가로질러 그녀에게 다가갔다. 그녀가 모든 걸 체념한 듯 고개를 숙이고 가만히 있었다.

　그가 그녀가 서 있는 곳에 다다랐다. 그녀 옆에 놓인 대바구니에 붉은 고추가 반 가량 차 있었다. 그가 두근거리는 가슴을 억누르고 용기를 내어서 그녀의 손목을 잡았다. 그녀의 손목이 가늘게 떨리었다. 그는 머뭇거릴 시간 여유가 없었다. 그가 그녀를 밭고랑 사이에 눕히고 그녀의 옷들을 하나씩 벗기었다. 밑에는 풀이 길게 자라 있어서 그녀의 맨 살에 흙이 묻을 염려는 없었다. 그녀가 알몸이 되어 두 눈을 감고 가만히 누워서 그의 다음 행동을 기다리었다. 그가 급히 아랫도리에 걸친 잠방이를 내리고 그녀의 몸 위에 그의 체중을 실었다.

　영환이 말순과 두 번째 관계를 가진 뒤로 대담해져서 요즈음에는 낮에도 형오가 집에 없는 틈을 타서 가끔 그녀를 찾아가 정을 통하고는 했다. 그녀 역시 영환과의 밀회가 거듭됨에 따라 낮에 남편이 집에 없을 때 그가 그녀를 찾아와도 크게 두려워하거나 겁을 내는 것 같지 않았다. 지난번에 영환이 그녀의 남편이 집에 없을 때에 그녀를 찾아갔을 적에는 그녀가 그럴 걸로 여기었었다는 듯이 얼굴에 미소를 올리기도 했다.

　가을걷이 철이 됐다. 농촌에서는 이 기간이 1년 중 가장 바쁜 시기였다. 이 시기에는 일손이 모자라서 어린아이들도 때로 그들의 부모를 따라 논과 밭에 가서 그들이 하는 일을 거들었다.

　형오는 전답이 많지는 않았으나 주로 자기 손으로 농사일을 꾸리는 까닭에 늘 바빴다. 추수철을 맞아서 그는 요즈음 아침에 들에 일하러 가면 점심때가 돼서야 집에 왔고 식사를 하고 다시 나가면 해가 지고 주위가 어둑해질 무렵에야 돌아왔다.

 이웃마을에서 초상이 났다. 형오는 이웃마을 상가의 상주와 어렸을 때부터 친하게 지내었다. 형오는 그 상주와의 친분을 생각하면 열 일을 제쳐놓고 바로 그 초상집에 문상하러 가야 했다. 하지만 형오는 농사일로 바빠서 낮에 시간을 내기 어려워서 그를 찾아가지 못했다.

 형오가 산 밑 밭의 콩을 거두는 일을 끝내고 주위가 어둑해질 무렵에 집에 돌아왔다. 그가 아내가 차려 준 저녁을 들고 이웃 마을에 문상하러 가기 위해 머리에 모자를 쓰고 두루마기 차림으로 집에서 나갔다.

 영환이 들에서 일을 끝내고 집으로 돌아오던 길에 형오가 이웃마을의 초상집에 문상하러 가는 걸 봤다. 영환이 집에 와서 큰방에서 저녁 식사를 하고 밖으로 나왔다. 가을이어서 낮의 길이가 짧아 주위가 어두웠다. 그가 형오가 없는 틈을 타서 또 말순을 만나려고 그의 집 앞으로 가서 대문을 밀어 열고 안으로 들어갔다.

 부엌 문틈으로 불빛이 새어 나왔다. 그녀가 부엌에서 설거지를 하는 듯했다. 그가 집 모퉁이를 돌아서 뒤쪽 부엌문 앞으로 다가갔다. 그녀가 안에서 호롱불을 켜놓고 설거지를 하고 있었다. 그가 밖에서 조그만 소리로 인기척을 했다. 그녀가 고개를 돌려 열려진 문틈으로 그가 밖에 서 있는 걸 보고 얼굴에 미소를 올리었다.

 그녀가 설거지를 서둘러 끝내고 물 묻은 손을 앞치마로 닦으며 부엌에서 나왔다. 그가 그녀의 손을 잡고 집 뒤의 툇마루로 가서 그녀를 두 팔로 안아 들고 위로 올라가 반듯이 눕히었다. 그녀가 두 눈을 감고 누워서 그의 다음 행동을 기다렸다. 그가 그녀의 옷들을 다 벗기고 급히 아래에 걸친 잠방이를 내린 뒤에 그녀의 몸 위에 그의 체중을 실었다.

그가 무아경 속에서 절정을 향해 그의 몸을 위아래로 힘차게 움직였다. 그녀가 그의 동작에 응하여 거친 신음을 내뱉으며 .뜨거워진 몸을 위아래로 격렬히 놀리었다.

밤에는 조그만 소리도 크게 들리었다. 집 모퉁이 쪽에서 뭔가가 풀썩 떨어지는 소리가 났다. 영환이 무아경을 헤매다가 정신이 번쩍 들어 소리가 난 쪽으로 고개를 돌렸다. 형오가 손에 낫을 들고 툇마루 쪽으로 다가오고 있었다. 그가 이웃 마을의 초상집에 문상하러 가서 상주만을 만나보고 바로 집으로 돌아온 듯했다. 조금 전에 풀썩 소리가 났던 건 그가 아마도 그의 아내가 내뱉는 신음을 듣고 눈이 뒤집히어 두 사람을 죽이려고 낫을 찾다가 벽에 걸린 물건을 떨어뜨리어서 난 것 같았다.

영환은 그의 손에 죽을 수는 없다고 생각했다. 영환이 급히 몸을 일으켜서 툇마루 아래로 뛰어내려가 집 뒤의 담벼락에 비스듬히 세워져 있던 몽둥이를 손에 들었다. 형오가 그의 돌연한 행동에 멈칫했다. 하지만 아내의 외도 현장을 목격하고 질투심에 눈이 뒤집힌 그는 격한 행동을 멈추지 않았다. 그가 당초 마음먹었었던 바를 실행으로 옮겨 바로 영환을 낫으로 내리찍을 것처럼 치켜 들고 한 발짝 한 발짝 다가왔다. 영환은 담에 막혀서 달아날 수도 없었다.

그가 막다른 상황에서 다른 선택의 여지가 없어 손에 든 몽둥이로 그의 머리를 내리쳤다. 형오가 '억' 소리를 내며 옆으로 쓰러졌다. 그 사이에 옷들을 다 챙겨 입고 오도카니 툇마루 위에 앉아 있던 말순이 그녀의 남편이 영환이 내리친 몽둥이에 머리를 맞고 쓰러진 걸 보고

달려가서 그를 부둥켜안았다. 그녀의 남편이 두 눈을 감은 채 축 늘어져서 꼼짝하지 않았다. 그녀가 급히 그의 저고리 앞자락을 헤치고 그의 가슴에 귀를 대었다.

"사람 죽었다!"

그녀가 겁에 질린 얼굴로 영환을 보며 소리쳤다. 그렇지만 그녀의 목소리는 크게 터져 나오지 않았다.

영환이 손에 들고 있던 몽둥이로 형오의 머리를 내리치고 나서 정신을 못 차리고 멍하니 서 있다가 말순이 그녀의 남편이 죽었다고 소리치는 걸 듣고 제정신을 되찾았다. 영환은 애초에 그를 죽일 의도는 없었다. 하지만 영환은 결과적으로 살인을 저지른 살인자가 됐다. 그는 비록 살인을 저지르기는 했지만 살고 싶었다. 그는 살인죄를 저지르고 붙잡히어서 법의 심판에 따른 죽음을 면하기 위해서는 우선 현장을 피해야 할 것 같은 생각이 들었다. 그는 생각이 거기에 미치자 머뭇거릴 겨를이 없었다. 그가 툇마루 위로 뛰어올라가서 아까 벗어놓았었던 잠방이를 찾아서 아랫도리에 꿰고 급히 그의 집으로 향했다.

영환이 그의 집 대문을 밀어 열고 안으로 들어섰다. 집 안이 조용했다. 그가 그의 동생 영호가 자고 있는 방으로 들어갔다. 영호가 방 한 구석에 누워서 세상 모르고 자고 있었다. 영환이 횃대에 걸려 있던 그의 옷 두어 벌을 더듬더듬 걷어서 보자기에 싸서 들고 방에서 나왔다. 그의 부모와 두 여동생이 자고 있는 큰방에서는 여전히 아무 기척이 없었다. 모두 깊이 잠든 듯 했다.

영환이 집에서 나가 발소리가 나지 않게 조심조심 고샅을 걸어서 마을 어귀를 벗어났다. 검은 구름장 사이로 보름달이 이따금 얼굴을 내밀었다. 그는 살인을 저지르고 도망치기 위해 그의 집에서 나오기는 했지만 어디에 가서 몸을 숨길 것인지 아직 결정짓지 못했다.

영환이 면사무소가 위치한 용암마을에 이르렀다. 동쪽 방향으로 이어진 신작로 주변의 촌락에는 몇몇 지인들이 있었다. 그는 몸을 숨기기 위해서는 아는 사람들이 별로 없는 곳으로 가는 게 좋겠다고 여기어 서쪽 방향으로 뻗은 신작로를 따라 재게 걸음을 옮겼다.

동현이 여기서 이야기를 끝냈다.

"제가 지금까지 한 이야기는 새밭골마을에서 살인 사건이 발생한 뒤에 주재소의 순사가 오말순 씨를 조사하던 과정에서 드러난 내용입니다. 그렇지만 그 내용이 내 귀에 들어오기까지 여러 사람들의 입을 거쳤기 때문에 거기에 그들의 상상력이 조금은 가미됐을 걸로 봅니다."

"그랬겠지요. 그후로 이영환 씨의 행적은 더 이상 밝혀진 게 없었습니까?"

호준이 물었다.

"일정日政 시대만해도 치안이 전국 구석구석까지 미치지 못했던 것 같았습니다. 살인 사건인 만큼 주재소의 순사들이 이영환 씨를 체포하기 위해서 나름대로 그 사람이 갈 만한 곳들을 물색해서 수색했겠지만 끝내 못 찾았다고 해요."

"……"

"그런데 이영환 씨가 종적을 감춘 지 여러 해 후에 어떤 사람이 무슨 일로 전라도 어디에 가서 우연히 그 분과 비슷하게 생긴 남자를 봤다고 하더라고요. 하지만 그 사람이 이영환 씨인지 아닌지는 확인하지 못했다고 해요."

동현이 덧붙였다.

생맥주는 알코올 도수가 낮은 술이지만 호준이 동현과 이야기를 주고받으며 자신도 모르게 적정량을 초과하여 마신 탓에 취기를 느끼었다. 그것은 동현의 경우에도 마찬가지인 듯했다.

두 사람이 가게에서 나왔다. 밤 11시가 가까웠다. 동현은 거기서 바로 택시를 타고 그의 거처로 갔다. 호준은 그가 떠난 후에 전철을 타고 그의 하숙집으로 돌아가려고 근처 지하철역으로 향했다.

'동현 씨가 나를 만나서 구태여 연희 씨의 가계에 숨겨진 비밀을 이야기한 목적은 어디에 있을까? 그는 내가 그녀와 사귀더라도 알 건 알고 교제를 나누는 게 좋을 것같이 생각돼서 그 이야기를 한다고 했지만 그것이 과연 그가 그녀의 가계에 숨겨진 비밀을 나에게 전할 만한 사유가 될까? 만일 그것이 참 사유가 아니라면 그가 그 비밀을 나에게 전한 의도는 어디에 있을까? 그 역시 미혼인 걸로 알고 있는데, 그가 혹시 그녀가 나를 사랑한다는 걸 눈치채고 그녀를 나에게 빼앗기지 않기 위하여 그녀와 나 사이를 벌려 놓으려고 그 비밀을 나에게 전한 건 아니었을까? 어쩌면 그가 그 비밀을 나에게 전한 의도는 실은 거기에 있었는지도 몰라.

그런데 나로서는 그가 그녀의 가계에 숨겨진 비밀을 나에게 이야기한 의도가 어디에 있는지 아는 게 능사만은 아니야. 그 사건은 그녀의 가계에 수치스러운 일이기는 하지만 그녀의 직계 가족이 저지른 것이 아니어서 그녀와는 크게 상관이 없다고 할 수 있어. 그보다는 전에 내가 그녀의 아버지의 용모 일부가 우리 부친과 닮은 구석이 있는 걸 보고 두 사람이 혹시 혈연적으로 어떤 관련이 있지 않은가 하는 의문이 일었지만 이 세상에는 생김새 일부가 비슷한 이들이 하나둘 있는 게 아니어서 그 가능성이 낮은 걸로 평가하여 부정했는데, 그가 오늘 전한 이야기를 듣고 보니 내가 거기에 대해서 다시 생각해 봐야 할 것 같아. 내가 그때 둘의 혈연적 연결 가능성을 좀더 깊이 생각해 보지 않고 성급히 부정적 결론을 내린 듯해.'

물론 호준이 오늘 동현이 전한 이야기를 듣고 전에 혈연적 연결 가능성이 낮은 걸로 결론을 내렸었던 두 사람의 관계를 다시 생각해 보며 새밭골마을에서 살인을 저지르고 도주한 이영환이 그의 아버지였을지도 모른다는 의문을 품게 된 데는 몇 가지 이유가 있었다.

첫째로, 호준은 지난번에 연희와 함께 그녀의 부모를 뵈려고 새밭골마을에 갔을 때 그녀의 아버지의 코가 길고 눈썹이 짙은 걸 보고 그 부분들이 그의 부친 황충식의 용모 일부를 닮은 것같이 생각돼서 그들이 혹시 혈연적으로 어떤 연결이 있는 게 아닌가 하는 의문을 품었다. 하지만 호준은 이 세상에는 용모 일부가 비슷한 사람들이 하나둘 있는 게 아니어서 그때에는 그 가능성이 낮은 걸로 평가했다.

하지만 그는 오늘 동현이 전한 이야기를 듣고 그것이 잘못이었는지도 모른다는 생각이 들었다. 호준은 그의 부친이 전라도에서 살면서도 경상도 사투리를 썼던 건, 사람이 어렸을 때 익힌 말씨는 고치기 어렵다는 점에서, 그가 어린 시절을 경상도에서 보내었을 수도 있었다는 걸 말하지 않는가 생각했다. 나아가서 그것이 참이라면 호준은 그의 고향이 새밭골마을일 수도 있으며 만일 실제가 그렇다면 그가 그녀의 아버지와 혈연적으로 연결될 공산도 없지 않다고 헤아렸다. 다만 그녀의 아버지는 이李 씨이고 그의 부친은 황黃 씨여서 두 사람의 성姓이

다르기 때문에 그들이 혈족은 아닐지 모르지만 외가外家 쪽으로는 어떤 관련이 있을 수도 있었다. 그 위에 지금처럼 제도가 정비되어 있지 않았던 시절에는 사람의 성姓도 바뀌었던 예들이 없지 않음에 비추어 호준은 두 사람의 성이 다른 것이 그들의 혈연적 무관성無關性을 입증하는 건 아니라고 헤아렸다.

　다음으로, 호준이 연희와 함께 그의 고향 마을에 가서 그의 어머니를 뵈었을 때 그의 모친은 그 처자가 말하는 걸 듣고 그녀의 말씨가 그의 아버지의 그것과 비슷하다고 했다. 실제로 사투리는 지방마다 그리고 고장마다 조금씩 차이가 있다. 그렇기 때문에 호준은 그의 아버지와 그 처자의 말씨가 비슷하다는 건 두 사람이 같은 고장 출신일 수도 있다는 것 그리고 그것이 참이라면 그의 아버지의 고향이 새밭골마을일 가능성이 있다는 것 등을 증명하는 증좌가 될지 모른다고 헤아렸다.

　셋째로, 충식은 연례와 결혼해서 삼봉마을에서 뿌리를 내리고 살면서도 그가 어느 곳에서 왔는지 그리고 그의 고향이 어디인지 안 밝히었다. 호준은 그가 그의 출신지를 밝히지 않은 데는 필시 어떤 곡절이 있기 때문인 걸로 헤아렸다. 연례는 전에 언젠가 아들에게 그녀의 친정 아버지 김상모는 그가 열아홉의 나이에 그의 집에 머슴을 살러 왔을 때 그의 신원이 미심쩍어서 처음에는 그를 일꾼으로 고용하는 걸 꺼리었다고 했다. 그렇지만 상모는 마침 일손이 더 필요하던 차여서 부득이 그를 달머슴으로 썼고 그 때 그가 일을 잘 하고 착실하다는 걸 알고 나서 그를 계속 고용하게 됐으며 나중에는 그에게 딸까지 주어서 그를 사위로 삼았다고 했다.

　그런 연유로 호준과 그의 어머니는 그가 마지막 숨을 거둘 때는 그가 어느 곳에서 왔는지 그리고 그의 고향이 어디인지 정도는 그의 가족에게 알려줄 걸로 생각했다. 하지만 충식은 끝내 그가 어느 곳에서 왔는지 그리고 그의 고향이 어디인지 밝히지 않고 숨을 거두었다.

'물론 새밭골마을에서 옆집 남자를 죽이고 종적을 감춘 이영환이 우리 아버지 황충식이었다는 증거는 아직 없어. 그렇기는 하나 어떤 경로로 이영환이 우리 아버지였음이 밝혀진다면 연희는 그의 질녀가 되고 그녀와 나는 사촌 간임이 드러나게 되는데……'

호준은 생각이 거기에 미치자 두려움으로 몸이 떨렸다.

'하지만 이건 내 추측의 산물일 뿐이야. 게다가 이영환이 저지른 살인죄는 이미 공소시효가 만료되었고 만일 수사를 통하여 그가 우리 아버지였음이 밝혀지더라도 그 피의자가 이미 이 세상 사람이 아니어서 크게 문제될 건 없어. 그렇기는 해도 예전에 새밭골마을에서 살인을 저지르고 도주한 이영환이 우리 아버지였음이 밝혀질 경우 그 피의자는 이 세상 사람이 아니어도 그걸로 모든 문제가 종결되는 건 아니야.'

호준은 예전에 새밭골마을에서 살인을 저지르고 도주한 이영환이 그의 아버지임이 밝혀질 경우 그는 유명을 달리했어도 그의 남은 가족은 한동안 주변 사람들의 눈총을 받으며 살아갈 수밖에 없을 걸로 헤아렸다.

호준이 동현이 전한 이야기를 듣고 머릿속에서 최악의 경우까지 연상해가며 걸음을 옮기던 사이에 지하철역에 이르렀다. 밤이 깊은 시간이어서 전철의 운행 간격이 길었다. 그가 신촌 방향으로 가는 전철이 오기를 기다리며 연희의 얼굴을 뇌리에 떠올렸다.

'동현 씨가 그녀의 가계에 숨겨진 비밀을 나에게 이야기한 건 그녀와 나 사이를 벌려 놓으려는데 그 목적이 있는 것같이 생각돼. 그렇지만 동현 씨는 나에게 그 이야기를 전하면서도 그녀의 큰삼촌이 우리 아버지였을 수도 있었다는 건 아직 모르고 있는 것 같아. 동현 씨가 그녀의 큰삼촌이 우리 아버지였을 수도 있었다는 걸 알았다면 그녀와 나는 결혼할 수 없기 때문에 둘의 사이를 벌려 놓으려고 구태여 그녀의 가계에 숨겨진 비밀을 나에게 이야기하지는 않았을 거야.'
　호준은 그가 그녀의 큰삼촌 이영환이 그의 아버지 황충식이었을 수도 있었다는 걸 모르는 걸 다행으로 여기었다.
　'그런데 그녀는 예전에 그녀의 큰삼촌이 옆집 남자를 죽이고 종적을 감추었다는 걸 알고 있기는 할까? 그녀도 주위 사람들로부터 그 이야기를 어떤 형태로든지 들어서 조금은 알고 있겠지. 그렇지만 그 사건이 오래전에 일어난 일이어서 지금은 그 건을 생생히 기억하는 사람들이 많지 않아서 그녀가 그 이야기를 들었다고 해도 자세히 알지는 못할 거야. 여하간에 그녀가 그 건을 자세히 알지 못하는 게 어느 면에서 우리 두 사람에게는 다행스러운 일일 수도 있어. 하지만 그녀와 내가 결혼하게 되면 그 동안 숨겨져 있던 비밀이 겉으로 드러날 가능성은 그 만큼 더 커진다고 봐야 해. 만일 그렇게 되어 그녀가 예전에 새밭골마을에서 살인을 저지르고 도주한 그녀의 큰삼촌이 우리 아버지였다는 걸 알면 어떤 반응을 나타낼까? 어떤 문화권에서는 사촌끼리도 결혼하지만 우리나라에서는 그렇지 않기 때문에 그녀가 나와 갈라서려고 할까? 하기야 그건 그녀가 나와 결혼해서 함께 살 경우에 생각해 볼 일이지. 지금은 그녀와 내가 교제 중에 있으니까 그녀가 어떤 경로를 통하여 예전에 새밭골마을에서 살인을 저지르고 도주한 그녀의 큰 삼촌이 우리 아버지였다는 걸 알면 나를 더 이상 만나지 않으려고 할지도 몰라. 아무튼 두 경우 모두 우리 두 사람에게는 큰 불행일 수밖에 없어. 그렇다면 그 같은 불행한 일이 일어나지 않도록 하기 위해서는 그녀가 우리 두 사람이 사촌 관계에 있을 수도 있다는 걸 알기 전에 내가 그녀를 만나는 걸 피하는 게 좋지 않을까?'

 호준은 머릿속에서 이렇게 뇌며 앞으로 그녀와의 관계를 어떻게 끌고 갈 것인지 생각해 봤다. 그렇지만 그는 딱히 어떻게 하는 것이 좋을지 쉬 어떤 결정을 내리기 어려웠다. 게다가 그는 동현이 전한 내용을 그대로 믿고 당장 어떤 결정을 내릴 경우 그것이 성급한 처사가 될 가능성도 배제할 수 없어서 그녀와의 관계를 어떻게 끌고 갈 것인지에 대해서는 좀더 시간을 두고 생각해 보는 것이 좋을 것 같아 그리하기로 마음먹었다.

제10장
환경 순응

　동현이 사무실에서 일을 하며 연희, 호준 그리고 그 자신 세 사람 사이에 얽혀 있는 문제를 어떻게 해결할 것인지 생각해 봤다. 사실 동현이 지난번에 그를 만나서 구태여 그녀의 가계에 숨겨져 있던 비밀을 그에게 이야기한 의도는 그가 그걸 듣고 그녀를 스스로 멀리해서 그녀가 자신에게 돌아오도록 하려는 데에 있었다. 그렇기 때문에 동현은 자신이 의도했던 바가 이루어질 가능성이 있는지 알아보기 위해서는 그가 그 비밀을 듣고 그녀를 어떻게 생각하는지 알 필요가 있었다. 하지만 동현은 그에게 그 비밀을 이야기한 후로 여러 날이 지나도록 그가 그걸 듣고 그녀를 어떻게 생각하는지 알 수 있는 어떤 단서도 얻지 못했다.

　'호준 씨가 그녀의 가계에 숨겨져 있던 비밀을 듣고 가문이 좋지 않은 집안의 여자와는 결혼할 수 없다고 여기어 그녀를 스스로 멀리하려고 할까, 아니면 그런 것쯤에는 개의하지 않고 앞으로도 그녀와의 교제를 이어나갈까? 만일 그가 그런 것쯤에 개의하지 않고 그녀와의 교제를 이어나간다면 내가 의도했던 바는 한갓 물거품이 되고 마는데…. 어떻게 하면 그가 그 이야기를 듣고 그녀를 어찌 생각하는지 알 수 있을까? 한 가지 방법은, 다소 유치한 수단이기는 하지만, 내가 그를 만나서 그가 거기에 대하여 어찌 생각하는지 물어보는 것이 되겠지. 그렇지만 내가 그리 한다고 해도 그가 그의 생각을 나에게 진솔하게 이야기한다는 보장은 없어. 게다가 내가 그리 하기 위해서는 그에게 전화를 걸어서 만나자고 해야 하는데 지금으로서는 그에게 그같은 제의를 할 만한 어떤 명분도 없지 않은가? 그 외에 다른 한 가지 수단은 내가 그녀를 만나서 그녀가 나를 대하는 태도에 어떤 변화가 있는지 살펴서 그의 생각을 간접적으로 알아보는 것이지. 예를 들면, 내가 그녀를 만나 봤을 때 그녀의 태도에 아무 변화가 없다면 그건 그가 내 이야기를 들은 뒤로 여태 그녀를 만나지 않았거나, 만났더라도 그가 그런 것쯤에 개의하지 않고 그녀에게 아무 말도 안 한 걸로 해석하는 것이지. 그런데 내가 그녀에게 전화를 걸어서 만나자고 하면 그녀가 나의 제의에 응하기는 할까? 지금까지의 예로 미루어 십중팔구 그녀가 내 제의를 거절할 거야. 그렇기는 하나 내가 의도했던 바가 성공할 가능성이 있는지 알아볼 수 있는 수단은 그 길밖에 없는 것같이 생각되니까 일단 그리 해 보는 수밖에.'

　동현이 머릿속에서 이렇게 뇌며 하던 일을 멈추고 책상 한 구석에 놓인 전화기를 당겨 앞에 놓고 연희의 사무실 전화번호를 눌렀다.

　"여보세요."

　그녀의 음성이었다.

"김동현입니다. 어떻게 지내시는지 궁금해서 전화했습니다."

"잘 지내고 있습니다. 소식 주셔서 고맙기는 합니다만 왜 또 나에게 전화하셨어요?"

"괜찮으시다면 오늘 저녁에 만나서 식사나 함께 하고 싶어서 전화했습니다."

"오늘은 바빠서 시간을 내기 어렵습니다."

그녀가 이렇게 말하고 전화를 끊었다.

'역시 그렇구먼…….'

동현은 그녀에게 전화를 걸기 전부터 그녀가 그리 나오지 않을가 어느 정도 예상했었기 때문에 그 결과에 크게 실망하지는 않았다.

'그런데 사람의 음성이 전화상으로는 조금 다르게 들리는 경우가 있기는 하지만 방금 그녀의 목소리가 이전과 별로 다르지 않은 것처럼 들렸는데, 그건 뭘 말할까? 그건 그녀가 아직 호준 씨를 만나지 않았거나, 그를 만났더라도 그로부터 별다른 소리를 못 들었다는 걸 말하는 게 아닐까?'

동현은 전화를 통하여 그녀와 몇 마디 말밖에 주고받지 않았지만 그녀의 목소리에 변화가 없었던 걸로 미루어 그가 의도했던 바는 아직 이루어지지 않았다는 걸 어렵지 않게 추측할 수 있었다. 그렇지만 그건 그의 짐작에 지나지 않았다. 그가 의도했던 바가 이루어질 가능성이 있는지 좀더 확실히 알아보기 위해서는 그녀를 만나서 그녀의 태도에 어떤 변화가 있는지 살피는 게 좋을 것 같았다. 하지만 그녀가 지금까지 그에게 보인 태도와 방금 나타낸 본치로 미루어 그가 그녀에게 전화를 걸어서 식사나 함께 하자고 제의하는 수준의 말로는 그녀가 응하지 않을 게 거의 확실했다.

'간접적인 방법으로라도 내가 의도했던 바가 이루어질 가능성이 있는지 알아보기 위해서는 그녀를 만나 봐야 하는데…. 어떻게 하면 그녀를 만나 볼 수 있을까? 본의는 아니지만 그녀를 불러내기 위해서는 아무래도 충격적인 방법을 써야 할 것 같아.'

그가 입속말로 이렇게 뇌며 그녀를 불러내기 위한 방법을 찾아봤다. 하지만 그는 마땅한 방안을 뇌리에 얼른 떠올리지 못했다.

'마음에 차지는 않지만 내가 그녀의 가계에 숨겨져 있던 비밀을 그 사람에게 이야기했다는 걸 털어놓을까?'

동현은 그녀를 불러낼 수 있는 마땅한 수단이 없는 상황에서는 그리하는 것도 괜찮을 것같이 생각됐다.

동현이 하던 일을 멈추고 책상 한 구석에 놓인 전화기를 당겨서 앞에 놓고 재차 연희가 일하는 사무실 전화번호를 눌렀다.

"여보세요."

그녀가 직접 전화를 받았다.

"김동현입니다."

"아까 전화하고, 무슨 일로 또 전화하셨어요?"

그녀가 짜증 섞인 음성으로 말했다.

"꼭 무슨 일이 있어서 전화한 건 아닙니다. 내가 며칠 전에 황호준 씨를 만났습니다. 그때 그분과 대화를 나누다가 뜻하지 않게 연희 씨의 가계에 있었던 일을 이야기했습니다. 연희 씨도 거기에 대하여 아는 게 좋을 것같이 생각돼서 직접 만나서 이야기하려고 합니다."

"그래요? 그분에게 무슨 이야기를 했어요?"

"그걸 전화상으로 이야기하기는 좀 곤란합니다. 만나서 이야기하는 게 좋을 것 같습니다."

"알겠어요. 어디서 만날까요?"

"지난번에 우리가 커피를 마셨던 종로4가에 있는 그 다방으로 오늘 저녁 7시 반까지 오실 수 있겠어요?"

"네, 알겠습니다."

그녀가 전화를 끊었다.

동현이 연희와 만나기로 약속한 시각에 맞추어 종로4가에 있는 수기 다방에 갔다. 그녀의 모습이 안 보였다. 그녀가 아직 오지 않은 듯했다. 그가 빈자리를 찾아 한 구석으로 가서 앉아 그녀가 오기를 기다렸다.

10분 가량이 지났다. 연희가 다방 문을 열고 안으로 들어섰다. 동현이 손을 들어서 그가 있는 곳을 그녀에게 알리었다. 그녀가 그걸 보고 탁자 사이를 돌아서 그가 있는 곳으로 왔다.

"호준 씨에게 무슨 이야기를 했어요?"

그녀가 자리에 앉자마자 그에게 따지듯이 물었다.

"그렇게 덤비실 필요는 없습니다. 우선 커피라도 한 잔 마시고 숨을 좀 돌린 후에 이야기하는 게 좋지 않겠습니까?"

그가 웃으면서 이렇게 말하고 여자 종업원을 불러서 커피 두 잔을 주문했다.

"여전히 느긋하시군요."

그녀가 입을 비쭉거리며 말했다.

여자 종업원이 동현이 주문한 커피 두 잔을 가져와서 탁자 위에 놓고 갔다.

"사랑은 상대적이어서 자유가 아니지만 짝사랑은 자유라고 해도 괜찮겠지요? 내가 호준 씨에게 이야기한 내용을 연희 씨에게 말하기 전에 한 가지 묻고 싶은 점이 있습니다. 나는 연희 씨를 짝사랑하고 있는데, 연희 씨는 나를 어떻게 생각하십니까?"

그가 커피 잔을 들고 그녀를 보며 물었다.

"설마 그런 걸 물으려고 나에게 전화를 걸어서 만나자고 하지는 않았겠지요?"

"네. 물론입니다."

"그렇다면 나를 만나서 말하려는 내용이 뭐예요?"

"별다른 내용은 아닙니다. 어느 면에서 조금은 새삼스러운 이야기일지 모르겠습니다만 연희 씨도 아버님 위에 형님 한 분이 계셨다는 것쯤은 알고 계시겠지요? 나도 어렸을 때 동네 어른들이 주고받던 말을 옆에서 들은 것입니다. 워낙 오래된 일이어서 이제는 그 사건을 기억하는 분들도 많지 않을 거예요."

그가 이렇게 말한 후에 커피 잔을 내려놓고 그녀를 봤다.

"뭐예요? 그래서 동현 씨가 호준 씨를 만나서 우리 큰삼촌이 저지른 사건을 이야기했단 말예요?"

그녀가 벌컥 화를 내었다.

"꼭 그랬다기보다는……."

그가 말끝을 흐리었다.

"더러운 새끼!"

그녀가 이렇게 소리치며 그의 따귀를 찰싹 붙이었다.

다방 안에 있던 사람들이 연희의 돌연한 행동에 놀라서 시선을 일제히 두 사람에게로 향했다. 동현이 부끄러움으로 고개를 숙이고 가만히 있었다. 그녀가 그 자리에 더 오래 있어서는 안 되겠다고 여긴 듯 옆에 놓인 핸드백을 들고 일어나서 급히 다방 출입문 쪽으로 걸어갔다.

연희가 사무실에서 일을 하며 어제 동현을 만나서 그와 나누었던 말들을 뇌리에서 되새겼다. 그녀는 전에 언젠가 그녀의 어머니로부터 예전에 그녀의 큰삼촌이 옆집 여인과 정을 통하고 지내던 중에 어느 날 밤 불륜 현장이 그녀의 남편에 의해 발각되자 그를 살해하고 종적을 감추었다는 걸 들은 적이 있었다. 그 사건은 연희가 태어나기 전에 일어났었던 일이었다. 그 일은 당시 큰 물의를 일으켰지만 세월이 흐르면서 동네 사람들의 뇌리에서도 차츰 잊혀져서 요즈음에는 나이 많은 어른들도 거의 입에 안 올리었다.

그렇지만 그 일이 동네 어른들의 뇌리에서 완전히 잊힌 건 아니었다. 지금도 나이가 많은 어른들은 끼리끼리 모인 자리에서 이따금 그 이야기를 입에 올리고는 했다. 그녀는 동현이 그 이야기를 누구한테 들었는지 모르지만 아마도 동네의 나이 많은 어른들이 주고받는 말을 옆에서 듣고 호준에게 옮긴 게 아닌가 생각했다.

'그 인간이 호준 씨에게 그 이야기를 한 의도는 뻔해. 그 인간이 내가 호준 씨를 사랑한다는 걸 알고 둘의 사이를 갈라놓으려고 그에게 그 이야기를 했을 거야.'

그녀는 동현의 비루한 인간성에 다시금 몸서리를 쳤다.

'그런데 호준 씨는 그 이야기를 듣고 지금쯤 나를 어떻게 생각할까? 그 사건은 우리 가문에 수치스러운 일이기는 하지만 나와 직접적으로 관련이 없기 때문에 호준 씨가 그런 것쯤은 문제가 되지 않는다고 여겨 이전처럼 나를 사랑할까, 아니면 가계가 좋지 않은 집안의 여자와는 사귈 수 없다고 생각하여 나를 더 이상 안 만나려고 할까?'

그녀는 그가 동현으로부터 그녀의 가계에 있었었던 일에 관한 이야기를 듣고 그가 나타낼 반응을 나름대로 생각해 봤다. 하지만 그녀는 호준이 딱히 어떤 반응을 보이리라고 예측하기 어려웠다.

'나는 호준 씨를 사랑해. 이 마당에 중요한 건 호준 씨가 동현으로부터 우리 가계에 숨겨져 있었던 비밀을 듣고 나를 어떻게 생각하는지 아는 거야.'

그녀가 입속말로 이렇게 뇌며 전화기를 당기어 앞에 놓고 호준이 일하는 사무실 전화번호를 눌렀다.

"문화과 황호준입니다."

"연희예요."

"반갑습니다. 바쁘지는 않습니까?"

"네, 조금 바쁘기는 하지만 호준 씨에게 전화할 시간은 있어요. 그렇지만 오늘은 특별히 어떤 일이 있어서 전화한 건 아니에요. 호준 씨를 본 지도 제법 된 것 같아서 오늘 저녁에 만나서 차라도 한 잔 나누고 싶어서 전화했어요. 괜찮겠어요?"

"네. 물론입니다. 선약이 있더라도 취소하고 연희 씨를 만나러 가는 게 당연한 것 아닙니까?"

"고맙습니다. 그러면 오늘은 이곳으로 올 수 있겠어요?"

"네. 어디서 만날까요?"

"저녁 7시 반에 강남역 1번 출구에서 기다릴게요."

"알겠습니다."

그가 전화를 끊었다.

호준이 연희와 만나기로 약속한 시각에 맞추어 강남역 1번 출구에 갔다. 그녀가 거기에 먼저 와서 그를 기다리고 있었다. 두 사람이 만나서 한동안 의례적인 대화를 주고받은 후에 계단을 걸어서 위로 올라갔다. 저녁을 들을 시간이었다. 그가 근처에 두 사람이 식사를 할 만한 식당이 있는지 봤다. 역에서 멀지 않은 거리에 괜찮아 보이는 한 식당이 있었다. 그가 그녀와 함께 그 식당으로 가서 문을 열고 안으로 들어갔다. 홀에 손님들이 많았다.

"방 있어요?"

그녀가 홀에서 일하는 남자 종업원에게 물었다.

"네. 몇 분입니까?"

"둘입니다."

"따라오십시오."

남자 종업원이 이렇게 말하고 그들을 안쪽에 있는 한 조그만 방으로 안내했다.

호준과 연희가 방안으로 들어가서 식탁을 사이에 두고 마주앉았다. 그들을 이 방으로 안내했었던 남자 종업원이 엽차 두 잔을 쟁반에 담아 들고 와서 두 사람 앞에 놓았다.

"어떻게 준비할까요?"

그가 두 사람을 보며 물었다.

"소고기 불고기 2인분하고 맥주 한 병만 가져오세요."

호준이 말했다.

종업원이 주문 내용을 메모지에 적어서 들고 방에서 나가 밖에서 문을 닫았다.

"그동안 혹시 김동현 씨를 만났나요?"

연희가 호준을 보며 물었다.

"네. 그분이 나에게 전화를 걸어서 만나자고 해서……."

"그때 그 사람이 호준 씨를 만나서 무슨 말을 하던가요?"

"별말은 안 했습니다."

호준이 그때 그로부터 들은 이야기를 그녀에게 다 이야기하는 건 부적절한 것같이 생각돼서 짧게 답했다.

남자 종업원이 아까 호준이 주문한 음식을 수레에 싣고 방안으로 들어왔다. 두 사람이 그가 편히 일할 수 있도록 의자를 뒤로 조금 물리었다. 그가 수레 위에서 음식 접시들을 들어내어서 식탁 위에 벌여놓고 가스 버너에 불을 붙이었다. 밑에서 파란 불꽃이 일어 위의 철판을 달구었다. 그가 철판이 충분히 달구어지기를 기다려서 그 위에 소고기 불고기를 얹었다. 소고기가 주위에 기름 방울을 튀기며 철판 위에서 익어갔다.

"즐겁게 드십시오."

그가 소고기를 가위로 잘게 잘라 놓은 후에 수레를 밀고 밖으로 나가며 말했다.

호준이 병을 들어서 두 개의 글라스에 맥주를 따랐다.

"한 잔 드십시오."

그가 잔을 들고 말했다.

"동현 씨가 그때 호준 씨를 만나서 우리 가계에 있었던 일에 대하여 이야기한 걸로 아는데, 들은 대로 말해 줄 수 있어요?"

그녀가 그를 보며 다시 말했다.

"……."

"그 사람의 성품으로 미루어 나는 그 사람이 예전에 우리 가계에 있었던 일을 변죽만 울릴 정도로 에둘러서 말할 이가 아니라는 걸 알아요."

"물론 동현 씨로부터 예전에 연희 씨의 가계에 있었던 일에 관하여 듣기는 했습니다. 그렇지만 나는 그 내용이 어디까지 참이고 어디까지 거짓인지 알지 못합니다. 그 마당에 동현 씨로부터 들은 이야기를 연희 씨에게 다 말하는 건 아무래도 적절하지 않은 것같이 생각됩니다."

"그렇군요. 나는 호준 씨가 동현 씨로부터 예전에 우리 가계에 있었던 일에 관하여 어느 수준까지 들었고 그리고 거기에 대하여 어떻게 생각하는지 알고 싶어서 오늘 만나자고 했어요. 하지만 호준 씨는 동현 씨로부터 들은 내용을 말하지 않으려고 하는군요."

그녀가 이렇게 말하고 잔을 들어 입에 대고 맥주를 입안으로 조금씩 흘리었다.

그가 잔을 비우고 다시 맥주를 채웠다. 아까 종업원이 가져온 맥주 한 병이 다 비워졌다.

"맥주 한 병을 더 가져오라고 할까요?"

그가 그녀의 의향을 물었다.

"아니오. 됐어요."

그녀가 잔을 비우고 내려놓으며 대꾸했다.

연희는 호준이 동현으로부터 그녀의 가계에 숨겨져 있던 비밀을 어느 수준까지 들었고 그리고 거기에 대하여 어떻게 생각하는지 알아보려고 오늘 그를 만났다. 그러나 호준은 무슨 이유에서인지 그로부터 들은 내용을 자세히 말하려고 하지 않았다. 그녀는 호준이 그로부터 들은 내용을 다 말할 경우 둘의 관계에 안 좋은 영향을 끼치지 않을까 염려하여 그리하는 것 같은 생각이 들었으나 그것이 확실한지는 알 수 없었다. 아무튼 그녀는 호준이 동현으로부터 들은 내용을 자세히 말하려고 하지 않는 상황에서는 그녀가 궁금히 여기는 사항들을 알아보려고 하는 것이 허사일 것 같은 생각이 들어서 더는 입을 안 열었다.

두 사람이 식사를 끝내었다.

"오늘 시간을 내 주어서 고맙습니다."

연희가 핸드백을 들고 일어서며 말했다.

"미안합니다. 나는 연희 씨가 내가 그리할 수밖에 없는 사정을 이해해주기를 바랄 따름입니다."

호준이 그녀를 따라 일어서며 대꾸했다.

두 사람이 식당에서 나왔다. 빈 택시 한 대가 이쪽으로 왔다. 연희가 그 택시를 향해 손을 들었다. 운전사가 택시를 도로 가로 접근시켜서 두 사람 앞에 세웠다.

"먼저 가겠습니다."

그녀가 이렇게 말하고 차의 뒷문을 열고 안으로 들어가 앉았다.

"안녕히 가십시오."

그가 밖에서 차의 뒷문을 닫았다.

호준이 지난번에 동현을 만난 목적은 연희가 그와 함께 새밭골마을에 내려가서 그녀의 부모를 뵙고 서울로 돌아올 때 그녀의 기분이 밝지 않았던 것이 혹시 그 사내와 어떤 관련이 있을 경우 그 연관 내용을 추측할 만한 어떤 단서를 얻을 수 있지 않을까 여겨서였다. 하지만 동현이 그를 만나서 이야기한 내용은 그가 마음속으로 기대했던 것과는 전혀 다른 사안이었다. 아무튼 호준은 그가 그때 한 말을 듣고 그동안 비밀에 싸여 있었던 그의 아버지의 숨겨진 과거를 조금은 유추할 수 있게 됐다.

그런데 동현은 연희의 가계에 숨겨져 있던 비밀을 호준에게 이야기한 후에 또 어떤 목적에서 그녀를 만나 그걸 그에게 알렸다고 말한 것 같았다. 호준은 그녀가 그를 만나서 동현으로부터 그녀의 가계에 숨겨져 있던 비밀을 어느 수준까지 들었고 거기에 대하여 어떻게 생각하느냐고 물었을 때 그는 그 사내가 이야기한 내용을 다 말하고 싶은 마음도 있었지만 그럴 경우 그것이 앞으로 둘의 관계에 안 좋은 영향을 끼칠 것같이 여겨져 털어놓지 않았다.

하기야 호준이 동현으로부터 들은 이야기를 연희에게 다 털어놓기 어려운 이유는 그 외에도 더 있었다. 호준은 준석의 초청을 받고 그의 고향 마을에 가서 처음 연희를 봤을 때 그녀의 얼굴 일부가 그의 아버지의 용모를 닮은 것같이 생각돼서 두 사람 사이에 어떤 혈연적 연결이 있는 게 아닌가 하는 의문이 일기도 했다. 그렇지만 호준은 이 세상에는 얼굴 일부가 비슷한 이들이 하나둘 있는 게 아니어서 그 점을 근거로 그들이 어떤 혈연적 연결이 있지 않은가 하는 의문을 품을 수는 없다고 여기어 그 가능성을 부정했다.

여하간에 호준은 연희를 처음 봤을 때 그녀의 용모 일부가 그의 부친을 닮은 것처럼 생각돼서 둘 사이에 혈연적 연결이 있지 않은가 하는 의문을 품기는 했지만 그녀의 미모에 마음이 끌리어서 그녀의 모습을 종종 뇌리에 떠올리고 그녀를 그리고는 했다. 그러던 차에 그는 준석의 배려로 장호식당에서 그녀를 다시 대하였고 얼마 뒤에 종로1가 버스정류장에서 우연히 그녀를 만나 그녀와 깊은 관계를 맺었다. 호준은 또한 그녀와 함께 그의 고향 마을에 가서 그의 어머니로부터 사실상 둘의 결혼 승낙까지 받아 놓았다.

    그렇지만 호준은 그후 연희와 함께 그녀의 고향 마을에 가서 그녀의 부모를 뵈었을 때 그들로부터는 환영을 받지 못했다. 그는 그 까닭이 정확히 무엇인지 모르지만 그녀의 어머니가 호남인에 대하여 안 좋은 고정관념을 가지고 있기 때문이 아니었는가 헤아렸다. 하기야 그건 그와 연희의 관계에서 크게 문제가 되지는 않았다. 그들 사이에서 근본적으로 문제가 되는 건 그들의 혈연적 연결 가능성이었.

    사실 그는 그녀와 함께 그녀의 고향 마을에 가서 그녀의 아버지를 뵈었을 때 그의 얼굴 일부가 그의 부친의 용모를 닮은 것같이 생각돼서 그들 사이에 혈연적 연결이 있는 게 아닌가 하는 의문을 품었지만 몇 가지 점에서 그 가능성이 낮다고 평가하여 그걸 부정했다. 하지만 호준은 동현으로부터 그녀의 가계에 숨겨져 있던 비밀을 들은 후로 예전에 새밭골마을에서 옆집 남자를 살해하고 종적을 감춘 그녀의 큰삼촌이 그의 아버지였을지도 모른다는 의문을 떨쳐버리지 못했다. 그건 아직 호준의 추측에 지나지 않지만 만일 그의 짐작이 진실로 밝혀질 경우 그는 그녀와 사촌간임이 드러나게 되어 더 큰 문제에 부딪칠 수 있었다. 그 같은 상황에서 그는 동현으로부터 들은 이야기를 그녀에게 길게 늘어놓을 경우 자칫 불필요한 내용까지 말할 가능성이 있어서 거기에 대하여 다 말하기 어려웠다.

연희가 사무실에서 일을 하며 며칠 전 호준을 만나서 그와 주고받았던 말들을 머릿속에서 되새겼다. 그녀는 그가 동현으로부터 그녀의 가계에 있었었던 불미스러운 사건에 관한 이야기를 어느 수준까지 들었고 거기에 대하여 어떻게 생각하는지 알고 싶어서 그날 그를 만났다. 하지만 호준은 무슨 이유에서인지 그가 들은 내용을 자세히 말하려고 하지 않아서 그녀는 그녀가 알아보려고 했던 것들을 알아내지 못했다.

'호준 씨가 그 사람으로부터 들은 내용을 다 털어놓으려고 하지 않은 까닭이 뭘까? 호준 씨가 그 내용을 다 털어놓을 경우 그것이 우리 둘의 관계에 안 좋은 영향을 끼치지 않을까 우려하여 말하지 않으려고 한 걸까? 아니면, 그가 그 사건이 나와는 직접적으로 관련이 없기 때문에 문제될 게 없다고 여겨 말하지 않으려고 한 걸까?'

그녀는 그가 동현으로부터 들은 내용을 다 말하지 않으려고 하는 사유가 무엇일까 나름대로 생각해 봤지만 그 답을 뇌리에 쉬 떠올리지 못했다.

연희는 호준과 깊은 관계에 있었고 그를 사랑했다. 그녀는 그와의 교제가 좋은 결실을 맺기 위해서는 그가 동현으로부터 그녀의 가계에 숨겨져 있었던 비밀을 어느 수준까지 들었고 거기에 대하여 어떻게 생각하는지 아는 게 좋았다.

'호준 씨가 동현으로부터 우리 가계에 있었던 비밀을 듣고 거기에 대하여 자세히 말하지 않으려고 하는 데는 내가 아직 생각하지 못한 어떤 이유가 있는 걸까? 만일 그래서 그렇다면 내가 다시 호준 씨를 만나서 그가 동현으로부터 들은 이야기를 다 말하지 않으려고 하는 데 어떤 특별한 이유가 있기 때문인지 물어 본다면 그가 그 사유를 밝힐까?'

그녀는 다시 호준을 만나서 그가 동현으로부터 들은 내용을 다 말하지 않으려고 하는 데 어떤 특별한 사유가 있는지 물어도 그가 그 이유를 밝힐 가능성은 낮지만 사람의 일에는 간혹 한두 가지 변수는 있을 수 있으므로 그리 하는 것도 과히 나쁜 방법은 아닌 것같이 생각되어 일단 그리 해보기로 마음을 굳혔다.

연희가 하던 일을 멈추고 전화기를 당기어 앞에 놓고 호준이 일하는 사무실 전화번호를 눌렀다.

"문화과입니다."

그가 바로 전화를 받았다.

"연희예요. 별일 없지요?"

"네. 염려해주신 덕분에 아무 일 없습니다."

"오늘 저녁에 호준 씨를 만나서 이야기나 좀 나누고 싶어서 전화했어요. 가능하겠어요?"

"네. 물론입니다. 어디서 만날까요?"

"오늘은 내가 그쪽으로 가겠어요."

"그래도 괜찮겠어요?"

"네."

"그렇다면 장호식당이 어떻겠어요? 저녁 7시 반에."

"또 장호식당이오?"

그녀가 웃음기 섞인 음성으로 이렇게 말했다.

"네. 장호식당이 싫습니까?"

"아니에요. 그냥 해본 소리예요. 호호호."

그녀가 전화를 끊었다.

호준이 연희와 만나기로 약속한 시간에 맞추어 장호식당에 갔다. 그녀의 모습이 안 보였다. 그녀가 아직 오지 않은 듯했다. 그가 빈자리로 가서 앉아 그녀가 오기를 기다렸다.

5분 가량이 지났다. 그녀가 식당 문을 열고 안으로 들어섰다. 그가 손을 들어서 그가 있는 곳을 그녀에게 알리었다. 그녀가 그가 있는 곳으로 와서 맞은편 의자에 몸의 일부를 붙이었다.

"오래 기다렸어요?"

"아니오. 나도 조금전에 왔어요."

그가 대꾸했다.

여자 종업원이 음식 주문을 받으러 왔다.

"소고기 등심 2인분하고 소주 한 병만 가져오세요."

그가 말했다.

"알겠습니다."

여자 종업원이 주문 내용을 메모지에 적으며 대꾸했다.

손님들이 술을 마시며 주고받는 말소리로 식당 안이 시끄러웠다.

"요즈음 직장에서 일이 많은가요?"

연희가 물었다.

"네. 한국의 전통문화 홍보 책자를 제작하는 일로 조금 바쁩니다. 그렇지만 연희 씨를 만날 시간은 얼마든지 낼 수 있습니다."

호준이 웃으면서 대꾸했다.

여자 종업원이 조금 전에 호준이 주문한 음식을 가져와서 두 사람이 바로 먹을 수 있도록 준비해 놓고 다른 손님에게 갔다. 호준이 소주병을 들어서 두 개의 잔에 술을 채웠다.

"내가 연희 씨에게 먼저 전화했어야 했는데 그렇지 못했습니다. 미안합니다."

그가 잔을 들고 그녀를 보며 말했다.

"때로는 내가 먼저 전화할 수도 있지요. 그런데 호준 씨를 본 지 며칠 안 됐는데, 내가 오늘 또 전화를 걸어서 만나자고 하는 걸 듣고 무슨 일로 그런지 궁금하지 않았어요?"

그녀가 그를 따라 잔을 들고 물었다.

"아닙니다. 나는 연희 씨의 전화를 받으면 그저 즐거울 따름입니다. 다른 건 생각하지 않습니다."

"내 마음을 즐겁게 하려고 그리 말한다는 걸 알아요. 내가 오늘 호준 씨에게 전화를 걸어서 만나자고 한 건 호준 씨가 동현 씨로부터 예전에 우리 가계에 있었던 사건에 관한 이야기를 듣고 거기에 대하여 나에게 자세히 말하지 않으려고 하는 까닭이 무엇인지 알고 싶어서예요. 그 까닭이 호준 씨가 나에게 그 이야기를 다 털어놓으면 우리 둘의 관계가 손상될까 염려하기 때문인지, 아니면 그 사건이 나와는 직접적으로 관련이 없기 때문인지 혹은 말하지 못할 어떤 특별한 사유가 있기 때문인지 알고 싶어요."

"무슨 말인지 알겠습니다. 전에도 말했듯이 동현 씨로부터 그 이야기를 듣기는 했지만 나는 그 내용이 어디까지 참이고 어디까지 거짓인지 모릅니다. 그 마당에 내가 그분이 이야기한 내용을 연희 씨에게 다 말하는 건 적절치 않은 것같이 생각돼서 안 할 따름입니다. 그외에 다른 이유는 없습니다."

"그래요? 그 이유뿐인가요?"

그녀가 소주를 입안으로 조금 흘리고 잔을 내려놓으며 물었다.

"그렇습니다. 우리가 전에 강남역 근처의 생맥주집에서 맥주를 마실 때 동현 씨가 직장 동료들과 함께 그 가게에 들어와서 연희 씨가 거기에 있는 걸 보고 알은체를 했던 걸 연희 씨도 기억하고 있을 거예요. 하지만 그때 연희 씨는 그분의 알은체에 일절 대꾸를 안 했지요. 그러니까 그분은 그냥 그의 일행이 있는 곳으로 갔고 우리는 한동안 더 이야기를 나누다가 거기서 나와서 강남역으로 갔지요. 그런데 강남역에서 연희 씨가 떠난 뒤에 내가 서쪽 방향으로 가는 열차를 기다리고 있는데, 그분이 나에게 다가와서 알은체를 하며 맥주나 한 잔 하자고 제의하기에 둘이 밖으로 나가서 자리를 같이하게 됐어요. 그 일이 있고 얼마 후에 그분이 또 나에게 전화를 걸어서 만나자고 해서 마주앉게 됐는데, 그 적에 그분이 예전에 연희 씨의 가게에 있었던 일을 이야기해서 나도 거기에 대하여 조금 알게 됐습니다. 그것뿐입니다."

"알겠어요. 호준 씨에게 여러 말을 하게 만들어서 미안해요. 호준 씨가 동현 씨로부터 예전에 우리 가게에 있었던 사건에 관한 이야기를 듣고 그 내용을 나에게 자세히 말하려 하지 않고 또 거기에 대하여 어떻게 생각하는지 말하지 않으면, 나는 그 어느 것도 알 수 없어요. 또한 호준 씨가 동현 씨로부터 들은 이야기를 나에게 자세히 말하지 않으려고 하는 까닭을 안 밝히면 나는 그 사유가 무엇인지 알지 못해요. 호준 씨는 동현 씨를 어떻게 생각할지 모르지만, 동현 씨는 악한이에요."

그녀가 허공을 바라보며 옛날을 회상하는 듯한 어조로 혼잣말처럼 말했다.

'악한?'

호준은 그녀가 그를 '악한'으로까지 일컫는 걸 듣고 놀랐다. 호준은 그가 전에 그녀의 가계에 있었던 일을 이야기했다는 사유만으로 그녀가 그를 악한이라고 일컫지는 않았을 걸로 헤아렸다.

둘이 술잔을 기울이며 대화를 주고받던 사이에 소주 한 병이 다 비워졌다. 호준이 여종업원을 불러서 소주 한 병을 더 가져오게 해서 두 개의 빈잔에 술을 채웠다.

"동현 씨는 전부터 전라도 사람들을 싫어했어요. 동현 씨가 구태여 우리 가계에 있었던 사건을 호준 씨에게 이야기한 건 경상도 사람인 내가 전라도 출신 남자를 좋아하는 걸 싫어했기 때문이었을 거예요."

연희가 동현이 그녀의 가계에 숨겨져 있던 비밀을 그에게 이야기한 사유 한 가지를 덧붙였다.

"물론 그분이 전라도 사람들을 싫어하는 데는 나름대로 이유가 있겠지요?"

호준은 그녀가 방금 한 말이 그녀가 그를 악한이라고까지 일컬은 진정한 사유는 아닐 거라고 헤아리며 이렇게 물었다.

"네. 그분은 전라도 사람들은 믿을 수 없고 뒤끝이 안 좋다는 이유로 싫어해요."

"……"

"하기는 나 역시 어렸을 때부터 전라도 사람들은 믿을 수 없고 뒤끝이 안 좋다는 말을 주위에서 자주 들었어요. 그렇지만 나는 사람이 좋고 나쁜 건 그 나름이라고 생각해요. 경상도 사람들 중에도 나쁜 이들이 있고, 호남인들 중에도 좋은 이들이 있어요."

그녀가 전에 했었던 말을 이 자리에서 되풀이했다.

여자 종업원이 나중에 가져온 소주 한 병이 다 비워졌다. 호준과 연희가 일어나서 음식점에서 나왔다.

"연희 씨 혼자 집으로 가는 게 조금 외로울 것같이 생각됩니다. 함께 내 하숙방에 가는 게 어떻겠어요? 누추하기는 합니다만."

"그렇게 해요."

그녀가 동의했다.

그들이 택시를 타기 위해서 종로1가를 향해 걸었다. 그녀가 그와 나란히 걸음을 옮기며 그의 어깨 밑으로 그녀의 왼팔을 넣어서 팔짱을 끼었다. 그가 고개를 돌려 그녀를 보며 얼굴에 엷은 미소를 올리었다.

호준이 사무실에서 일을 하며 며칠 전 연희를 만났을 때 그녀가 동현을 악한이라고 일컬으며 그에 덧붙여 이야기했던 내용을 머릿속에서 되새겼다. 그녀는 동현이 전부터 전라도 사람들을 혐오했으며 그가 예전에 그녀의 가계에 있었었던 일을 그에게 이야기한 것은 경상도 사람인 그녀가 호남 출신 남자를 좋아하는 걸 싫어했기 때문이었을 거라고 했다. 그렇지만 호준은 그녀가 덧붙인 두 가지 이유가 그녀가 그를 악한이라고까지 일컬은 사유에는 미치지 못하는 걸로 생각했다.

'그녀가 동현 씨를 악한으로까지 일컬은 데는 그럴 만한 사유가 있을 것같이 생각되는데…. 어떻게 하면 그 사유를 알 수 있을까? 한 가지 방법은 내가 그녀에게 그 사유가 무엇인지 물어 보는 것이 되겠지. 하지만 그녀가 내 물음에 진실을 말해줄 가능성은 낮다고 봐야 해. 그렇다면 차선의 방법은? 마음에 차지는 않지만 내가 동현 씨를 만나서 술잔이라도 나누며 대화를 주고받다 보면 그녀가 그를 악한이라고까지 일컬은 사유가 무엇인지 조금은 짐작할 만한 단서를 얻을 수 있을 것 같은데…….'

호준은 그녀가 그를 악한이라고 일컬은 사유를 짐작할 수 있는 단서를 얻는 방법은 현재로서는 그 길밖에 없는 것같이 생각돼서 일단 그리 해보기로 마음먹었다.

다음날은 토요일이었다. 토요일은 반공일이어서 호준은 일에 대한 부담감을 조금은 덜 느꼈다. 그가 벽에 걸린 시계를 봤다. 오후 3시가 조금 지나 있었다. 그가 오늘 동현이 시간을 낼 수 있는지 알아보려고 그가 일하는 사무실 전화번호를 눌렀다.

"여보세요."

동현의 음성이었다.

"황호준입니다."

"어떻게 저에게 전화를 다 하시고……. 무슨 일 있습니까?"

"제 전화를 받고 놀라신 모양이군요. 하지만 놀라실 필요는 없습니다. 제가 무슨 일이 있어서 전화한 건 아닙니다. 이 나라 어디에 제가 김 선생님에게 전화해서는 안 된다는 법이라도 있습니까? 하하하, 물론 이건 농담입니다. 다름이 아니라 내일이 토요일인데 선약이 없으시면 오늘 저녁에 김 선생님을 만나서 소주나 한 잔 나누고 싶어서 전화했습니다. 가능하시겠습니까?

"네. 좋습니다. 어디서 만날까요? 오늘은 제가 그 쪽으로 가겠습니다."

"그리 하시겠습니까? 이곳 지리는 아세요?"

"아닙니다. 잘 알지는 못하지만 서울에 살면서 그곳 지리도 익혀야 하지 않겠습니까?"

"알겠습니다. 그러면 김 선생님이 찾기 쉬운 곳을 택하여 종로2가역 1번 출구에서 저녁 7시 반에 만날까요?"

"네. 그렇게 하지요."

동현이 전화를 끊었다.

호준이 동현과 만나기로 약속한 시간에 맞추어 종로2가역 1번 출구에 갔다. 동현의 모습이 안 보였다. 그가 아직 오지 않은 듯했다. 호준이 계단을 걸어 내려가 지하 승강장에서 위로 올라오는 곳을 향해 서서 그가 나타나기를 기다렸다. 5분 가량이 지났다. 동현이 지하 승강장에서 위로 올라와 일번 출구 쪽으로 걸어왔다.

"이곳까지 오시게 해서 미안합니다."

호준이 그에게 다가가서 손을 내밀어 악수를 청하며 말했다.

"오래 기다리셨습니까?"

동현이 그의 손을 잡고 물었다.

"아닙니다. 저도 조금 전에 왔습니다."

호준이 대꾸했다.

두 사람이 악수를 풀고 계단을 걸어서 지상으로 올라갔다.

"혹시 이곳에 아시는 음식점이 있습니까?"

호준이 물었다.

"아닙니다. 없습니다."

"그러면 청진동으로 가서 한 잔 할까요?"

"네. 그렇게 하지요. 청진동 해장국은 옛날부터 유명하다는 말을 들었습니다."

동현이 대꾸했다.

청진동은 종로2가역에서 멀지 않은 거리에 있었다. 두 사람이 청진동을 향해 걸었다. 인도에 행인들이 많았다. 그들이 10여 분 가량 걸어서 청진동 골목으로 들어섰다. 저녁 이른 시간인데도 음식점마다 손님들이 많았다. 호준이 전에 몇 번 직장 동료들과 같이 와서 해장국을 먹은 적이 있었던 음식점 안으로 동현과 함께 들어갔다.

"어서 오십시오."

출입문 근처에서 일하던 남자 종업원이 그들을 맞았다.

두 사람이 남자 종업원의 안내를 받아 홀 한 구석으로 가서 식탁을 사이에 두고 마주앉았다.

"뭘 드시겠어요?"

여자 종업원이 흰 행주를 들고 와서 식탁 위를 훔치며 물었다.

"혹시 드시고 싶은 음식이 있습니까?"

호준이 동현을 보며 물었다.

"아니오. 없습니다."

동현이 대꾸했다.

"우선 돼지고기 삼겹살 2인분하고 소주 두 병만 가져오세요."

호준이 여자 종업원에게 말했다.

"알겠습니다."

그녀가 주문 내용을 메모지에 적어 들고 바로 계산대로 갔다.

"직장 생활을 하시면서 술을 드실 기회는 자주 있습니까?"

호준이 물었다.

"자주 있지는 않습니다. 그렇지만 오늘은 제가 술 생각이 나서 친구 하나를 불러낼까 생각하던 참에 호준 씨의 전화를 받았습니다."

"우연히 뜻이 통했던 모양입니다."

"그랬던 것 같습니다."

동현이 웃으면서 대꾸했다.

여자 종업원이 아까 호준이 주문한 음식을 쟁반에 담아 들고 와서 두 사람이 먹을 수 있도록 준해해 놓고 다른 손님에게 갔다. 호준이 소주병을 들어서 두 개의 잔에 술을 채웠다.

"한 잔 드십시오."

그가 잔을 들고 동현을 보며 말했다.

"고맙습니다."

동현이 이렇게 대꾸하고 앞에 놓인 잔을 들어 입으로 가져갔다.

두 사람 사이에 술잔이 몇 순배 오고갔다. 소주는 맥주보다 알콜 함유량이 많은 술이었다. 동현의 눈이 주기로 약간 불그레했다. 그가 술에 약하기 때문인 듯했다.

"호준 씨가 저를 만나려고 할 때에는 어떤 할말이 있기 때문인 것같이 생각됩니다만……"

동현이 잔을 비우고 식탁 위에 놓으며 말했다.

"특별히 어떤 할말이 있어서 동현 씨에게 전화를 걸어서 만나자고 한 건 아니었습니다. 지난번에 김 선생님으로부터 예전에 연희 씨의 가계에 있었던 사건에 관한 이야기를 듣고 저도 그동안 거기에 대하여 많이 생각해 봤습니다. 그 이야기는 분명 좋은 내용은 아닙니다. 김 선생님이 저에게 그 이야기를 한 진정한 목적이 어디에 있는지 제가 물어 봐도 될지 모르겠습니다. 무리한 부탁인 줄은 압니다만."

"저는 호준 씨가 연희 씨와 사귀더라도 그녀의 가계에 대하여 알아야 할 건 아는 게 좋을 것같이 생각돼서 그 이야기를 했을 뿐입니다."

"그렇군요. 김 선생님이 그 점은 지난번에 말씀하셨지요. 그 외에 제가 한 가지 더 알고 싶은 점이 있습니다. 김 선생님이 저에게 그 이야기를 한 건 단지 그 이유 때문이었는지 혹은 다른 사유가 더 있었는지 알고 싶습니다. 솔직히 말해서 영남인과 호남인 사이에는 지역감정 같은 것이 없다고 단언하기는 어렵습니다. 혹시 김 선생님이 고향 후배인 연희 씨가 호남 출신인 저와 사귀는 걸 못마땅히 여겨서 그녀의 가계에 숨겨진 비밀을 저에게 이야기해서 저 스스로 그녀를 멀리하게 하려는 의도에서 그랬던 건 아니었는가 하는 의문이 일어서 묻는 것입니다."

"그래서 그 이야기를 했던 건 아니었습니다."

동현이 약간 당황한 표정으로 그를 보며 대꾸했다.

"그렇다면 김 선생님이 저에게 그 이야기를 한 건 단지 제가 연희 씨와 사귀더라도 알 건 알고 교제를 나누는 게 좋다고 생각했기 때문이었습니까?"

"네. 그건 어느 면에서 제가 황 선생님을 위해서 한 소리였을 수도 있습니다. 저는 지인들로부터 경상도 사람과 전라도 출신이 결혼하면 지역감정으로 인하여 가끔 부부 싸움을 한다는 소리를 들었습니다. 예를 들면, 대통령 선거에서 어떤 후보를 지지할 것인지에 대하여 부부 간에 의견 충돌이 일어나기도 한다고 하더라고요. 그래서 저는 두 분이 교제를 이어나가 나중에 결혼하더라도 출신 지역이 서로 다르기 때문에 지역감정으로 인한 갈등을 겪지 않을까 염려하여 호준 씨에게 그 이야기를 한 것입니다."

"김 선생님의 말씀대로라면 결국 저와 연희 씨를 위해서 그 이야기를 하셨다고 할 수 있겠군요."

"……"

동현이 눈을 동그랗게 뜨고 그를 봤다. 동현이 그로부터 그처럼 결론적인 말을 들으리라고는 미처 예상하지 못했던 것 같았다. 그것은 동현이 방금 한 말이 가식이었음을 드러내는 한 가지 증거일 수도 있었다.

동현이 호준과의 대화가 예상하지 않았던 방향으로 흘러 당황한 탓인지 잠시 말이 없었다.

"주량은 어느 정도나 되십니까?"

호준이 어색해진 분위기를 가벼운 공기로 바꾸어 볼 양으로 그때까지 나누었었던 대화의 흐름과 무관한 말을 그에게 건네었다.

"보통 소주 한 병 정도는 마십니다.

"주량이 저와 비슷하군요."

호준이 이렇게 말하고 앞에 놓인 잔을 들어 입으로 가져갔다.

소주 두 병이 다 비워졌다. 호준이 여자 종업원을 불러서 소주 한 병을 더 가져오게 했다.

"그러니까 김 선생님이 연희 씨의 가계에 숨겨져 있었던 비밀을 저에게 이야기한 건 제가 그녀와 사귀더라도 알 건 아는 게 좋다는 것 그리고 영남인과 호남인이 결혼해서 살 경우 지역감정으로 인하여 이따금 다툼이 일어나기도 한다는 말이 들리므로 교제를 나누더라도 그 점을 감안하는 게 바람직하다는 것 등으로 요약될 수 있겠군요. 그 두 가지 외에 제가 더 알아 두면 좋을 건 없습니까?"

호준이 그가 그 때까지 말한 내용이 그녀의 가계에 숨겨진 비밀을 이야기할 정도의 사유에는 이르지 않은 것같이 여겨져 물었다.

"더 알아두면 좋을 거요?"

동현이 이번에도 그가 한 말을 다른 의미로 해석한 듯했다. 동현이 놀란 눈으로 그를 보며 되물었다.

"네. 저는 김 선생님 역시 미혼이어서 연희 씨에게 관심이 없지 않을 걸로 봅니다. 그렇기 때문에 김 선생님이 그녀가 저와 사귀는 걸 마음속으로 반기지 않으실 수도 있을 것같이 생각됩니다. 하지만 김 선생님이 그 같은 속마음을 직설적으로 표현하기는 어려우니까 저에게 그녀의 가계에 숨겨진 비밀을 이야기해서 저 스스로 그녀를 멀리하도록 하려고 그랬을 수도 있지 않을까요?"

"하기는 저도 총각이어서 그녀에게 관심이 전혀 없다고는 말하기 어렵습니다."

동현이 잔을 비우고 거기에 다시 소주를 채우며 대꾸했.

여자 종업원이 나중에 가져온 소주 한 병이 다 비워졌다. 호준이 종업원을 불러서 소주 한 병을 더 가져오게 했다.

"직장 생활을 하며 쉬는 날에는 주로 뭘 하십니까?"

그가 지금까지 동현을 일방적으로 몰아붙인 것같이 생각돼서 가벼운 화젯거리를 찾아 그에게 물었다.

"대개는 집에서 텔레비전을 보며 시간을 보냅니다. 그렇지만 가끔 극장에 가서 영화를 보기도 합니다."

"그렇군요. 직장 생활을 하기 때문에 여유 시간이 많지 않을 걸로 봅니다. 고향에는 가끔 내려가십니까? 그리고 그 적에는 연희 씨의 부모님을 찾아뵙기도 하십니까?"

호준이 그녀와 함께 새밭골마을에 가서 그녀의 부모를 뵈었을 때 그들이 그를 탐탁히 여기지 않는 듯한 태도를 보였던 것 그리고 다음날 둘이 서울로 돌아올 때 그녀가 기분이 안 좋았던 것 등이 그가 그녀의 부모를 찾아뵈었을 때 혹시 그들에게 어떤 말을 했었기 때문에 그들이 그랬던 게 아니었는가 생각돼서 물었다.

"네. 지난 여름 휴가 때 고향에 내려가서 인사차 연희 씨의 집에 들러서 그녀의 어머니를 뵙기는 했습니다."

"그랬군요. 그때 김 선생님이 혹여 연희 씨의 어머님에게 따님이 저와 사귀고 있다는 걸 이야기하지는 않으셨습니까?"

호준은 그의 말이 그의 비위를 상하게 하지 않을까 다소 염려되기는 했지만 그가 그녀의 어머니에게 그걸 이야기하지 않았을까 하는 의문을 떨쳐버리지 못하고 있던 터여서 에두르지 않고 물었다.

"아니오. 별말은 안 했습니다. 연희 씨의 어머니와 이야기를 나누다가 우연히 따님이 호준 씨와 사귀고 있는 것 같더라고 했습니다."

"그때 김 선생님이 제가 전라도 출신이라는 것도 말씀하셨겠지요."

"참 알 수 없군요. 제가 호준 씨의 말에 일일이 답해야 할 의무라도 있습니까? 제가 무슨 말을 하면 호준 씨의 마음에 찰 수 있겠습니까? 제가 연희 씨를 사랑하기 때문에 호준 씨에게 빼앗기지 않기 위하여 그녀가 전라도 출신 남자와 사귀고 있다는 걸 그녀의 어머니에게 말했다고 한다면 원하는 답이 되겠습니까?"

동현이 취기로 불그레해진 눈으로 그를 보며 말했다.

"미안합니다. 제가 보기에는 김 선생님도 연희 씨를 싫어하지는 않으신 것처럼 보입니다. 만일 그렇다면 두 분이 전에 이웃 마을에서 살았기 때문에 서로 가까워질 수도 있었을 것같이 생각되는데 왜 그렇지 못했는지 궁금해서 한 말이었습니다."

"제가 그 이유까지 말해야 합니까?"

동현이 화난 듯한 표정을 얼굴에 올리고 물었다.

"말하고 싶지 않으면 안 하셔도 됩니다. 제가 알고 싶은 건 김 선생님이 과거에 연희 씨와 가까워질 수 있었는데도 그렇지 못한 데에는 어떤 이유가 있을 것같이 생각돼서 그 연유가 무엇인지 알아보려고 한 것뿐입니다."

"사실 거기에는 그럴 만한 연유가 있었습니다."

동현이 눈물이 글썽한 눈으로 그를 보며 말했다.

"그럴 만한 연유요?"

호준이 되물었다.

"네. 그런데 제가 그 연유를 말하기 전에 호준 씨에게 한 가지 묻고 싶은 점이 있습니다. 황 선생님은 연희 씨를 진심으로 사랑합니까?"

동현이 혀가 약간 꼬부라진 듯한 음성으로 말했다. 그가 전에 말했었던 것처럼 술에 약한 듯했다.

"네."

"그렇다면 연희 씨도 호준 씨를 사랑합니까?"

"네. 연희 씨도 저를 좋아하는 걸로 알고 있습니다."

"그렇군요."

동현이 이렇게 말하고 빈잔에 다시 소주를 따랐다.

종업원이 나중에 가져온 소주 한 병이 다시 바닥났다. 호준이 여종업원을 불러서 소주 한 병을 더 가져오게 했다.

"제가 연희 씨를 좋아하면서도 그녀와 가까워지지 못했던 건 과거에 그녀와 나 사이에 어떤 일이 있었기 때문이었습니다."

"그래요? 어떤 일이었습니까?"

"나는 그녀가 어렸을 때부터 그녀를 좋아했습니다. 어쩌면 그것이 나중에 탈이 되었는지도 모릅니다."

"그렇다면 연희 씨에 대한 김 선생님의 사랑은 일종의 짝사랑이었던 가요?"

"짝사랑이오? 짝사랑이라기보다는 내가 그녀를 너무 좋아했던 까닭에 그녀가 미처 이성에 눈을 뜰 시기에 이르기도 전에 그녀에게 그만 몹쓸 짓을 저질렀습니다."

"어느 때의 일이었습니까?"

호준이 그로부터 전혀 예상하지 못했었던 말을 듣고 놀라서 물었다.

"저는 중학교 3학년에 재학했고, 연희 씨는 초등학교 5학년 학생이었습니다."

"연희 씨가 그로 인해 마음의 상처를 많이 받았겠군요."

"그랬을 겁니다. 지금 돌이켜보면 후회스럽기 그지없습니다."

동현이 눈물이 가득 고인 눈으로 그를 보며 말했다.

호준은 동현이 가슴속 깊은 곳에 감추어 두고 있던 비밀을 그에게 털어놓으리라고는 미처 예상하지 못했다. 그는 연희가 전에 동현을 악한이라고 일컬었을 때는 그 이유를 쉬 짐작하기 어려웠다. 하지만 호준은 그의 말을 듣고 이제 그 이유를 짐작할 수 있을 것 같았다. 그 비밀은 어쩌면 호준이 듣지 않았어야 할 내용이었다. '내가 생각이 짧았어. 나는 연희 씨가 동현 씨를 악한이라고 일컬은 사유가 무엇인지 짐작할 만한 단서를 얻을 수 있지 않을까 헤아리어 이 자리를 마련했는데…' 호준은 머릿속에서 이렇게 뇌며 오늘 그에게 전화를 걸어서 만나자고 제의했던 걸 뒤늦게 후회했다.

 호준이 동현과 술잔을 주고받으며 이야기를 나누던 사이에 자신도 모르게 술을 적정량을 초과해서 마신 탓에 취기를 많이 느끼었다. 그것은 동현의 경우에도 마찬가지인 듯했다.

 두 사람이 술자리를 파하고 음식점에서 나왔다. 밤이 꽤 깊은 시각이었으나 청진동 골목에는 아직도 행인들이 많았다. 두 사람은 거주하는 곳은 서로 다르지만 종로2가역까지는 동행할 수 있었다. 그들이 어깨를 나란히 하고 약간 비틀거리는 걸음으로 지하철역으로 향했다.

 동현이 잠에서 깨었다. 날이 새어서 남쪽으로 난 아파트 유리창이 희붐히 물들어 있었다. 그가 어두움이 아직 다 가시지 않은 천장을 바라보며 어젯밤 청진동의 어느 음식점에서 호준과 마주앉아 술을 마시며 나누었었던 말들을 머릿속에 떠올렸다. 동현은 술에 약했다. 그가 호준과 대화를 나누며 술잔을 주고받던 사이에 자신도 모르게 술을 적정량을 초과하여 마신 탓에 술에 취해서 그만 그가 연희가 어렸을 때 그녀에게 몹쓸 짓을 저질렀던 것까지 털어놓았다. 그건 그때까지 두 사람만이 공유하던 비밀이었다. 그가 결코 다른 사람에게 말해서는 안 될 사안이었다. 그는 술에 취해 그같은 사안을 호준에게 털어놓은 자신이 미웠다.

'이 문제를 앞으로 어떻게 해결할 것인가?'

동현은 취중이었다고 해도 일단 뱉은 말을 주워담을 수는 없었다. 그는 문제가 확대되지 않도록 하기 위해서는 미리 어떤 해결책을 찾아서 손을 써야 할 것같이 생각됐다.

'호준 씨를 만나서 내가 취중에 뱉은 말을 안 들은 걸로 치부해 달라고 부탁해 볼까? 그것도 한 가지 방법이 될 수는 있겠지만 그 사람이 내 부탁을 들어줄지 여부는 미지수야. 그 사람이 그 자리에서 내 부탁을 한 마디로 거절해버릴 수도 있고, 내 면전에서는 그리 하겠다고 약속해도 그걸 지킨다는 보장이 없어. 그럴 바에는 차라리 내가 연희 씨를 만나서 사실대로 이야기하고 그녀의 처분을 기다리는 게 오히려 나을지도 몰라. 그렇지만 그녀가 그 이야기를 듣고 그걸 어떻게 받아들일지는 예측하기 어려워. 그녀가 내 잘못을 너그러운 마음으로 용서한다면 괜찮겠지만, 그렇지 않고 뒤늦게 그걸 문제삼으면 그로 인한 결과는 자칫 긁어부스럼 격이 될 공산도 없지 않아.'

그는 머릿속에서 이렇게 뇌며 그녀가 그 이야기를 듣고 나타낼 반응을 생각해 봤다. 하지만 그는 그녀가 딱히 어떻게 나오리라고 예측하기 어려웠다.

'그렇기는 하나 마땅한 대책이 없는 상황에서는 그녀에게 사실대로 이야기하고 그녀의 처분을 기다리는 것도 하나의 방법이 될 수는 있어. 물론 그렇게 해서 일이 잘못되면 나도 최악의 사태에 직면할 수 있다는 것쯤은 각오해야 하겠지.'

그는 마음에 차지는 않지만 마땅한 방법이 없는 상황에서는 그녀를 만나서 잘못을 사과하고 그녀의 처분을 기다리는 것도 괜찮을 것같이 생각됐다. 그렇지만 그는 그걸 바로 실행으로 옮기지는 않을 작정이었다. 그는 앞으로 시간적 여유를 두고 좀더 나은 방법이 있는지 찾아보고 마땅한 방안을 떠올리지 못할 경우에 그리 하기로 마음먹었다.

제11장

허虛와 실實

외신과에서 일하던 조태진과 이종훈이 문화공보부로 갔다. 아마도 본부에서 다소의 실무 경력과 사무 처리 능력을 갖춘 공무원이 필요했던 까닭에 그들을 상급 기관으로 끌어올린 것 같았다.

국가 기관에서는 대체로 어떤 부서에 현원의 변동이 발생했을 때 그걸 계기로 인사 이동을 단행하는 경우가 많았다. 외신과에서 두 사람의 결위가 발생한 지 며칠 됐다. 서무과에서 본부로부터 두 사람의 인원을 보충받아서 외신과와 다른 과에 배치하면서 소규모의 인사 이동을 단행했다. 외신과장과 해외과장이 보직을 맞바꾸었고 사무관 몇 사람 그리고 6급과 7급 공무원 몇 명이 근무 부서를 옮기었다. 호준은 문화과의 일이 그의 적성에 맞는 것 같아서 거기서 계속 근무하려고 생각했다. 하지만 세상사가 그의 뜻대로 되지는 않는 것 같았다. 그는 사전에 누구에게 다른 과로 보내어 달라고 부탁하지도 않았으나 이번 인사 이동 대상에 포함되어 외신과로 전보됐다. 아마도 외신과에서 한꺼번에 두 사람의 결위가 발생한 까닭에 업무 수행에 차질이 없도록 하려고 유경험자인 그를 다시 끌어들인 듯했다.

원장이 오전 10시에 이번 인사 이동 대상자들을 강당에 모아 놓고 임용장을 수여했다. 호준이 임용장을 받고 문화과 사무실로 돌아와서 거기서 일할 때 사용하던 사물들을 종이봉투 속에 넣어 들고 외신과에 갔다.

"외신과를 싫어해서 문화과로 간 걸로 아는데, 이곳에 다시 온 소감이 어떻습니까?"

그때까지 외신과에 붙박이 직원처럼 남아서 일하던 허철현이 그를 보며 이기죽거리는 어투로 말했다.

"나는 허철현 씨가 나를 외신과로 끌어들이지는 않았을 걸로 생각합니다. 마치 객지에서 고생하다가 고향에 돌아온 것처럼 마음이 편안합니다."

호준이 전에 이종훈이 앉았었던 의자에 앉아서 책상 서랍을 열고 문화과에서 종이봉투 속에 담아 가지고 온 사물들을 그 안에 넣으며 대꾸했다.

"황호준 씨도 보통이 아니야. 내 친구 하나가 체신부에서 근무하고 있는데 황호준 씨에 대하여 어떤 이야기를 하더라고요."

철현이 전에는 그의 등뒤에 앉았었다. 그러나 지금은 철현이 그와 마주보고 앉았다. 철현이 그를 보며 계속 이기죽거렸다.

"그래요? 그 친구가 철현 씨에게 나에 대해서 무슨 말을 한 모양이지요? 물론 좋은 말은 아니었겠지요. 내가 외신과에 오자마자 허철현 씨가 거듭 이기죽거리는 소리를 하는 까닭이 뭔지 모르겠습니다."

호준이 기분이 안 좋아 한 마디 했다.

"잘 아는군요. 내가 들은 대로 다 이야기할까요?"

"네. 이야기해 봐요."

"내가 그 친구한테 들은 말을 그대로 까발리면 황호준 씨가 얼굴을 못 들고 다닐텐데……."

"설마 나를 협박하는 건 아니겠지요?"

"공무원 생활 계속하고 싶으면 입 다물고 가만히 있어요."

"뭐요?"

호준이 화가 나서 자신도 모르게 언성을 높이었다.

주위에서 일하던 다른 직원들이 호준이 언성을 높여 말하는 걸 듣고 시선을 일제히 그에게로 향했다. 그는 순간적으로 치받치는 감정을 억누르지 못하고 철현에게 언성을 높였던 걸 후회했지만 이미 입밖에 낸 말을 주워 담을 수는 없었다.

점심 시간이었다. 다른 직원들은 식사하러 나가고 사무실에 전에 해외과장으로 일하다가 이번에 외신과 책임자로 온 기중현과 허철현 두 사람이 남아 있었다.

"허철현 씨."

기 과장이 불렀다.

"네."

철현이 일어나서 과장 책상 앞으로 갔다.

"오전에 허철현 씨가 '내가 들은 말을 그대로 까발리면 황호준 씨가 얼굴을 못 들고 다닐 텐데.'라고 하던데, 무슨 내용입니까?"

"아무것도 아닙니다."

"이야기해 봐요. 나는 과의 책임자로서 직원들을 관리하고 감독하는 차원에서 알 건 알아야 해요."

"별다른 내용은 아닙니다. 이건 체신부에서 일하는 친구한테 들은 이야기인데 황호준 씨가 문화공보부에 오기 전 서울서부우체국에서 일할 때에 아래 여직원과 스캔들이 있었던 모양입니다."

"그래요? 어떤 스캔들이에요?"

"황호준 씨가 자신이 책임자로 있던 부서의 아래 여직원과 음식점에서 일차로 소주를 마시고 이차로 룸살롱에 가서 맥주를 마시며 그녀를 성추행했던 모양입니다. 그런데 그 건이 나중에 다른 부서의 사람들에게까지 알려져서 그녀는 수치심을 이기지 못해 결국 직장을 그만두었다고 하더라고요."

"이런 나쁜 친구가 있나! 내가 인사 관리에 참고하겠습니다. 그리고 한 가지 더 묻겠습니다. 허철현 씨와 황호준 씨의 사이는 어떠해요? 예를 들면 두 사람 사이에 과거에 안 좋은 일이 있어서 허철현 씨가 그걸 보복하는 차원에서 그런 말을 한 건 아니겠지요?"

"아닙니다. 저는 황호준 씨와 아무 감정도 없습니다. 직장 동료로서 황호준 씨에게 앞으로 행동을 조심하라는 취지에서 그 말을 한 것뿐입니다. 그런데 황호준 씨가 언성을 높이는 바람에 다른 직원들의 시선을 끌게 됐고 결과적으로 과장님에게까지 심려를 끼치게 된 것 같습니다. 죄송합니다."

"알겠습니다."

과장이 말했다.

다음날 점심 시간이었다. 다른 직원들은 식사하러 나가고 사무실에 어제처럼 기중현 과장과 허철현 둘이 남아 있었다.

"허철현 씨."

과장이 불렀다.

"네."

철현이 하던 일을 멈추고 과장에게 갔다.

"내일 금요일 오전 10시에 확대간부회의가 있어요. 허철현 씨는 그 회의의 참석 대상이 아니지만 나와 함께 들어가서 어제 나에게 말한 내용을 다른 간부들에게 이야기해요. 공무원 사회 정화 차원에서라도 황호준 씨 같은 사람은 솎아내야 해요."

"알겠습니다."

철현이 대꾸했다.

이튿날 오전 10시에 6층 회의실에서 확대간부회의가 열리었다. 그 회의의 참석 대상은 국외공보원에서 근무하는 사무관급 이상 간부로 한정되어 있었다. 원장은 그 회의를 주재하며 각종 현안 사항들을 상정하여 그 모임에 참석한 간부들의 의견을 들어서 당면 문제들을 해결하는 데에 참고하기도 했고 해외 홍보 업무에 활용하기도 했다.

"오늘 회의는……."

원장이 참석자들을 둘러보며 회의 개최 취지를 이야기했다.

확대간부회의에 참석한 간부들이 현안 사항을 이야기하고 그 대책을 제시하는 데에 있어서 어떤 정해진 순서 같은 건 없었다. 그렇지만 그 회의에 참석한 간부들은 대체로 보직의 선임 순위에 따라 발언하는 것이 관례처럼 굳어져 있었다.

"다 알고 계시겠지만, 해외 주요 신문과 방송은 요즈음에도 자주 우리의 정치 체제에 대해서 비판적 내용들을 보도하고 있습니다. 그 비판 수위를 조금이라도 낮추기 위해서는 우리가 해당 국가의 저명 인사들을 물색해서 그들에게 그 같은 비판적 보도들을 반박하는 기고문을 써서 신문에 싣거나 방송에 내보내도록 의뢰해야 할 것같이 생각됩니다. 하지만 거기에는 적잖은 예산이 소요되기 때문에……."

먼저 기획과장이 그의 소관에 속한 현안 사항을 이야기하고 대책을 제시했다.

다음으로 해외과장이 미국, 영국, 프랑스 그리고 서독 등지의 교민 사회에서 발행되는 교포 신문에 게재된 본국 정부에 대한 비판적 보도 내용에 관하여 이야기하고 그에 대한 대책을 제시했다.

두 선임 과장의 현안 문제 보고와 대책 제시에 이어서 나머지 각 과의 책임자가 차례로 소관 분야의 향후 홍보 활동 계획을 발표했다.

"알겠습니다. 오늘 회의에서 나온 내용들을 해외 홍보 업무 수행에 참고하도록 하겠습니다. 혹시 다른 할말은 없습니까?"

원장이 회의 참석자들을 둘러보며 말했다.

"이건 오늘 회의 목적과는 관련이 없는 사항입니다. 그렇지만 공무원의 품위 유지에 관련된 건이어서 다른 간부들의 의견을 들어서 처리하는 게 좋을 것 같아 허철현 씨를 이 회의에 참석시키어서 외부에서 들은 내용을 보고하게 하려고 합니다. 허철현 씨, 그제 나에게 말한 내용을 이 자리에서 보고해요."

기중현 과장이 철현을 보며 말했다.

"우리 외신과에서 근무하는 황호준 씨는 체신부에서 일하다가 부처 교류를 통하여 우리 부에 왔습니다. 그런데 황호준 씨가 우리 부에 오기 전에 서울서부우체국에서 일할 때에…….”

철현이 이틀 전에 외신과장에게 이야기했던 내용을 보고했다.

"허철현 씨, 친구한테 사적으로 들은 말을 이런 자리에서 보고해도 돼요? 우선 그 친구의 말이 사실인지 확인해 봤어요?"

박정인 문화과장이 그를 보며 물었다.

"아닙니다."

"그렇다면 허철현 씨가 친구로부터 들은 이야기가 공무원의 품위유지 건에 해당된다고 생각될 경우 그걸 먼저 인사 부서에 알려서 거기서 황호준 씨를 불러 경위를 조사하든지 혹은 다른 방법을 찾아서 사실 여부를 확인한 후에 정해진 규칙에 따라 처리하는 것이 정도가 아닐까요? 허철현 씨가 사실 여부도 아직 확인되지 않은 내용을 이 자리에서 공표해서 어떻게 하겠다는 거예요? 더욱이 허철현 씨는 황호준 씨와 동료 사이가 아닙니까? 허철현 씨가 동료를 감싸 주지는 못할망정 사실 여부도 확인되지 않은 내용을 이야기하면 한 인간을 구렁텅이에 빠뜨리는 결과가 되는 것 아니에요? 내가 구태여 이런 말을 하는 건 전에 한동안 황호준 씨를 데리고 일해 봐서 그 사람의 인간성을 조금은 알기 때문이에요. 내가 겪은 바로는 황호준 씨가 사람이 나쁘지 않았어요. 사람이 착실하고 맡은 일을 차질없이 잘 수행해요."

"죄송합니다."

철현이 박 과장의 말에 무안한 표정을 얼굴에 올리고 고개를 숙였다.

"황호준 씨에 관한 이야기는 이 자리에서 더 이상 거론하지 않는 게 좋겠습니다. 서무과에서 허철현 씨를 불러서 진술서를 받아 그걸 감사 부서에 보내어 거기서 황호준 씨가 과거에 그같이 안 좋은 품행을 했던 게 사실인지 여부를 조사하여 진실로 밝혀지면 규칙에 따라 조치하도록 해요. 오늘 회의는 이걸로 끝내겠습니다."

원장이 이렇게 말하고 일어나서 회의실을 나갔다.

토요일은 근무시간이 오후 1시까지여서 반공일이라고도 불리었다. 반공일은 다른 요일에 비하여 근무 시간이 적은 까닭에 호준은 일에 대한 부감감을 조금은 덜 느꼈다. 그렇지만 그는 반공일에도 여느 요일과 마찬가지로 오전 8시 반쯤 일터에 나와서 일을 했다.

근무 시간이 시작된 지 반시간 가량이 지났다. 책상 위에 놓인 전화기의 벨이 울리어 호준이 일을 하다 말고 수화기를 들었다.

"외신과입니다."

"문화과 김종인 사무관입니다. 지금 바쁩니까?"

"아닙니다. 무슨 일 있습니까?"

"딱히 어떤 일이 있어서 전화한 건 아닙니다. 바쁘지 않으면 지금 잠깐 시간을 낼 수 있겠어요?"

"네. 그렇게 하지요. 제가 문화과로 갈까요?"

"아닙니다. 내가 가운데 통로 남쪽 끝의 바깥 층계참으로 가겠습니다."

"알겠습니다."

호준이 이렇게 대꾸하고 수화기를 원래의 위치에 내려놓았다.

호준이 사무실에서 나와 가운데 통로 남쪽 끝으로 가서 방화문을 열고 층계참으로 나갔다. 김종인 사무관이 거기에 먼저 와서 그를 기다리고 있었다.

"이곳까지 오게 해서 미안합니다."

"아닙니다. 괜찮습니다."

"다름이 아니라, 내가 어제 열린 확대간부회의에서 허철현 씨가 황호준 씨에 대해 안 좋은 이야기를 하던 걸 들었어요. 황호준 씨가 전에 체신부에서 근무할 때 비행을 저질렀다는 내용인데 혹시 거기에 대해서 알고 있습니까?"

"아니오. 모릅니다. 아무 이야기도 못 들었습니다."

"그래요? 그렇다면 최근에 허철현 씨와 어떤 일로 다투었습니까?"

"아닙니다. 그런 일 없었습니다. 누가 김 사무관님에게 제가 그 사람과 다투었다고 하던가요?"

"아니, 그렇지는 않았어요. 어제 확대간부회의에서 허철현 씨가……."

김 사무관이 전날 철현이 확대간부회의에서 보고한 내용을 전했다.

"제가 문화공보부에 오기 전에 한동안 서울서부우체국에서 근무했던 건 사실입니다. 그렇지만 그런 일은 없었습니다."

"안 그래도 내가 전에 얼마 동안 황호준 씨와 함께 일했기 때문에 사람이 어떻다는 걸 조금은 알아요. 그래서 어제 허철현 씨가 말하는 걸 듣고 나는 황호준 씨가 그럴 사람이 아니라는 걸 아는 까닭에 다소 의아하게 여겼어요. 나는 허철현 씨가 혹시 어떤 일로 황호준 씨와 다투어서 그 자리에서 그 같은 이야기를 한 게 아닌가 하는 생각이 들어서 물어본 거예요."

"어제 회의에서 허철현 씨가 그런 이야기를 했다는 걸 저는 지금까지 모르고 있었습니다. 감사합니다."

호준이 김 사무관의 호의에 고마움을 표했다.

호준이 외신과 사무실로 돌아왔다. 철현이 책상 위에 어떤 문건을 놓고 그걸 들여다보고 있었다. 호준이 그의 위치로 가서 앉아 그를 바라보며 조금 전 김종인 사무관으로부터 들은 말을 머릿속에서 되새겼다. 호준과 철현은 동향 출신들이었다. 타지역인들 중의 일부는 전라도 사람들은 자기들끼리는 똘똘 뭉쳐 행동하는 걸로 생각하지만 철현이 전날 확대간부회의에서 높은 사람들에게 동향 출신인 호준에 대하여 안 좋은 말을 해서 그를 궁지에 몰아넣었던 예에서 드러난 것처럼 그건 사실이 아니었다. 철현은 그가 타부처에서 왔다는 이유로 전부터 그에게 배타적인 태도를 나타내었고 어제는 외신과장과 함께 확대간부회의에 들어가서 체신부에서 근무하는 친구로부터 들은 이야기를 사실 여부도 확인하지 않고 윗사람들에게 보고해서 그를 어려운 입장에 빠뜨렸다. 사필귀정라는 말이 있듯이 진실은 언젠가는 밝혀지게 마련이지만 음해를 받은 사람은 그 실상이 밝혀질 때까지는 한동안 심적 고통을 겪을 수밖에 없다. 호준은 박정인 문화과장이 그 회의에서 그에 대하여 좋게 이야기해줘 윗사람들의 오해를 조금은 덜 받을 수 있었다. 박정인 과장은 경상도 출신이지만 그와 함께 근무하는 동안 그의 인간성이 나쁘지 않다는 걸 알고 그 회의에서 그에 대해 좋게 말해주었던 것 같았다. 호준은 문화과에서 일할 때 박 과장에게 특별히 잘 보이려고 노력하지도 않았다. 그렇지만 박 과장은 그의 성품을 있는 그대로 평가해 준 듯했다. 호준은 그가 아래 직원을 그같이 있는 그대로 평가해 준 데 대하여 마음속으로 고마움을 표했다.

철현이 호준의 시선을 의식한 듯했다. 철현이 책상 위에 놓인 문건을 들여다보다 말고 고개를 들었다.

"나에게 할말이라도 있어요? 황호준 씨가 국외공보원에 온 지는 얼마 되지 않았지만 여기 간부들 중에서도 좋게 보는 분들이 있다는 걸 어제 알았어요."

"나는 문화공보부를 좋아해서 왔는데 여기서는 그것도 죄가 되는 모양이지요?"

호준은 그의 말을 듣고 그가 친구로부터 들은 이야기를 사실 여부도 확인하지 않고 여러 간부들에게 보고해서 그를 궁지에 빠뜨려 놓고도 그것이 옳은 일이 못 된다는 걸 아직도 깨닫지 못하고 있는 게 아닌가 생각했다.

"……"

철현이 그의 말에 대꾸를 안 했다.

오후 1시에 근무 시간이 끝났다. 호준이 김종인 사무관이 전한 말을 듣고 마음이 편하지 않은 데다 특별히 더 남아서 해야 할 일도 없어서 곧 퇴근해서 하숙집에 돌아왔다. 그가 아침에 이불을 개어 놓지 않고 출근했었다. 이불이 그가 아침에 출근할 때처럼 방바닥에 그대로 깔려 있었다. 그가 외출복을 벗어서 옷걸이에 걸고 실내복으로 갈아입은 후에 이불 속에 몸을 넣고 누워서 오늘 오전에 김종인 사무관이 전한 말을 머릿속에서 되새겼다.

'내가 서울 서부우체국에서 일할 때 아래 여직원을 성추행한 적이 없었는데 어떻게 그같은 소문이 났을까? 허철현 씨는 체신부에서 근무하는 친구로부터 그 소문을 들었다고 했다는데 그 친구는 당시 거기서 나와 함께 근무했던 직원일까, 아니면 그렇지는 않고 간접적으로 나를 아는 이일까?

아니 땐 굴뚝에 연기 날 리 없다는 말이 있듯이 어떤 소문이 돌 때는 필시 그같은 풍문이 날 수 있는 꼬투리가 없지 않는 법이기는 하지만 내가 그 우체국에서 일할 때에는 그 같은 사건이 없었는데…. 그렇다면 혹시 그 건이 내가 거기에 가기 전에 일어났던 것이었거나 내가 거기를 떠난 후에 발생했던 건 아니었을까? 더욱이 안 좋은 풍문은 사람들의 뇌리에서 쉽게 지워지지 않는 까닭에 그 생명력이 길어. 그런 점에서 허철현 씨에게 그 풍문을 전한 사람은 당시 나와 함께 근무했던 사람이 아니었을 수도 있어. 그 사람이 당시 나와 함께 근무했다면 나를 모를 리 없고 설마 내가 하지도 않은 일을 내가 한 것처럼 꾸며서 말하지는 않았을 거야. 확실히는 모르지만 그 사람은 내가 거기에 가기 전에 일했거나 혹은 내가 떠난 후에 와서 근무하며 다른 사람으로부터 그 건을 전해 듣고 내가 여직원을 성추행한 걸로 잘못 알고 허철현 씨에게 그 이야기를 했을 수도 있어.'

　호준은 그 같은 풍문이 발생해서 철현의 귀에까지 들어가게 된 경위를 이렇게 추정해 보기도 했다.

　'여하간에 내가 거기에 있었던 동안에는 그런 사건이 없었어. 그 점으로 미루어 철현 씨에게 그 같은 풍문을 전한 사람은 나를 직접적으로 알지는 않고 다른 사람으로부터 그걸 듣고 옮긴 것같이 생각되는데…….'

　호준이 입속말로 이렇게 뇌며 서울서부우체국에서 일하던 시기에 들었었던 일들을 기억 속에서 더듬었다.

　'아하, 그렇구나! 이제야 기억이 나는구먼. 내가 서울 서부우체국에서 일하던 부서에서 전에 한 미혼의 남자 책임자가 아래 여직원과 음식점에서 저녁을 먹으며 소주를 마시고 이차로 룸살롱에 가서 맥주를 들며 그녀의 신체를 더듬었다는 이야기를 들은 적이 있었어. 그건은 처음에는 두 사람만이 아는 비밀이었지만 나중에 다른 사람들에게까지 알려져서 그 남자는 다른 데로 갔고, 그 여직원은 수치심을 못 이기어 직장을 그만두었다고 들었어. 아마도 그건이 와전되어 철현 씨의 친구가 내가 그 여직원을 성추행하고 다른 데로 간 걸로 잘못 알고 이야기한 것 같구먼. 철현 씨는 또 친구가 잘못 알고 전한 풍문을 사실 여부도 확인하지 않고 확대간부회의에 들어가서 윗사람들에게 보고했고……'

호준은 서울서부우체국에서 근무할 때 들었었던 이야기를 기억 속에서 더듬어내어 철현이 친구로부터 들은 풍문을 확대간부회의에서 보고하게 된 경위를 이렇게 추정했다. 그와 더불어 호준은 자신의 예에 비추어 이 세상에는 근거 없는 헛소문으로 고통을 겪는 사람이 하나둘이 아닐 거라는 것도 깨치었다.

호준이 일요일을 쉬고 월요일에 출근해서 사무실에서 일을 하며 지난 주말에 있었던 일들을 머릿속에서 되작이었다. 지난 토요일 그는 김종인 사무관으로부터 그 전날 열리었던 확대간부회의에서 철현이 친구로부터 들은 소문을 사실 여부도 확인하지 않고 윗사람들에게 보고했다는 걸 듣고 그 날 근무를 끝낸 뒤에 하숙집에 돌아와서 서울서부우체국에서 일할 때 들었었던 일들 중에서 그 풍문의 근거가 될 만한 건을 그의 기억 속에서 더듬어내어 그같은 풍설이 번지게 된 경위를 유추해내었다.

사실 철현이 그 회의에 들어가서 윗사람들에게 보고한 내용은 호준의 명예를 훼손하는 것일 뿐만 아니라 공무원의 품위 유지와 관련되는 건이어서 그의 직장 생활에 종지부를 찍게 만들 수도 있는 것이었다.

호준은 그의 명예를 회복하고 공무원 생활을 불명예스럽게 끝내지 않기 위해서는 그 진위를 가릴 수 있는 방안을 찾아서 실행으로 옮겨야 했다. 그 한 가지 방법은 그가 그 회의에 참석했던 간부들을 일일이 찾아다니며 철현의 말이 사실이 아니라는 걸 밝히는 것이었다. 하지만 그가 그리 하더라도 그들이 그의 말을 참으로 받아들일지 여부는 미지수였다. 만일 그들이 그의 말을 참으로 받아들이지 않는다면 그건 자칫 문제 해결을 더 어렵게 만들 수도 있었다.

그 외에 다른 한 가지 방법은 그가 다음 확대간부회의에 들어가서 철현의 말이 실제와 차이가 있다는 걸 밝히는 것이었다. 그렇지만 호준은 그 회의의 참석 대상이 아니어서 그리하기 위해서는 윗사람의 도움이 필요하지만 국외공보원의 간부들 중에서 그에게 그같은 호의를 베풀어 줄 이는 없었다. 그렇기는 하나 호준이 당면한 문제를 해결할 수 있는 길이 전혀 없는 건 아니었다. 지난 금요일 원장이 그 회의에서 서무과에서 철현을 불러서 진술서를 받아 그걸 문화공보부의 감사 부서에 보내어 거기서 그 건을 조사하도록 지시한 이상 그 사안이 유야무야로 끝나지는 않을 것이기 때문이었다. 그 사안이 그렇게 처리될 경우 문화공보부의 감사 부서에서 그 내용을 조사할 때에 호준은 그의 말이 사실이 아니라는 걸 밝힐 수도 있었다.

이틀이 흘렀다. 근무 시간이 시작된 지 1시간 가량이 지났다.

"황호준 씨, 전화 왔어요."

컴퓨터를 사용하여 문서 정서 작업을 하던 여직원이 그에게 알렸다.

"전화 바꾸었습니다. 황호준입니다."

그가 수화기를 들고 말했다.

"문화공보부 감사관실 김충호 사무관입니다. 잠깐 우리 사무실로 오시겠습니까?"

"네, 알겠습니다."

호준이 수화기를 내려놓고 잠시 그대로 앉아서 김 사무관이 그에게 전화를 걸어서 감사관실로 오라고 하는 까닭이 무엇일까 생각해 봤다. 문화공보부 감사관실에서는 통상 1년에 한 번 꼴로 국외공보원의 업무 처리 실태를 감사했다. 지금은 감사 기간이 아닌 데에다 어떤 비위 사실이 적발된 것도 아니어서 호준은 감사관실에서 업무 처리와 관련된 일로 그를 부르지는 않았을 걸로 헤아렸다. 모르면 모르되 그는 국외공보원 서무과에서 철현을 불러 그가 지난주 금요일 확대간부회의에 들어가서 윗사람들에게 보고한 내용에 관하여 진술서를 쓰도록 해서 그걸 본부 감사관실에 보내어 거기서 사실 여부를 감사해 주도록 의뢰함에 따라 김충호 사무관이 그 사안을 조사하려고 그에게 전화를 걸어서 오라고 한 게 아닌가 헤아렸다.

'아마 내 짐작이 맞을 거야.'

호준이 이렇게 중얼거리며 의자에서 일어섰다.

문화공보부 감사관실은 같은 건물 사층에 있었다. 호준이 외신과 사무실에서 나와 가운데 통로 오른쪽 끝에 설치된 계단을 걸어서 4층으로 내려갔다. 감사관실은 가운데 통로 중간쯤에 있었다. 그가 감사관실 문을 열고 안으로 들어갔다. 안에서 여러 사람이 일하고 있었다. 그는 감사관실 직원들을 잘 알지 못했다.

"김충호 사무관이 어느 분입니까?"

호준이 맨 앞에서 컴퓨터를 사용하여 문서를 정서하고 있던 여직원에게 물었다.

"저기 뒤에 앉으신 분이에요."

여직원이 고개를 돌려 손으로 가리키며 말했다.

김충호 사무관이 책상 위에 어떤 문건을 놓고 그걸 들여다보고 있다가 여직원이 말하는 걸 듣고 얼굴을 들었다. 호준이 책상 사이를 돌아서 그의 앞으로 갔다.

"외신과에서 일하고 있는 황호준입니다."

"그래요? 몇 가지 알아볼 사항이 있어서 오시라고 했습니다. 회의실로 가실까요?"

김 사무관이 이렇게 말하고 책상 위에 놓인 공책과 필기 도구 등을 들고 일어나서 사무실 왼편에 있는 회의실로 향했다. 호준이 그를 뒤따랐다. 회의실의 규모는 크지 않았다. 가운데에 장방형의 탁자가 놓이고 그 주위에 몇 개의 의자가 붙여져 있었다. 김 사무관이 탁자 저편으로 가서 의자에 앉았다. 호준이 문을 닫고 그의 맞은편에 놓인 의자에 몸의 일부를 걸치었다.

"국외공보원 서무과에서 어떤 사안에 대하여 사실 여부를 조사해서 처리해 달라는 내용의 문서를 우리에게 보냈습니다. 그래서 제가 몇 가지 사항을 물어 보려고 황 선생님에게 전화를 걸어서 오시라고 했습니다."

"……."

"며칠 전에 국외공보원 확대간부회의에서 한 직원이 황호준 씨가 체신부에서 근무할 때 공무원의 품위를 손상시키는 비행을 저질렀다는 이야기를 친구로부터 들었다고 보고했다는데, 혹시 그 내용을 알고 계십니까?"

"네. 그 회의에 참석했던 분으로부터 나중에 그 내용을 대충 들었습니다."

"알겠습니다."

김 사무관이 그가 말한 내용 요지를 공책에 적었다.

"국외공보원에서 우리에게 보낸 문서에 의하면 그 직원이 친구로부터 황호준 씨가 서울서부우체국에서 근무할 때 술자리에서 같은 부서의 여직원을 성추행했다는 말을 들었다고 했다는데, 그게 사실입니까?"

"아닙니다. 전혀 사실이 아닙니다. 제가 부산체신청에서 근무하다가 서울에 올라와 한동안 서울서부우체국에서 일한 적은 있습니다. 그런데 제가 일하던 부서에서 이전에 한 미혼의 남자 책임자가 아래 여직원과 일차로 음식점에서 소주를 마시고 2차로 룸살롱에 가서 맥주를 들며 그녀를 성추행했던 모양입니다. 그건 처음에는 두 사람만이 아는 일이었지만 비밀은 지켜지기 어려운 법이어서 그 사건이 나중에 다른 사람들에게까지 알려져 그 남자 책임자는 다른 데로 갔고 그 여직원은 수치심을 못 이겨 직장을 그만두었다고 들었습니다. 아마도 그 건이 내가 책임자로 일하던 부서에서 일어났기 때문에 다른 사람들의 입을 거치면서 내가 그 여직원을 성추행한 걸로 와전되었던 것 같았습니다. 잘 모르긴 하지만 허철현 씨가 그렇게 와전된 풍문을 친구로부터 듣고 그걸 확대간부회의에서 보고한 듯합니다."

"그렇군요. 우리가 황호준 씨의 답변이 사실인지 여부를 체신부에 조사해주도록 의뢰할 예정입니다. 황호준 씨의 답변에 혹여 허위는 없겠지요? 만일 사실이 아니라면 문제가 더 커지기 전에 이 자리에서 말씀하시는 게 좋습니다."

"네. 제가 이 자리에서 어찌 거짓을 말하겠습니까? 그 건은 공무원의 품위 유지와 관련된 사안입니다. 하지만 그때 남자 책임자가 다른 데로 갔고 여직원은 직장을 그만두었기 때문에 그 비위 사실에 대한 징계가 따르지 않아서 서울 서부우체국에 그 건의 기록이 남아 있는지는 모르겠습니다. 그렇지만 서울 서부우체국에 그 건에 관한 기록이 없더라도 그 일이 발생한 지 그리 오래되지 않아서 당시 근무했던 직원들 중 일부는 지금도 남아 있어서 거기에 대하여 증언해 줄 수 있을 걸로 봅니다. 그러므로 여기서 체신부에 그 일을 조사해주도록 요청하면 거기서 나름대로의 방법을 동원하여 진상을 조사해서 그 결과를 회신해 줄 걸로 생각합니다."

"알겠습니다. 황호준 씨와 허철현 씨의 사이는 어떻습니까?"

"좋은 편은 아닙니다."

"그렇다면, 황호준 씨는 허철현 씨가 사실이 아닐 수도 있는 내용을 확대간부회의에서 윗사람들에게 보고한 까닭이 어디에 있다고 보십니까?"

"저는 체신부에서 근무하다가 문화공보부에서 일해 보고 싶어서 부처 교류를 통해서 이곳에 왔는데, 여기 토박이들은 타부처에서 온 사람을 곱지 않은 시선으로 보는 경향이 있는 것 같습니다. 심지어 어떤 분은 타부처에서 온 공무원들이 거기서 어떤 비행을 저지르고 여기로 피신해온 걸로 여기는 듯한 말을 하기도 하더라고요. 허철현 씨가 친구로부터 들은 말을 사실 여부도 확인하지 않고 확대간부회의에서 보고한 건 여기 직원들의 그 같은 태도에서 비롯된 게 아닌가 생각됩니다. 그렇지만 이건 제 생각일 뿐입니다. 제 생각이 사실에 부합하는지 여부에 대해서는 확신하지 못합니다."

"알겠습니다. 바쁘게 일하실 시간에 수고스럽게 여기까지 오시게 해서 미안합니다. 이제 돌아가셔도 되겠습니다."

"감사합니다."

호준이 이렇게 말하고 의자에서 일어섰다.

호준이 문화공보부 감사관실에 불리어 가서 김충호 사무관으로부터 철현이 국외공보원 확대간부회의에서 보고한 내용과 관련하여 몇 가지 질문을 받고 거기에 대하여 그의 의견을 진술한 지 2주가 넘었다. 호준은 그 후로 감사관실로부터 아무 연락을 받지 못했다. 아마도 체신부 감사 부서에서 이곳 감사관실에서 사실 여부를 조사해 주도록 의뢰한 건을 감사하는 데 시일이 걸리기 때문인 듯했다.

호준이 일요일을 쉬고 월요일 아침 일터에 출근해서 사무실에서 일을 했다.

"황 선생님, 전화 왔어요."

컴퓨터를 사용하여 문서 정서 작업을 하던 여직원이 그에게 알렸다.

"전화 바꾸었습니다. 황호준입니다."

그가 수화기를 들고 말했다.

"감사관실의 김충호 사무관입니다."

"전화 주셔서 고맙습니다. 그렇지 않아도 지난번 건이 어떻게 진행되고 있는지 몰라 궁금히 여기고 있었습니다."

"두 분의 진술이 엇갈려서 우리가 어느 편의 말이 참인지 체신부에 조사해주도록 의뢰했는데 거기서 그 내용을 검증하는 데 다소의 시일이 걸린 것 같았습니다. 우리가 지난 토요일 체신부로부터 그 건에 대한 회신을 받았는데, 거기서 알려온 바에 의하면 허철현 씨가 확대간부회의에서 보고한 내용은 참이 아닌 것으로 밝혀졌습니다."

"감사합니다."

"지난번에 황호준 씨를 불러서 번거롭게 몇 가지 사항에 대하여 문의했던 걸 너무 서운하게 생각하지 마십시오. 감사부서에서 주어진 업무를 처리하기 위해서는 그리할 수밖에 없는 경우가 종종 있습니다."

"아닙니다. 저는 감사관실에서 허철현 씨가 확대간부회의에서 보고한 내용이 사실이 아님을 밝혀주신 것만으로도 고맙게 생각합니다."

호준이 이렇게 말하고 전화를 끊었다.

철현이 친구로부터 들은 말을 사실 여부도 확인하지 않고 확대간부회의에서 윗사람들에게 보고한 행위는 중대한 잘못이었다. 그것은 공무원 징계양정세칙에도 중징계 사항으로 정해져 있었다. 그렇지만 문화공보부 감사관실에서는 그가 잘못을 반성하고 있고 평상시 그의 근무태도가 성실했던 점 등을 감안하여 그에게 견책 처분을 내리는 걸로 그 건을 종결했다. 사실 그 처분은 그가 저지른 잘못에 비하면 비교적 가벼운 것이었다.

철현이 국외공보원 확대간부회의에서 윗사람들에게 보고한 내용이 사실이 아니었음이 밝혀지고 문화공보부 감사관실에서 그에 대한 책임을 물어서 그에게 징계 처분을 내림에 따라 호준은 억울한 누명은 벗을 수 있게 됐다. 그렇지만 호준이 직장 안에서 다른 직원들과의 인간관계 측면에서 받게 될 피해는 감사관실에서 내린 징계 조치만으로는 치유되기 어려웠다. 철현이 그때 윗사람들에게 보고한 내용은 사실이 아닌 걸로 밝혀졌지만 안 좋은 말은 그 생명력이 길어서 그들의 뇌리에서 쉬 지워지기 어려운 데다 그들 또한 자신들과 무관한 사안에 관심을 많이 둘 리 없어서 구태여 그 진위 여부를 알려고 하지 않을 게 뻔하기 때문에 훗날 그의 조직 생활에 나쁜 영향을 끼칠 가능성이 있었다.

제12장
결별

　동현이 사무실에서 일을 하며 얼마 전 호준과 가진 술자리에서 취중에 그가 연희가 어렸을 때 그녀에게 저질렀었던 비행을 털어놓았던 걸 뇌리에서 되새겼다. 그 건은 그 때까지 동현과 그녀 두 사람만이 공유했던 비밀이었고 그가 결코 다른 사람에게 말해서는 안 될 내용이었다. 그는 술에 취해 그 같은 내용을 호준에게 털어놓았던 걸 후회했지만 그걸 없었던 일로 돌릴 수는 없었다.
　'음주를 스스로 절제하지 못하고 정신을 잃을 정도로 술을 마셔서 다른 사람에게 말해서는 안 될 사안을 털어놓은 건 명백히 내 잘못이야.'
　동현은 이렇게 자신을 책하며 세 사람 사이에 얽혀 있는 문제를 어떻게 풀 것인지 생각해 봤다. 사실 그는 그 일이 있은 뒤로 나름대로 그 문제를 풀기 위한 방법을 모색해 봤지만 여태 마땅한 방안을 찾지 못하고 있었다.

'전에도 잠시 생각해 봤던 방법이긴 하지만 내가 호준 씨를 만나서 지난번에 털어놓은 이야기를 안 들은 걸로 치부해달라고 부탁해 볼까? 그것도 한 가지 방법이 될 수는 있지. 그렇지만 그 사람이 내 청을 들어줄지 여부는 미지수야. 더욱이 그 사람과 나는 연적 관계에 있지 않은가? 연적 관계에 있는 사내에게 그 같은 청을 하는 것 자체가 어느 면에서 바보스러운 짓이지. 그보다는 차라리 내가 연희 씨를 만나서 취중에 둘만의 비밀을 그 사내에게 털어놓았다는 걸 이야기하고 그녀의 용서를 구하는 게 나을지도 몰라. 그런데 내가 그녀에게 그 비밀을 호준 씨에게 털어놓았다고 말하면 그녀가 어떤 반응을 나타낼까? 그녀가 거번처럼 불같이 노해서 또 내 따귀를 붙이지는 않을까? 어쩌면 그녀가 그보다 더 격한 반응을 보일 수도 있겠지.'

그는 마음에 차지는 않지만 그녀에게 사실대로 말하고 그녀의 처분을 기다리는 것이 가장 현실적인 방법일 것 같은 생각이 들었다. 물론 그는 그녀가 그 이야기를 듣고 어떤 반응을 나타낼지는 예측할 수 없었다. 하지만 그는 그 방법 외에는 달리 마땅한 방안이 떠오르지 않아 일단 그리 해 보기로 마음을 굳히었다.

동현이 하던 일을 멈추고 책상 위에 놓인 전화기의 수화기를 들고 연희의 사무실 전화번호를 눌렀다.

"여보세요."

그녀의 음성이었다.

"김동현입니다. 어떻게 지내시는지 궁금해서 전화했습니다."

"아무 일 없습니다."

그녀가 그가 전화한 것이 반갑지 않은 듯 퉁명스런 음성으로 말했다.

"연희 씨의 얼굴을 본 지도 제법 된 것 같습니다. 오늘 저녁에 만나서 식사나 함께 하고 싶습니다. 가능하시겠습니까?"

"제의는 고맙지만 사양하겠습니다."

"여전하시군요. 오늘은 내가 연희 씨에게 할말이 있어서 같이 저녁식사라도 하며 이야기를 나누려고 전화했습니다."

"나에게 할말이 뭐예요? 전화상으로 말하면 안 돼요?"

"안 됩니다. 황호준 씨와 관련된 일입니다."

"그래요? 오늘 저녁에는 내가 선약이 있어요. 내일 저녁 7시 반에 종로4가의 수기다방에서 만날까요?"

"네. 그리하지요."

동현이 전화를 끊었다.

다음날 동현이 연희와 만나기로 약속한 시각에 맞추어 수기다방에 갔다. 그녀의 모습이 안 보였다. 그가 빈자리로 가서 앉아 그녀가 오기를 기다렸다. 5분 가량이 지났다. 그녀가 다방 문을 열고 안으로 들어섰다.

"할말이 뭐예요?"

그녀가 그가 있는 곳으로 와서 의자에 앉자마자 그에게 따지듯이 물었다.

"너무 서두르지 마십시오."

"느긋한 버릇은 여태 못 버리는군요."

그녀가 입술을 삐쭉거리며 말했다.

여자 종업원이 음료 주문을 받으러 왔다. 동현과 연희가 커피를 주문했다.

"그 사이에 또 호준 씨를 만났나요?"

그녀가 궁금해서 못 견디겠다는 듯 그를 보며 물었다.

"네, 그분이 나에게 먼저 전화를 걸어서 만나자고 해서 청진동의 어느 음식점에서 그 분과 마주앉게 됐습니다."

그가 대꾸했다.

여자 종업원이 아까 두 사람이 주문한 음료를 쟁반에 담아 들고 와서 탁자 위에 놓고 갔다.

"그때 그분과 무슨 이야기를 나누었는데 나에게 할말이 있다는 거예요?"

연희가 커피 잔을 들고 물었다.

"……."

동현이 바로 대꾸를 안 하고 고개를 숙이었다.

"이야기 해봐요. 나에게 말하지 못할 내용이라도 있어요?"

"연희 씨에게 그 내용을 이야기하기 전에 먼저 죄송하다는 말씀부터 드리겠습니다. 그날 밤 내가 술에 취해서 예전에 연희 씨에게 저지른 비행을 호준 씨에게 털어놓았습니다."

동현이 고개를 들고 그녀를 보며 조그만 소리로 답했다.

"아무리 취중이라고 해도 그런 것까지 털어놓다니!"

그녀가 그의 말을 곧이들을 수 없다는 듯이 말했다.

"죄송합니다. 그래서 연희 씨를 만나서 용서를 구하고 선처를 부탁하려고 이렇게 오늘……."

"나는 동현 씨가 호준 씨에게 설마 그런 것까지 말하리라고는 예상하지 못했어요. 나도 거기에 대해서 생각해 볼 시간이 필요해요."

그녀가 이렇게 말하고 옆에 놓인 핸드백을 들고 일어나서 뒤도 돌아보지 않고 다방 출입문 쪽으로 걸어갔다.
"……."
그는 그녀를 뒤쫓아가서 붙잡고 싶은 마음이 없지 않았다. 하지만 그는 그녀가 이전까지 두 사람만이 공유했던 비밀을 그가 호준에게 털어놓았다는 걸 듣고 거기에 대하여 어떻게 대응할 것인지 어떤 결정을 내릴 때까지는 다소 시일이 걸릴 것같이 여겨져 그같은 생각을 억눌렀다. 동현은 그와 그녀 사이의 문제는 결과적으로 미해결 상태로 남았지만 한 가지 고민거리는 덜었다고 여기기 때문인지 조금은 홀가분한 느낌마저 들었다.

연희가 어렸을 때 동현으로부터 당했던 비행은 그녀의 마음속에 그 어떤 것으로도 치유되기 어려운 상처로 남아 있었다. 그녀는 그 마음의 상처를 잊기 위하여 그동안 여러 면으로 적잖은 노력을 기울였지만 지금까지 거기서 벗어나지 못하고 있었다. 그렇지만 그녀는 2년여 전 여름 휴가를 얻어서 그녀의 고향 마을에 내려가 있던 동안에 마침 그 시기에 준석의 초대를 받아서 그의 집에 와 있던 호준을 안 후로 그를 사랑하게 되면서 그 아픈 기억에서 조금씩 벗어날 수 있었다.
그녀는 어렸을 때부터 그녀의 아버지를 좋아했고 호준의 얼굴 일부가 그녀의 부친을 닮았기 때문인지 그녀는 그를 처음 본 순간부터 호감을 느꼈다. 하지만 그녀와 호준의 사이가 그때 바로 가까워진 건 아니었다. 그녀는 그후 몇 달이 지나서 준석의 배려로 장호식당에서 그를 다시 만나서 그에 대해 더 많은 것들을 알게 됐고 그 뒤 종로1가

버스정류장에서 그를 조우하여 그와 깊은 관계를 맺었다. 그녀는 호준과 결혼하는 문제에 대해서 이전에 그와 어떤 이야기도 나눈 적이 없었지만 여건이 성숙하면 그와 혼인하려고 생각했다.

그런데 어느 날 갑자기 동현이 그녀 앞에 불쑥 그의 존재를 드러내어서 그녀의 마음을 혼란스럽게 했다. 사실 그녀는 그가 군에 입대한 후로 오랜 기간 소식을 끊어서 그와 그녀의 관계가 단절된 걸로 여기었으나 그는 그렇지 않은 듯했다. 그는 군복무를 마치고 대학교를 졸업한 후에 서울에 있는 어느 회사에 취업해서 근무하며 그녀가 일하는 업체를 알아내어서 그녀에게 전화를 걸어 그녀와의 관계를 복원하려고 들었다.

그녀는 그를 좋아하지 않지만 그 사이에 그가 얼마나 달라졌는지 한 번쯤은 그녀의 눈으로 보고 싶어서 종로4가의 수기다방에서 그를 만났다. 그는 그 사이에 앳된 티를 벗고 혈기왕성한 청년으로 변해 있었다. 그후에도 그는 또 그녀에게 전화를 걸어서 만나고 싶다는 의사를 표시했지만 그녀는 응하지 않았다. 그로부터 얼마 뒤 그가 우연한 기회에 그녀와 호준이 강남역 근처의 생맥주집에서 맥주를 마시던 걸 목격했다. 아마도 그 때 동현이 두 사람이 연인 관계에 있다는 걸 눈치챈 듯했다. 동현이 둘의 사이를 갈라놓으려고 예전에 그녀의 가계에 있었었던 비밀을 그에게 이야기했고 급기야는 그녀가 어렸을 때 그가 그녀에게 비행을 저질렀던 것까지 털어놓았다.

'악한!'

그녀는 입속말로 이렇게 뇌며 예전에 동현이 그녀에게 저질렀던 비행을 이제라도 고발해버릴까 생각해 봤다. 그러나 다음 순간 그녀는 고개를 좌우로 저었다. 그것은 그녀가 취할 수 있는 마지막 수단이기 때문이었다. 그녀는 그보다는 호준이 그녀가 어렸을 때 그에 의해 순결을 잃었다는 걸 듣고 그녀를 어떻게 생각하는지 그리고 그녀를 대하는 그의 태도에 어떤 변화가 있는 건 아닌지 알아보는 게 더 중요할 것 같이 생각됐다.

우연이겠지만 연희가 호준으로부터 어떤 소식도 듣지 못한 지 그 사이에 꽤 됐다. 그녀는 그가 그처럼 그녀에게 아무 연락을 안 하는 이유가 그녀가 예전에 동현으로부터 비행을 당했다는 걸 듣고 충격을 받아서 그런 게 아닌가 하는 생각이 들어서 불안했다. 그녀는 조금 늦은 감은 있지만 이제라도 호준을 만나서 그가 예전에 그녀가 어렸을 때 동현으로부터 비행을 당했다는 걸 듣고 그녀를 어떻게 생각하는지 알아보는 것이 좋을 것같이 생각됐다.

연희는 생각이 거기에 미치자 마음이 급했다. 그녀가 하던 일을 멈추고 호준이 일하는 사무실 전화번호를 눌렀다.

"문화과입니다."

어떤 남자 직원이 전화를 받았다.

"황호준 씨 계시면 바꿔 주시겠어요?"

"그분이 얼마 전에 외신과로 갔습니다. 그곳으로 전화해 보세요."

"그래요? 그곳 전화번호를 좀 알 수 있을까요?"

그녀는 그가 근무 부서가 바뀐 걸 그녀에게 바로 알려 주지 않은 것이 조금은 섭섭하게 느껴졌다. 그와 더불어 그녀는 그건 그녀에 대한 그의 태도가 약간은 달라졌다는 걸 간접적으로 드러내는 게 아닌가 하는 생각도 들었다.

"네, 잠시 기다리세요."

그 직원이 이렇게 말하고 외신과 전화번호를 찾아서 그녀에게 알려주었다.

연희가 외신과 사무실 전화번호를 눌렀다. 어떤 남자 직원이 전화를 받았다. 그녀가 그에게 호준을 바꾸어 달라고 말했다.

"전화 바꾸었습니다."

호준의 음성이었다.

"연희예요. 언제 그곳으로 갔어요?"

그녀가 약간은 섭섭한 느낌이 남아 있는 음성으로 그에게 물었다.

"미안합니다. 근무 부서가 바뀌었을 때 바로 연희 씨에게 알렸어야 했는데 그렇지 못했습니다. 변명에 지나지 않겠지만 그동안 다소 복잡한 일이 있어서 연희 씨에게 연락을 하지 못했습니다."

"알겠어요. 그게 중요한 문제는 아니에요. 오늘은 호준 씨를 만나서 이야기를 좀 나누려고 전화했어요."

"나도 연희 씨를 만나고 싶습니다. 어디서 만날까요?"

"저녁 7시 반까지 강남역 1번 출구로 올 수 있겠어요?"

"네. 알겠습니다."

그가 전화를 끊었다.

호준이 연희와 만나기로 약속한 시각에 맞추어 강남역 1번 출구에 갔다. 그녀가 위로 올라가는 계단 앞에서 그를 기다리고 있었다. 그가 그녀를 만나서 잠시 의례적인 이야기들을 나눈 후에 계단을 걸어서 위로 올라갔다. 낮의 길이가 짧아서 주위가 어두웠다. 그들이 저녁을 들기 위해 지난번에 둘이 식사를 했었던 음식점으로 갔다. 오늘도 음식점 안에 손님들이 많았다. 두 사람이 남자 종업원의 안내를 받아 한 조그만 방에 들어가서 식탁을 사이에 두고 마주앉았다.

"뭘 주문하시겠습니까?"

남자 종업원이 물었다.

"소고기 등심 2인분하고 맥주 한 병만 가져오세요."

호준이 차림표를 보고 그녀의 의견을 들어서 음식을 주문했다.

"알겠습니다."

종업원이 주문 내용을 메모지에 적어 들고 방에서 나갔다.

호준이 연희에게 무슨 말을 먼저 할까 생각하며 그녀를 봤다. 그녀가 고개를 숙이고 뭔가를 골똘히 생각하는 듯했다. 그는 그녀가 뭘 생각하는지 모르지만 그녀가 머릿속에서 헤아리는 바를 방해하고 싶지 않아서 아무 소리도 입 밖에 안 내었다.

방문이 열렸다. 아까 두 사람을 이 방으로 안내했었던 남자 종업원이 음식이 담긴 접시들을 수레에 싣고 안으로 들어왔다. 두 사람이 그가 편히 일할 수 있도록 의자를 뒤로 조금 물리었다. 그가 가스 버너에 불을 붙인 후에 수레에 싣고 온 음식 접시들을 식탁 위에 벌이어 놓고 철판이 충분히 달구어지기를 기다려서 그 위에 소고기 등심을 얹었다. 소고기가 주위에 기름방울을 튀기며 철판 위에서 익어 갔다. 그가 소고기를 가위로 잘라서 두 사람이 바로 먹을 수 있도록 준비해 놓고 방에서 나갔다.

호준이 병을 들어서 두 개의 글라스에 맥주를 따랐다. 하얀 거품이 글라스 위로 넘치었다.

"그 사이에 또 김동현 씨를 만났나요?"

연희가 글라스를 들어서 입으로 가져가며 물었다.

"네."

"그 사람을 어떻게 다시 만나게 됐어요?"

"그분이 우리 둘의 관계에 관심이 많은 것 같아서 내가 그 이유가 무엇인지 알아보려고 전화를 걸어서 만나자고 제의해서 대면하게 됐어요."

"그렇게 됐군요. 그때 동현 씨가 술에 취해서 무슨 이야기를 했다고 하던데, 무슨 내용인지 구체적으로 말해 줄 수 있어요?"

"그분이 나에게 이야기한 내용을 연희 씨에게 말해도 괜찮겠습니까?"

호준은 그녀가 동현이 그에게 말한 내용을 이미 알고 있는 상황에서는 사실대로 이야기하는 게 좋겠다고 여기어 그녀의 의견을 물었다.

"네. 듣고 싶어요."

"그분이 중학교 재학 시절에 초등학교에 다니던 연희 씨에게 몹쓸 짓을 저질렀다고 하더라고요. 하지만 나는 그분이 한 말을 모두 사실일 거라고 생각하지는 않습니다. 그분이 우리 둘의 사이를 갈라놓기 위하여 거짓말을 할 수도 있기 때문이지요. 게다가 그분의 말이 모두 사실이라고 해도 나는 그것이 지금에 와서 우리 둘 사이에 어떤 문제가 된다고 생각하지 않습니다. 그건 연희 씨의 의사와는 무관한 일이었기 때문이지요. 연희 씨는 아무 허물이 없어요."

호준은 동현이 그와 그녀 사이에 오랜 기간 지켜져 왔던 비밀을 그에게 털어놓았다는 걸 그녀가 아는 마당에 더는 숨길 게 없다고 여겨 자세히 이야기했다.

결별 375

"그렇군요. 호준 씨에게 미안해요. 나는 어떻게 해야 좋을지 모르겠어요."

"그건 연희 씨의 의사와는 무관한 일이었어요. 나에게 미안하게 생각할 필요 없어요."

"그렇게 생각해주니 고마워요. 그렇지만 여자인 나는 달라요."

그녀가 맥주가 반쯤 남은 글라스를 내려놓고 말했다.

"거듭 말하지만 연희 씨는 아무 잘못이 없어요. 그건 속히 잊는 게 좋아요."

"세상이 옛날과 많이 달라졌다고 해도 여자는 지금도 숙명적으로 지워진 운명의 굴레를 벗어나기 어려워요. 지금은 호준 씨가 그걸 문제삼지 않는다고 해도 그 기억은 오래도록 머릿속에서 지워지지 않고 남아 있을 거예요. 모르는 게 약이라는 말이 있듯이 호준 씨가 내 아픈 과거를 알지 못했을 때에는 나는 큰 심적 부담 없이 만날 수 있었어요. 그러나 이제는 그렇지 못해요. 나는 호준 씨와의 사랑에 자신이 없어요. 호준 씨가 내 아픈 과거를 문제삼지 않는다면 우리 둘이 결혼할 수 있을지는 모르지만 그렇더라도 나는 평생 그 심적 부담에서 벗어나지 못할 거예요."

그녀가 눈물이 가득 고인 눈으로 그를 봤다.

"나는 연희 씨를 어떻게 위로해야 할지 모르겠습니다."

"위로의 말 같은 건 듣고 싶지 않아요. 나는 호준 씨가 내 아픈 과거를 알고 나서도 이전처럼 나를 대해 주는 것만으로도 고맙게 생각해요."

그녀가 이렇게 말하고 옆에 놓인 핸드백을 들고 일어나서 출입문 쪽으로 걸어갔다.

"연희 씨!"

그가 그녀를 붙잡으려고 의자에서 일어서며 그녀를 불렀다. 하지만 그녀는 뒤도 돌아보지 않고 밖으로 나가서 문을 닫았다. 그가 그녀를 붙잡으려고 뒤따라가서 문의 손잡이를 잡았다가 놓고 몸을 돌려 그가 아까 앉았었던 의자로 돌아와서 그 위에 몸의 일부를 걸치었다.

'어쩌면 그녀와의 관계를 그녀의 뜻에 따라 여기서 종결하는 게 좋을지도 몰라. 당장은 가슴 아픈 일이 될지 모르지만.'

그가 맥주가 반쯤 담긴 글라스를 들어서 입으로 가져가며 입속말로 이렇게 중얼거렸다.

제13장
어머니

호준은 동현이 연희가 어렸을 때 그녀에게 비행을 저질렀다는 걸 듣고 큰 충격을 받았다. 사실 그 건은 호준과 그녀가 그때까지 유지해 온 관계를 종식시킬 수도 있는 것이었다. 물론 그는 그 뒤에 그녀를 만났을 때 그 사건은 그녀의 의사와는 무관한 일이어서 둘 사이에 문제될 게 없다고 말했다. 하지만 그녀는 그의 말을 그리 받아들이지 않는 듯했다. 세상이 옛날과 많이 달라지기는 했어도 우리나라 사회에서는 아직도 많은 사람들이 여자의 혼전 순결을 중요시하기 때문에 그녀는 그가 예전에 그녀와 동현 사이에 있었었던 일을 몰랐을 때는 그 문제를 크게 의식하지 않고 그를 만날 수 있었으나 지금은 그렇지 못하다고 했다.

그녀는 호준이 그 건을 지금은 문제삼지 않더라도 둘이 결혼해서 살 경우 그것이 나중에 그들의 혼인 생활을 파탄낼 수도 있기 때문에 그녀와 그가 이전까지 유지해 온 관계를 지속시키기 어려운 걸로 여기는 듯했다. 그건 물론 그녀가 여자의 입장에서 바라본 생각일 수 있었다. 그렇지만 그가 처한 입장에서도 그가 그녀와의 관계를 지속시키는 데는 문제가 없지 않았다. 그는 전에 준석의 초대를 받아 그의 고향 마을에 가서 처음 그녀를 봤을 때 그리고 그녀와 함께 새밭골마을에 내려가서 그녀의 아버지를 뵈었을 적에 그들의 얼굴 일부가 그의 부친 황충식과 닮은 구석이 있어서 양편 사이에 어떤 혈연적 연결이 있는 게 아닌가 생각했지만 두 경우 다 몇 가지 이유에서 그 가능성이 낮다는 평가를 내렸다. 어쩌면 그가 당시 내렸던 그 두 번의 평가가 잘못된 판단이었는지도 몰랐다. 호준은 동현으로부터 그녀의 가계에 숨겨져 있었던 비밀을 들은 후로 예전에 새밭골마을에서 살인을 저지르고 도주한 그녀의 큰삼촌이 그의 아버지 황충식이었을지도 모른다는 의문을 떨쳐버리지 못했다.

'내가 지금까지 추정한 바로는 전에 새밭골마을에서 살인을 저지르고 도주한 그녀의 큰삼촌이 우리 아버지였던 게 거의 확실해. 그러나 그녀는 아직 그걸 모르고 있는 것 같아. 그녀가 그걸 모르는 것이 어느 면에서 나에게는 다행스러운 일일 수 있지. 그렇기는 하나 두 사람이 결혼해서 부부가 되면 그 동안 두 가계 사이에 숨겨져 있었던 비밀이 겉으로 드러날 가능성이 그 만큼 더 커질 건 불을 보듯 뻔해. 만일 두 사람이 결혼해서 살다가 어떤 경로로 우리 부부가 사촌 사이임이 밝혀진다면 그로 인해 파생되는 문제들은 우리의 의지만으로는 해결하기 어려워.'

그는 그녀를 사랑하지만 먼 미래를 생각한다면 그녀의 뜻에 따라 그와 그녀가 지금까지 유지해 온 관계를 종식시키는 것이 좋을 것 같았다.

그렇기는 하나 남녀의 사랑은 이성적 사고만으로는 제어되기 어려운 면이 없지 않은 듯했다. 그는 그녀와의 관계를 그녀의 뜻에 따라 현재 상태에서 종결하는 것이 서로를 위하여 좋다는 건 알지만 그녀에 대한 미련을 쉬이 끊기 어려웠다. '그녀는 지금 뭘 하고 있을까? 그녀 역시 나를 생각하고 있을까?' 그가 그녀에 대한 미련을 끊지 못하고 그녀를 자주 생각하기 때문인지 그녀가 더욱 그리웠다.

호준이 연희가 그리워서 그녀의 음성이라도 들어 볼 양으로 그녀의 사무실 전화번호를 눌렀다.

"여보세요."

그녀의 음성이었다.

"황호준입니다. 그 사이에 설마 내 목소리를 잊어 버리지는 않았겠지요?"

"아니에요. 잊을 리 있겠어요?"

그녀가 가냘픈 음성으로 대꾸했다.

"선약이 없으면 오늘 저녁에 둘이 만나서 식사라도 같이 하고 싶습니다."

"고맙습니다만 사양하겠습니다. 호준 씨도 우리 두 사람이 더 이상 만나지 않는 게 좋다는 걸 모르지 않을 거라고 생각해요."

"나는 우리가 왜 꼭 그렇게까지 해야 하는지 모르겠습니다."

"원인은 나에게 있어요. 호준 씨는 아무 잘못이 없어요."

"연희 씨 역시 아무 잘못이 없습니다. 그건 연희 씨의 생각 여하에 달려 있어요. 그런데도 우리가 지금까지 이어온 관계를 하루아침에 끊어 버린다는 건 너무 가혹한 처사가 아닐까요?"

"나도 그걸 모르지 않아요. 하지만……."

그녀가 흐느끼는 소리가 수화기를 통하여 그의 귀에 가냘프게 들리었다.

"……."

"미안해요."

그녀가 울먹이는 음성으로 이렇게 말하고 전화를 끊었다.

'아쉬움은 있지만 안타까움이 남아 있을 때 그녀와의 관계를 종결하는 게 어쩌면 좋을지도 몰라.'

그가 입속말로 이렇게 중얼거리며 수화기를 내리었다.

호준이 사무실에서 일을 했다. 근무가 끝날 때까지는 아직 두 시간 가량이 남아 있었다.

"황 선생님, 전화 왔어요."

컴퓨터를 사용하여 문서 정서 작업을 하던 여직원이 그에게 알렸다.

"황호준입니다."

그가 책상 위에 놓인 전화기의 수회기를 들고 말했다.

"이준석입니다."

"오랜만입니다. 그 동안 별일 없었습니까?"

"네. 한동안 바빠서 연락을 하지 못했습니다. 황 형을 본 지도 제법 된 것 같은데, 오늘 저녁에 만나서 둘이 소주라도 한 잔 나누고 싶습니다. 가능하겠습니까?"

"네, 그렇게 하지요. 어디서 만날까요?"

"황 형이 이곳으로 오기는 어려우니까 내가 그곳으로 가겠습니다.

저녁 7시 반에 장호식당에서 만날까요?"

"네. 알겠습니다."

호준이 전화를 끊었다.

호준이 준석과 만나기로 약속한 시각에 맞추어 퇴근하려고 그때까지 시간을 보낼 양으로 오후 여섯 시가 넘어서 붙잡은 일을 마무리하고 사무실 벽에 걸린 시계를 봤다. 시침과 분침이 오후 7시가 넘은 시각을 가리키었다. 그가 준석을 만나러 가기 위해서는 지금 퇴근해야 했다. 호준이 책상 위를 정리하고 서랍을 잠근 후에 의자에서 일어나 옷걸이가 있는 곳으로 가서 상의를 내리어 위에 걸치었다.

사무실에는 아직 몇 사람이 남아서 일을 하고 있었다. 그가 사무실에서 나가 엘리베이터가 있는 곳으로 가서 하행 버튼을 눌렀다. 아래에서 있던 엘리베이터가 위로 올라와서 문이 열리었다. 그가 그걸 타고 아래로 내려가서 건물 밖으로 나갔다. 후문은 오후 6시 이후에는 개방되지 않았다. 그가 정문 옆에 설치된 경비 초소를 지나서 세종로 옆으로 난 인도를 따라 장호식당으로 향했다. 퇴근 시간대여서 인도에 행인들이 많았다.

호준이 10여 분 가량 걸어서 장호식당에 이르렀다. 준석이 먼저 와서 식당 한 구석에 앉아서 그를 기다리고 있었다. 호준이 그가 있는 곳으로 가서 그와 악수를 나누고 맞은편 의자에 앉았다.

"그간 바빴던 모양이지요?"

"네. 조금."

준석이 웃으면서 대꾸했다.

호준이 여자 종업원을 불러서 음식을 주문했다.

"시국이 조용해야 그곳에서도 할 일이 적어서 바쁘지 않을 텐데…….."

"맞는 말입니다. 대학생들의 시위가 끊이지 않고 재야 인사들의 민주화 요구가 거세어서 요즈음 매일 바쁘게 돌아다닙니다."

"그렇군요."

"외신과도 사정은 마찬가지이겠지요?"

"네. 그런데 내가 외신과로 간 건 어떻게 알았습니까? 나는 이 형의 전화번호를 몰라서 근무 부서가 바뀐 것도 알리지 못했습니다."

"연희한테 들었습니다. 얼마 전에 고향에 다녀왔는데 그때 연희를 만났어요. 그 적에 연희가 황 형이 외신과로 갔다고 알려주더라고요."

"그렇게 알게 됐군요."

호준이 고개를 끄덕이며 대꾸했다.

여자 종업원이 호준이 아까 주문한 음식을 쟁반에 담아 들고 와서 식탁 한 구석에 놓고 가스버너에 불을 붙이었다. 밑에서 파란 불꽃이 일어 위의 철판을 달구었다. 그녀가 쟁반 위의 음식 접시들을 들어내어서 식탁 위에 벌이어 놓고 칠판 위에 돼지고기 삼겹살을 얹었다. 돼지고기가 철판 위에서 익어 가며 주위에 많은 기름방울을 튀기었다.

"즐겁게 드세요."

여자 종업원이 일을 끝내고 돌아가며 말했다.

호준이 병을 들어서 두 개의 잔에 소주를 따랐다.

"혹시 연희의 이야기는 들었습니까?"

준석이 잔을 들고 물었다.

"아니오. 못 들었습니다. 연희 씨로부터 소식이 끊긴 지 그 사이에 몇 달은 된 것 같습니다."

"그렇군요. 지난번에 만났을 때 연희가 내 친구 동현과 약혼을 했다고 하더라고요."

"그래요? 동현 씨하고?"

호준이 준석으로부터 그녀가 동현과 약혼했다는 걸 듣고 놀라서 되물었다.

"네. 내 친구 동현을 알아요? 나는 무심코 친구의 이름을 대었을 따름이었는데……"

"네. 조금 압니다."

호준은 그녀가 어렸을 때 동현으로부터 비행을 당한 건 그녀의 의사와는 무관한 일이어서 그녀에게 허물이 되지 않는다고 말했다. 그렇지만 그녀는 호준이 그걸 알기 전에는 그를 부담없이 만날 수 있었지만 지금은 그렇지 못하다고 했다. 그녀는 혼전 순결을 중요시하는 우리나라 사회에서 그가 지금은 그걸 문제삼지 않더라도 그 건이 앞으로 언젠가 둘의 관계에 안 좋은 영향을 끼칠 가능성이 있다고 여기어 그와의 사이를 단절하려고 그와 연락을 끊고 지내었는지도 몰랐다. 여하간에 그는 자세한 경위는 알 수 없지만 그녀가 그 상황에서 동현의 적극적인 사랑의 공세에 더는 버티지 못하고 그에게 백기를 든 게 아닌까 헤아리며 이렇게 대꾸했다.

"그 사람을 어떻게 알게 됐어요?"

"연희 씨와 내가 강남역 근처의 생맥주집에서 맥주를 마시고 있었는데 그때 그 사람이 직장 동료 몇 사람과 함께 안으로 들어와서 그녀가 거기에 있는 걸 보고 다가와 알은체를 해서 그것이 계기가 되어 그 분을 알게 됐습니다."

"그 사람을 그렇게 알게 됐군요."

준석이 잔을 비우고 혼잣말처럼 말했다.

소주 한 병이 다 비워졌다. 호준이 여자 종업원을 불러서 소주 한 병을 더 가져오게 했다.

"나는 연희가 동현과 약혼했다는 걸 듣고 속으로 놀랐어요. 황 형이 사람이 좋아서 나는 연희와 인연을 맺게 해 주고 싶었는데……."

준석이 소주가 담긴 잔을 들고 말했다.

"이 형의 기대에 미치지 못해서 미안합니다. 연희 씨도 나를 좋아했고 나도 그녀를 사랑했습니다. 그렇지만 두 사람이 결합하는 데는 몇 가지 어려움이 있었습니다."

"그래요? 어떤 어려움이 있었습니까?"

"내가 이 자리에서 그것들을 다 이야기하기는 좀 곤란합니다."

호준이 잔을 들고 대꾸했다.

두 사람이 대화를 주고받으며 술잔을 기울이던 사이에 시간이 꽤 흘렀다. 그들이 술자리를 파하고 식당에서 나갔다.

"오늘 대접 감사합니다."

"앞으로도 오늘 같은 자리를 자주 갖고 싶습니다."

호준이 손을 내밀어 악수를 청하며 말했다.

"그리 하도록 노력하겠습니다."

준석이 그의 손을 잡고 대꾸했다.

호준이 직장에서 일을 끝내고 퇴근해서 하숙집에 돌아왔다. 그의 방

안에 편지 한 통이 던져져 있었다. 그가 그 편지를 들고 겉봉을 봤다. 그의 외종사촌 여동생 김영임이 그에게 보낸 것이었다. 그가 겉봉을 뜯고 안에서 서신을 꺼내었다. 그녀가 그의 어머니가 몸이 편치 않다는 걸 그에게 알리고 고모의 병환 문제로 그와 상의하고 싶은 일이 있으니 그가 속히 다녀가기를 바란다는 내용이 서신에 적혀 있었다.

'어머니가 고령인 것도 별로 생각하지 않고 내가 그동안 너무 내 일에만 몰두했어. 내일이라도 휴가를 신청해서 고향에 내려가 어머니의 병환이 어떤지 살펴봐야겠구먼.'

그가 머릿속에서 이렇게 뇌며 서신을 도로 봉투 속에 넣어서 방 한구석에 놓고 방바닥에 앉아서 허공을 바라보며 그의 어머니의 모습을 머릿속에서 그리었다. 그는 영임이 서신에서 그의 어머니의 병환에 대하여 자세히 이야기하지 않아 그녀가 어떤 질환을 앓고 있는지 그리고 병세가 어떠한지 등은 알 수 없었다. 그렇지만 그는 영임이 그에게 갑작스럽게 편지로 그의 어머니가 몸이 아프다는 걸 알리고 그가 속히 다녀가기를 바란다고 말한 걸로 미루어 그녀의 질환이 가볍지 않다는 것쯤은 짐작할 수 있었다.

호준이 걱정 속에서 밤을 보내고 다음날 일터에 출근해서 윗사람들에게 사정을 이야기하고 일주 간의 휴가를 신청했다. 휴가철은 아니지만 위에서 그의 사정을 이해하고 그에게 휴가를 허락했다. 그가 그날 근무를 끝내고 열차표를 예매하려고 서울역에 가서 대합실 벽에 부착된 호남선 열차운행시각표를 봤다. 오전 8시 40분에 서울역을 출발하는 목포행 특급열차가 지금도 운행되고 있었다. 그가 이번에도 그 열차 편을 이용하여 그의 고향에 가는 것이 좋겠다고 여겨 매표구로 가서 영산포까지 타고 갈 수 있는 차표를 예매했다.

호준이 하숙집에 돌아왔다. 주인 아주머니가 부엌에서 전등불을 켜놓고 일하고 있었다. 그가 부엌 앞으로 가서 그녀에게 다음날부터 일주 동안 휴가를 얻어서 고향에 다녀올 거라는 걸 알리고 내일 아침을 조금 일찍 차려 달라고 부탁했다.

이튿날 아침 주인 아주머니가 호준이 전날 저녁에 부탁했었던 바를 잊지 않고 밥상을 일찍 차려주었다. 그가 식사를 끝내고 바로 하숙집에서 나가 응암동 사거리로 가서 서울역 방향으로 향하는 버스를 탔다. 이른 아침이었지만 버스 안에 승객들이 많았다.

그가 탄 버스가 응암동 사거리를 떠난 지 40여 분 후에 서울역 근처의 정류장에 닿았다. 그가 버스에서 내려 지하 통로를 지나서 서울역 대합실 안으로 들어갔다. 평일이어서 대합실 안에 사람들은 많지 않았다. 그가 개표구에서 역무원의 개표를 받고 안으로 들어가 일번 승강장에서 대기하고 있던 목포행 특급열차에 올랐다. 휴가철이 아니어서 열차 안에 승객들은 적었다.

열차가 서울역을 출발했다. 그가 좌석 등받이에 상체를 기대고 허공을 바라보며 병마에 시달리어 수척해져 있을 그의 어머니의 모습을 머릿속에 떠올렸다. 그는 그동안 그녀가 고령인 것도 별로 생각하지 않고 그의 일에만 몰두했던 것이 후회되며 그로 인한 자책감으로 마음이 편하지 않았다.

점심때가 됐다. 그 특급열차에는 식당차가 연결되어 있었다. 그가 영산포역에서 내려서 점심을 들게 되면 너무 늦을 것같이 생각되어 그 식당차로 가서 끼니를 해결했다.

열차가 정해진 시각보다 조금 늦게 영산포역에 닿았다. 호준이 열차에서 내려 역사 밖으로 나갔다. 역 앞 광장 한 구석에 택시들이 줄지어 서서 손님을 기다리고 있었다. 그가 맨 앞에 서 있는 택시로 가서 뒷문을 열고 안으로 들어가 앉았다.

"어디로 모실까요?"

남자 운전사가 물었다.

"삼봉마을로 가주세요."

"알겠습니다."

운전사가 이렇게 대꾸하고 바로 택시를 움직이어 역사 뒤편에 있는 다리를 지나서 잠시 후에 목포 쪽으로 뻗은 준고속도로로 들어섰다. 추수철이 다가오고 있었다. 도로 좌우 논의 벼 이삭들이 고개들을 숙이고 가을 햇살 속에서 노랗게 익어가고 있었다.

운전사가 택시를 몰아 준고속도로에서 벗어나서 면사무소 소재지 마을로 들어섰다. 이곳은 지금도 옛날처럼 도로 폭이 좁았다. 운전사가 폭이 좁은 도로를 지나서 들 가운데에 나 있는 신작로를 따라 택시를 움직여 얼마 후에 삼봉마을 어귀에 이르러서 차를 세웠다. 호준이 차에서 내려 고샅길을 걸어서 그의 집 안으로 들어갔다.

"지금 오세요?"

마침 마당에서 빨랫줄에 빨래를 널고 있던 순자가 그를 맞았다.

"수고 많구나."

"어머님은 방에 누워 계세요."

"알겠다."

그가 그의 어머니가 거처하는 큰방 쪽으로 걸어가며 대꾸했다.

호준이 토방에서 신발을 벗고 마루 위로 올라갔다. 그의 어머니가 있는 방에서는 아무 기척도 들리지 않았다. 그가 밖에서 헛기침을 한 번 한 후에 문을 열고 안으로 들어갔다.
　"호준이 오는구나. 기다리고 있었다."
　그의 어머니가 누워 있다가 그가 안으로 들어오는 걸 보고 일어나 앉으며 말했다. 그녀의 몸이 전에 비하여 많이 수척해져 있었다.
　"어머니, 어디가 편찮으세요?" 그가 그녀 옆으로 가서 앉으며 물었다.
　"얼마 전부터 몸이 늘 피곤하고 밥맛이 없어서 의사의 진찰을 받아보려고 내가 영임이를 데리고 광주에 있는 큰 병원을 찾아갔다. 의사가 내 몸 여기저기에 청진기를 대어 소리를 듣고, 손바닥으로 눌러 보고 그리고 피를 뽑은 후에 다음날 오라고 해서 갔더니, 내 병이 간경화증 말기 증상이라고 하며 치료 시기를 놓쳤다고 하더라."
　"네?"
　"놀랄 것 없다. 사람은 나면 언젠가는 죽는 것 아니냐? 조금 일찍 가고 나중에 떠나는 차이밖에 없다. 그런데 내가 앞으로 얼마나 더 살지 모르겠다만 눈을 감기 전에 네가 혼례를 올리는 걸 보고 싶다. 너도 이제 노총각이다. 지난번에 너와 함께 우리 집에 왔던 경상도 처녀와는 어떻게 됐느냐? 나는 네가 그 처자와 곧 인연을 맺을 걸로 생각했는데 그렇지 않은 모양이구나. 거기에는 무슨 사정이 있겠지. 그래서 네가 이번에 그 처차와 함께 오지 못했겠지. 하지만 이제 내가 늙고 병이 들어서 더 이상 기다릴 형편이 못 된다. 영임이의 친구 옥희는 어떠하냐? 내가 보기에 그 처자가 얼굴도 참하게 생겼고 행실도 얌전하더라."
　"……"

그가 바로 대꾸를 안 했다. 얼마 전에 그가 옥희를 봤을 때 그녀가 몇 년 사이에 소녀 티를 벗고 어엿한 처녀가 돼 있었다. 그렇지만 그는 그 때 그녀를 그의 반려자가 될 수 있는 대상 중의 하나로 여기지 않았던 까닭에 관심을 가지고 그녀를 보지 않았다. 게다가 그는 그녀가 그를 어떻게 생각하는지 알지 못하는 상황에서 그의 어머니의 말에 선뜻 대꾸하기 어려웠다.

"그 처자만한 여자도 드물다. 내 말에 따라라."

"어머니의 마음은 충분히 알겠어요."

그가 그의 어머니가 크게 낙담하지 않도록 하는 선에서 이렇게 말을 얼버무렸다.

영임이 호준이 온 걸 알고 저녁에 그의 집에 왔다.

"네가 우리 어머니를 모시고 광주의 큰 병원에 가서 의사의 진찰을 받게 했다는 걸 들었다. 고맙다. 네가 나보다 낫구나"

"오빠가 여기에 없으니까 내가 응당 그리 해야지요. 그런데 의사 선생님이 우리 고모님을 진찰하시고 나서 환자가 병원에 너무 늦게 오셔서 치료 적기를 놓쳐 오래 사시지 못할 것 같다고 하더라고요. 걱정스러워요."

"나도 들었다."

"고모님이 돌아가시기 전에 오빠가 혼례를 올리는 걸 보고 싶다고 나에게 몇 번이나 말씀하셨어요. 오빠는 마음속으로 혼인하려고 정해 놓은 처자가 있어요?"

"없다."

"지난번에 오빠와 함께 왔던 그 처자는 무슨 일이 있어서 이번에 같이 내려오지 못한 모양이지요?"

"그 여자는 얼마 전에 다른 남자와 약혼했다고 하더라."

"그랬어요? 왜요?"

영임이 자못 놀란 얼굴로 물었다.

"이유는 나도 잘 모르겠다."

"그 처녀가 다른 남자와 약혼했다면 오빠와는 완전히 헤어진 셈이네요."

"……."

그가 고개를 끄덕여 그녀의 말에 수긍을 표했다.

"그렇다면 내 친구 옥희는 어때요? 옥희도 이제 결혼할 때가 됐어요. 얼굴도 참하게 생겼고 마음씨도 고와요. 내가 어렸을 때부터 옥희와 한 동네에서 자랐기 때문에 잘 알아요."

"네가 나에게 그처럼 관심을 가져 줘서 고맙다. 어머니도 나에게 그 같은 말씀을 하시더라. 그런데 옥희 씨는 나를 어떻게 생각하는지 모르겠다."

"내가 보기에는 옥희도 오빠를 속으로 좋아하는 것 같았어요. 오빠가 그 경상도 처녀와 이곳에 내려오기 전까지는…. 어쨌든 내가 내일 옥희를 만나서 오빠가 그 경상도 처녀와 헤어졌다는 걸 이야기하고 오빠를 어떻게 생각하느냐고 물어볼게요."

"고맙다."

그가 대꾸했다.

다음날 오후에 영임이 다시 호준에게 왔다.

"오빠, 내가 오늘 오전에 옥희를 만나서 지난번에 오빠와 함께 왔던 여자는 다른 남자와 약혼했다는 걸 이야기하고 오빠를 어떻게 생각하느냐고 물었어요. 그랬더니 옥희가 부모님의 의견을 들어서 자신의 생각을 알려주겠다고 했어요. 옥희도 그동안 마음속으로 오빠를 많이 생각하고 있었던 것 같았어요."

"그런데 옥희 씨의 부모님은 나를 어떻게 보실지 모르겠구나."

"이건 내 짐작이지만, 옥희의 부모님도 딸이 오빠와 결혼하겠다고 하면 반대하시지는 않을 것같이 생각돼요."

"옥희 씨의 부모님이 둘의 결합을 반대하지 않으신다면 병석에 누워계신 어머니를 위해서라도 더 이상 좋을 일이 없겠다마는……."

"오빠의 마음을 알겠어요. 오빠도 속으로 옥희를 좋아했던 모양이지요? 호호호."

영임이 장난기 어린 표정을 얼굴에 올리고 웃으면서 말했다.

이튿날 오전에 영임이 다시 호준을 찾아왔다.

"어젯밤에 옥희가 부모님에게 오빠가 한 말과 자신의 생각을 이야기했대요. 그랬더니 부모님이 네가 좋으면 괜찮다고 하셨대요. 오빠, 고모님을 위해서라도 빨리 결혼식을 올리는 게 좋지 않겠어요?"

"그래. 어머니를 위해서는 되도록 속히 내가 옥희 씨와 결혼식을 올리는 것이 효도의 길이 되는 줄은 안다. 그렇지만 혼례는 인륜대사인데 내가 옥희 씨와 그렇게 결혼하는 건 내 형편만을 생각해서 혼인을 서두르는 격이 되어 그녀에게 죄송스럽구나. 그쪽에서 괜찮다고 하면 우리가 내일이라도 우선 간소하게 약혼식을 올리고 싶은데 그 편에서 어떻게 생각할지 모르겠다. 네가 이왕 중매를 섰으니 그 편의 의견을 물어 보도록 해라."

"알겠어요. 내가 옥희에게 그렇게 말할게요. 그런데 옥희의 부모님은 오빠가 결혼한 후에 이곳 농토를 어떻게 할 것인지 궁금히 여기는 모양이에요. 오빠가 결혼한 후에도 이곳 농사를 남에게 맡기고 서울에서 직장 생활을 계속할 것인지 혹은 여기에 내려와서 농사를 지을 것인지 알고 싶어하신다고 하더라고요."

"나도 그동안 그 점을 적잖이 생각해 봤다. 어머니가 안 계시면 내가 이곳 농사를 남에게 맡기고 서울에서 직장 생활을 하는 건 어려울 것 같이 생각된다. 내가 아무래도 직장을 그만두고 이곳에 내려와서 가업을 이어받아야 할 것같이 생각되는구나."

"옳은 생각인 것 같아요. 내가 옥희에게 그렇게 전할게요."

영임이 말했다.

영임이 두 집을 왔다갔다 하며 양편의 의견을 조정하여 호준과 옥희가 다음날 낮 12시에 영산포에 있는 연미사진관에서 양가의 어른들을 모시고 조그만 예물을 주고받는 걸로 약혼식을 올리는 걸 가름하기로 결정됐다. 그는 옥희를 위하여 양가의 어른들을 모시고 광주에 가서 한 호텔의 조그만 룸이라도 빌려 약혼 의식을 올리고 싶었지만 그녀의 부모가 그걸 원하지 않아서 그들의 의사에 따랐다.

밤이 지나고 날이 밝았다. 호준이 아침 일찍 이장 집에 가서 영산포의 택시회사에 전화를 걸어서 차 한 대를 보내라고 했다. 반시간쯤 지나서 한 아이가 와서 그가 부른 차가 마을 어귀에 도착해서 그가 나오기를 기다리고 있다고 알려주었다. 호준이 그의 어머니를 곁부축하여 마을 어귀로 가서 대기하고 있던 차에 올랐다. 운전사가 바로 차를 움직이어 영산포로 향했다.

모자母子가 탄 택시가 삼봉마을 어귀를 떠난 지 반시간쯤 후에 영산포 읍내에 닿았다. 호준은 영산포 읍내에 있는 나주금은방에서 영임과 만나기로 약속했다. 그는 그 금은방에서 옥희에게 예물로 건넬 금반지를 구입한 후에 연미사진관으로 가서 거기서 낮 12시에 양가의 어른들을 모시고 그녀의 손가락에 그걸 끼워주며 그 장면을 사진으로 찍어서 약혼 기념사진으로 남길 예정이었다.

운전사가 택시를 움직이어 시가지 안쪽에 있는 나주금은방 앞으로 가서 차를 세웠다. 호준과 그의 어머니가 차에서 내려 그 금은방 안으로 들어갔다. 영임이 먼저 와서 거기서 그들을 기다리고 있었다.

영임이 이곳 나주금은방에 오기 전에 미리 옥희의 손가락 굵기를 재어 가지고 왔다. 호준이 그 금은방에서 옥희가 원하는 모양을 골라서 그녀의 손가락 굵기에 맞는 금반지를 구입했다.

"옥희는 예물에는 관심이 많지 않아요. 옥희는 예물보다는 오빠의 사랑을 더 원해요."

영임이 웃으면서 말했다.

연미사진관은 나주금은방에서 멀지 않은 거리에 있었다. 호준과 그의 어머니가 영임을 따라 양편이 만나기로 약속한 시간에 맞추어 연미사진관에 갔다. 옥희와 그녀의 부모가 거기에 먼저 와서 그들을 기다리고 있었다.

"어서 오게."

그녀의 아버지가 그를 반갑게 맞았다.

"일찍 오려고 했습니다만 예물을 준비하느라 조금 늦었습니다."

호준이 약간 겸연쩍은 표정을 얼굴에 올리고 대답했다.

호준과 옥희가 사진관 안에 설치된 배경 장치 앞에 섰다. 사진사가 그가 구입한 금반지를 그녀의 손가락에 끼워 주라고 했다. 그가 사진사의 말에 따라 왼손으로 그녀의 왼쪽 무명지를 잡고 오른손으로 금반지를 끼웠다. 사진사가 그 장면을 사진기에 담았다. 이어서 사진사가 의자 몇 개를 가져와서 그의 어머니 그리고 그녀의 부모를 거기에 나란히 앉게 하고 그와 그녀가 그들 뒤에 서도록 한 후에 사진 한 장을 더 찍었다.

동과 서

발행일 2024년 10월 2일
지은이 박성문
발행인 이수하
펴낸곳 마음시회

등록 2021년 4월 12일(제021-00012호)
주소 서울시 마포구 월드컵로 41-1 정일빌딩 4층
전화 02) 336-7462
팩스 0504) 370-4696
이메일 maumsihoe@naver.com

ⓒ박성문 2024

값 18,000원
ISBN 979-11-982547-6-4 (03810)

잘못 만들어진 책은 바꾸어 드립니다.
이 책의 판권은 저자와 마음시회에 있습니다.
양측의 동의 없는 무단 전재와 복제를 금합니다.